NINRAGON

DER RING DER ELFEN 1

ZWERGENGROLL

HORUS W. ODENTHAL

Bibliografische Information der Deutschen Nationalbibliothek:

Die Deutsche Nationalbibliothek verzeichnet diese Publikation in der Deutschen Nationalbibliografie; detaillierte bibliografische Daten sind im Internet über http://dnb.dnb.de abrufbar.

Impressum

Deutsche Erstausgabe 09/2024
Copyright © 2024 by Horus W. Odenthal
Lektorat: Django
Korrektorat: Myra Frost
Covergestaltung: Elementi.studio
NINRAGON-Logo: Martin Schlierkamp
Horus W. Odenthal, 52525 Heinsberg, Overather Feld 20

Verlag: BoD • Books on Demand GmbH, In de Tarpen 42, 22848 Norderstedt
Druck: Libri Plureos GmbH, Friedensallee 273, 22763 Hamburg
ISBN: 978-3-7597-6742-4

Trage dich jetzt in meinen Newsletter ein und erhalte kostenlos das eBook „Schwerter, Streige, Zwielichtpfade" mit drei exklusiven Geschichten aus den Welten meiner Romane, die sonst nirgendwo zu haben sind.

Unter diesem Link bekommst du das kostenlose eBook:

http://eepurl.com/dEtt_5

HORUS W. ODENTHAL

DER RING DER ELFEN

ZWERGENGROLL

Für meinen Freund Maarten.
... der Zwerge hasst. Da musst du jetzt durch.

TEIL I

DIE STADT IM BERG

1

DIE TRÄUME EINES HALBEN ELFEN

Vielleicht bin ich nur ein halber Elf ..." Es kam schnell über seine Lippen, während sein Herz wie eine Pauke schlug und er sich fragte, ob er wirklich durchziehen wollte, was er da vorhatte. „... aber ich werde einer aus der Schar von Kriegern sein, welche die dunkle Herrscherin bezwingt und die Eindringlinge aus den Ländern der Menschen vertreibt."

Da war es raus! Es war in der Welt und nicht nur allein in seinem Kopf, seinen Träumen und Gedanken.

Er schielte zu Kunja rüber, wartete auf ihre Reaktion. Die ließ nicht lange auf sich warten.

Kunja lachte heiser auf.

„Und du meinst, die wollen dich? Ausgerechnet dich, einen mit Zwergenmanieren? Und welche ... *Schar* soll das überhaupt sein?"

„Na, die Sechzehnte. Diese graue, vermummte Schar, die sich die Sechzehnte nennt und diesen üblen Kinphauren-Elfen schwer in den Arsch tritt."

Wieder hörte er sie bei seinen letzten Worten auflachen. Ihre Mundwinkel verzogen sich, und ihre Augenbraue hob sich, aber sie saß noch immer da und schaute nicht zu ihm hoch. „Ah ja, in den … Arsch tritt? Versuchst du jetzt, wie ein Duerga zu klingen?"

Machte die sich über ihn lustig? Da öffnete er ihr sein Herz, seiner ältesten Freundin … und die, die fand das komisch?

Er holte tief Luft, reckte den Kopf vor und spähte über den Klippenrand zu seinen Füßen. Dort war nur gähnende Tiefe und harter, scharfkantiger Fels. Wollte er das wirklich wagen? Aber wie konnte er wegsehen, wenn da eine Kreatur in Not war?

„Jetzt krieg dich erst mal wieder ein, komm da von der Kante weg und setz dich wieder hin." Offenbar hatte Kunja seine Empörung bemerkt. Und auch seinen Blick in die Tiefe. Er sah sie auf das Schälchen deuten, das neben ihr stand. „Die guten Schmiedekartoffeln, die du mitgebracht hast, werden sonst kalt."

Er schaute zu, wie sie gleich zwei der Kartoffelstäbchen aus der Schale aufspießte, sie sich in den Mund schob und dann genießerisch vor sich hin brummte. Den Grolk hatte sie offenbar noch nicht bemerkt. Und deshalb auch noch nicht kapiert, was er im Begriff stand, zu tun.

Er atmete tief ein, versuchte seinen Herzschlag zu beruhigen und sah über die Stadt hinweg, an deren Rand sie sich auf der Kante einer Klippe befanden.

Direkt vor ihnen ging es steil abwärts, mit ein paar vorgelagerten schroffen Felsspitzen und -nadeln. Doch dahinter erstreckte sich die Stadt im Berg.

Ihre weite Hauptkammer war erhellt vom Licht der großen Pfeiler, die das Dach der gewaltigen Kaverne trugen. Die leuchtenden Steinschichten dieser Säulen waren freigelegt und deren Schein durch Runen verstärkt worden. An ihrem Fuß waren sie kantig zugehauen und kunstvoll von Steinmetzen gestaltet. Er schaute über die vom Licht der Hauptsäulen und der Feuer erhellten Stadtviertel, getrennt nach den verschiedenen Rassen und der Herkunft ihrer Bewohner. Dazu die Gildenviertel, allen voran das Schmiedeviertel, aus dessen großen Kavernen der lodernde Schein der Essen drang. An dessen Rand folgten die Werkstätten der Runenschmiede und daran anschließend der kleinere Bezirk der Alchymiker.

Und dann war da noch die Siedlung der Dwerc und Menschen, in der auch Kunja und er lebten. Ärmlicher sah sie aus, ein echtes Elendsviertel, das sich am Rand der Stadt sichelförmig zusammendrängte, als würde man sich seiner Bewohner schämen und wollte sie möglichst nicht unter sich haben.

Das war seine Heimat, auch wenn sie ihm aufgezwungen worden war. Vorerst hing er hier in diesem Berg fest, in dieser Stadt der Duerga. Kein Wunder, dass Kunja sich über ihn lustig machte.

„Ich schaff das", sagte er und merkte, wie er dabei unwillkürlich das Kinn vorschob. „Ich werde einer von ihnen sein. Du wirst sehen."

„Aha."

Er sah wieder zu ihr rüber, beobachtete, wie sie ein paar weitere Kartoffelstäbchen aufpikste und sie sich in den Mund schob. Er bückte sich hinüber, klaubte sich selbst welche mit den Fingern aus der Schale. Bevor sie kalt wurden. Das musste man ausnutzen, wenn die anderen Gehilfen in der Esse das Fett heiß machten, um welche zu braten.

„Mmh, die sind nur wirklich gut, wenn sie zweimal im Fett gebacken sind", meinte Kunja. „Und mit richtig viel Salz. Schmiedekartoffeln sind das Größte."

Da konnte er ihr nun wirklich nicht widersprechen. „Ich kann mir keine sinnerfüllte Welt vorstellen, in der es keine gibt", erwiderte er.

Doch dann richtete er sich schnell wieder auf und schaute hinüber. Auf einer der schmalen Felsspitzen, ganz am Außenrand einer Kette von Steinzacken, sah er das schwarze, struppige Etwas hocken, das offenbar Vorder- und Hinterbeine so nah wie möglich beieinanderhielt, um nicht runterzufallen, und dabei einen Buckel formte. Er fragte sich, wie es dieser Grolk überhaupt geschafft hatte, dorthin zu gelangen. Offenbar hatte er ein echtes Talent, sich in dumme, gefährliche Situationen zu bringen.

„Und wie willst du überhaupt aus der Stadt rauskommen?", fragte Kunja jetzt mit vollem Mund.

„Ich bin ein freier Mann ..."

„Das sieht König Morlugh aber anders ... *Erion Leichtfuß*."

Wieder sah er sie irritiert an. Sie erwiderte seinen Blick nur halb, zog dabei jedoch die Augenbrauen hoch.

„Was? Das ist ein guter Name!"

Sie bedachte ihn wieder nur mit diesem halben Seitenblick. „Es ist ein Spottname und das weißt du."

„Ist es nicht. Auch wenn sie das so sehen."

„Gut? Jemand, der einen festen Tritt hat, ist für die Duerga charakterstark, gesinnungsfest." Sie ließ eine kurze Pause und hauchte dann ein „Leichtfuß" hinterher.

„Oder stur und verbohrt."

Jetzt sah sie ihn allerdings direkt an. „Lass das bloß niemanden in der Stadt hören. Genau wie den anderen Kram. Du hast schon Ärger genug. König Morlugh hat dich auf dem Kieker, das weißt du nur zu gut. Bisher bist du immer davongekommen, aber wenn du ihm noch mal krumm kommst, bist du endgültig dran."

Wieder schaute er über den Abgrund. Der Grolk schien ein Junges zu sein, ganz abgemagert und kahl an manchen Stellen, weshalb man selbst auf die Entfernung bei seinem hochgebogenen Kreuz den Rippenbogen unter schwärzlicher Haut hervorstehen sah. Das übrige Fell stand teerig schwarz und ölig in struppigen, stachelartigen Büscheln ab. Der Kopf glich fast einem Rattenschädel.

Gerade stieß er ein raspelndes Krächzen aus und starrte in die gähnende Tiefe direkt unter sich, denn seine Füße waren auf allem, was der Fels an Oberfläche bot, zusammengedrängt. Wieder überlegte er, wie er dem Tier helfen könnte und wieder klopfte sein Herz wie eine Pauke bei dem Gedanken, was er dazu tun musste.

„Na, Elfenschönling!"

Der jähe, raue Ruf ließ Erion herumfahren.

„He, pass auf, dass du nicht noch von der Kante fällst!", kam die gleiche Stimme mit grollendem Lachen.

Als er sich ganz umdrehte, sah Erion nur noch eine große graue Masse, die ihm die Sicht verdeckte, bevor ihn auch schon eine Pranke am Kopf packte und ihm kameradschaftlich die Haare zauste.

Eine weitere, ebenso massive Gestalt trat neben der ersten hinzu – unvermeidlich und unzertrennbar.

„Hör auf, mich so zu nennen, verdammt!", fuhr Erion auf.

„Wie denn? Elf? Oder Schönling?", entgegnete Turam-Jhir und verzog seine schmalen grauen Lippen zu einem höhnischen Grinsen. „Das eine kommt mit dem anderen. Wenn nur dein Haar nicht so wie von Ratten abgefressen aussehen würde."

Er strubbelte ihm erneut mit seiner hornigen Pranke durch die kurze Schur. Die sich Erion absichtlich achtlos und unregelmäßig mit einem Messer statt einer Schere schnitt, um nur nicht noch mehr aufzufallen.

„Oder ist dir Schwächling lieber? Mit deinen feinen, zarten Gliedern."

Ach, wenn er doch nur ein Kerl mit einem stämmigen, gedrungenen Körperbau wäre, damit er mehr wie die anderen Duerga oder Firimduerga aussähe, dann hätte er das mit den Haaren auch nicht nötig.

Turam trat ein Stück zurück, betrachtete sie beide aus gelben Augen unter seinen dicken grauen Brauenwülsten hervor. „Ihr seht ja beinahe aus wie zwei Turteltäubchen, wie ihr da so traulich beisammen hängt und euch Schmiedekartoffeln teilt. Man könnte meinen …"

„Ach Quatsch! Jetzt hör auf, Turam. Du weißt genauso gut wie ich, dass wir beide nur Freunde sind." Immerhin kannten sie sich, seit sie gerade mal laufen konnten. „Stimmt's, Kunja?"

Kunja senkte kurz die Augen, bevor sie Turam mit einem ihrer trotzigen Blicke streifte. „Klar, natürlich." Sie hielt kurz inne. „Turam hat's heute nur wieder mal drauf und will dich ordentlich hochnehmen. Hör einfach nicht auf ihn!"

Turam grinste sie breit an, wandte sich sofort wieder an Erion. Turam konnte es wirklich nicht lassen und zupfte an der Schulter seines Hemds herum. „Willst du dir nicht mal was Anständiges anziehen? Dieses Sackleinen …" Angewidert verzog er seine kurze, stumpfe Nase.

Erion sah an sich herab. „Wieso, es ist gute, nützliche Kleidung. Ist mehr, als du mit deinem Gürtel und Lendenschurz auf dem Leib trägst."

Turam lachte dröhnend. „Vergiss nicht die Reifen, Ringe und Armspangen! Die machen ordentlich was her." Er musterte Erion abschätzig. „Aber wer hatte bei dir eigentlich diese Idee mit diesem Ring im Nasenflügel? Ist so wenig elfisch. Oder menschlich."

Erion hatte das elfische Aussehen seiner Mutter geerbt und dadurch auch eine blassere Haut, aber auch der Einschlag seines menschlichen Vaters war unverkennbar. Na und? Was machte bloßes Aussehen schon aus? „Hat mich keiner drauf gebracht. Der Nasenring war allein meine Idee." Damit er wenigstens in dieser Hinsicht mehr wie ein Duerga aussah.

„Jetzt hört schon auf, ihr Streithähne." Duvruk-Haik trat neben seinen Kumpel und legte ihm die Hand auf die Schulter. Anders als Turam-Jhir trug er zusätzlich zu dem breiten

Gürtel und dem Lendenschurz eine schwarze, struppige Fellweste, die sich über seiner breiten Duergabrust spannte. Und anders als er, trug Duvruk-Haik auch lediglich zwei breite Armreife und keine ganze scheppernde Sammlung an Körperschmuck.

Da standen sie nebeneinander. Zwei Duerga, wie sie im Buche standen. Die Menschen da draußen nannten sie manchmal Trolle – oder auch Zwerge, wenn sie mal wieder alle Rassen und Zweige in einen Topf warfen.

Beide hatten sie ungefähr die gleiche Statur, wobei Duvruk etwas kleiner und breiter war, insgesamt kompakter. Gemeinsam war ihnen, dass sie Erion um ein ganzes Stück überragten, von massiver Gestalt, wahre Kolosse gegen ihn mit seinen feinen, zarten Gliedern. Ihre Haut war grau und fleckig und auf der Brust und an den Gliedern mit schweren dornbesetzten Hornplatten bedeckt.

Auch ihre Köpfe, ihre Schädelformen und Gesichter unterschieden sich stark von einem Menschen. Hier war die Haut ebenfalls grau und haarlos und wies knöcherne Hautplatten mit dornartigen Auswüchsen auf. Gelbe Augen glühten unter schweren Brauenwülsten, darunter stumpfe, breite Nasen, ein schmallippiger Mund mit spitzen und mehr Zähnen, als Erion bei Menschen oder Dwerc bisher gesehen hatte. Viele Duerga wichen im Aussehen stark voneinander ab, aber Turam und Duvruk waren Musterbeispiele ihrer Rasse.

Doch egal, wie sie aussahen und welcher Rasse sie angehörten, Turam und Duvruk waren seine besten Freunde. Vielleicht keine so nahen Vertrauten wie Kunja, aber sie gehörten zum verschworenen engen Kreis seiner Gefährten.

Kunja als Dwerc glich dagegen sehr einem Menschen, auch wenn sie kleiner und gedrungener war, wie es ihrer Rasse entsprach. So stellten sich die Menschen dort draußen schon eher eine … *Zwergin* vor. Auch wenn sie keinen Bart hatte, nicht mal die kleinste Spur eines Damenbarts, sondern lediglich braune, drahtig dicke, sich leicht lockende Haare auf dem Kopf trug.

„Was für ein schöner Abend", meldete sich jetzt Duvruk zu Wort, während er über die Stadt hinwegblickte. „Bald wird das Felsenlicht herabgedämpft. Wir könnten zusammen über das abendliche Kharnuk-Bragha blicken, und ich könnte euch dazu vielleicht eine Ballade –"

„Bloß nicht!", knurrte Turam schief grinsend seinen Kumpan an. „Wahrscheinlich singst du uns nur wieder dieses Lied über die Drazghuljagd und wie man eins von den gemeingefährlichen Viechern nur mal kurz hinterm Ohr piksen muss, damit sie tot umfallen ..."

„Hm, es ist schon ein bisschen was anderes ..." Duvruk zog seine Brauenwülste noch tiefer und setzte dabei eine äußerst ernsthafte Miene auf.

„Jaja, schon gut ..."

„Und, wie oft muss ich dir das noch sagen, es ist kein Unsinn. In den alten Balladen steckt Wahrheit, auch wenn du dich darüber lustig machst."

„Alte Balladen! Fang jetzt bloß nicht an zu singen! Du machst noch, dass der Grolk da vor Schreck vom Felsen runterfällt." Anders als Kunja hatte Turam das Tier offensichtlich bemerkt. Er zuckte die Schultern. „Obwohl ...", fuhr er fort, „... wär kein Verlust. Was für ein hässliches Vieh!"

„Ein Grolk eben", meinte Kunja, die jetzt anscheinend ebenfalls das Tier entdeckt hatte. „Sind alle keine Schönheiten."

Erion schaute wieder hinüber. Erneut stieß der Grolk auf seinem Felszacken ein raspelndes Krächzen aus und starrte in die Tiefe hinab.

„Es kommt da nicht mehr runter", sagte er nachdenklich mehr zu sich selbst.

„Es muss ja nur bis zum nächsten Felsen springen. Und von da aus weiter."

„Das kann es aber nicht."

„Es ist da raufgekommen, es kommt da auch wieder runter."

Der Grolk sah ziemlich verängstigt und jämmerlich aus, so allein auf dem Fels. „Und wenn nicht?"

„He, was ist los? Das ist nur ein hässlicher Grolk."

Erion konnte nicht aufhören, zu dem erbärmlichen Vieh hinüberzustarren. Schön war es wirklich nicht. Aber was zählte das?

Wieder besah er sich die Anordnung steiler und schmaler Felsen, die jenseits der Klippenkante aufragten. Wenn man es genau betrachtete, zogen sich einige davon tatsächlich wie eine Kette hin. Man musste schon genau hinschauen, und es gehörte etwas Fantasie dazu, aber immerhin. Na gut, die Abstände waren unregelmäßig und einige auch ein bisschen weit, es bestand ein ziemlicher Höhenunterschied zwischen ein paar davon, und mehrere boten keinen Platz, einen Fuß darauf abzusetzen, nicht mal, wenn ihre Spitze eben gewesen wäre.

Sein Blick schwenkte wieder herüber zu dem kauernden Vieh. „Das Tier ist in Not. Jemand muss ihm helfen."

„Das ist ein Grolk", hörte er Turam sagen. Seine Stimme klang empört.

„Na und?" Was hieß das schon? Er wusste nicht mal, was er selbst war.

„Und er ist wirklich verdammt hässlich."

„Das bist du auch", gab Erion zurück, ohne den Blick von dem Grolk abzuwenden.

„He, du willst doch nicht …"

„Versuch es nur! Ich sag dann dem Skalden, er soll ein Lied über dich schreiben." Das war Duvruk mit seinem brummig sonoren Bass.

„Lass das, Erion! Im Ernst! Du wirst dir alle Knochen brechen." Diesmal war es keine Duergastimme, sondern die von Kunja.

„Du hast dich drüber lustig gemacht, was ich dir vorhin erzählt habe. Aber glaub mir, ich schaff das. Ganz sicher."

„Ja, weiß ich", hörte er Kunja sagen. „Und jetzt geh langsam von der Kante zurück und setz dich wieder hin."

Sie nahm ihn nicht ernst. „So, wie ich auch das hier schaffe."

Er besah sich noch einmal die Strecke, die er überwinden musste. Hm, mit etwas Fantasie war das tatsächlich so was wie eine Kette.

„Ich krieg das hin!" Es kam schnell über seine Lippen, während sein Herz nur noch stärker klopfte und er sich erneut fragte, was er da eigentlich tat.

„Das sagst du immer. Aber das schaffst du nicht." Wieder Kunja. Ihr Ton war diesmal gar nicht schroff und rau. „Das schafft niemand. Das ist Wahnsinn!"

Wieder holte er tief Luft, reckte noch einmal den Kopf vor. Jenseits des Klippenrandes war wirklich nichts als gähnende Tiefe und harter, scharfkantiger Fels. Und Trittsteine natürlich, jenseits davon. Wenn man sehr viel Fantasie hatte.

„Ach was? Man nennt mich schließlich Erion Leichtfuß."

„Ja, aber aus einem ganz anderen Gru…"

In einem Satz war er auf dem ersten Felspfeiler.

Sein Herz hüpfte hoch bis zu seinem Hals. *Bloß nicht auf die Füße schauen, sonst siehst du, was darunter nach dir giert und ruft.* Ja, genau. Und bloß nicht innehalten.

Es war das Erbe seiner Mutter. Warum sollte es ihm nicht auch einmal nutzen?

Mit einem zweiten Satz sprang er weiter. Und weiter.

Wenn man nicht darüber nachdachte, fühlte es sich wirklich leichtfüßig an. Etwa wie ein Tanz. Von einer Felsspitze, von einem schmalen Grat zum nächsten.

Und bloß nicht auf die Rufe und das Luftschnappen deiner Freunde hören!

Ja, jetzt kam die Stelle, wo es haarig wurde. Wo die

nächste Felsspitze viel tiefer lag. Und entsprechend die dahinter wieder viel höher. Aber gleich danach kam schon die Zacke mit dem Grolk drauf. Er krächzte jetzt, dass es sich fast wie ein klägliches Miauen anhörte.

Ein Wimpernschlag des Anhaltens, um es abzuschätzen, dann der Sprung. Er fiel hinab in gähnende Leere. Sein Fuß fand eine Spur von Halt und sofort schnellte er sich wieder ab. *Mit aller Kraft, aber geschmeidig wie eine Bogensehne*, dachte er, sah den Grolk auf dem Felsen schon … als sein Herz einen kalten, leeren Satz machte.

Weg war der Fuß und weg war der Halt. Die Steinspitze brach unter seinen Zehen ab. Eine Schrecksekunde und der andere Fuß folgte, wo der erste verfehlt hatte, fand Tritt, stieß sich ab.

Das schwarze, zottige Tier kreischte schrill, und er glitt in einer einzigen fließenden Bewegung herab und packte es in die Armbeuge.

Puh, beinahe wären sie beide in die Tiefe gestürzt. Elfenhalbling zusammen mit Grolk. Das hätte ein Bild abgegeben! Er streckte Rücken und Glieder, fand auf dem schmalen Zacken sein Gleichgewicht.

„Gut gegangen!", rief er laut. „Ich hab ihn."

Ein paar Herzschläge lang hörte er nur seinen eigenen Atem. Dann eine Duergastimme.

„Oh, Scheiße!"

In der nachfolgenden Stille hörte er es auch, das Stimmengemurmel aus der Tiefe.

Er wagte einen Blick nach unten.

Und ihm sackte beinahe der Magen weg. Ob die Leere unter ihm dazu den größten Ausschlag gab, konnte er nicht sagen.

Unten, direkt am Fuß des Abhangs, führte ein in den Stein gehauener Pfad entlang, der stellenweise von Gerüsten, Röhren und Gerätschaften gesäumt und mancherorts von ihnen überwölbt war. Ein Schienenstrang für die

Minenloren führte an ihm entlang. Er verlief zu den äußeren Bastionen. Und dahin war wahrscheinlich auch die Gruppe massiver Duergagestalten unterwegs, die sich dort grollend miteinander unterhielten. Vor allem hörte er die Stimme von einem heraus.

König Morlugh!

Ausgerechnet der. Brutal, grausam und mit einem Hass auf ihn. Wenn der ihn hier oben auf einer Felsspitze balancierend mit einem Grolk im Arm sah … Wo er es sowieso auf ihn abgesehen hatte. Immer wieder hatte Morlugh versucht, ihm zu schaden, aber bisher war er aus unerfindlichen Gründen davongekommen.

„Erion, komm wieder rüber! Schnell!" Es war Kunjas Stimme, die das heiser raunte. O Mann, das musste sie ihm gar nicht erst sagen.

Er stand wie versteinert, blickte in die Tiefe, und ihr Satz wurde fast ansatzlos von einem Klackern abgelöst. Dann ein Knirschen.

Erion spähte nach der Quelle des Geräusches, sah den Steinbrocken, den er von der Felsspitze losgetreten hatte, auf eine Kante aufprallen, wo sich dadurch ein anderer Stein aus dem bröckligen Vorsprung löste. Ein größerer. Der munter kollernd, in einem kleinen Schweif aus Geröll weiterstürzte. Ebenfalls aufschlug. Ausgerechnet auf einer Felsnase. Die daraufhin abbrach. Die Felsnase war ein ziemlicher Brocken und die polterte weiter abwärts – Erion verfolgte mit angehaltenem Atem ihren Weg –, prallte mehrmals auf und absolvierte ihren letzten Aufprall in einem Winkel, dass sie in einem hohen Bogen durch die Luft flog.

Aus angehaltenem Atem wurde ein scharfes Einsaugen.

Es gab einen dumpfen Rumms, begleitet mit einem metallischen Dong!, als der große Steinbrocken auf den Schädel des Duerga traf. Der Schädel ruckte zur Seite, der wuchtige, kolosshafte Körper schwankte.

Der Grolk in seiner Armbeuge quäkte.

„O Mann, unser Elfenschönling wirft dem König und Eidhüter einen Riesentrümmer von einem Stein an den Kopf." Das war Turams Stimme in die Stille hinein. „Jetzt bist du wirklich dran."

„Jetzt komm schon zurück! Bevor …" Kunja.

Die gar nicht erst zu Ende reden musste, denn schon hüpfte und tanzte er von einer Felszinne zur anderen. Den Höhenunterschied hatte er diesmal gar nicht bemerkt. Der Schreck hatte ihn beflügelt, und ohne groß nachzudenken hatte er einfach in langen Sätzen den Rückweg angetreten.

Er sah seine Freunde zusammengedrängt, die ihm erwartungsvoll die Arme entgegenstreckten – zwei graue Duergabrocken und ein Dwercmädchen –, und dann war er auch schon drüben, auf dem festen Boden der Klippe und wurde von zwei mächtigen Pranken weitergezogen.

„Turam, komm da weg vom Rand!", hörte er Kunja heiser hervorstoßen.

Erion schaute sich um und sah, wie sich Turams mächtiger Körper nach vorne lehnte, um über die Kante hinwegzuspähen.

Er selbst konnte auch nicht anders, als den Hals zu recken. Knapp über den Felssaum hinweg lugte er abwärts, und sein Blick wurde natürlich sofort von dem Paar weit aufgerissener Augen angezogen, die in dem ungeschlachten grauen Schädel mit dem Kronreif darauf wütend glühten. Und nach oben starrten.

Zum Glück nicht auf ihn. Nur auf Turam. Aber das reichte.

„Das war *er*!", dröhnte es zornerfüllt von unten her. „Das war dieser verfluchte Leichtfuß!"

Erion zuckte zurück und sah, wie die Augen seiner Gefährten alle entsetzt auf ihn gerichtet waren.

„Diesmal ist er endgültig dran, dieser verdammte Elfenschönling!", donnerte es weiter. „Diesmal kommt er mir nicht davon!"

Erions verzweifelt umherschweifender Blick endete auf Kunjas Zügen.

„Lauf, Erion!", sagte sie. „Verschwinde! Schnell, bevor er dich erwischt."

2

DAS VERDAMMTE GLÜCK
GEPACHTET

E rion rannte durch die wild gewucherten Gassen des Dwercdorfes. Dwerc und Menschen ihrer Gemeinschaft starrten ihm erstaunt nach, manche, die ihn kannten, riefen ihm etwas hinterher.

Aber Erion gab sich nicht die Mühe, ihnen zu antworten. Er brauchte seine ganze Luft zum Rennen, um Morlugh zu entkommen. Er musste durchs Dwercdorf und in die Gildenviertel hinein, bevor der mit seinen Brechern den Felspfad hinab war und ihm den Weg abschnitt.

Morlugh durfte ihn nicht kriegen. Am besten durfte er ihn gar nicht erst sehen. Egal, ob er es ahnte. Aber damit er zumindest nicht beweisen konnte, dass Erion es gewesen war, dafür verantwortlich, dass ihm dieser riesen Steinbrocken an den Kopf geknallt war, und er deshalb wieder in den Minen landete. Nachdem Morlugh, dieser brutale, gewalttätige Tyrann, seinen Zorn auf andere Weise an ihm ausgelassen hatte. Auf so eine Gelegenheit, auf so einen großartigen Vorwand hatte König Morlugh nur gewartet. Und diesmal würde ihn nichts mehr retten.

Das Dong, das dem Rumms gefolgt war, war von dem

massiven vergoldeten Kronreif gekommen, den Morlugh
auf seinem hässlichen Duergaschädel trug.

Endlich erreichte Erion den Saum des Dwercdorfes und
ließ die Häuser und windschiefen Baracken hinter sich, die
auch Kunjas und seine Heimat waren. Gut – von Morlugh
und seinen Kumpanen war noch nichts zu sehen. Er hörte
nur ihr Brüllen, das aus den Gassen heraus zwischen den
Wänden der Gebäude widerhallte.

Die waren hier, im Gegensatz zum Dwercdorf,
ausschließlich aus Stein, höchstens zweistöckige Klötze mit
schmalen Fenstern, die zur Zier mit kantigen Simsen
versehen waren. Aus abgeschlossenen Höfen hörte man
durch gemauerte Tore das rhythmische Klingen von Metall
auf Metall und den Austausch rauer Stimmen. Einige
Duerga und die kleineren Firimduerga trotteten die Straßen
entlang, auch Dwerc und ebenfalls ein, zwei Menschen
fädelten sich zwischen ihnen ein. Dwerc und Menschen
sprangen beiseite, und zwischen den Duerga, die stur ihrem
Trott folgten, schlängelte er sich rasch weiter durch.

Na prima! Die konnten ihn nachher alle fein identifizie-
ren. Einen halben Elfen mit einem hässlichen Vieh im
Arm – so viele gab es davon nicht.

Oh! Mist! Er hielt ja den Grolk noch immer in seiner
Armbeuge gepackt. Das Vieh wehrte sich nicht einmal. Bei
all der Aufregung hatte er das nicht einmal richtig wahr-
genommen.

Er spreizte im Rennen den Arm ab, wedelte heftig
damit. „Na los! Weg! Lauf!"

Das Vieh sah ihn aus schmutzig-graugelben Augen an,
die in dem knochigen Schädel viel zu riesig wirkten. Dann
setzte es in kurzen kratzenden Sprüngen seinen Arm hoch
und krallte sich an seiner Schulter fest.

„Dummer Grolk! Böser Grolk!", schimpfte Erion. Aber
darum konnte er sich jetzt nicht kümmern. Der würde schon
irgendwann runterspringen.

„Da! Da ist er!"

Der Schrei ließ ihn herumfahren. Dort standen sie am Ende der Straße und starrten ihren Verlauf herab – genau auf ihn. Der Kronreif – als wollte er jeden Zweifel im Keim ersticken, wer ihm da auf den Fersen war – funkelte etwas schief sitzend auf König Morlughs grobem Schädel.

So viel also dazu, dass er ihn möglichst gar nicht erst zu sehen bekommen sollte.

Sofort wandte sich Erion wieder um und legte seine ganze Seele ins Davonrennen, während hinter ihm schwere eisenbeschlagene Stiefel übers Pflaster polterten und klirrten und ein Gestöber wilder Rufe hinter ihm herjagte.

Gerade rechtzeitig, dass er wieder auf den Weg achtete. Sonst wäre er womöglich noch in jemanden hineingerannt, denn das Viertel wurde belebter. Er musste mehrfach Leuten ausweichen, die Lasten trugen, oder sich an abgestellten Karren vorbeiwinden. Einer der einfachen Eisenschmiede hatte sogar seinen Amboss vor die Tür seines Hofes gewuchtet und dengelte mit schweren Hieben munter auf dem Metall herum, während neben ihm seine Duergafrau irgendwelche bleiche, dicke Fleischscheiben auf einem über seine bewegliche Esse gelegten Rost briet. Vom herabtropfenden Fett stieg dicker, beißender Rauch auf, der Erion im Vorbeilaufen in die Lunge geriet und ihn zum Husten brachte.

Hinter sich hörte er, wie polternd etwas durcheinandergekegelt wurde, dann eine barsche Stimme, „Aus dem Weg!" Gleich darauf ein Scheppern und Schreie.

Vor ihm war einer Häuserecke ein Dreieckspfeiler vorgebaut. Auf geradem Weg würde er ihnen niemals entkommen können. Er schnitt die Biegung zwischen Pfeiler und Haus hindurch und betete zu Urnak, dass ihnen sein Haken entgangen war.

Die Gasse, in der er rauskam, war eng und größtenteils verlassen. Nur eine einzige kleine Gestalt – eindeutig Nicht-Duerga – mühte sich mit irgendetwas ab, das sie aus einem

Hauseingang herausziehen wollte. Gerade wischte sie sich den Schweiß von der Stirn und entdeckte dabei offensichtlich Erion, wie er auf sie zugerannt kam.

„Oh, he, Erion!"

Das war Agranor. Es musste die Hetze gewesen sein, durch die er ihn nicht sofort erkannt hatte. Denn als Mensch mit seinem Körperbau und den prallen, mächtigen Muskeln, die er nur zu gern aus seinem halb offenen Hemd herausschauen ließ, war er eigentlich mit niemandem sonst zu verwechseln.

Agranor sah ihn heranstürmen. „Du rennst ja wie Hölle! He, wenn du unbedingt Körperertüchtigung brauchst, dann komm doch ausnahmsweise mal beim Waffentraining vorbei." Er grinste sich eins mit verschwitztem Gesicht. Der hatte offensichtlich noch gar nicht mitbekommen, dass Erion auf der Flucht war. Und erst recht nicht, vor wem er davonrannte und dass die Situation verdammt ernst war. „Wenn du schon nicht mitmachen willst, guck einfach zu und geh hinterher was mit uns trinken."

Er war heran. „Keine Zeit."

„Sagst du immer."

„Keine Zeit."

Agranor wich ihm gerade noch rechtzeitig aus, dass er ihn nicht unsanft zur Seite stoßen musste. Er nahm wahr, wie sein Freund herumschwenkte und ihm hinterhersah. „Was ist das da auf deiner Schulter?"

„Viech. Grolk", schaffte er gerade noch hervorzustoßen, dann brach auch schon das Gebrüll hinter ihnen los.

Sollte eigentlich reichen, für Agranor zu klären, dass sich das mit dem *keine Zeit* nicht auf das gemeinschaftliche Waffentraining bezog.

Er hetzte weiter, erlaubte sich dann doch einen Blick über die Schulter, um abzuschätzen, wie dicht sie ihm auf den Hacken waren …

… und da entdeckte er, dass Agranor tatsächlich jetzt

genau geschnallt hatte, wovor er davonlief. Und welche Gefahr das für ihn darstellte. Denn er stemmte sich jetzt gewaltig in den hoch beladenen Karren, denn das war es, was er sich aus dem Hauseingang zu ziehen gemüht hatte. Wahrscheinlich, um ihn zu seiner und Erions Meisterin zu schaffen. Allein. Ohne Hilfe. Der kleine Angeber.

Von Morlugh und seinen Kumpanen war bereits nur noch durch einen kleinen Spalt etwas zu sehen.

„Aus dem Weg! Schaff den verdammten Karren weg! Sofort!"

Das Rumpeln hielt an. Das Fluchen kurz auch. Bevor es wieder heftiger und erbitterter losging. Dann Befehle.

„Los, packt die Deichsel! Schafft das verdammte Ding beiseite!"

Was für die stämmigen Duerga ein Klacks sein dürfte. Wenn sie sich nur koordiniert bekamen. Bevor Erion in eine andere Gasse bog, bestätigte ein Seitenblick ihm seine Vermutung. Es war selbst für einen Koloss nicht so leicht, einen mickrigen Karren beiseitezuziehen, während zwei andere Kolosse versuchten, drüber hinwegzuklettern.

Erions Grinsen verging ihm schnell. Mit einem Sprung setzte König Morlugh vom Karren herab und wetzte ansatzlos weiter hinter ihm her. So viel zu Agranors gutem Willen. Wenigstens würde der dafür keinen großen Ärger bekommen. So gut wie der immer beim Waffentraining abschnitt. Und so große Stücke, wie Morlugh deshalb auf ihn hielt.

Er sah, dass die Gasse ihn direkt ans Ende des Schmiedeviertels brachte, denn die Gebäude dahinter wurden verschachtelter, kantiger, bizarrer … so wie das seltsame Wirken ihrer Bewohner. Er war in den Bereich des kleinen Zirkels der Alchymiker gekommen.

Direkt über den gezackten, kantigen Dächern und Erkern ragte breit und wuchtig wie eine Wand einer der großen Tragpfeiler der Hauptkammer von Kharnuk-Bragha auf. Man erkannte die eckig durchgestaltete Basis und die Runendarstellungen und Friese, die sich hoch hinauf an seinem unteren Teil entlangzogen, wie gewaltig aufragende Abbildungen von Riesen und mit überdimensionierten Zeichen dazwischen. Über den Umrissen der nächsten Gebäude erstreckte sich auf der Oberfläche des Pfeilers das titanische flache Abbild eines Duerga in die Höhe, der die schräge Basis eines Runenzeichens stemmte, als wäre es der Himmel, der ihm auf den Kopf fiele, wenn er auch nur einen Augenblick in seiner Anstrengung innehielte.

Gut, die Alchymiker waren seltsam, und ihre Werkstätten ein bizarres Gewirr, doch genau das gab ihm die Gelegenheit, seine Verfolger abzuhängen.

Da war ein enger, vorgebauter Hauseingang mit Dreiecksgiebel, vor dem ein kauziger, zerfurchter Firimduerga mit einer fleckigen Schürze stand und irgendein gerolltes Kräuterblatt rauchte, dessen Qualmkringeln er missmutig hinterhersah.

Ja, genau hier.

Bevor der Alchymiker sich richtig zu ihm umdrehen konnte, war Erion schon an ihm vorbei ins Dunkel des Eingangstunnels geschlüpft. Als er den schweren Vorhang durchstieß, der den inneren Eingang abschirmte, hörte er den Kerl ihm empört hinterherrufen.

„Nicht da rein Junge, das ist …"

Jaja, genau darauf vertraute er ja.

Aus dem düsteren Türgang stolperte er hinein in sinnenverwirrende Helligkeit. Im ersten Moment kam er sich vor, als wäre er geschrumpft und in einen gesplitterten Kristall gestürzt. Statt einer durchgehenden Decke gab es überall Fensterflächen, die sich in ihrer Gesamtform zum stumpfen Oberteil eines Polyeders zusammensetzten. Holzstiegen und Metalltreppen teilten schräg den Raum und führten zu sich überlappenden Plattformen. Überall stand ein Gewirr undurchschaubarer Gerätschaften herum, viele aus Glas oder glitzerndem Kristall, andere aus dunklem Metall, aus denen Dampf aufstieg.

Ein paar wenige Figuren, auf den ersten Blick offenbar meist Firimduerga, standen in ihre Arbeit vertieft dazwischen herum und drehten sich jetzt, als er so hereinplatzte, zu ihm hin.

So oder so ähnlich hatte er sich das gedacht.

Er hielt sich gar nicht erst lange damit auf, sich einen genaueren Überblick zu verschaffen, sondern hetzte auf eine steil aufwärtsführende Metalltreppe zu und betete nur, dass sein Glück ihm hold war und sie irgendwohin führte, von wo er auch wieder aus dem Gebäude herauskam.

„Ich schaff das! Ich hab das im Griff!", stieß er zwischen den Zähnen hervor, als er den Fuß auf die erste Stufe setzte und schnurstracks vom Eingangstunnel her Gezeter erscholl, wobei er davon nur die grollende Antwort „Weißt du, wer ich bin?" mitbekam.

„Da! Da ist er!", hallte es dröhnend auf halbem Weg die Treppe hoch durch die verschachtelte Halle.

„Ihr könnt hier nicht rein! Ihr könnt hier nicht durch!"

Diesmal konnte Erion hören, was die Alchymiker laut protestierend riefen. Es klang, als würden sie aufgeregt aus allen Ecken herbeiströmen.

„Das ist gefährlich! Hier sind überall Tinkturen, Essenzen und Destillate, die äußerst flüchtig sind und jederzeit … Ihr könnt hier nicht …"

„Hier könnte alles …"

Es klirrte, krachte und polterte, durchsetzt von einem Stampfen und Grunzen. Morlugh scherte sich offensichtlich nicht um die Warnungen.

„So passt doch um Berges willen auf! Ihr bringt uns noch alle um!"

„Raus hier! Raus!"

Ja, das hatte er gehofft, dass dieser Bereich selbst König Morlugh verwehrt war. Womit er nicht gerechnet hatte, war, dass König Morlugh darauf dermaßen eins pfiff. Ihm musste doch klar sein, dass er mit seiner massiven Statur hier auch massives Unheil anrichten konnte.

So ernst meinte Morlugh das mit ihm, dass er sich nicht um Schaden und Verluste scherte. Junge, Junge, wenn der ihn erwischte, war er wirklich dran.

„Ja", dröhnte jetzt Morlughs Stimme hinter ihm her, „Erion Leichtfuß! Man kann sich doch immer drauf verlassen, dass er was Dummes tut."

*Ach, und was machst **du** gerade?*

Er kam oben an, fand eine weitere Ebene voller Gerätschaften vor sich, suchte verzweifelt nach einem Weg raus und schätzte eine dunkle, tunnelartige Nische am anderen Ende als seine beste Chance ein.

Metallisches Scheppern durchbrach das Gezeter. Die kamen die Treppe hoch. Hoffentlich brach die unter ihrem gesammelten Gewicht zusammen.

Er lief los. Es kreischte auf seiner Schulter. Der Grolk! Rennend pflückte er ihn mit der Hand herunter, doch er krallte sich an seinen Fingern fest und riss Striemen in seinen Handrücken.

„Na los! Jetzt komm schon!" Wild schüttelte er seine Hand mit einem fauchenden, keifenden Grolk dran. „Willst. Du. Wohl …"

Ein heftiger Schwung, und im hohen Bogen flog das Tier davon. Erion hetzte die enge Gasse zwischen den Tischen und Apparaten hindurch, und zu seinem Erstaunen sah er aus dem Augenwinkel, wie das Vieh in großen bogenförmigen Sätzen parallel zu seiner Laufrichtung über Tische und Bänke buckelte und hopste, sodass es zu allen Seiten laut klirrte und von irgendwoher gelber Rauch aufstieg.

„Ja toll, jetzt kannst du auf einmal springen."

Er kam am anderen Ende der Tischreihe an und zuckte zusammen, als ein Knäuel auf seinem Rücken landete und sich mit spitzen Krallen durch den Stoff seines Hemdes grub, während es sich emsig den Weg zurück auf seine Schulter suchte.

Das Dunkel, in das er gleich darauf eintauchte, lief in das Balkenwerk eines spitzen Daches aus. Ein Seufzer der Erleichterung brach aus ihm hervor, als er am anderen Ende keine Wand, sondern eine hölzerne Pforte fand, und wie aufs Stichwort erreichte das Gebrüll und Gerufe hinter ihm einen neuen Höhepunkt. Ha, die dachten, es sei eine Wand und er stände blöd da.

Doch die Dachpforte war, Urnak sei Dank, unverschlossen und öffnete sich auf sein Rütteln hin.

Dahinter erstreckte sich eine schmale Brücke über eine tiefe Häuserkluft. Ohne anzuhalten, spurtete er hinüber auf die andere Seite und fand sich im Schatten des großen Stützpfeilers wieder, der wie eine endlos in den Höhlenhimmel weisende Wand neben ihm aufragte. Aus der Nähe sah man, wie flach das von hier unten aus beinahe unüberschaubare Bild des titanischen Duerga war, und man erkannte auch deutlicher die eckigen Runenzeichen, die sich dazwischen hindurchflochten. Der Schein der Leuchtschichten oberhalb davon ließ die Schatten in den Vertiefungen tief und dunkel werden, wodurch der Titan an seinen Kanten lange Schatten warf, was die Künstlichkeit und Leblosigkeit der Figur nur unterstrich.

Am Pfeiler vorbei ging es zu den Randbezirken zwischen Wohnvierteln und Minen. Mist, der Plan, seine Verfolger im Alchymikerviertel abzuhängen, war nicht aufgegangen. Er musste sich was überlegen oder schleunigst einen Haken schlagen, denn in den Stollen gab es kein Vertun. Die liefen ohne Möglichkeiten zu Entkommen geradeaus, und dort herrschte so viel Betrieb durch die Arbeit, dass man Morlugh überall leicht den Weg weisen konnte, den ein Flüchtiger genommen hatte. Außer in den Stollen, in denen kein Betrieb herrschte, aus gutem Grund …

Nein, er musste einen Haken schlagen und wieder in die Gassen zurück, wo er sie abhängen konnte. Also um den Pfeiler herum und dann wieder ins Gewirr der Stadt.

Er rannte los. Schlagartig stürzten Schatten auf ihn herab.

Erschreckt zuckte er zusammen. Doch es waren nur die Leuchtschichten, deren Runenverstärkung der Leuchtwirkung zur vorbestimmten Zeit endete, sodass die Dämmerung der Höhlenstadt hereinbrechen und sich langsam die Nacht über die Gassen und Straßen, Kammern und Kavernen legen konnte.

Umso besser für ihn. Im Dunkeln …

„Jetzt mach schon deinen scheiß Leuchtorbus an!", donnerte es hinter ihm, unverkennbar Morlughs Stimme. Und unverkennbar Zeit, richtig die Beine in die Hand zu nehmen, statt hier zu bummeln, weil es gerade dunkel wurde.

Die hatten offenbar direkt einen Alchymiker mit sich geschleppt. Wahrscheinlich mehrere, nach der Zahl der Lichter hinter ihm zu urteilen. Schnell am Pfeiler vorbei und untertauchen.

Stampfen und Brüllen verfolgten ihn, als er an der sich hochtürmenden Wand vorbeilief, dann um deren Kante bog und zwischen neuer Seite und dem Gewucher von Gebäuden im Laufen seine Chancen einschätzte. In die freien Straßen der Hauptkammer oder in die vorgebauten Bauwerke, die sich direkt dahinter in den Stein des Berges gruben? Kurz erwog er, am Ende des Pfeilers einen Sprung hinab auf die Dächer zu wagen. Aber das war halsbrecherisch. Vor dort aus ging es steil bergab, und so was traute er sich nicht einmal mit seinen Elfenkünsten zu. Aber wenn ihm keine Wahl blieb, als von Morlugh erwischt und zu den Minen verdonnert zu werden …

Tanzender Fackelschein und Brüllen vor ihm.

Der Grolk auf seiner Schulter fauchte.

Verflucht, da kamen sie ihm entgegen. Ein paar wuchtige Kolosse mit Fackeln, ansonsten Äxte und Breitschwerter in der Hand. Also doch nicht so matt in der Birne! Morlugh hatte welche losgeschickt, um ihm den Weg abzuschneiden. Und hatte ihn auch offenbar gut genug durchschaut, welche Route er nehmen würde.

Was tun? Der Weg zurück in die Bezirke der Hauptkammer war ihm abgeschnitten, blieb nur noch die Möglichkeit, ins zumeist von Firimduerga bewohnte Höhlenviertel zu entkommen.

Oder aber …

Dorthin, wo keiner war … Wo sich keiner hintraute … Nicht mal die Alchymiker und Morlughs Brecher …

Nein, dahin würden sie ihm niemals folgen. Nicht mal König Morlugh mit seiner Stinkwut auf ihn.

Wirklich? Wollte er das tun?

„Schnappt ihn euch!"

Brüllen von hinten, schwankender Leuchtorbenschein. Geschrei der Brecher von vorne, die ihm den Weg abschnitten, und tanzendes Fackellicht. Keine Zeit zu zaudern!

Er setzte in die dunkle Lücke zwischen Höhlenstadt und Vierteln der Hauptkammer hinein. Schnell, denn vor ihm wurden bereits die ersten Feuer zur Nacht angezündet.

Dem Geschrei nach trafen beide Trupps bei der Ecke aufeinander und sprengten ihm hinterher.

Er kam vorbei am Einschnitt der sich lang windenden Hinkelsgasse, die sich mit all ihren engen, kleinen Abzweigungen weit in die Stadt hineinzog. Klar würden die denken, dass er dort hinein abgebogen war. Ergab Sinn. Machte er aber nicht. Er hielt sich am Rand in den Schatten, wo es schwieriger war, ihn zu sehen, und lief geradewegs weiter in die Richtung, wo die Minen begannen. Prellböcke und erste Schienenstränge auf der anderen Seite der Flucht kündigten schon ihren Saum an.

Ein Trupp von Arbeitern kam aus den Tunneln heraus,

kreuzte schwatzend die Straße und verschwand in einem engen Durchgang. Ein letzter Nachzügler stoppte, hielt an, blickte zu ihm herüber.

„Erion?"

Er erkannte im Rennen und in der Düsternis nur den Umriss, wohl aber die Stimme. „Malaiar, weg da!"

„Erion, was machst du denn hier?"

Brüllen, wildes Getrampel auf hartem Steinboden hinter ihm.

„Ach ja, ich seh schon. Morlugh. Lass mich raten. Lass dich von dem bloß nicht …"

Er war dicht heran an ihrer gedrungenen Firimduergagestalt, erkannte sie jetzt auch an ihren Zügen und an den Bündeln ihrer Zöpfe, sah aus dem Augenwinkel, wie der Blick ihrer gelben Augen ihn erfasste und ihm kurz im Vorbeihasten folgte.

„Wo willst du hin? Doch nicht …"

Was sollte er antworten? Nur weiter!

„Erion, da wurden wieder welche gesehen und ich hab sie gespürt …"

„Still! Kein Wort!", fauchte er über die Schulter. Sonst würde Malaiar ihnen glatt verraten, was er vorhatte.

Irgendwas, wohin sie ihm nicht folgen würden. Irgendein Ort, bei dem sie niemals vermuten würden, dass er dort hinging.

Nichts als ein langer Dolch an der Hüfte und zwei Glimmkugeln, die er immer für den Fall der Fälle in der Tasche trug. Das Schwert seines Vaters lag natürlich in seinem Versteck sicher verstaut. Also nicht gerade viel. Das würde ihm im Ernstfall auch nichts helfen.

„Ich krieg das hin. Ich hab das verdammte Glück gepachtet. Was meinst du, Kleiner?"

Das räudige Knäuel auf seiner Schulter antwortete ihm nicht, sah ihn nur aus seinen Riesenaugen an.

Die ersten hölzernen Warnzeichen und die ersten Holzbarrikaden, gespickt mit langen, spitzen Pfählen, die alle in eine Richtung wiesen, tauchten auf.

Ein Blick über die Schulter. Nein, er hatte sie noch immer nicht abgehängt, aber er hatte es geschafft, den Abstand zwischen ihnen zu vergrößern. Und Malaiar stand da und starrte ihm hinterher. Wenn sie da stehen blieb, wurde sie noch von ihnen überrannt.

Genug Vorsprung, dass er sie glauben lassen konnte, er hätte sich da irgendwo im Gewirr von Kisten, Kränen und alten, verlassenen Gebäuden versteckt.

Nur noch mehr Warnzeichen, ein kleiner Wald von aufgestellten Schildern, rot an die Felswände gemalte Runenzeichen und ein schmaler Durchgang zwischen zwei Wänden aus hohen Barrikaden. Sie starrten förmlich vor Spießen und Pfählen, die alle in eine Richtung wiesen. Die hatten sie zwar noch nie aufgehalten, aber trotzdem stellten sie diese Barrikaden auf.

Schon tauchte er, das Gebrüll und Geheul seiner Verfolger in den Ohren, in den Irrgarten der Schuppen, Lagerhallen und verendeten Gerüsten und Kräne ein, schlug dann einen scharfen Haken, rannte durch den Spalt krummer, schiefer Wände direkt auf die eine Stollenöffnung zu, bei der sich die roten Runenreihen bis hinein in den Schlund zogen.

Da rein!

„Letzte Chance", zischte er dem zusammengekrümmten Vieh auf seiner Schulter zu, doch das machte keine Anstalten, sich zu rühren.

Die Dunkelheit des Stollens schloss sie ein. Jetzt endlich stoppte er seine Schritte ab, kam zum Stehen und drückte sich eng an die Felswand.

Verflucht, er schnaufte wie ein Urok! Und die Tunnelhöhlung warf es wie ein Schalltrichter dumpf von allen Seiten zurück. Er stellte sich vor, wie es aus dem Tunnelmaul hallte, als wäre es der Schlund eines stampfenden

Ungeheuers, und alle Blicke zu seinem Unterschlupf hinzog. Langsam und mühsam brachte er seinen Atem unter Kontrolle, bis er darüber endlich auch auf die Geräusche von draußen lauschen konnte.

Ja, da waren Stimmen zwischen den Baracken und Aufbauten, die jagten hin und her. Aber sie zogen vorbei, oder? Sollten sie sich nur in die andere Richtung entfernen!

Dann jäh irgendwo ein Abstoppen harter Schritte.

„Was hältst du an? Meinst du …?"

Ein unwilliges Brummen. „Keiner ist so verrückt und geht da freiwillig rein."

„Und wir sollten auch sehen, dass wir hier wieder wegkommen."

„Hast du etwa Angst, Hugar-Vhan?" Keine Antwort. „Also, sucht weiter zwischen den Schuppen. Sag Jagha-Bho, er soll mit zwei, drei anderen draußen an der Barrikade warten und aufpassen. Der wird sicher versuchen, einen Haken zu schlagen, um uns dann wieder zu entwischen."

Es trat Stille ein, während der Erion angespannt den Atem anhielt.

Dann, „Was machst du, Morlugh?"

„Ich frage mich …"

Wieder Stille, dann leise Schritte.

Oh nein. Der kam glatt herein und schaute nach.

Ganz flach an die Wand gedrückt schob sich Erion tiefer in den Stollen hinein und spähte dabei fieberhaft zur Tunnelöffnung. Er musste tiefer rein. Etwas zischte neben seinem Ohr, und im Dunkel sah er dort große, trübe Augen.

„Pst", machte er zu dem Grolk, schob sich weiter, spürte hinter sich eine Kante.

Schatten legten sich über den Eingang. Der kam! Erion schob sich um die Ecke herum, tastete mit den Füßen über den Boden und schlurfte weiter.

Vage erahnte er, wie eine massive Gestalt die Tunnel-röhre ausfüllte. Und sich weiterdrängte. Sie schob eine größere Dunkelheit und ein Gefühl der Beklemmung vor sich her.

Der hatte glatt den Nerv und kam ihn holen.

Er musste tiefer in die Röhre hinein.

Weiter und weiter rückte er am Fels entlang, merkte, wie die Wand sich krümmte. Das musste eine Abzweigung sein. Wie dann der Stein unter seinen tastenden Fingern glatter wurde.

Musste er noch weiter? Wirklich, kam der ihm noch immer hinterher?

Offenbar schon, denn eine massivere Dunkelheit in den Schatten drängte in der Eingangsröhre vorwärts. Weiter!

Seine Fingerkuppen streiften über etwas. Eine Spur, glatt und hart wie getrocknetes Harz. Es ließ ihn zusammenfahren. Doch schnell beruhigte er sich. Klar mussten hier Spuren sein, wenn sie hier irgendwann mal gewesen und rausgekommen waren. Erneut tastete er die getrockneten, sich wie Spritzer oder Adern verzweigenden Spuren ab. Er konnte zwar in der Dunkelheit nichts sehen, aber er war sich ziemlich sicher, wenn er die Farbe erkennen könnte, dann wäre die orange und ein wenig, als würde sie von innen glühen, eben ähnlich wie Harz. Und auch von den Formen her war das ganz anders als bei einer Brutmutter. Puh!

Er merkte, wie er schwitzte. Der Schweiß lief ihm von der Stirn und tropfte ihm von der Oberlippe. Und er hatte auch wieder angefangen, heftig zu atmen. Das sollte er mal schleunigst sein lassen ... denn Morlugh war noch immer da ... und tiefer rein in die Höhle fliehen.

Weiter zog er sich ins Dunkel zurück, bis sein Atem, den er niederkämpfte, ihm von seinem Hall her verriet, dass er in eine größere, weitere Höhlenkammer gelangt sein musste.

Kein tieferes Dunkel, das ihm hinterherdrängte. Es regte sich nichts mehr im Tunneleingang. Atemlos lauschte er in die Stille.

Eine endlos erscheinende Weile zog sie sich hin. Dann

eine leise grollende Stimme, als würde jemand zu sich selbst raunen.

„Nee, so blöd ist keiner."

Dann wieder Stille. Und schließlich Schritte. Die sich entfernten, bis sie dann verhallten und nichts mehr zu hören war.

Erion warf sich mit Rücken und Handflächen gegen die Wand, sackte halb in die Knie und gestattete sich die tiefen, stoßhaften Atemzüge, die er sich bisher versagt hatte.

So hockte er da im Dunkel, lange Zeit. Bis die jähe Bewegung auf seiner Schulter ihn aufschreckte. Die Last eines Knäuels, die er bei alledem vergessen hatte, verschwand jäh. In einem Sprung.

„Ah, ja", flüsterte er, „jetzt kapierst du endlich, dass ich nicht deine Mutter bin." Er lauschte dem Geräusch kratzender, wieselnder Füße, das ihm zeigte, wo der Grolk im Dunkel umherhuschte. „Ich weiß ja nicht viel über Grolkmütter, aber ich schätze, das hier ist ein Ort, an den deine Mutter dich niemals bringen würde."

Der Grolk fauchte.

Das war keine Antwort auf seine Worte.

Da war etwas anderes mit ihm im Dunkel. Etwas, das leise schnarrte und zirpte.

Der Schreck fuhr ihm in die Glieder.

Oh, Urnak! Nein! Er war verloren!

Im Stockdunkel aber erst recht. Morlugh war weg, weit genug, und wenn nicht, dann kam's eh nicht mehr drauf an.

Er tastete nach seiner Hosentasche, während es vor ihm im Dunkel weiter klackerte und schnarrte, zog eine der Glimmkugeln hervor.

Er erfühlte die Rune darin, drückte sie und schlug dann die Kugel gegen die Felswand.

Vor Schreck fiel sie ihm aus der Hand, als das rotorange Licht aufloderte. Klackend traf die Glimmkugel den Stein, und ihr Flammenball rollte wie ein Kugelblitz über den Boden hinweg, bis sie schließlich kreiselnd zur Ruhe kam.

Denn ihr Schein, der sich träge das Dunkel eroberte, schälte einen sich langsam aufrichtenden Umriss heraus. Wurmförmig, mit einem stumpfen Kopf am Ende, von dem tentakelhafte Auswüchse von den Lefzen herabhingen, hinter scharfen, vorstehenden Zähnen, und sich kleinere dieser Auswüchse von den Augen aus nach oben streckten. Ein langes, für den feisten Wurmkörper unnatürlich dürres, gelbliches Gliederpaar hob sich vom Boden und entrollte an seinem Ende lange, gebogene Krallen.

Nein, Urnak sei Dank, keine Brutmutter – er hatte recht gehabt. Aber ein Jäger-Drazghul, der fauchend und rasselnd in Angriffshaltung stand, wie kurz vor dem Sprung auf seine anvisierte Beute.

Und diese Beute wäre dann wohl er.

3

DER TOD IM STOLLEN

Wie viel Zeit blieb ihm, bis der Jäger-Drazghul sich auf ihn stürzte? Erion tastete mit der Hand nach dem Griff seines Dolchs und bemühte sich, ja keine hastigen Bewegungen zu machen, starrte dabei dem Jäger-Drazghul in die Augen, die auf befremdliche Art so gar nicht wie die eines Tieres waren – nicht mit großer, beinahe das Weiß verdrängender Iris darin, sondern klein und stechend, wie die eines von absolut kaltem Zorn erfüllten Menschen.

Der Jäger-Drazghul rasselte und fauchte weiter. Vielleicht hatte Erion ja noch Zeit. Zum vorsichtigen Rückzug und dann einer schnellen Flucht.

Ganz langsam schob er seine Füße rückwärts und wich so immer weiter zurück, ein Schritt, zwei, den Blick fest auf die Drazghul-Augen gerichtet.

Der Grolk fauchte. Der Drazghul sprang.

Instinktiv warf Erion sich zur Seite. Etwas kratzte über seinen Arm, und der Luftzug einer schweren Masse schoss an ihm vorbei. Er prallte gegen die Wand und wirbelte herum.

Ein zischendes, fauchendes Nest voller Zähne schoss auf ihn zu. Er kreiselte herum und wirbelte an dem Wurmkörper vorbei. Der wand sich blitzschnell und richtete sich mit einem pfeifenden Keuchen erneut auf ihn aus. Aus den Augenwinkeln sah er etwas, das wild von den Wänden der Höhle abprallend kreuz und quer umhersprang wie ein räudig gewordenes Feuerwerk am Jahreswendtag – der Grolk.

Der Drazghul stieß zu, Erion wand sich weg. Der Drazghul stieß erneut zu, wieder und wieder. Ein ums andere Mal bog sich Erion vor den Attacken weg, tänzelte seitwärts und entging dem zupackenden Maul.

Ein paar weitere Versuche, dann zog der Drazghul sich zurück, ein Wurmleib aufgerichtet auf den kurzen stämmigen Stummelbeinen, rasselnd wie eine angriffsbereite Viper.

Offenbar brauchte das Vieh seine Zeit, um sich mit der Tatsache auseinanderzusetzen, dass es hier kein plumpes Opfer vor sich hatte, das man schon mit dem ersten Happs packte, wie es das vielleicht gewohnt war.

Ha, Erion Leichtfuß nannte man ihn nicht ohne Grund.

Er hielt seinen Dolch in einer Hand und starrte den Jäger-Drazghul an. Ihm wurde leicht im Kopf.

Oh, nein! Nur nicht jetzt! Ganz falscher Körperteil.

Verzweifelt fühlte er, wie die grauen Spinnennetze am Rand seines Blickfelds nach ihm griffen, während das Bild des Jäger-Drazghul vor seinen Augen schwankte und schwand.

Wie sie ihn einhüllen und in ihren Wehen unheimliche, erschreckende Bilder zeigen wollten. Er spürte, wie das kalte Vergessen sein Rückgrat entlangkroch und allmählich nach seinem Verstand tastete.

Nein, nicht jetzt!

Wenn er jetzt einen Anfall hatte, war er tot.

Das Rasseln des Drazghul, das irrlichternde leise

Fauchen des Grolks im Hintergrund. Nein, diesmal nicht! Er musste sich dagegen wehren. Sonst war er tot.

Trotz der drohenden Gefahr, versuchte er, seine Konzentration von dem verschwimmenden Bild des angriffsbereiten Drazghul zurückzuziehen und sich innerlich zu versteifen. Ja, genau so. Sich bleischwer und fest zu machen, als wäre er ein bloßer Klumpen Materie, etwa wie ein Stück Eisen, das noch zu nichts geworden war und nichts werden wollte. Nichts Leichtes, nichts weithin Fliehendes. Ein Stein, ein Berg.

Ja, *begrab das, was dich zersetzen will, im Dunkel unter diesem Berg. Damit sich nichts regt, nichts atmet.*

Verschwommen schwankte der Drazghul vor ihm hin und her wie eine Steigwurzel im Tunnelwind, doch allmählich verzogen sich die Schleier, und die Welt wurde wieder klarer. Damit auch die Gefahr.

Zum Zischeln des Mauls war ein zuckendes Auf- und Abwedeln der Greifarme gekommen. Also höchste Gefahr. Doch noch immer pfiff und sang es in seinen Ohren wie ein Lied.

Ein Lied. Wenn das doch alles wie in einem Lied wäre! Dann könnte die Weisheit alter Balladen ihn retten. Und alles wäre so einfach, dass man einen Drazghul nur hinter dem Ohr piksen müsste und er fiele tot um, wie Turam sich in seinem Spott gegen Duvruk ausgedrückt hatte.

Der Kopf schoss vor, und seine Wucht traf ihn an der Schulter, da er sich nicht schnell genug wegwinden konnte. Etwas rann ihm warm die Wange hinab, ein Zahn oder eine Kralle musste ihn erwischt haben.

Fauchend sprang der Grolk noch immer von Wand zu Wand, ohne sich auf einen Ausgang zur Flucht besinnen zu können.

Eine Klaue sauste über Erion hinweg und fegte ihm durchs Haar. Groß und prall ragte der Wurmleib des Drazghul vor ihm auf und schrie nach seinem Messer. Er stieß zu, die Klinge rutschte an einer glatten Oberfläche ab, und der Schwung ließ ihn nach vorne taumeln. Wo ihn ein Schlag des herumschnellenden Drazghul erwischte. Ein scharf beißender Atemhauch wehte ihm ins Gesicht, und das Fauchen und dolchscharfe Wimmeln des Mauls schoss nur um Haaresbreite an seinem Kopf vorbei.

Er stolperte nach hinten, kein Tanzen mehr, kein leichter Fuß, sondern nur noch verzweifeltes Wegtaumeln.

Wieder kamen er und der keifende, rasselnde Drazghul sich gegenüber. Das konnte kein gutes Ende nehmen. Niemand entging einem Jäger-Drazghul. Sie hatten sich in der Vergangenheit schon so viele Opfer aus der Stadt geholt und keines hatte eine Chance gehabt.

Der Drazghul zischte und riss sein Maul weit auf, sodass kaum noch der Rest des Schädels dahinter zu sehen war. Ein Schädel mit einem Gehirn, das in diesem Augenblick nichts anderes als Reißen und Töten kannte.

Wenn es doch nur so wäre wie in den Liedern. Ein Pikser hinter dem Ohr. Ganz so leicht sei es nicht, hatte Duvruk seinem Freund geantwortet.

Das nichts anderes als Reißen und Töten kennt.

Natürlich … wenn dem so war. Wenn in den Lieder doch ein Körnchen Wahrheit steckte.

Was blieb ihm, als es zu versuchen. Wenn er dabei versagte, war er tot. Wenn er es nicht versuchte, war er auch tot.

Aufpassen, wann das Mistvieh zustößt … *Dein Zischeln verrät dich!*

Jetzt!

Der Leib schnellte vor, die Kiefer schossen heran. Erion sprang. Lefzententakel streiften ihn, der Rest des Schädels schoss vorbei. Vor Erion tauchte die Wand der Höhle auf. Schrecksekunde, dann das Bein hochgezogen und sich abgedrückt. Der Schwung trug ihn hoch und er spannte alle Sehnen an, sodass er herumwirbelte. Und der riesige Leib des Drazghul war unter ihm. Auf dem er einen Wimpernschlag später aufprallte.

Die Luft wurde ihm aus der Lunge gepresst, seine Zähne prallten klappernd aufeinander. Mit einer Hand klammerte er sich fest, presste die Kiefer zusammen und zog sich über die glatten Panzerplatten hoch. Hin zum zuckenden Schädel. *Was hast du dir nur gedacht? Der zuckt und windet sich einmal wie eine Höllenpeitsche und wirft dich ab oder zerquetscht dich glatt an der Höhlenwand.* Gedanken im Bruchteil eines Herzschlags.

Hinterm Ohr – da war das Ohr. Die Vertiefung dahinter, von der aus sich die Schädeldecke wölbte.

Mit einem Aufschrei der Verzweiflung riss er seinen Dolch hoch, zielte und stieß ihn genau in diese Grube hinein. Tief hinein. Ins Hirn des Jäger-Drazghul, in dem nur Platz für Reißen und Töten war …

★★★

… ein roter, kalter Rausch. Ein Sturzbach, der auf ihn herabprasselte. In dem alles verschwand. Irgendwie hatte er sich aufgerappelt. Vom Fuß der Wand, gegen die er geflogen war. Langsam kam er in seinem Bewusstsein an, der Schmerz des Aufpralls, der sengend seine Flanke und von dort seinen ganzen Körper entlang zog. Die Seite würde grün und blau sein. Mindestens. Wenn nichts gebrochen war.

Mit zitternden Armen und noch unsicher auf den Beinen wankte er vorwärts, sah auf den nur noch schwach zuckenden Kadaver herab.

Etwas in seinem Augenwinkel ließ ihn mit seinen rohen, blanken Nerven aufschrecken. Sein Kopf zuckte herum, sein Blick fand im Schein der Glimmkugel eine schwärzliche, zusammengeduckte Kreatur, die vorsichtig Fuß vor Fuß setzte und sich näherte.

„Ja, da staunst du, Grolk", krähte er ihn an, mit einer Stimme, die ihm selbst fremd vorkam. „Verlass dich auf die Weisheit von Balladen! Ja genau! Siehst du?"

Der Grolk tanzte vor seinen Augen, aber das lag nicht an dem Tier, sondern an ihm. Rasch stützte er sich mit dem Arm an der Tunnelwand ab, hob dann langsam wieder den Blick zu dem toten Vieh hin, das inzwischen aufgehört hatte, zu zucken.

Sein Magen hob sich, er wandte sich zur Seite und erbrach sich in einem Strahl.

Immer noch zitternd blickte er erneut auf den Kadaver des Drazghul hinab. Ein mächtig gefährliches Vieh. Schlaff. Tot. Eigentlich war der Anblick gar nicht so furchtbar. Da war kaum Blut. Nur dass der Körper eindeutig leblos war.

Da steckte nur ein Dolch hinter dem Ohr, dessen Klinge hineinging ins Gehirn des Tieres. Sein Dolch.

Er hatte dieses Tier getötet. Er hatte getötet.

Erion streckte den Arm vor, der den Dolch geführt hatte und sah, wie er schlotterte. Als wäre er eine weiche Steigwurzel. Er hatte noch nie einer Kreatur das Leben genommen. Er hatte noch nie einem lebenden, fühlenden Bewusstsein mit einem harten, nachtdunklen Schnitt ein Ende gesetzt.

Er spürte, wie sein Magen bei dem Gedanken erneut zu rebellieren drohte. Er würgte trocken und kämpfte es nieder.

Er wusste von Kunja, dass es sie danach verlangte, wieder Kundschafterin und Jägerin zu sein, so wie früher, als sie noch in Ishuk-Bragha gelebt hatten. Er hatte das nie verstanden, warum man seine Beschäftigung daraus machen wollte, Lebewesen zu töten.

Vielleicht war es das Erbe seiner Mutter, die letzten

Endes keine Kreatur leiden sehen konnte. Wahrscheinlich war es das.

Wieder sah er auf die Drazghulleiche herab und sein Blick wanderte wieder zu dem Messer hin.

Aber er hatte auch einen Vater, auch wenn der schon lange tot war.

Und wenn er wahrhaftig ein großer Krieger werden wollte, wie sein Vater das offenbar gewesen war, dann musste er anfangen, Dinge zu tun, die Helden taten.

4

DER LOHN DES JÄGERS

Als er aus dem Stolleneingang heraustrat, stutzten sie zuerst, dann kamen sie auf ihn zu.

Sie hatten ihn erwartet.

Ein erster Schreck durchfuhr ihn, doch dann e kannte er sie. Im Licht der Fackel, die sie trug, nur die erste Gestalt von ihren Zügen her, die anderen jedoch sofort an ihren Umrissen.

„Was macht ihr denn hier?"

„Das fragst *du*?" Das Licht der Fackel, die sie trug, tanzte über Kunjas aufgebrachte Züge. „Eigentlich sollten wir das *dich* fragen. Bist du denn von allen guten Geistern verlassen?" Sie stockte, rang offenbar ihre Entrüstung nieder. „Das wär meine die nächste Frage."

„Ich …" Er setzte an, zu erklären, doch angesichts von Kunjas Empörung blieben ihm die Worte weg.

„Ist das ein Drazghulkopf?", fragte Turam. Er sah sich das blutige Ding, das er an den Tentakeln gepackt hielt, genauer an. „Das ist ein verdammter Drazghulkopf!" Sah dann ihn an und seine gelben Augen fixierten die von Erion. „Du Tier! Du gottverdammtes Tier!"

Ja, so war er sich auch vorgekommen.

Dann dröhnte Turam schon los. „Ich wusste doch, dass ein verdammter Recke in dir steckt! Erion, wer hätte das gedacht? Du bist ein Held! Du bist ein gottverdammter Drazghulschlächter!"

Und im nächsten Moment hatte sein Freund sich mit seinem großen Körper zu ihm herabgebeugt und legte seine mächtigen Arme um ihn, dass der Schmerz in der Seite ihn zusammenzucken ließ. „Vorsicht! Der Schädel, der ist blutig. Zerdrück ihn nicht!"

„Nein, nein, nein." Turam wich ein Stück zurück. „Wir wollen deine Trophäe doch nicht verschandeln!"

Er nahm wahr, wie Turams Kumpan mit seiner wuchtigen Masse neben ihn trat. An Turam vorbei sah er, wie Duvruk ihn mit ernstem, beinahe düsterem Blick musterte, der daraufhin zu dem abgetrennten Drazghulschädel hinabglitt.

„Die Last des Helden trägt sich schwer", sagte Duvruk in dunklem, gedankenschwerem Ton.

„Ach, jetzt lass ihn in Ruhe mit deinem trübsinnigen Zeug, Duvruk-Haik! Lass uns lieber –"

Turam kam nicht mehr dazu, seinen Vorschlag abzugeben.

Wie eine Furie schoss Kunja zwischen die beiden. „Bist du eigentlich noch ganz bei Trost, Erion Leichtfuß?"

Matt hob er die Schultern. „Das mit dem Stein war ein Unfall. Du hast es gesehen."

Ihre Augen funkelten wütend. „Das mein ich nicht. Ich meine, hier in die gesperrten Stollen zu flüchten. Wo doch jeder weiß, aus welchem Grund die gesperrt sind. Jeder weiß das und hätte dir das sagen können! Für den Fall, dass du nicht lesen kannst."

Sie zeigte auf die Runenschrift der Warnungen, welche die ganze Wand rund um den Stollenschlund bedeckten. Von der Unzahl an Schildern ganz zu schweigen.

„Du kannst von Glück sagen, dass Malaiar dich gesehen und uns gleich benachrichtigt hat."

„Wieso? Ich habe es doch ganz allein herausgeschafft."

Turams ausgestreckter Arm hielt Kunja zurück. „Wir waren drauf und dran, dir hinterherzukommen."

„Ja, weil Kunja euch beharrlich angetrieben hat wie die Uroks." Das war die ruhige Stimme Malaiar-Jhins, die sich aus dem Hintergrund einmischte.

„Wir wären auch so –"

„Wenn da eine Brutmutter gewesen wäre!", schnitt Kunja Turam das Wort ab.

„War aber nicht. Ich habe die Spuren gesehen." Genau genommen hatte er sie nicht gesehen, sondern nur ertastet. „Das waren ganz klar Jägerspuren."

„Wenn da ein ganzes Nest von Jägern gewesen wäre!"

„War's aber nicht. Ich hab Glück." Er breitete die Arme aus – den mit dem Drazghulschädel bekam er etwas weniger hoch. „He, ich hab das Glück gepachtet."

Das gab bei Kunja den Ausschlag. Er sah ihre kräftige braune Handfläche schon auf sich zufliegen.

„He, he, he, he, he!"

Wieder drängte Turams Arm sie beiseite. Das hätte sie aber wahrscheinlich nicht aufgehalten, wenn nicht in diesem Moment Agranor hinzugetreten und sie bei den Schultern gefasst hätte.

„He, Kunja, jetzt mach mal halblang!", redete Turam beschwichtigend auf sie ein. „Schließlich ist alles gut gegangen. Unser Schönling ist ein Held. Er hat einen mordsgefährlichen Jäger-Drazghul erlegt. Wer hätte das von unserem Leichtfuß gedacht?"

„Der Tod, der in diesen Stollen haust, eine Gefahr für die ganze Stadt", fügte Duvruk brummend den Worten seines Kameraden hinzu. „Egal, wie viele da sonst noch sind, dieser hier wird sich nie mehr hereinschleichen, wenn die Säulen erlöschen, und sich unschuldige Seelen holen."

Die mächtigen Körper der beiden, die ihre Pranken auf Erions Schulter legten, schienen einen Wall gegenüber Kunjas Zorn zu bilden. Jedenfalls lange genug, bis die sich in Agranors Griff beruhigt hatte. Als er an den beiden Duerga vorbeisah, funkelte sie ihn jedenfalls nur noch finster an.

„He, Agranor!", rief Erion aus. „Gut, dich zu sehen! Guter Zug mit dem Karren in der Gasse. Danke für deine Hilfe."

Agranor bedachte ihn mit einem breiten Lächeln, ließ seine kräftigen Muskeln spielen, als er augenscheinlich probeweise austestete, inwieweit man Kunja loslassen konnte. „Ist doch selbstverständlich. Wir sind Freunde."

Das waren sie allerdings, und darüber war er froh in dieser Stadt, die nicht seine Heimat war.

Da waren sie nun alle beisammen, seine Freunde. Während Turam und Duvruk noch johlten oder getragen brummten, sah er sie sich an.

Zwei Duerga, eine Dwerc, eine Firimduerga und ein Mensch. Ein bunter Haufen, der irgendwie zusammengefunden hatte.

Wobei die beiden Duergakumpel Turam und Duvruk einander schon vor langer Zeit gefunden hatten. Und Kunja kannte er schon von seiner Kindheit an, als sie noch beide friedlich in Ishuk-Bragha gewohnt hatten. Agranor war nicht nur sein Freund, sondern auch sein Arbeitsgenosse in derselben Runenschmiede, ein Gehilfe bei derselben Meisterin. Sein Körper war gestählt durch seine Arbeit, doch nicht allein davon. Von allen anderen ihrer Gemeinschaft war er wohl am wenigsten ein Außenseiter – oder auf seine Art ein Kauz, wie es Turam und Duvruk sicherlich waren, ohne es selbst wahrzunehmen. Mit seiner jovialen, herzlichen Art, und seinen blonden Locken war er beliebt bei den anderen, sowohl in der Schmiede als auch im Viertel … ach, eigentlich bei jedermann. Und er tat sich regelmäßig bei den gemeinschaftlichen Waffenübungen hervor. Wo er selbst neben Duergakolossen wie Turam und Duvruk bestehen und sogar glänzen konnte.

Nein, er war nicht der einzige, der allgemein hohe Anerkennung genoss, auch wenn jene auf eine stillere, bescheidenere Art getragen wurde.

Malaiar-Jhin hielt sich im Hintergrund und lächelte ihn aus braunen Zügen an, die eher denen von Turam und Duvruk glichen als einem anderen seiner Gefährten. Denn sie war eine Firimduerga, eine aus jenem Zweig der Duerga, der von kleinerer Statur war und darin eher dem entsprach, was die Außenwelt unter Zwergen verstand – klein gewachsene, kompakte Geschöpfe, die unter dem Berg leben. Eigentlich waren es ursprünglich deren Städte, auch wenn die anderen groß gewachsenen Duergastämme mit ihnen dort gelebt und inzwischen auch andere Rassen und Zweige hinzugefunden hatten.

Genau wie die von der Statur her größeren Duerga, hatte Malaiar-Jhin schwere Brauenwülste und ihr Kopf und ihre Glieder waren mit knöchernen Hornplatten bedeckt. Ihre Augen glühten im typischen gelben Ton der Duerga, ihre Nase war weniger kurz als bei ihrer Rasse üblich und ihr kräftiges, derbes Haar trug sie zu Zöpfen geflochten und zu Strängen gebündelt.

Sie war eine begabte und begehrte Stollenspürerin und damit ein Gewinn für die Gemeinschaft, und was sie sonst noch an Qualitäten besaß, ließ sie nicht so oft zum Vorschein kommen.

Er wurde in seiner Betrachtung aufgestört, als das ermunternde Schulterklopfen jäh aussetzte und er stattdessen eine kratzige Krallenspur seinen Arm hinauf spürte und schließlich ein Gewicht auf seiner Schulter zur Ruhe kam.

„Was?", tönte Turam. „Du hast ja noch immer das räudige Vieh bei dir?"

Erion wandte den Kopf und sah auf seiner Schulter das magere zerzauste Tier, das ihn aus schmutzig-graugelben Augen anglotzte, die in dem kleinen, knochigen Schädel mit zäh abstehenden Haarbüscheln viel zu groß wirkten. „Ich glaube tatsächlich, es hat gar keine Mutter mehr."

„Da hast du was getan", meinte Kunja. „Jetzt hast du's an dir hängen. Typisch."

„Wie willst du es denn nennen?", fragte Agranor.

Erion musterte das Tier erneut, etwas ratlos. „Grolk", sagte er achselzuckend. „Es *ist* ein Grolk."

Turam zog die Brauenwülste zusammen. „Ganz groß, Grolk der Grolk."

Duvruk legte ihm die Hand auf die Schulter und sah Erion ernst an. „Grolk der Grolk. Das ist gut. Das hat etwas Episches."

„Ja klar." Erions Blick streifte an seinen Freunden vorbei, und er entdeckte weitere Gestalten, die sich scheu am Rand der Schuppen und Baracken, aber noch hinter der letzten Barrikade sammelten.

Turam fing seinen Blick auf und folgte ihm.

„Jaja, schaut nur und staunt", rief er zu den Neugierigen hinüber. „Er hier, unser Erion Leichtfuß, hat einen Jäger-Drazghul erlegt. Jawohl!"

„Einen der Räuber, die sich in der Nacht in die Häuser am Rand stehlen und eure Mitbürger rauben", steuerte Duvruk bei. „Er hat sich in ihre Stollen gewagt und die Geißel eurer Nächte erschlagen."

Und schon zerrten seine Freunde ihn bei den Händen, schoben ihn vor sich her und stießen ihn beinahe in das versprengte Häufchen hinein, das sich an den Rand des gesperrten Bezirks gewagt hatte, um zu sehen, was da vor sich ging.

Die Rufe und die Hände, die sich auf seine Schulter legten, ließen den Grolk schnell die Flucht ergreifen. Erion sah ihm hinterher, wie er am Rande der Schatten zögerte und fragte sich, ob das Tier jetzt endgültig seinen Abschied von ihm nehmen und sich darauf besinnen würde, zu irgendeiner Rotte seiner Artgenossen zurückzukehren.

Der Grolk wurde rasch seiner Sicht entzogen, als sich andere Körper vor ihn schoben, ihn mit sich drängten, ihm dann Turam unsanft in den Rücken stieß und ihn auf den Weg zu seinem Triumphzug schickte.

Denn wahrhaftig, dazu wuchs sich ihr Marsch zurück in die Stadt aus.

Noch immer hielt er den abgeschlagenen Drazghulkopf in der Hand, und zuerst mussten seine Gefährten ihn dazu drängen, ihn zu präsentieren, indem sie dem Arm, der ihn hielt, beharrlich nachhalfen. Als sie schließlich zu Hinkelsgasse kamen, erwartete sie dort schon ein ganzer Pulk, Duerga, Firimduerga und auch ein paar Dwerc und ein, zwei Menschen.

Sie jubelten ihm zu, und Erion spürte, wie ihm ein breites Lächeln die Lippen von Ohr zu Ohr spannen wollte. Tatsächlich waren Jäger-Drazghul immer wieder aus irgendwelchen Höhlen und Stollen hervorgekrochen und hatten sich Bewohner der Stadt zur Beute genommen, um sie zurück in das Gewirr ihrer Röhren und Nester zu verschleppen, sie entweder selbst unter sich aufzuteilen oder sie an ihre Jungen und Brutmütter zu verfüttern. Einer dieser mörderischen Räuber weniger. Sie hatten also ihren Grund, ihn zu feiern.

Der chaotische auf- und abschwellende Chor ihrer Stimmen, in den sich immer wieder sein Name webte, tat seiner Seele wohl. Geleitet und flankiert von seinen Freunden, drängte man ihn weiter die sich windende Gasse entlang und tiefer in die Randbereiche der Stadt hinein. Eine warme

Woge stieg in seiner Brust auf und erfüllte ihn mit einem wohligen Kribbeln und Beben.

Er schaute zur Seite, blickte hoch in das Gesicht eines Duerga, dessen schmallippiger Mund den Menschen-Elfen-Mischling diesmal ausnahmsweise nicht anbleckte, sondern sich zu einem breiten Lächeln verzog. Die grollenden Stimmen priesen ihn als einen, der sie von einer Gefahr erlöst hatte, einen, der auf ihrer Seite stand. Eine Duergafrau, offenbar seine Gefährtin, lugte ihm über die Schulter, ließ irgendeinen Lobspruch vom Jäger der Jäger hören. Ein Firimduerga drängte sich dazwischen, wollte die Trophäe sehen, feuerte ihn an, sie den Blicken darzubieten.

Endlich fand er das Herz und den Mut, das grausige Ding, das er sich so hart erkämpft hatte, in all seiner schrecklichen Pracht zu präsentieren. Er reckte es hoch, hob es jetzt an mehreren der Tentakel, die er über dem Schädel wie Seile gepackt hielt. Wollte es endlich auch einmal ganz anschauen, sehen, ob noch immer Blut vom durchgetrennten Hals herabtropfte.

Als ein jähes Stocken in die Menge kam.

Erion hielt ebenfalls mit einem Ruck an, lugte an seinem Arm und an dem Kopf entlang und sah in das breite, brutale Gesicht eines riesigen Duerga. Drei Nasenringe in jedem Nasenflügel, einer durch den Knorpel der Trennwand. Mehrere eiserne Stacheln ragten neben den Knochendornen aus seinem Fleisch.

Der Duerga starrte dem Jäger-Drazghul in die toten Augen, dann wanderte sein Blick abwärts und er schaute in die Erions.

Die von Ziernarben durchzogene Fratze mit dem Maul und den Reihen schiefer, spitzer Zähne – und ja, jetzt waren sie gebleckt, und ihre grausige Pracht galt ganz ihm – war unverkennbar. Ebenso wie die mächtige Statur mit breiter Brust und Schultern, auf denen man einen Wagen abladen konnte.

„Und ich dachte, keiner könnte so dumm sein, da reinzugehen. Offenbar hab ich in dir jemanden gefunden, der immer noch ein bisschen dümmer ist, als man glaubt, Erion Leichtfuß", knurrte der Duerga.

Vor ihm stand König Morlugh …

5

HÜTER DER TREUE

König Morlugh starrte auf Erion herab.

„Und ich dachte auch, keiner könnte so dämlich sein, zu glauben, dass er mit dem davonkommt, was du dir alles leistest", sagte König Morlugh. „Und dann auch noch in einem Prachtmarsch der Dreistigkeit geradewegs zu mir hermarschiert kommt. Als wolltest du dich mir in all deiner Dämlichkeit und Unverfrorenheit präsentieren."

Morlugh musterte ihn mit einem Abwärtsblick an der Dornenreihe seines Kinns vorbei, während seine Nasenflügel rhythmisch pumpten. Der Kronreif war inzwischen gerade gerückt. „Erion Leichtfuß, du übertriffst wirklich alles."

„Allerdings!" Turam drängte sich vor. „Er hat einen Jäger-Drazghul getötet. Wann hat das letzte Mal jemand anderer das geschafft? Selbst von den Duerga?"

Erion sah den kalten Blick, mit dem Morlugh seinen Duergafreund bedachte. „Du hältst jetzt besser deinen losen Mund, Turam-Jhir, und sparst dir deine Gewandtheit fürs

Gemeinschafts-Waffentraining auf. Ich könnte dich tatsächlich dort zum freundschaftlichen Zweikampf herausfordern. Und es mit der Schonung nicht so genau nehmen."

Er wandte sich zur Seite, schnaubte. „Ach, was sollte ich mich damit mühen?" Er schaute zur einen, dann zur anderen Seite, zu den beiden Duergabrechern, die ihn flankierten. „Ich könnte Hugar-Jhar hier oder auch Jagha-Bho nahelegen, dich zum freundschaftlichen Zweikampf herauszufordern. Die beiden tun sich etwas schwer, wenn es darum geht, ihre Kräfte im Zaum zu halten und sie genau so abzumessen, dass ihr Gegner danach auch noch aufstehen und nach Hause kriechen kann."

Erion bemerkte, wie sich auf seiner anderen Seite eine ähnlich große Gestalt wie die Turams von hinten an ihm vorbeischob – Duvruk, bereit, sich an die Seite seines Freundes zu stellen, um den beiden obersten Leibwachen von König Morlugh Paroli zu bieten. Erion wusste, dass es eine noble, wenn auch leere Geste war, denn er hatte dem Gemeinschafts-Waffentraining oft von fern zugesehen und wusste daher genau, was für gnadenlose Brecher Hugar-Jhar und Jagha-Bho waren, die jeden Gegner mit Leichtigkeit bezwangen.

Und hinter Hugar-Jhar und Jagha-Bho lungerten gleich noch ungeduldig und angriffslustig ein weiteres halbes Dutzend von Morlughs Rotte von Schergen und Gesinnungsgenossen herum und hielten sich bereit. Nur für den (von ihnen durchaus begrüßten) Fall.

Nein, das ging nicht. Seine Freunde sollten nicht für ihn den Kopf hinhalten. Das war schließlich auch gar nicht nötig. Er drängte sich zwischen ihren massiven Körpern durch, sah König Morlugh in die Augen.

„Was soll ich getan haben? Gibt es irgendwelche Zeugen, dass ich irgendwas getan habe?" Dass er, Erion Leichtfuß, entfernt dafür verantwortlich war, dass Morlugh dieser Steinbrocken an den Kopf geknallt war, das beruhte schließlich nur auf einer vagen, von einem hartnäckigen, untergründigen Groll genährten Vermutung.

Morlugh schnaufte, legte leicht den Kopf in den Nacken und warf sich in die mächtige graue Brust, dass sich die Ringe in der Hornschicht spannten.

„Oh ja", knurrte er, und beinahe glaubte Erion, er müsste aus den Nüstern der breiten, kurzen Nase, in die er von unten aus hineinsah, rot glühenden Rauch kommen sehen. „Es gibt sogar eine Menge Zeugen, die dich aus den verbotenen Stollen haben herauskommen sehen. Zuallererst deine feinen Spießgesellen." Er wies mit seiner Pranke ringsum und wollte damit offenbar die kleine Truppe seiner Freunde umfassen. „Dann wären da noch all die Schaulustigen, die sich zweifellos vom Verdacht, dass hier etwas Unerhörtes vor sich geht, haben herlocken haben." Kurz blitzten ein paar scharfe Dreieckszähne auf, als seine Lippe auf einer Seite hochzuckte. „Und recht haben sie. Hier geht tatsächlich etwas Unerhörtes vor."

„Und was soll das bitte sein?"

Erion sah, wie König Morlugh auf Agranor herabsah, der sich an seine Seite schob.

„Ach, du auch noch, Agranor? Dich habe ich eigentlich noch für den Vernünftigsten der ganzen Bande gehalten."

„Ist kein Kompliment von einem, wenn der nur Kampfgeschick mit Vernunft gleichsetzen kann", hörte er Kunja hinter sich raunen.

„Aber", fuhr Morlugh fort, als hätte er Kunja nicht gehört – hatte er wahrscheinlich auch nicht –, „ich will es dir in einfachen Worten erklären. Die deiner Vernunft bestimmt einleuchten werden, Agranor."

Morlugh hielt inne, als würde er seine Gedanken sammeln und müsste dafür erst einmal tief einatmen.

Dann aber brüllte er jäh los, dass sogar Turam und Duvruk zurückwichen.

„Dein verdammter Sippenbastard von Freund hat in dreister Weise die Gesetze der Stadt und ihre Regeln missachtet, für die ich als König und Eidhüter geradestehen muss!!! Er hat damit die Treue zum Eidstein selbst auf unverfrorenste Art gebrochen, die keineswegs geduldet werden kann! Das ist Frevel! Frevel, hörst du!"

Das Donnern seiner Stimme brach jäh ab. Um Morlugh herum hatte sich der Bannkreis unwillkürlich vergrößert. Die Zuschauer wichen auf sicheren Abstand zurück.

Morlugh aber schlitzte die Augen, schürzte die grauen Lippen und kreuzte gemächlich die Arme vor der Brust. „So weit klar?", erkundigte er sich gleichmütig.

„In welcher Weise? Er hat diese Stadt ein kleines bisschen sicherer gemacht, indem er einen der Räuber, die sie immer wieder heimsuchen, getötet hat." Das war Malaiar-Jhins ruhige, besonnene Stimme, die er jetzt in seinem Rücken hörte.

Eine seichte Welle der Hoffnung erfasste Erion, als sich ringsumher weitere Stimmen erhoben, die ihn verteidigten. Wenn auch meist nur verhalten, wie er leider bemerken musste.

„Dann wollen wir mal hoffen", entgegnete Morlugh noch immer mit überkreuzten Armen und mit mildem Lächeln, „dass ich einen Eidsteinfrevler nicht ebenfalls auf eine Weise unschädlich machen muss, dass es ihm rot aus dem Halsstumpf tropft."

Es schien, als wollte Malaiar etwas darauf erwidern, denn Morlugh hob die Hand in die Richtung, aus der ihre Stimme gekommen war, und zog den Brauenwulst hoch. „In welcher Weise er sich schuldig gemacht hat, das willst du wissen?"

Was kam, erriet Erion inzwischen.

Wieder brüllte Morlugh wie vollkommen enthemmt los. „Indem er nicht nur, verdammt noch mal, den abgesperrten Bereich drum rum, sondern auch gleich genau einen der

Stollen betreten hat, die ein höchst verbotener Bereich der Stadt sind!!! Das hat er verbrochen!"

In Malaiars Richtung gewandt fuhr Morlugh, nun wieder ruhiger, fort, „Ich weiß, dass du eine begnadete Stollenspürerin bist, Malaiar-Jhin, aber aus solchen Dingen, die deine Befugnisse und Einschätzungsgabe weit übersteigen, hältst du dich besser raus." Der Blick aus zornigen Augen richtete sich erneut auf Erion. „Mit dem, was er getan hat, hätte er eine ganze Horde von Drazghul mitsamt ihrer Brutmutter herauslocken können, damit sie über die Bewohner der Stadt herfallen. Dein feiner Freund hat unsere Stadt Kharnuk-Bragha in große Gefahr gebracht."

Nein. Einfach nein. *Und, he, ich bin dabei und du siehst mich an.* „Da war keine Brutmutter." Was recht war, musste recht bleiben. „Ich erkenne doch ganz klar die Spuren einer Brutmutter, und da waren keine."

„Halt. Den. Mund", hörte er Kunja hinter sich zischen.

„Da waren nur Spuren von Jägern, und so, wie ich das einschätzen konnte, nur von einem einzigen Jäger. Nämlich dem hier, den ich –"

Der Kopf des Drazghul wurde ihm aus der Hand gerissen. „Gib das elende Ding her!"

Der Drazghulschädel landete irgendwo im Dreck am Rand der Gasse.

„Wenn es darum geht, dass irgendjemand die ganze Stadt gefährdet hat, dann ein vor Wut völlig durchgedrehter Eidsteinhüter, der wie ein amoklaufender Urok durch das Alchymikerviertel gepprescht ist und dabei …"

„Den Mund halten, hab ich ge–"

Erion blies ein heißer Sturm entgegen, und er hörte das Klirren und Prasseln angespannter Ringe. Ihm jedoch wurde augenblicklich eiskalt. Von den Worten, die er einfach nicht hatte in sich behalten können, hingen ihm die spröden abgesprungenen Hüllen in der Kehle und drohten ihn zu ersticken.

Morlughs Worte hörte er nicht, sie drängten sich einfach zu einem einzigen donnernden Gelärme zusammen, das über ihn hereinbrach. In dem wilden Ansturm spürte er sich am Kragen gepackt und von den Füßen gerissen, während ringsum ein Gestöber erschreckter und protestierender Rufe aufflatterte.

Seine Sinne und Muskeln versagten ihm den Dienst, während er sich hilflos wie im Griff einer unbarmherzigen Naturgewalt fühlte, die ihn einfach mitriss.

Es war merkwürdig, doch eines der wenigen Dinge, die er aus dem unartikulierten, stürzenden Donnern heraushören konnte, war der trocken knappe Befehl Morlughs, „Und nimm einer den urnakverfluchten, buroksverfickten Kadaverschädel mit."

Dann war alles nur noch ein einziger Aufruhr, ein taumelnder Strudel, der ihn mit sich fortriss. Er griff nach der Pranke, die ihn packte, doch die hielt ihn wie eine Eisenklammer, und selbst die Nägel konnte er nicht in das harte, hornige Fleisch graben. Wie eine schlaffe Strohpuppe wurde er einfach mitgeschleift.

Er kratzte und schrie und wusste nicht, was er da von sich gab, denn seine Stimme kam ihm fremd und schrill und wie von fern vor, das konnte unmöglich er sein. Er sah, wie Speichel ihm aus dem Mund und herab auf das unter ihm dahinrasende Pflaster und in den Dreck tropfte – das konnte nicht er sein. Und ein metallischer Geschmack war in seinem Mund und der gleiche Geruch in seiner Nase, durch die er einfach nicht genug Luft bekam.

Seine Knie schleiften übers Pflaster und die Hose musste dabei schnell durchschleißen, denn er spürte den scharfen Schmerz der Schürfungen. Ein wild durcheinander taumelnder Wald aus Beinen rings um ihn und einzelne Stimmen, die er aus dem Chaos herauspflückte und als die seiner Freunde identifizierte, über allem jedoch, als würde er unter dem wütenden Gewitterhimmel des Weltuntergangs dahingeschleift, das grollende Donnern von König Morlughs Gebrüll.

Der Stoff seines Kragens riss, und die Pranke griff nach, packte ihn beim Oberarm, sodass er mit der verletzten Seite aufs Pflaster schlug und aufschrie, eine Pranke packte ihn ums Genick und schleifte ihn weiter wie eine Katze, die ersäuft werden sollte.

Es war, als würde er durch einen wogenden, wirbelnden Tunnel stürzen. Er musste wohl die Hinkelsgasse in Richtung des Zentrums geschleppt werden, mit einer Menge um ihn herum, die sich vom Triumphzug in ein wildes Gewoge Sensationslüsterner gewandelt hatte – er bekam nur wenig davon mit. Nur, dass sich der Boden unter ihm aufwärtsneigte, weshalb es wohl eine Steigung hinaufging. Und die Ahnung, die ihn überkam, wuchs sich zu einer Panik aus.

Nein, nein, nein. Nicht dahin!

Er erkannte es an den Bauwerken ringsum, die seine Befürchtung bestätigten. Eine sich hochwölbende Gebäudemasse, um mehrere Ebenen anwachsend, mit starken Säulen, kantig vorspringenden Ausbauten, wodurch sie sich wie zum ungefähren Bild eines stumpfzackigen Sterns formte. Obendrauf wie ein hochstehender Deckel eine Konstruktion, die von acht tiefen Rechteckpfeilern mit nach außen abgeschrägten Seiten getragen wurde – die Eidhalle.

Von König Morlughs Klauen gnadenlos gepackt, tauchte er in einem Meer des Aufruhrs zwischen zweien dieser Pfeiler hindurch in deren kühles Dunkel ein.

Jäh setzte der Griff der Pranke aus. Er stürzte zu Boden, schlug mit Kinn und Nase auf, sodass der Stich des metallischen Geschmacks jäh hochflammte und ein Blitz hinauf zu seiner Schädeldecke fuhr.

„Da wären wir also", hörte er Morlughs Stimme grollen, während er sich das Blut, den Speichel und den Rotz von Mund und Nase wischte und versuchte, das Knäuel aus

Gliedern und Schmerz irgendwie zu entwirren und sich aufzurappeln.

Er fand sich vor einer breiten Flucht von Stufen wieder – auf deren erste er mit dem Kopf geknallt war –, unter dem schweren Schatten einer finsteren Decke, beleuchtet nur von Flammen aus Feuerschalen zu beiden Seiten, von einer undefinierbaren Menge von Menschen umgeben und zu Füßen von jemandem, der eisenbeschlagene Stiefel trug und wie ein Turm vor ihm aufragte.

Die Eidhalle. König Morlugh wollte die Schmach offiziell machen.

Erion krabbelte rückwärts, stemmte sich auf die Knie. Etwas Würde wollte er schließlich behalten. Egal, was noch auf ihn zukam.

König Morlugh ragte vor ihm auf und genoss es – auf eine grimmige, sadistische Art. Es drang förmlich aus jeder seiner Poren, glänzte wie eine Schicht ölig satter Selbstzufriedenheit unter seinem Firnis gerechten Zorns, die er sich selbst verordnet hatte. Er trug sie zur Schau wie all die Ringe, Spangen und Ziernarben, den reich verzierten breiten Gürtel über seinem zottigen Fellkilt und den Kronreif, der oben auf seinem Schädel thronte.

„Da bist du also, Erion Leichtfuß, im Herzen dessen, gegen das du dich versündigt hast“, grollte König Morlugh, als wäre er die Stimme von Urnaks letztem Richtspruch selbst.

Geht schlecht, dass ich in deinem eigenen Herzen wäre, dachte er. *Schiefe Metapher.* Aber er besann sich rechtzeitig auf Kunjas Worte: *Halt. Den. Mund.* Wobei er nicht wusste, wie er dadurch noch irgendetwas schlimmer machen sollte.

„Du hast dich gegen die heiligen Gesetze unserer Heimatstadt Kharnuk-Bragha versündigt“ – *Nicht meiner*, schoss es ihm durch den Kopf –, „und du hast einen Frevel gegen den Eidstein begangen. Du hast damit eine verdient harte Strafe auf dich gezogen." Mit einer versteinerten Miene, ganz der Herr und Richter dieser Stadt, als der er sich so gerne gab, ließ Morlugh diesen Worten erst einmal eine Pause folgen. „Die Strafe wird noch zu verkünden sein. Du wirst sie tragen. Aber das ist es nicht, wozu wir hier sind."

Erion, noch immer auf den Knien, sah sich zu den Seiten um und erkannte an den Füßen und Beinen, dass sich seine Freunde in der Nähe aufhielten. Ja, die hatten schon alles aufgebracht, was sie konnten. Es gab nichts, was es nicht nur noch verschlimmern würde. Er straffte sich. Aber zumindest …

„Was machst du da?"

Morlughs Ruf ließ ihn mitten im Versuch aufzustehen innehalten.

„Du bleibst da auf den Knien!" Eine eiserne Pranke fasste ihn um den Kopf, zwang ihn nieder. „Wo du hingehörst.

Dein Band zum Eidstein und zur Gemeinschaft von Kharnuk-Bragha hat durch dein Tun einen Riss erhalten. Du wirst dich erst wieder erheben, wenn du diese Wunde geheilt, deinen Treueschwur erneuert und damit dein Recht bewiesen hast, noch zu dieser Siedlung und Gemeinschaft zu gehören."

Ach, als ob es das wäre, was er freiwillig und mit ganzem Herzen anstrebte. „Und wenn ich gar nicht mehr zur Siedlung gehören, sondern fortgehen will?"

Er blickte hoch, und der Schein der beiden Feuerschalen tanzte über König Morlughs Gestalt, über seine prallen Muskelpakete, glitzerte auf all den Ringen und glänzte golden auf dem Kronreif auf seinem feisten Schädel.

„Ach, was du *willst*? Was du willst, wird am Abend aus dem Zuber Schweinen vorgekippt." König Morlugh schnaufte schwer und bedrohlich. „Es steht dir nicht frei, Kharnuk-Bragha zu verlassen, denn wir haben unsere Herrschaft und Überlegenheit über deine alte Brutstätte" – Abscheu krauste seine Nasenflügel – „… Ishuk-Bragha bewiesen."

Ja, im Krieg, indem ihr es überfallen, erobert und seine Bewohner verschleppt habt.

„Und damit ist Kharnuk-Bragha zu deiner neuen Heimat geworden, der allein du deine Treue schuldest."

Wut keimte weiß glühend in ihm hoch. Er wollte auffahren, etwas sagen. Er straffte die Schultern, reckte den Kopf empor, wollte aufstehen. Morlugh hatte das Blitzen in seinen Augen offenbar richtig gedeutet.

„Dein Wille?", brüllte er ihn an. „Und du bleibst … auf … den Knien!", donnerte er gleich darauf, nur noch lauter. „Ich werde dir zeigen, was dein Wille wert ist. Jagha-Bho!"

Der eine seiner zwei Hauptschergen trat hinzu. Erion sah, dass er es war, der auf Morlughs Befehl den Drazghul-schädel am Rand der Gasse aufgelesen hatte. Auf genau den zeigte Morlugh jetzt.

„Das Ding da! Das Kadaverteil! Wirf es ins Feuer!"

„Nein!"

Zum ersten Mal seit langer Zeit hörte Erion die Stimme eines seiner Freunde. Es war die von Turam.

„Nein, es ist seine Trophäe! Er hat sie sich verdient."

„Was er sich verdient hat, werde ich noch zu einem späteren Zeitpunkt verkünden. Aber für's Erste …" Morlugh winkte zu seinem Schergen hinüber. „Wirf sie ins Feuer, Jagha-Bho!"

Der Duerga grunzte, nickte, trat an Erion vorbei die Stufen hinauf zur rechten Feuerschale und warf dann den abgetrennten Schädel des Jäger-Drazghuls in hohem Bogen in die Flammen, dass die Kohle auseinanderstob und Funken aufflogen. Zunächst lag der Brocken da, vom Rot umlodert, dann erfassten die Flammen das Ding, setzten es in Brand. Erion sah zu, wie es sich unter dem Tanz glühender, gieriger Schleier verformte und schwarz verkohlte. Da ging sie hin, seine hart errungene Heldentat.

Ein Murren lief hinter ihm durch den Kreis der Versammelten.

„Es ist nicht der Wille, der Wert besitzt, es ist die Treue, das Festhalten an Sitten, Regeln und Gesetzen." Während der Drazghulschädel in Flammen verging, polterte König Morlugh vor sich hin. „Darauf bauen wir. Der Eidstein ist die Verkörperung dieser Treue. Er ist das Herz dessen, was wir sind."

Erion sah, wie Morlugh sich mit der Faust auf die Brust schlug.

„Ich bin zum Hüter dieses Eidsteins bestimmt. Ich leiste treu meinen Dienst an ihm." Mit einem heftigen, kraftvollen Armschwung wies er in die Runde. „Und damit an euch", donnerte er.

Schweigen in den Reihen.

„Und ich bringe das Opfer, nicht für Kinphaidranauk hinaus in den Krieg zu ziehen wie die glorreichen Krieger der drei Klans, aus deren Mitte ich stamme, und die schon in den Feuerkriegen treu zum Alten Drachen standen. Gegen alle Verräter aus dem eigenen Volk!" Er schrie es hinaus, grollend, herausfordernd, ließ seinen Blick hin- und herschwenken, als würde er nur darauf warten, dass irgendjemand Protest erhob. Als ob da irgendjemand seine Stimme erheben würde?

Sein Arm streckte sich. Er zeigte die Stufen hinauf zu dem kantigen Podest, das oben an deren Kopf stand. „Für euch tue ich es. Und ich tue es für diesen Eidstein. Gäbe es ihn nicht und wäre ich nicht sein Hüter, dann wäre ich längst mit allen Getreuen Kharnuk-Braghas hinaus in die Schlacht gezogen, um für Kinphaidranauk, den Zorn der Kinphauren, zu streiten. So wie es in den alten Zeiten meine Vorfahren getan haben, die drei Klans der Nordsteppen, die dem großen Drachen Anaudragor folgten, und sich aus

Treue zu ihm nicht scheuten, von den restlichen Stämmen verfemt zu werden. Treue, das ist es, was uns ausmacht. Hier in dieser Stadt ist es die Treue zu ihrem Eidstein."

Wieder sah Erion, wie Morlugh sich herausfordernd umschaute. „Wenn wir nicht diese Treue halten, was haben wir dann?" Ein fester, harter Groll klang in diesen Worten an, aber Erion glaubte auch etwas Sprödes, Grabkaltes herauszuhören, das bei ihm beinahe eine Anmutung von Trauer anklingen ließ. Wenn das nur nicht Morlugh gewesen wäre, der da sprach.

Dann richtete dieser sich wieder an Erion, und jedes Nachsinnen verging ihm auf der Stelle beim Blick in diese gelben, glühenden Augen. „Und deine Treue wirst du jetzt auf der Stelle beweisen, Erion Leichtfuß. Die Stufen hoch!"

Er hatte etwas in der Art geahnt. Aber auf keinen Fall würde er …

„Los! Ich sag … die … Stufen hoch!"

Morlugh trat neben ihn. Die Eisenklammer packte ihn erneut am Nacken und Hinterkopf, zwang ihn unerbittlich vorwärts. Er musste nachgeben, oder Morlugh würde ihn bäuchlings ausgestreckt auf die Stufen pressen. Er spannte seine Beinmuskeln an, wollte die Beine durchdrücken, um zumindest …

„Nein!", drosch Morlughs Stimme ihn nieder. „Kniend!"

Was? Bei starr fixiertem Kopf schwankte sein Blick forschend zur Seite, suchte nach seinen Freunden.

Die Hand im Genick schob ihn gnadenlos weiter, zwang seinen Kopf ein Stück empor, sodass er das Podest oben auf der Spitze der umlaufenden Stufen sehen konnte, auf dem der Eidstein ruhte. Er musste die Knie heben und auf die nächste Stufe rutschen, oder Morlugh würde ihm das Gesicht auf den Steinstufen zerschmettern.

Ihm blieb nichts anderes übrig.

Seine Glieder verkrampften sich und schmerzten dabei, als wäre er unermüdlich und mit Inbrunst durchgeprügelt worden. Eine Stufe um die andere. Dann war er oben und das achteckige Steinpodest ragte vor ihm auf, sein oberer Rand beinahe außerhalb seiner Sicht.

Die Pranke entließ ihn aus ihrem unbarmherzigen Griff.

„Jetzt musst du schon aufstehen, Leichtfüßchen! Aber bitte demütig und gebeugt."

„Ich …"

„U-u-uhhh." Morlugh fuhr ihm ins Wort. „Langsam und gebeugt aufstehen. Demütig den Rücken krümmen. Du wirst jetzt deinen Treueeid auf den Eidstein leisten." Ein kehliges Brummen. „Ich höre, wie das ‚oder was' durch deinen Schädel rumort. Ich will dir Atem sparen und dich erleuchten."

Erion drehte den Kopf zur Seite und sah jetzt den Schatten von Morlughs Gestalt mächtig neben sich aufragen. Sie versperrte ihm beinahe die ganze Sicht. Nur ganz am Rand irgendwo war Kunjas Gesicht, wie sie in der Menge stand und die Lippen fest wie bei einer Maske zusammenpresste.

„Oder", fuhr Morlugh fort, „wir werden dich diese Stufen, die du zur Eidsteinhalle hinaufgestiegen bist, wieder hinunterprügeln. Und ich schwöre dir, du wirst nicht lebend unten ankommen." Wieder brummte er. „Wäre gut möglich, dass du überhaupt nicht dort unten ankommst, denn es könnte sein, dass wir dann deinen toten Körper dort auf den Stufen liegen und verrotten lassen, einfach als Warnung an jeden anderen, der darüber nachdenkt, Treuebruch am Eidstein zu begehen … Elfensöhnchen." Das letzte Wort spie er förmlich aus und viel vom alten Groll klang darin an. „Und jetzt hoch und huldige dem Eidstein. Demütig, ja!"

Erion schaute sich zu den Seiten um, an der Gestalt Morlughs vorbei, zur anderen Seite, sah die versammelte Menge der Schaulustigen, alle stumm und starr, seine Freunde darunter, Turam und Duvruk, regungslos wie Statuen, Agranor, seine Muskeln angespannt, die Züge wie eingefroren, Malaiar-Jhin, deren Miene und Haltung nichts abzulesen war, und dann Kunja, die er vorher schon erspäht hatte. Sie konnten nichts tun. Es war keine Hilfe zu erwarten. Sonst würden sie genauso von Morlughs Duergabrechern die Stufen hinab zu Tode oder zum Krüppel geprügelt werden. Er hatte so etwas schon gesehen.

Was blieb ihm. Langsam, dabei die Zähne so sehr zusammengepresst, dass sie knirschten und ihm der Kiefer schmerzte, erhob er sich. Er hatte den Geschmack von bitterer Galle in seinem Mund.

„Hugar-Vhan", tönte es von Morlugh, „und schlag ihm augenblicklich seine Visage auf den Stein, wenn er auch nur Anstalten macht, es an Ehrerbietigkeit fehlen zu lassen."

Er sah am Schatten, wie Morlughs Scherge neben ihn trat.

Der Eidstein war eine schlichte achteckige Platte, vielleicht etwas mehr als tellergroß, die Ränder nur grob bearbeitet und aus nichts anderem als dem schlichten Fels des Berges gehauen. Seine Oberfläche war mit Runen verziert: in der Mitte die für Kharnuk-Bragha, davon ausgehend zu allen acht Ecken laufend einer dieser sinnigen Merksprüche und Parolen, für die diese Stadt stand. All das Zeug, das Morlugh und seinen Gefolgsleuten mythisch verbrämt durch die Birne geisterte und zwischen den schmalen Lippen hervorquoll.

„Na los!", hörte er Morlugh sagen. „Küss ihn und sag, ‚Ich schwöre dir, Eidstein Kharnuk-Braghas, unverbrüchliche Treue'." Pause. „Denk an Hugar-Vhan neben dir."

Sein Nacken wollte wie im Krampf erstarren.

Er drückte seine Lippen auf den Stein. Er schmeckte nach Asche.

„Jetzt sag es!"

Na los, sag's schon! Was soll's? Nur eine Reihe simpler Worte.

„Sag es!", grollte König Morlugh. „Damit es sich in dein Herz einbrennt und von dir Besitz ergreift."

Die Kehle war ihm staubtrocken und brannte, und er glaubte, er würde kein einziges Wort hervorbringen.

Tat er aber anscheinend dennoch.

Denn als es danach wieder still war, alles sich drehte und der Boden wegkippen wollte, hörte er Morlugh sagen, „Na bitte, geht doch!"

6

DER RING DER TREUE

Seine Freunde hatten ihn nach Hause begleiten wollen, aber nein, er hatte sie weggeschickt. Wie hätte das schließlich ausgesehen?

„Geht es? Alles klar mit dir?"

„Was denkst du denn, verdammt? Sehe ich aus, als wäre bei mir alles klar?" Er hatte Kunja angeblafft, und im nächsten Moment hatte er an ihrem Gesicht abgelesen, was er getan hatte. „He, he, ist gut. Ich hab das nicht so gemeint." Sie sorgte sich ja nur um ihn. Wie die anderen.

Sie blieben in einiger Entfernung hinter ihm zurück, alle miteinander. Wie eine mitleidige Wand. Ja, er tat sich auch leid, aber das wollte er nicht in ihren Gesichtern abgebildet sehen.

Mit einem knappen, stimmlos mit den Lippen geformten Befehl und mit heftigen Handgesten scheuchte er sie weg.

Und machte den letzten Schritt zur Schwelle und öffnete dann ganz sacht die Tür des Hauses, in dem er mit seiner Mutter wohnte. Er wollte sich einfach nur ganz leise zu seiner Schlafstätte schleichen, damit ihn bloß niemand sah, und dann gleich am nächsten Morgen schnell wieder raus. So sollte ihn niemand zu Gesicht bekommen.

Die Tür knarrte in den Angeln, doch sie bemerkte ihn nicht.

Sie stand in ihrer Ecke der Wohnung über ihre Tiegel, Phiolen und Schalen gebeugt und war offenbar ganz in ihrer Tätigkeit und ihren Gedanken versunken. Selbst als sie das Gesicht zur Seite wandte, um etwas in ihren Gestellen und Regalen zu kramen, nahm sie keine Notiz von ihm.

Er wollte rasch vorbeihuschen, doch etwas in ihm brachte ihn dazu, unwillkürlich innezuhalten.

Seine Mutter. Er betrachtete dieses stille Bild von ihr in ihrer Tätigkeit. Ihr wunderschönes Profil, wie es aus der leichten, dünnen Kapuze heraussah, die sie sich nur bis zum Scheitelpunkt über den Kopf gezogen hatte. Die fein geschnittenen Züge einer Ninraé, die, verglichen mit allen anderen Rassen, die er kannte, wie mit einer fast überirdisch erscheinenden Differenziertheit durchgearbeitet schienen. Die helle, strahlende Art der Haut, die diesen Eindruck noch verstärkte – sanft wie aus einem inneren Licht heraus leuchtend, bleich, als wäre sie aus einem feineren Stoff gewirkt als der Rest fühlender Geschöpfe, die diese Welt bevölkerten. Die Haut seiner Mutter, von der er nur einen Abglanz geerbt hatte. Er war dazwischen, wie bei allem. Zu nichts gehörte er wirklich.

Auch seine Augen ähnelten den ihren nur vage, nur von ihrem Schnitt und der Dunkelheit der Iriden. Doch bei ihm waren sie von einem tiefdunklen Tintenblau. Die ihren aber waren schwarz wie bodenlose Tiefen, die weit über die Schichten dieser Welt hinabreichten.

Aus diesem Winkel sah er ihre Augen nicht, doch er wusste, sie hatten sich verändert seit jenen Tagen seiner Kindheit, und es war keineswegs so, dass seine Erinnerung ihn trog. Sie hatte es selbst an sich bemerkt, hatte es ungläubig von Tag zu Tag im Spiegel beobachtet.

„Sie werden blasser", hatte sie gesagt. „Ist es, weil ich so lange von meinem Volk fort bin? Ist es, weil ich ihnen immer unähnlicher werde?"

Vorher hatte das Pechschwarz das ganze Auge erfüllt, davon waren nur die Kreise der Iris geblieben, und die bläulichen Schatten, die sie anstelle des Weiß anderer Rassen umgaben. Schlank und hochgewachsen war sie, wie es die Art ihrer – und auch seiner – Rasse war.

Die Menschen nannten sie oft Elfen. So wie sie auch die Eroberer und ihre dunkle Herrscherin Elfen nannten. Er hatte zwar noch nie einen Kinphauren gesehen, doch er war sich ziemlich sicher, dass die ganz anders aussehen mussten als die Rasse seiner Mutter.

Er beobachtete seine Mutter weiter, suchte dabei beinahe zwanghaft nach weiteren Spuren der Veränderung.

Ganz in ihre Arbeit vertieft war sie, und eigentlich sollte man daher meinen, dass sie in diesem Augenblick vollkommen bei sich selbst war, von einem Gefühl eines ganz selbstverständlichen, stillen Selbstvertrauens durchdrungen.

So hätte man denken können, und so hätte auch ein unbeteiligter Beobachter gedacht, der sie nicht derart genau kannte, wie ein Sohn nun einmal seine Mutter kennt. So aber sah er tiefer. Und erkannte den Unterschied. Zu anderen Zeiten, jener seiner Vergangenheit. Seiner Kindheit.

Sie war heute nicht mehr die, die sie einmal gewesen war, die Frau, an die er sich aus seiner Kindheit erinnerte.

Er wusste, sie hatte sich verändert. Sie war gebeugt, nicht vom Alter – immerhin entstammte sie einer äußerst langlebigen Rasse –, und es hätte sich für jenen unbeteiligten Beobachter auch nicht in ihrer äußeren Haltung widergespiegelt. Es war etwas Tieferes, Inneres.

In diesem Moment wandte sie sich um und er dachte schon, sie hätte ihn bemerkt. Doch sie ging nur weiter ihrer Arbeit nach, prüfte Fläschchen und Phiolen, schüttelte sie, hielt sie gegen das Licht, um ihren Inhalt zu prüfen, und stellte sie dann wieder in die kleinen Fächer ihrer Regale zurück.

Dabei bekam er die Hand zu sehen, die sie meist gesenkt hielt und nur selten zu Hilfe nahm. Zu viel war sie schließlich auch nicht zu gebrauchen. Drei Finger fehlten an ihr. Da waren nur noch der Zeigefinger und der Daumen. Auf dem der Treuering saß.

Der verfluchte Treuering!

Der sie bereits die anderen Finger gekostet hatte.

Den sie trug, seit sie sich an … Er stockte bei dem Gedanken, von … *ihrem Mann* zu sprechen … Den sie trug, seit sie sich an Quislung gebunden hatte. Die schlimmste Entscheidung, die sie zu diesem Ring … verdammt hatte.

Er konnte es nicht fassen, dass die Runenschmiede der Firimduerga tatsächlich solch grausamen Dinge erschufen.

Treueringe, die der Ehefrau Schmerzen zufügten, sobald sie sich von ihrem erwählten Gemahl entfernte! Duergazeug! Kharnuk-Bragha-Zeug! Zeug, das zu König Morlugh, seinen Schergen und Spießgesellen und all seinen treuen, begeisterten Untertanen passen mochte.

Treueringe, die sich um den Finger zusammenzogen und der Trägerin immer tiefer ins Fleisch schnitten, wenn sie versuchte, sich von ihrem Gemahl zu entfernen.

Zwei Finger hatte dieser Ring seine Mutter schon gekostet. Den dritten hatte sie sich selbst abgeschnitten, um den Ring loszuwerden und fliehen zu können.

Jetzt trug sie ihn am Daumen. Zur Sicherheit. Damit sie begriff, dass es diesmal ernst war. Als ob das einen Unterschied machte! Als Heilerin war sie zwar eine angesehene und verehrte Person ihrer Gemeinde, aber auch das schützte sie nicht. Es schützte sie nur vor mehr, aber nicht vor diesem Ring und seinen Auswirkungen.

Es war wahrhaftig eine Pervertierung ihrer Künste, dass die Runenschmiede etwas Derartiges schufen.

Zumindest seine Meisterin nicht! Zumindest die nicht.

Ein Schnaufen entfuhr ihm bei dem Gedanken. Sie weigerte sich, solche Treueringe herzustellen.

In diesem Moment, als hätte sie sein Schnaufen gehört, wandte seine Mutter sich ganz um, blickte auf und sah ihn.

„Erion! Ich habe dich nicht kommen gehört."

Rasch fasste er sich. „Ich wollte dich nicht stören, Mutter." Es war noch nicht zu spät, um sich schnell an ihr vorbeizustehlen.

„Wie siehst du aus? Was ist passiert?"

Zu spät, um sich schnell an ihr vorbeizustehlen.

Er hielt inne, sie trat die paar Schritte auf ihn zu, hob die unversehrte Hand zu seinem Gesicht, zu dem Kratzer, den ihm der Jäger-Drazghul beigebracht hatte. Das war zumindest eine gute, eine ehrenvolle Verletzung.

„Es ist nichts Mutter." Er sah den Zweifel und die Sorge in ihrem Gesicht.

Was sollte er ihr auch noch seinen Kram aufladen? Was war schon dieses ganze Zeug, das er sich selbst durch … durch die Art, wie er war, eingebrockt hatte, im Vergleich zu ihrem Elend.

„Es ist wirklich nichts." Er strich ihre Hand beiseite, sanft, fast wie ein Streicheln, war froh, dass es nicht die andere war. Denn jene Berührung hätte er nicht ertragen. Zumindest wäre seine mühsam zur Schau getragene Gleichmut darunter zusammengebrochen. „Wir haben uns geprügelt … Wie es eben Duerga tun."

Er zwang seinen Lippen ein Lächeln auf, von dem er wusste, dass es trotz allem immer noch frech aussah. „Ich und meine Kumpel sind in eine Schlägerei geraten. Du kennst sie ja. Turam hat sein Maul aufgerissen, und ein Wort ergab das andere. Bis eben ein Schlag den anderen ergab." Wieder ließ er das Lächeln hochzucken.

„Wie sehen die anderen aus?"

Jetzt musste er ehrlich grinsen. Seine Mutter, die sanfte Ninraé. Na, immerhin hatte sie seinen Vater geheiratet.

„Schlimmer", sagte er. Was der Wahrheit entsprach –
irgendwie –, denn König Morlugh war wahrhaftig eine
wirklich übel aussehende Gesichtsbaracke.

In diesem Moment wandte sie den Kopf, sah hoch,
knapp an ihm vorbei.

„Was ist?"

„Er kommt", sagte sie.

Er spürte, wie es in seinem Gesicht zuckte und sein
Lächeln sich in etwas anderes, Härteres verwandelte. „Es
fängt an, weniger weh zu tun?" Dabei streifte seine Hand
ihren Arm. Über dem Handgelenk. Tiefer herab hätte er
nicht ertragen.

„Quislung war lange weg." Sie selbst nannte ihn auch
nur noch so.

„Warum hast du das nur gemacht? Warum hast du ihn
nur geheiratet?"

Jetzt wandte sie den Blick wieder und sah ihm direkt in
die Augen. Der Ausdruck darin fuhr ihm in den Magen.
„Ich dachte, ich könnte dich dadurch schützen. Damals, als
wir aus Ishuk-Bragha verschleppt wurden."

Nun ja, Verschleppung durfte man es nicht offen
nennen. „Mich?" Er spürte etwas Bitteres in seinem Mund.

„Uns", antwortete sie. Es klang nicht ehrlich.

„Er war ein guter Mann, er hatte gute Eigenschaften",
fuhr sie allzu schnell fort. „Er war schon damals der Sprecher unserer Gemeinschaft, und er ist es geblieben. Er hat
seine Stimme für die Gemeinde der Dwerc und Menschen
erhoben, selbst nachdem … Rechts-vom-Berg über Links-
vom-Berg gesiegt hat."

Ja, dieser ganze Quatsch, diese ganze bescheuerte Riva-
lität zwischen den beiden Städten Kharnuk-Bragha und
Ishuk-Bragha, die der Grund für das ganze Elend und
Leid war.

„Er hat seine Stimme selbst nach Niederlage und
Verschleppung erhoben. Es sah aus, als könnte er dich …

als könnte er uns schützen. Aber dann waren wir hier, und mit der Zeit hat sich alles geändert." Der Ausdruck ihrer dunklen Augen verschleierte sich.

War das nicht vorhersehbar? Das auszusprechen, war unfair. Und es würde sie nur ungerecht verletzen. „Na ja, er ist –"

Der Blick, mit dem sie ihn jetzt ansah, war wieder klar und scharf. „Ein Mensch?" Sie hielt kurz inne. „Ja, er ist ein Mensch. Menschen können gut oder schlecht sein. Dein Vater war ein guter Mensch." Wieder wandte sie den Blick ab. „Genau deshalb ist es gut so, wie es ist."

„Was meinst du?"

Sie sprach weiter, ohne ihn anzusehen. „Du kannst dich wahrhaftig glücklich schätzen, dass ich dir den Segen deines Vaters mitgegeben habe."

Erion stutzte. „Wieso mitgegeben? Hat er ihn mir nicht selbst gegeben?"

„Nein, das lag nicht in seiner Macht", antwortete sie, indem sie schräg an ihm vorbei zu Boden sah.

„Wieso? Ist er vorher gestorben?"

Sie sah kurz zu ihm auf. „Manche Dinge gehen nicht. Manche Dinge sind uns nicht möglich. Nicht jedem von uns."

Was sollte das nun wieder heißen? Er verstand es nicht.

„Aber wenn man die Möglichkeit hat, sollte man eine Wahl treffen." Sie schwieg, sah wieder zu Boden. „Vielleicht war meine Entscheidung falsch, damals nach dem Tod deines Vaters, die Gemeinschaft meines Volkes zu verlassen. Vielleicht hätte ich nicht derart meinem …" – etwas wie ein Lächeln streifte ihre Lippen – „… meinem unruhigen Geist nachgeben sollen. Vielleicht wärst du in ihrer Mitte besser aufgehoben gewesen."

Sie hatte offensichtlich nicht länger ihren Platz in deren Mitte gesehen, hatte sich dort nicht mehr aufgehoben gefühlt. Es musste sie wahrhaftig damals ein wilder Wille angetrieben haben. Was für eine Entscheidung, nicht nur seine Heimat, die Ninraéfeste, in der sie beinahe ihr ganzes Leben verbracht hatte, sondern auch ihre Rasse zu verlassen, um an den Orten ihr selbst fremdartiger Wesen ein neues Zuhause zu finden. Heute war von diesem Kampf- und Widerstandsgeist, den sie einmal besessen hatte, wahrscheinlich nur noch ein schwacher Abglanz erhalten. Vielleicht war das ein letztes Aufflammen gewesen, als sie die Klinge unterhalb des Ringes an ihr eigenes Fleisch gesetzt hatte.

Er schrak auf, denn in diesem Moment sah sie ihn plötzlich mit einem wilden Blick an. „Du musst hier fort, Erion", sagte sie beschwörend. „Ich selbst kann es nicht. Ich habe mich geirrt, es tut mir leid. Hier wird alles erstickt, was du bist. Es wird begraben im Dunkel unter dem Berg."

Er wollte etwas sagen, rang noch nach Worten, als eine Stimme hinter ihm ihn jäh unterbrach.

„Na, verzärtelst du ihn wieder, deinen Schönling?"

Scharf und hart klangen die Worte, wie gedrechselt, doch schwang ein leicht mäkelnder Unterton darin mit. Wie bei einer kunstfertig verzierten Tür, die schlecht geölt war.

Erion fuhr herum. Da stand er vor ihm, die Tür in seinem Rücken hatte er geschlossen, was sie beide hätten bemerken müssen, aber entweder waren sie zu aufgewühlt gewesen oder er sehr leise.

Viedgor Quislung.

Er sah sie aus verkniffenen, dunkel umrandeten Augen an. Dazwischen der enge Steg, der in die schmale, scharfe Nase auslief. Der Ausdruck um seinen Mund verzog das strichartige Oberlippenbärtchen zu einem markanten Schnörkel; der Gegenpart dazu, der buschig gehaltene Bart unterhalb des Mundes, verbarg die wenig markante Kinnpartie.

Er wirkte schlank, beinahe abgemagert, doch ein kugeliges Bäuchlein zeichnete sich trotz der gerafften Falten unter seiner Toga ab.

Seine Toga! Seine gelb-ockerfarbene Toga. Niemand sonst in Kharnuk-Bragha trug außer ihm eine Toga. Kein Mensch, kein Dwerc, die Duerga schon gar nicht. Sie sollte offensichtlich bei Konsul Quislung die Würde seines Amtes passend und für alle sichtbar herausstreichen.

Es zuckte noch ein wenig mehr um Viedgor Quislungs Mund, als dessen Blick an ihm heraufglitt.

„Ah, der Schönling hat wohl eins auf die Nase gekriegt."

Oh, hatte Quislung tatsächlich von dem ganzen Aufstand nichts mitbekommen? Stimmt, er war bei Eidhalle nicht dabei gewesen. Wahrscheinlich war er auf irgendwelchen Botengängen gewesen. Oder bei etwas anderem, was Lakaien halt so tun.

„Wieder ein freches Maul gehabt, was?" Quislung zuckte die Schultern. „Ach, es ist auch egal. So oder so wäre aus ihm nichts anderes geworden, als das, was er schon ist. Durch *sein* Blut." Erion sah, wie der Blick seiner Augen sich boshaft auf seine Mutter richtete.

„Na, dann sei mal froh, dass ihr keine Kinder habt. Dann hättest du immer vor Augen gehabt, wie sehr dein Blut selbst das Beste und Reinste vergiften kann."

„Erion …", hörte er seine Mutter neben sich raunen.

In seiner Wut sah er, wie Quislungs Blick von ihm zurück zu seiner Mutter schwenkte, wie sich dabei seine Miene zu einer Grimasse verzog.

„Oh, jetzt reckt sie das Händchen. Jetzt ringt sie das kleine verkrüppelte Pfötchen. Als sollte mich das milde stimmen gegenüber deiner Brut."

Erions Arme und Hände waren so angespannt, dass sie schmerzten. Er spürte, wie sich seine Fingernägel in die Handballen gruben. Er wollte Quislung die Faust in seine hämische Fratze rammen, spürte aber, wie seine Mutter ihn am Ärmel fasste und heftig daran zupfte.

„Was denn? Angst, dass ich deinem Schönling was antue?"

„Das kannst du nicht." Die Stimme seiner Mutter an seiner Seite klang fest und bestimmt.

„Oh", höhnte Viedgor Quislung. „Ich kann ganz viel. Ich kann –"

„Du fasst meine Mutter nicht an, oder ich werde dich derart verprügeln, Konsul oder nicht, dass sie dich mit deinem ockerfarbenen Lappen vom Boden aufwischen können."

Einen Herzschlag lang wurde Viedgor Quislung ganz bleich und seine gehässige Miene erstarrte. Er fasste sich jedoch so schnell wieder, als wäre nur schnell ein Schatten vor einer Feuersphäre dahingezogen.

„Große Worte von einem, mit dem man augenscheinlich selbst gerade den Boden aufgewischt hat." Wieder zuckte er die Achseln. „Aber keine Angst – ich spreche nicht von ihr, deiner heiß geliebten Mutter." Seine Augen verengten sich. „Ich spreche von dir, mein Bester. Nur für den Fall, dass es deinen Geist streift, du könntest dir irgendwelche Schwachheiten herausnehmen. Ganz zu schweigen vom Erheben der Hand." Quislung schielte an Erion vorbei auf seine Mutter. „Die *du* ja offensichtlich noch zur Faust ballen kannst."

„Du Drecksack …"

Er wollte auf ihn zuspringen, aber Quislung hob mahnend und mit spitzbübischer Miene den Zeigefinger. „Ich kann … wenn du so gut wärst, mich das ausführen zu lassen … Ich kann dich fertigmachen, ohne dich auch nur mit einem Finger anzurühren. Konsul Quislung kann dein Verhalten bei König Morlugh zur Meldung bringen, und er hat dich im Handumdrehen …" Er schwenkte knapp den Blick zu seiner Mutter. „Schon komisch, wie wir immer wieder auf Hände zu sprechen kommen …" Wieder starrte er Erion an. „Ich kann dich bei König Morlugh melden, und er wird dich nur mit einem … *Fingerschnippen* in die tiefsten Tiefen der Minen verbannen. An eine Stelle, wo dir Schlimmes geschieht. Bis der Augenblick kommt, dass dir nichts Schlimmes mehr passieren kann, und du das wie eine Gnade empfindest."

„Drohst du ihm?", hörte er seine Mutter sagen. „Drohst du *mir*, meinen Sohn dem Tod zu überantworten?"

Wieder dieses Schulterzucken und das Winden von Brauen und Lippen. „Ich zeige nur Konsequenzen möglichen Handelns auf. Ist das eine Drohung?"

Die Wut kochte in Erion hoch, bis er dachte, er würde überkochen, sie würde rot und heiß aus dem Gefängnis seines Körpers weglodern. „Ich werd dich –"

Ihre Stimme schnitt scharf und hart durch die Woge seines Zorns. „Nein, Erion!"

Ihre Hand hielt ihn nicht länger am Stoff seiner Tunika gepackt, sie umfasste seinen Arm. „Nein, Erion! Bleib ruhig! Halt dich zurück!"

Wie konnte er ruhig bleiben, wenn dieser Wicht dort seine Mutter bedrohte und verhöhnte! „Ich werde ihn –"

„Erion." Sie griff seinen Arm fester. „Tu es für mich!"

Genau für sie tat er das ja.

„Bitte …"

Die Hitze raste durch seine Adern, seine Glieder zitterten, seine Faust wollte unbedingt in Quislungs Fratze.

„Das, was er sagt …"

Durch das Brausen seines Blutes in seinen Adern hindurch hörte er die Stimme seiner Mutter. Und er erkannte … verflucht, sie hatte recht.

Wenn er jetzt seinen Gefühlen nachgab und Quislung in seine verdammte Fresse schlug, dann war sie es, die darunter zu leiden hatte. Dann würde er sie entweder fertigmachen … oder der nächste Finger ging auf ihn. Dann wäre er schuld.

Mühsam kämpfte er seinen Zorn nieder. Er zwang seinen Blick von Quislungs Gesicht und seinen höhnischen Zügen fort, denn sonst hätte er es nicht geschafft. Sonst hätte seine Wut dennoch all seine Vernunft übermannt.

Sie hatte schon Schwierigkeiten genug. Sein Verhalten würde auch auf sie zurückschlagen.

Sie hatte recht.

Doch er schaffte es auch nicht, sie anzusehen.

In einem Satz und auch, ohne ihn dabei anzusehen, damit nicht seine ganze aufgebrachte Willenskraft nicht wieder ins Wanken geriet, setzte er an Quislung vorbei in Richtung Tür.

Er kam aber nicht umhin, aus dem Augenwinkel wahrzunehmen, wie Quislung seiner Flucht mit einem Wenden seines Kopfes hinterherschwenkte.

„Ja, geh nur! Hüpf weg und stiehl dich davon!"

Erion riss die Tür auf, stürzte hindurch.

„Bist eben nur ein Leichtfuß!", schallte es hinter ihm her.

7

DIE RUNENSCHMIEDIN

E twas drängte sich in seine verschwommener wer-
denden Halbträume.

Ein Geschmack füllte die Höhle seines Mundes
aus, als wäre darin etwas gestorben. Sein Schädel brauste
und fühlte sich an, als wollte er ihn rachsüchtig daran erinnern, dass er in seinem Kern nichts als ein harter, dicker
Knochen war.

Er schmatzte, was den Geschmack nur übel aufwirbelte,
stöhnte, kniff die Augen nur noch fester zusammen und
merkte, dass das Gesicht zu verziehen, anstrengend war,
ließ es also sein. Die Augen, die sich erschlaffend einen
Spaltbreit öffneten, nahmen einen Schatten wahr, einen
Umriss, der vor ihm stand und er erkannte erst, dass er nicht
von Natur aus dahin gehören konnte, als er ihn in Zusammenhang damit brachte, dass ihn offenbar irgendetwas in
seinem Schlaf gestört hatte.

Seine Mutter oder gar Quisling, die ihn weckten, weil er
verschlafen hatte? Seine tastenden Finger, der Geruch und
das Gefühl der Umgebung gaben ihm zu verstehen, dass er
nicht zu Hause sein konnte.

Er lag auf Stroh, sein Rücken und seine Glieder berührten eine harte Steinmauer.

Erion rappelte sich auf, schaute auf die Handballen gestützt hoch zu der Gestalt, die da an ihn herangetreten war. Am Glitzern der gelben Augen merkte er, dass sie auf ihn herabsah.

Allzu hoch musste er nicht blicken und erkannte gleich die kompakte Firimduergagestalt, die da neben ihm am Gatter neben dem halbhohen Steinmäuerchen stand.

„Meisterin!"

„Erion mit dem leichten Tritt", erwiderte die Runenschmiedin Dunjak-Dhar. Bei ihr hörte es sich nicht wie eine Schmähung an, wenn sie seinen Namen auf die ihr eigene Art umschrieb. „Aber mit dem bleiernen Schlaf", setzte sie hinterher, und ein Lächeln verzog ihre braunen Züge und ließ ihre spitzen Zähne erkennen. „So sieht es jedenfalls aus."

Ihr Blick schweifte zur Seite, sie kniff die Augen zusammen. „Und was ist das für ein Tier?"

Erion drehte den Kopf, und da saß ein mageres, halb kahles, halb struppiges Tier und leckte sich inbrünstig die Pfote. Wie, bei den Hämmern Khzu-Radhs, hatte ihn der nur wiedergefunden? Und wann? „Oh, das ist Grolk der Grolk."

„Offensichtlich", sagte seine Meisterin.

Dunjak-Dhars Züge waren gedrungen, wie bei den Duerga üblich, doch über den Brauenwülsten stieg ihre Stirn hoch und mit Wölbungen durchgeformt empor. Die dunklen, borstigen Haare ihres Schädels trug sie zu Reihen von Strähnen geteilt, die ihr in einem einzigen dicken, geflochtenen Zopf über den Rücken fielen.

Sie trug ihre Schürze aus dickem, starrem, anthrazitfarbenem Leder – ihre Zunftkleidung, in die symmetrisch breite Rinnen eingeprägt waren, wodurch sie wie eine Mischung aus Kittel und Rüstung erschien.

„Aber offenbar", fuhr Dunjak-Dhar fort, „hat der alte

Bergol treu über deinen schlafenden Körper gewacht und … Grolk den Grolk wohl nicht als Bedrohung empfunden. Aber leider hat er wohl nicht die schweren Träume aus deinem Geist fernhalten können."

Bergol, das alte Grubenpony, das am Rand von Dunjak-Dhars Runenschmiede sein Gnadenbrot genoss, stupste ihn mit seiner feuchten Nase an, und Erion griff hoch und streichelte ihm am Maul entlang.

„Woher …?", fragte Erion seine Meisterin. „Hat man mir das angesehen?"

„Ich kann nur meine Mutmaßungen anstellen, was dich dazu gebracht hat, hier in der Schmiede im Pferch des alten Bergol zu übernachten, und von da aus auf deine Träume schließen."

Er lugte an der grauen Schnauze des Ponys vorbei und sah, wie Dunjak-Dhar ein besorgtes Gesicht zog. „Du musst auf dich aufpassen."

Erion kämpfte sich auf die Beine und blickte über Bergols Kopf hinweg seine Meisterin an.

„Meine Mutter …", begann er.

Dunjak-Dhar merkte auf. „Hat sie beide Finger noch?"

„Ja, hat sie."

„Aber es waren drei zu viel. Ich kann nicht verstehen, wie meine Zunftgenossen sich dazu herablassen können, solche Artefakte zu fertigen. Die Praxis dieser … *Treueringe* ist barabarisch!"

Sie sah wirklich erbittert aus. Und genau deshalb war Erion froh, dass sie seine Meisterin war, die ihn zu sich genommen hatte. Trotzdem war sie nur eine kleine Runenschmiedin in einer von König Morlugh und seiner Meute beherrschten Stadt.

„Ihr solltet das niemanden hören lassen. Sonst wird man Euch für so eine Äußerung zur Rechenschaft ziehen. So was geht schnell." Wie man an ihm sah.

„Ach, wird man das?" Erion wusste nicht, ob er diesen

grimmigen Gesichtsausdruck als Lächeln nehmen sollte. „Wenn etwas verfälscht und missbraucht wird, so sollte man das auch sagen und es anprangern." Sie warf ihm einen Seitenblick zu. „Du weißt, wozu solche Ringe und die Runen dazu ursprünglich dienten."

„Meine Mutter hat mal was von der alten Zeit erzählt." So wie sie ihm einiges vom Erbe ihrer Rasse beigebracht hatte. „Aber ich glaube, dann war das Thema zu schmerzhaft für sie, und sie ist nicht weiter darauf eingegangen."

Dunjak-Dhar schaute ihn über den Pferderücken hinweg an. „In der alten Zeit, wenn du es so nennen willst, als die Rasse deiner Mutter und die meine noch regen Umgang miteinander hatten, da wurden solche Ringe nicht dazu geschaffen, um sie am Finger, sondern um sie um den Hals zu tragen. Man arbeitete die Rune in Torques, in Halsbänder ein, um gefangene Feinde oder Geiseln in Ehren und Würde zu halten. Sie konnten dann ein normales Leben führen, solange sie nicht versuchten, zu fliehen. Dann zog ihnen der Reif die Kehle zu. Er verhinderte auch, dass sie sich gegen diejenigen wandten, die sie gefangen hielten."

Sie hob ihre breite Hand, machte eine unwillige Geste. „Aber das sind Feinheiten des Runenwebens und -schmiedens, die über die Zeit verloren gegangen sind. Am Ende haben wilde Tiere in den Leibern von denkenden Wesen sie dann dazu benutzt, anderen die Ehre zu nehmen und sie als Sklaven zu halten und haben es dann *Treue* genannt." Der Widerwille in Dunjak-Dhars Miene war unverkennbar.

„Ihr solltet wirklich aufpassen –"

Jetzt wurde ihre Miene wahrhaftig ungehalten. „Nein, *du* solltest auf dich achtgeben!"

Das Pony spürte offenbar die hochkeimende Emotion und machte sich davon. Erion und Dunjak-Dhar standen dadurch einander direkt gegenüber.

Ihre Züge entspannten sich wieder. „Ich habe gehört, was gestern passiert ist." Sie sah dem Pony hinterher. „Da geht der gute Bergol." Sie zog die Brauenwülste zusammen, senkte kurz den Kopf. „Genau wie das Pony hab ich dich aus den Minen gerettet. Bergol ist eines der wenigen, die es überhaupt durch ein Dasein harter Arbeit auf ein hohes Ponyalter gebracht haben."

Sie wandte wieder ihm den Blick zu. „Das hätte auch dir geblüht. Ein früher Tod in einem von harter Fronarbeit entkräfteten Körper." Sie hob wie sinnend das Kinn. „Aber ich habe dich dort unten in den Stollen gesehen, und ich habe das Besondere in dir erkannt. Wie lange ist das her? Ein Jahr?"

„So ziemlich ein Jahr." Doch Erion stutzte. „Ich dachte, ich wäre Euch aufgefallen, weil ihr mich wiedererkannt habt."

Dunjak-Dhar nickte bedächtig. „Ja, das auch. Das hat mich zunächst auf dich aufmerksam gemacht. Deine Mutter ist eine begabte Heilerin, und ich bin ihr ewig dankbar, dass sie mich vom Hornwucher befreit hat." Sie hob ihre breiten Hände, die doch zu so feiner Tätigkeit fähig waren. „Ich hätte nicht mehr arbeiten können, wenn sich der Hornwucher von meinen Beinen auch auf meine Arme und Hände ausgedehnt hätte. Aber deine Mutter hat mich gerettet." Sie klopfte ihm auf die Schulter. „Und du bist immerhin in dieser … *Zwergenfeste* nicht gerade eine unauffällige Erscheinung."

Sie nahm einen tiefen Atemzug, der beinahe wie ein Seufzen klang. „Aber das war es nicht allein. Du weißt, als Runenschmiedin kann ich nicht nur diese Glyphen der Macht wirken, ich kann auch in den Zeichen der Welt lesen."

Nein, davon wusste er nichts. Dass Runenschmiede so etwas konnten, davon hatte er noch nie jemanden erzählen hören. Aber vielleicht behielten sie es nur sorgsam für sich. Aber wenn es ein Geheimnis war, warum verriet Dunjak-Dhar es ihm dann? War es das Alter? Ja, sie sagte manchmal seltsame Sachen, und sie konnte schon etwas wunderlich sein. Vor allem, wenn sie mit Leuten sprach, von denen sie glaubte, sie würden etwas von ihrem Handwerk und dessen Geheimnissen verstehen.

Wieder legte sie ihm die Hand auf die Schulter, sah diese an, als würde sie die Bedeutung der Geste erwägen, ließ dann geschwind den Blick hierhin und dorthin über ihn wandern, wie, um sich rasch eines Gesamteindrucks zu vergewissern. „Ich habe gesehen, dass in dir etwas Besonderes steckt."

„Ja, klar. Als halber Elf und halber Mensch kann ich ..."

„Nein, das meine ich nicht." Dunjak-Dhar schüttelte den Kopf. „Du trägst in all dem Gewirr und Geschmier ein Schicksalszeichen, das einiges an Gewicht ausstrahlt. Es reicht tief hinab, doch ich kenne es nicht, und ich kann es nicht deuten."

Jetzt nahm sie ihre Hand von seiner Schulter. „Deshalb musste ich dich dort rausholen. Gegen den Willen Morlughs und all seiner Ninraéhasser, die am liebsten in Zeiten gelebt hätten, da ihre Flachlandstämme des Nordens an der Seite des Drachen Anaudragor gegen die Rasse deiner Mutter in den Krieg gezogen sind." Sie kniff ihre kleinen gelben Augen zusammen. „Vielleicht hasst er dich deshalb. Vielleicht wäre dein Untergang eine erste kleine Trophäe, die ihn darüber hinwegtröstet, dass er mit seinen Spießgesellen nicht am derzeitigen Krieg dort draußen teilnehmen kann.

Als ich dann mit meiner Bitte, dich frei- und mir zum Gehilfen zu geben, zu ihm kam, war klar, dass er sich wegen deiner Herkunft ganz deutlich an dich erinnert, und er hat heftig Widerspruch erhoben."

Erion wusste zwar, was damals geschehen war, doch es erstaunte ihn, wie sie das jetzt schilderte. So sollte das tatsächlich geschehen sein? Er stellte sich die kleine, gedrungene Dunjak-Dhar und den riesigen, kolosshaften Morlugh einander gegenüberstehend vor. Die beiden in einer Konfrontation. Das Bild ging bei bestem Willen nicht in seinen Kopf hinein. „Ihr seid ihm entgegengetreten?"

Dunjak-Dhar schürzte nachdenklich ihre Lippen. „Sagen wir, ich habe ein Entgegenkommen erwirkt. Sodass er mich wohl oder übel gewähren ließ."

Ja, so etwas konnte er sich schon eher vorstellen. Die Gedanken seiner Meisterin verliefen oft in seltsamen Schnörkeln, vor allem, wenn sie sich auf Runen und ihre Bedeutung bezog. Wenn ihr dabei jemand mit der Natur eines Morlugh gegenüberstand und das alles wieder und wieder beharrlich auf sich einrieseln hörte … *Da steht eine kleine Runenschmiedin vor ihm und will ausgerechnet diesen Halb-Menschen-halb-Elfen-Jungen zu ihrem Gehilfen haben. Soll sie ihn doch kriegen, wenn sie danach Ruhe gibt.*

„Nun", fuhr Dunjak-Dhar fort, „er hat dich bis zum heutigen Tag nicht in Frieden gelassen und verfolgt alles, was du tust, mit rachsüchtigem Blick. Ich musste immer wieder sein Entgegenkommen anmahnen. Gestern war ich leider nicht da, aber ich fürchte …" Sie brach ab, schien ins Sinnen zu geraten.

Das erstaunte ihn erneut. Was Dunjak-Dhar sagte, hörte sich an, als hätte sie in ihrer Vorstellung immer wieder ihre schützende Hand über ihn gehalten. Da machte sie sich wahrscheinlich etwas vor. „Entgegenkommen?" Und er kannte Morlugh. „Wie will man denn über … *Entgegenkommen* bei König Morlugh etwas erreichen?"

Dunjak-Dhar wandte sich ihm jäh zu, sah ihm in die Augen, und daraufhin bekam sie diesen Schulmeisterausdruck, den sie immer dann hatte, wenn sie ihm wie beiläufig etwas erklärte, was ziemlich häufig vorkam. Innerlich musste er grinsen. Die gewundenen Schnörkel ihrer Gedanken.

„Gut, Erion Leichtfuß, dann sag mir doch einmal, wie

man das Wort 'Entgegenkommen' in Runenzeichen schreibt!"

Erion überlegte kurz. „Na ja, es setzt sich aus drei Zeichen zusammen, die alle für sich eine eigene und symbolische Bedeutung haben."

„Wie lauten diese Zeichen? Und was sind deren Bedeutungen?"

„Na, das erste ist das um ein Viertel gegen den Sonnenlauf gedrehte ‚Hun', danach das …"

„Verzeiht, Meisterin, wenn ich Euch bei etwas störe …" Eine ihm bekannte Stimme schreckte ihn aus seinen Gedanken auf.

Er und seine Runenschmiedin wandten sich um, und da stand Agranor bereits arbeitsbereit in seinem Schmiedekittel über blankem Oberkörper am Gatter des Pferchs, sodass man seine kräftigen Muskeln spielen sah.

„Ja, was ist, Agranor?"

„Da ist der Meister der Alchymiker-Zunft, der Euch sprechen möchte." Agranor wandte sich jetzt ihm zu, nickte grüßend. „Erion." Agranor furchte bei seinem Anblick die Stirn.

Erion schaute an sich herab, bemerkte neben den an den Knien durchgeschlissenen Hosenbeinen und den Abschürfungen darunter, dass er die Spuren der im Pferch verbrachten Nacht an sich trug. Er strich sich seine lädierte grobe Leinenkleidung glatt, pflückte sich das Stroh aus den Haarstoppeln. Der Kragen musste auch gerissen sein, als Morlugh ihn daran durch die Straßen geschleppt hatte, aber daran konnte er jetzt nichts machen.

„Meister Hisiciar will mich sprechen?" Dunjak-Dhar sah Agranor verwundert an. „Schon so früh am Morgen? Nun gut." Sie wandte sich wieder Erion zu, wobei sie wie in Gedanken in die Tasche ihres Gewandes griff, die aus dem weiten Armausschnitt ihrer ledernen Zunfttracht hervorschaute, und mit den Fingern darin herumkramte. „Erion, komm mit! Das passt mir gerade recht. Ich wollte dir ohnehin etwas zeigen."

Sobald Erion einen Schritt hinter seinem Freund und seiner Meisterin her machen wollte, spürte er das Gefühl kratzender Krallen an seinen Beinen und dann an seinem Arm entlang. Zack, saß Grolk, der Grolk wieder auf seiner Schulter.

„Du hast dir da einen treuen Begleiter gewonnen", bemerkte Dunjak-Dhar mit Blick auf das Geschöpf auf seiner Schulter.

„Ja, offenbar", meinte Erion, indem er den Kopf wandte und Grolk direkt in die übergroß erscheinenden Augen sah.

„Konnte es nicht ein Hund sein?", fragte Dunjak-Dhar mit einem Ausdruck gespielter Resignation nach, ließ aber sogleich wieder ein Lächeln aufblitzen. „Aber nein, du bist Erion Leichtfuß, und du bist etwas Besonderes, nicht nur unter den Bewohnern von Rechts-vom-Berg."

8

MYSTERIEN ZWEIER MEISTER

Sie traten aus dem Pferch hinaus, und als sie hinter den Mauern, die ihn abschirmten, hervorkamen, sah Erion, dass sich die Leuchtschichten des nah bei der Runenschmiede aufragenden Hauptpfeilers erst langsam erhellten. Vereinzelt sah man die letzten Feuer der Nacht brennen. Bereiche des dunkel ummauerten Geländes der Runenschmiede blieben noch von Schatten und Zwielicht umfangen.

Größtenteils erstreckte sich die Anlage im Freien unter der Höhlendecke, nur Dunjak-Dhars private Räumlichkeiten waren mit einem kleinen Vorbau in den Stein des Berges hineingebaut. Alles war ungefähr in Kreisen angeordnet, mit trennenden Mauern, Trägern und überdachten Bereichen dazwischen. Das alles war aus blauschwarzem Stein gemauert, was der Anlage von Dunjak-Dhars Werkstätten ein ganz besonderes Gepräge verlieh: zwischen einer Hülle geheimnisvoller Düsternis mit einem umtriebigen Organismus aus verteilt lodernden Feuern, die im Rhythmus der Blasebälge hochfachten, einem pochenden Puls von Hämmern auf Stahl und Ambossen. Dunjak-Dhars innerer Arbeitsbereich ihrer eigentlichen Werkstätte mit dem Runensanktum als Herz bildete dabei das Zentrum.

Hisiciar, der Oberste der Alchymikergilde, erwartete sie am Ende eines Bogengangs, der von der Eingangspforte aus die äußeren Bereiche durchquerte, damit Besucher nicht die Lager, Pferche und sonstigen Anlagen durchschreiten mussten, sondern direkt in die eigentliche Runenschmiede gelangten.

Agranor verließ sie und ging weiter zu seinem eigenen Arbeitsplatz in der Reihe der anderen im Kreis angeordneten hinüber, wo er seine Esse anfachte und zuweilen zu ihnen herüberschielte.

Dann standen sie zu dritt im Schatten dreier blauschwarz gemauerter Steinbögen, die den Eingangsbereich und einen Kreuzpunkt bildeten. Ein kurzer Blickwechsel mit einem Schwenk zu Erion – einem kurzen Stutzen, als er den Grolk bemerkte – und einem bestätigenden Nicken Dunjak-Dhars, und der Besucher beließ es bei Erions Anwesenheit als Zaungast ihres Gesprächs.

Meister Hisiciar gehörte genau wie Dunjak-Dhar zum Stamm der Firimduerga. Obwohl Gesellen wie Morlugh und seinesgleichen gerne von einer eigenen Unterart oder gar Rasse sprachen. Dass sowohl Hisiciar als auch Dunjak-Dhar Firimduerga waren, war kein Zufall, denn dieser Stamm hatte schon immer die Künste betrieben und ihm waren seit jeher kundige und geschickte Schmiede entsprungen.

Der Gildenoberste der Alchymiker hatte eine blassere hornige Haut als Erions Meisterin, und sein Schädel war etwas merkwürdig geformt. Sein Scheitel erhob sich zu einer eigenwillig spitzen Form, bevor er sich lang nach hinten, über den Nacken hinausragend, zog. Auf seine Nasenwurzel hatte er runde, am Nasensteg miteinander verbundene Gläser gekniffen, wie Dunjak-Dhar ähnliche benutzte, wenn sie sich eine winzige Einzelheit genauer ansehen wollte. Dass er Behaarung aufwies, war für einen männlichen Duerga ungewöhnlich, obwohl es bei den Männern der Firimduerga häufiger vorkam. Zwar war sein Schädel kahl, doch hatte er einen dichten, eisengrauen Bart, den er zu einem breiten mittleren und zwei dünneren seitlichen Zöpfen geflochten trug. Außerdem hatte er nicht die bei Duerga üblichen gelben Augen, sondern strahlend grüne.

„Meister Hisiciar", sagte Dunjak-Dhar, „was bringt Euch dazu, mich schon so früh am Morgen aufzusuchen? Es muss ein dringendes Anliegen sein."

Erion bemerkte, dass sie dabei wie so oft anscheinend unbewusst mit den runden, siegelähnlichen Metallstücken spielte, die sie immer in ihrer Tasche trug.

„Ach, eigentlich nichts Dringliches, aber etwas, das man sicher erledigt haben möchte, und das so bald wie möglich." Dabei hob er eine würfelförmige Kiste an, die er die ganze Zeit vor seinem Bauch getragen hatte.

„Schauen wir es uns doch an." Dunjak-Dhar deutete auf den Durchgang, der zu den inneren Werkstätten führte. Und mit einem Blick auf den Grolk auf Erions Schulter meinte sie, „Und sorg dafür, dass er nichts beschädigt und durcheinanderbringt."

Erion hatte das Bild im Kopf, wie Grolk in der Werkstatt der Alchymiker unter Klirren und Poltern in langen Sätzen über Tische und Bänke gesprungen war.

Er nickte entschlossen. „Das krieg ich hin."

Als Dunjak-Dhar nicht mehr hinsah, warf er Grolk einen halb strengen, halb inständigen Blick zu. Grolk starrte aus großen, runden Augen zurück.

An einem der für die Feinarbeit des Runenschmiedens ausgestatteten Arbeitsplatz stellte Meister Hisiciar dann seine Kiste auf einen frei stehenden Tisch und klappte nach dem Öffnen der Schlösser die Seitenwände samt Deckel herunter.

Zum Vorschein kam ein kunstfertig gearbeitetes Gebilde

aus Metallkugeln und -bögen verschiedener Farben und Materialien.

„Ein Astrosphärum?", fragte Dunjak-Dhar.

Neugierig lugt Erion zwischen den beiden hindurch. Er hatte ein solches Konstrukt noch nie gesehen, doch weil seine Mutter ihm aus der Kenntnis der Ninraé Dinge über die Gestaltung der Welt erzählt hatte, die über das Wissen der meisten hinausgingen, konnte er sich erklären, was es war und was es darstellte. Es sollte wohl eine Abbildung ihrer Welt mit den sie umgebenden Himmelskörpern sein – ihre Domäne, wie die Ninraé es nannten. Die zentrale Messinkugel stellte offensichtlich Marain dar und die beiden an Eisenbögen befestigten kleineren den großen Trabanten – die Knochen der Schuld, so die Bezeichnung der Ninraé – und den kleineren, weit entfernten Drachenmond; der Letztere war in Rot, aus wie glühend poliertem Kupfer gestaltet. Kleinere Bögen, Kugeln und Symbole kennzeichneten die Aspekte des Domänenrands.

„Ja, so ist es: ein Astrosphärum", erwiderte der Alchymiker. „Schaut es Euch bei Gelegenheit einmal an."

„Stimmt etwas nicht damit?"

„Oh nein. Alles hat damit seine Richtigkeit." Hier fasste Meister Hisiciar seine Augengläser zwischen Daumen und Zeigefinger, als wollte er sie geraderücken. „Aber ich meine, es könnte Eure kundige Hand, aber vor allem Eure verbürgt vertrauenswürdige Aufmerksamkeit vertragen."

Der Blick, den Dunjak-Dhar dem Alchymiker zuwarf, spiegelte Erions Verwunderung. Was wollte Meister Hisiciar von ihr? Gab er ihr einen Auftrag oder was sollte das darstellen?

„Ihr sagtet, es eilt nicht?", fragte Dunjak-Dhar.

„Derzeit nicht. Aber es gibt einen Zeitpunkt, an dem Ihr unbedingt danach schauen solltet."

„Und der wäre?"

Meister Hisiciar hob gewichtig die Hand mit

gestrecktem Zeigefinger, schaute Dunjak-Dhar aus zusammengekniffenen grünen Augen an. „Wenn der Berg sich erhebt, die Sonne zu verschlingen", sagte er, ließ eine Pause und fügte dann hinzu, „Merkt Euch diesen Zeitpunkt genau."

Erion ließ seine Blicke zwischen den beiden hin- und herwandern. Gefiel sich der Alchymiker heute Morgen in Rätseln oder wusste Dunjak-Dhar, was er meinte? Immerhin redete sie zuweilen auch in verschlungenen Schnörkeln.

Anscheinend nicht, denn sie fragte, „Ihr meint nie?", zurück.

„Das könnte gut sein. Das wäre vielleicht sogar besser", erwiderte der Alchymiker. „Auf jeden Fall bewahrt es gut auf."

„Wollt Ihr den Auftrag nun ausgeführt haben oder nicht?" Seine Meisterin war offenbar genauso verwirrt wie er.

Meister Hisiciar ließ sich nicht beirren. „Ich denke, Ihr werdet wissen, wann der Zeitpunkt dafür gekommen ist. Ihr seid schließlich Runenschmiedin und könnt die Runen lesen und deuten."

Erion bemerkte, wie sein Blick an Dunjak-Dhars Gestalt herabglitt und sich wohl an ihren Händen festbeißen musste, die weiter unablässig mit den Metallsiegelsteinen spielten.

Meister Hisiciar sah ihr erneut in die Augen und meinte dann mit einem kurzen Nicken abwärts, „Manchmal ist das Rezept nur die geheime Zutat."

Was sollte das nun wieder heißen? Dunjak-Dhar wusste es offenbar auch nicht. Doch der Alchymiker schien sich nicht daran zu stören.

„Ich wünsche Euch noch einen guten und erfolgreichen Tag." Mit kurzem Schwenk zu Erion fügte er hinzu, „Euch und auch Eurem Gehilfen." Sein Blick zuckte noch im Umwenden zu Erions Schulter. „Und viel Glück mit seinem Schoßtier."

Erion sah von dem sich entfernenden Alchymiker zu seiner eigenen Meisterin. „Wieso Schoßtier? Er sitzt doch auf meiner Schulter."

Dunjak-Dhar hielt kurz seinen Blick, schüttelte dann den Kopf.

„Du lässt ihn zurück", sagte sie, „oder du sorgst dafür, dass er ganz genau da auf deiner Schulter bleibt. Ich wollte dich nämlich in meinen inneren Bereich führen."

Diesmal stieg bei Erion das Bild auf, wie er verzweifelt versucht hatte, den sich anklammernden Grolk von seinem Arm abzuschütteln. „Auf der Schulter", antwortete er daher schnell.

Dunjak-Dhar nickte kurz und führte ihn dann geradewegs weiter in Richtung ihres inneren Bereichs, ihrer eigenen Runenwerkstatt, zu der nur wenige Zutritt hatten.

Erion bis zu diesem Tage auch nicht. Verwundert schritt er durch den Ring breiter blauschwarzer Säulen, die durch ihnen aufliegende Blöcke verbunden waren. Weitere schulterhohe Mauern boten Sichtschutz auf das, was sich dahinter befand und vorging.

Dunjak-Dhar schritt jedoch ungerührt weiter hindurch. Erion sah sich neugierig um. Überall fanden sich hier halb abgetrennte Arbeitsstätten mit allerlei Gerätschaften und Ansammlungen ganz oder halb vollendeter Gegenstände sowie für die Fertigung benötigter Grundbestandsteile. In der Mitte dieses Kernbereichs befand sich das Herzstück der ganzen Anlage, das über alle Mauern hinausragte und so auch teilweise von außen sichtbar war.

Dies war Dunjak-Dhars Runensanktum, die innerste, eigentliche Schmiede.

Bisher hatte er nur dessen Spitze von weitem gesehen, und so wurde sein neugieriger Blick unvermeidlich von ihm angezogen.

Im Prinzip war es eine hohe, auf einem Sockel mit Umbauten und Gerätschaften ruhende Säule. Sie war aus einem blauschwarz glänzenden Metall gefertigt, war also von ähnlicher Farbe wie die Mauern der Runenschmiede. Von der Form her glich es sowohl einem langen Kristallzacken, jedoch auch ein wenig, so fand Erion, einem Sarg.

„Wenn du meinem Vorschlag zustimmst, wirst du es ab jetzt öfter sehen." Dunjak-Dhar war offenbar seinem Blick gefolgt.

„Eurem Vorschlag?"

„Ja, Erion, ich habe dich hergeführt, weil ich beschlossen habe, dich ab heute mit einer besonderen Aufgabe zu betrauen." Sie machte eine bedächtige Pause, schaute abwärts, bevor sie ihm dann wieder direkt in die Augen sah. „Ich will dich als einen meiner persönlichen Gehilfen in den inneren Kreis holen. Ich habe dich schließlich die Runenzeichen, ihre tieferen Bedeutungen und vieles, was dazu gehört, gelehrt."

Hatte sie das? Immer wieder hatte sie über solche Sachen gesprochen, doch es kam ihm eher beiläufig vor und manchmal auch, als hätte sie nur mit sich selbst gesprochen. Der Grolk auf seiner Schulter gab ein maunzendes Krächzen von sich.

„Was schaust du mich an? Widerstrebt dir mein Angebot etwa?"

Das tat es nicht. „Oh, nein, nein." Es war mehr, als er je zu hoffen gewagt hatte. „Aber warum ausgerechnet ich?" Jetzt kam sie ihm bestimmt wieder damit, dass er etwas Besonderes war. Sicher war er das. Und er sah ja, was ihm das eintrug. „Warum zum Beispiel nicht … Agranor? Der ist ein guter Schmied und kräftig." Auf den wäre bestimmt das Auge von jedem anderen gefallen. Agranor war einfach der Schlag, der beliebt war und der ins Auge sprang. Jedenfalls auf eine angenehme Art.

Eine Zeitlang musterte Dunjak-Dhar ihn aufmerksam. Und Erion hatte das beirrende Gefühl, dass der Grolk auf seiner Schulter sie genauso ungeniert anstarrte.

„Ich habe es dir gesagt", begann sie schließlich. „Du kennst dich inzwischen mit der Zeichenkunde der Runen aus. Und außerdem …" Dunjak-Dhar zögerte kurz. „Agranor ist sicher gut im Waffenschmieden und auch geschickt im Fertigen von Werkzeugen." Wieder hielt sie kurz inne und musterte ihn dabei. „Aber für das Runenschmieden braucht es etwas anderes. Etwas, das über den Stahl hinausgeht, tiefer reicht. Und du trägst die Rune eines Schicksalszeichens."

„Aber Agranor …" Er wandte den Kopf, als könnte er durch die Trennwände und den Steinkreis hindurch bis zur Arbeitsstätte seines Freundes sehen. Was würde er sagen, wenn er ihm erzählte, dass ihre Meisterin Erion ausgewählt hatte und nicht ihn?

„Erion." Dunjak-Dhar rief seine Aufmerksamkeit wieder zu sich zurück. Sie sah ihm tief in die Augen. „Er muss dir nicht leidtun. Er wird das leichtere Leben haben." Wieder legte sie ihm kurz die Hand auf die Schulter.

Dann sammelte sie sich schnell wieder. „Komm, ich will dich ein wenig hier herumführen."

Erion folgte seiner Meisterin die Reihe der Werkbänke entlang. Nur ein einzelner Gehilfe war bereits an der Arbeit und blickte bloß kurz zu ihnen hoch.

Die Werkbänke waren teilweise abgeschirmt, und die für die Tätigkeit eines Runenschmiedes und seiner Helfer benötigten Werkzeuge und Gerätschaften waren fest in sie eingepasst oder konnten mit Schwenkarmen an die gewünschte Stelle herangezogen werden.

Jeder dieser Arbeitsbereiche diente anscheinend einem bestimmten Zweck, Projekt oder der Anfertigung einer ganz bestimmten Artefaktgattung. Hier wurden die Erzeugnisse aus Dunjak-Dhars Runenschmiede feingefertigt, etwa die Minenwerkzeuge, Messer mit Schneiden, die nicht stumpf wurden, Hämmer, die nicht splitterten, sondern noch die Kraft des Schlags ganz besonders weiterleiteten, Dinge des täglichen Gebrauchs oder gar die Runensiegel, welche in die großen Tragpfeiler eingearbeitet waren und die Kraft der leuchtenden Gesteinsschichten verstärkten und das auch noch nur zu einer bestimmten Zeitspanne, sie danach jedoch wieder verdunkelten.

„Schau dich um, so viel du willst, Treueringe wirst du hier keine finden", bemerkte Dunjak-Dhar mit grimmigem Gesichtsausdruck.

Ja, genau deshalb schätzte er seine Runenmeisterin.

„Die alte Runenmagie", fuhr Dunjak-Dhar fort, „von der es heißt, dass in uralten Zeiten die Rasse deiner Mutter sie mit den Duerga und den Menschen geteilt hat, ist etwas Heiliges. Ich würde es niemals wagen, sie zu entweihen. So viel ist davon verloren gegangen. Das, was uns bleibt, ist nur ein kleiner Bruchteil, nur ein paar spärliche überlieferte Dinge, die wir zwar nutzen, deren Sinn und tieferen Zusammenhang wir aber nicht verstehen. Das, was darunter liegt, ist Magie." Sie schüttelte mit gerunzelter Stirn den Kopf. „Und an die scheint sich merkwürdigerweise nicht mal die Rasse deiner Mutter zu erinnern. Ich habe mit Evanaiya, deiner Mutter, darüber gesprochen, und sie widersprach mir entschieden, dass die Ninraé solch eine Art von Magie je besessen hätten."

Erion schaute in eine der Nischen und sah eine Ansammlung merkwürdiger Gebilde, gebogene Eisenteile, die ineinander verliefen, darauf Reihen runder Runensiegel, die wie Nähte der Wölbung folgten, merkwürdige segmentierte Würfel, in deren Flächen sich bereits wenige Runensiegel befanden, andere jedoch noch Löcher aufwiesen, wo sie diese aufnehmen sollten.

„Oh, diese Runen kenne ich gar nicht", sagte er, als sie schon fast wieder an der Werkbank vorüber waren.

Dunjak-Dhar blieb stehen. „Ja, warum eigentlich nicht?", sprach sie zu sich selber.

Daraufhin drehte sie sich um und ging mit Erion wieder zu der Stelle zurück. „Und halt deinen Grolk fest, ja?"

Erion fasste nach dem Grolk, wollte ihn um den mageren Leib packen, doch das Tier sträubte und wand sich. Am besten verlor er darüber gar kein Wort. Würde schon gut gehen.

„Ich habe mich ganz für mich allein an ein paar Artefakten versucht", sagte Dunjak-Dhar, während sie nachdenklich das Sammelsurium von Teilen betrachtete.

„Wozu? Was tun sie?"

„Oh, so dies und das. Vorläufig allerdings gar nichts."

„Hat das mit dem verlorenen Wissen zu tun?"

„Jaaaa,", sagte sie gedehnt und eher zu sich selbst. „Da versuche ich schon seit Ewigkeiten, neue Runenzauber zu wirken, aber immer komme ich dabei an meine Grenzen. Nur die kleinste Abweichung vom Überlieferten kann die Magie schon zerstören."

Da war etwas zwischen all den bizarren Gegenständen, was Erions Aufmerksamkeit auf sich zog. Fast hätte er es nicht bemerkt, denn es erschien ihm unwirklich, und so hatte er es zunächst als eine bloße Reflexion abgetan. Doch als er jetzt genauer hinsah, schwebte dort unverkennbar etwas in der Luft über all den festen halb versuchten und unfertigen Dingen.

Es war etwas wie eine rot glühende Rune, die sich um die Wölbung einer kleinen, beinahe unsichtbaren Kugel zog.

„Was ist das?", fragte Erion und streckte schon die freie Hand danach aus.

„Halt! Nicht anfassen!"

Der Befehl seiner Meisterin ließ ihn mitten in der Bewegung erstarren.

Er sah sie erstaunt an.

„Das ist etwas, was beinahe gelungen ist", sagte Dunjak-Dhar und es wirkte, als würde sie schwer seufzen.

„Zwei Dinge habe ich vollbracht", fuhr sie dann nach

ein paar Herzschlägen fort. „Zwei Meisterstücke habe ich geschaffen. In beiden ist es mir gelungen, auf diese alte Kunst zurückzugreifen, welche die alten Runenmagier und Runenschmiede beherrschten. Das eine, größere habe ich leider in Ishuk-Bragha zurücklassen müssen. Das andere ist hier bei mir."

„In Eurer Tasche?" Er schaute an ihr herab, bemerkte ihre geschäftigen Finger. „In Eurer Hand?", verbesserte er sich rasch. Aus dem Augenwinkel sah er, wie auch Grolk seinen Kopf vorreckte.

Sie schaute ebenfalls an sich herab, stoppte in ihrer Bewegung, und betrachtete die kleinen Metalldinger, rund wie Spielsteine, annähernd gleich an Durchmesser und Höhe, in ihren sich öffnenden Griff.

„Ja, mein kleiner Sonderkniff", sagte sie gedanken-verloren.

„Euer … *Sonderkniff?*" Sie hatte bisher nie davon gesprochen. Vielleicht war heute der Tag, an dem sie, beflügelt von ihrem Angebot, ihm gegenüber besonders offen war und ihm einiges verriet. Einer wusste offenbar schon darüber Bescheid. „Meister Hisiciar hat Euch darauf ange-sprochen."

Sie lächelte. Er glaubte, einen kleinen Zug der Bitterkeit darin zu entdecken. „Meine größte … na, nicht wirklich die größte, aber von ihrer Bedeutung her am Ende vielleicht die für mich ertragreichste Errungenschaft ist diese … *geheime Rune* hier." Wieder zuckte es um ihre Mundwinkel. „Eigent-lich ist es nur eine kleine Unterrune, nichts, was für sich schon etwas bewirken kann. Es ist eine Zugabe und der Grund dafür, warum all meine Erzeugnisse so beliebt sind."

Eine davon hielt sie gerade so gedreht, dass er das Zeichen auf der münzengroßen Oberseite erkennen konnte. „Ich meine, ich habe sie schon mal gesehen. Sogar öfter."

„Ja", stimmte Dunjak-Dhar zu. „Diese kleine Rune arbeite ich in die meisten von mir gefertigten Gegenstände ein. Sie bewirkt eine Rückkopplung der im Objekt vorherrschenden Eigenschaft. Also meist meines Runenzaubers. Es ist wie eine Verstärkung, die dafür sorgt, dass all meine Messer noch ein wenig schärfer, all meine Hämmer noch ein wenig schlagkräftiger und beständiger, all meine Schöpfungen noch ein wenig besser werden."

Sie hob die Hand, betrachtete die kleinen durcheinandergewürfelten Metallgegenstände. „Ich nenn sie meine … *Adelsteine.*" Sie lächelte jetzt ehrlich und verschmitzt. „Denn sie adeln die Dinge, denen man sie beigibt."

„Ihr tragt sie ständig mit Euch herum."

Jetzt sah seine Meisterin lächelnd zu ihm auf. „Stimmt. Wie meinen Hammer. Man weiß ja nie, wann irgendetwas noch ein kleines Stückchen besser werden muss." Damit schien sie sich aufzuraffen, denn sie nickte ihm entschieden und aufmunternd zu. „Komm! Ich habe doch eben deine Blicke gesehen. Du bist doch bestimmt neugierig auf mein Runensanktum."

Er konnte nicht glauben, was er gehört hatte. „Wirklich? Wollt Ihr mir tatsächlich …" Der Grolk tappte unruhig auf seiner Schulter herum, und er streckte die Hand nach ihm aus, um ihn zu beruhigen.

„Sicher." Wieder nickte sie. „Wenn du hier im inneren Bereich arbeitest, musst du doch wissen, um was es geht und was hier verarbeitet wird."

Sie schritt mit ihm durch die Reihe auf die vor ihnen aufragende kristallinförmige, blauschwarz schimmernde Metallsäule zu. Als sie sich ihr auf wenige Schritt genähert hatten, spürte Erion, wie sich die Härchen auf seinen Armen aufrichteten und ihn ein seltsames Kribbeln durchfuhr.

Stufen aus dem gleichen blauschwarzen Metall führten zu dem Runensanktum hinauf. Gerätschaften, die Erion nicht verstand, umgaben es in regelmäßigen Abständen und schienen darauf als ihr Zentrum ausgerichtet.

„Das hat es zum Glück in seiner Grundform schon hier

in Kharnuk-Bragha gegeben. Ich musste es nur wiederher-
richten. Was schon genug Arbeit war, so heruntergekom-
men, wie ich es vorgefunden habe. Wäre schwer genug
gewesen, den hiesigen Grobschmieden zu erklären, was die
für Teile zu fertigen hätten."

Dunjak-Dhar schritt die Stufen hinauf.

Erion verstand das nicht ganz. „Aber es sind doch
Schmiede aus Ishuk-Bragha mitgekommen. Die hätten Euch
doch dabei helfen können."

Sie hob die Hand in Höhe von einem Dutzend in Reihen
angeordneter Runensteine auf der Außenhülle des Sank-
tums, berührte sie dann in blitzschneller Folge. Es war ganz
leicht: Die Reihenfolge folgte dem Zeichen der sich erhe-
benden Sonne. Dunjak-Dhar hatte es ihn als eines der
wandelbarsten Zeichen von allen gelehrt, weshalb es auch
für die Wandlung an sich stehen konnte. Darum hatte Erion
es sich eingeprägt. Für die meisten anderen wäre die
Kombination der Runensteine, die Dunjak-Dhar berührte,
rätselhaft und kaum zu merken gewesen.

„Wir wurden zunächst voneinander getrennt und den
Duerga wurde verboten, weiterhin ihrer alten Kunst nachzu-
gehen", sagte Dunjak-Dhar als Antwort auf seine Frage.
Feiner Dampf trat aus den Kanten des großen frontalen
Kristallsegments hervor, und dichtere Schwaden stiegen aus
den kleinen Löchern am Boden auf. „Viele haben auch neue
Berufe zugeteilt bekommen."

Erion dachte kurz an Kunja, die in der Weberei arbeiten
musste, weil das der einem Dwercmädchen anstehende
Beruf war, statt wie früher in Ishuk-Bragha Kundschafterin
und Jägerin zu sein. Doch dann wurde seine Aufmerksamkeit ganz von dem Anblick in Anspruch genommen, der
sich hinter dem Dunst und der sich öffnenden Schale des
Runensanktums bot.

Glänzend helle Rippen schienen das Innere in Segmente
aufzuteilen, darin Gerätschaften, von denen er, obwohl er

sie nur teilweise erkennen konnte, sicher war, dass er etwas in dieser Art noch nie ansichtig geworden war. Der Glanz, der aus dem Inneren hervorstrahlte, stand in bemerkenswertem Gegensatz zur matt schimmernden Dunkelheit der Schale.

Wieder reckte Grolk den Kopf vor und Erion hob die Hand, um ihn zu packen, sollte er etwas Dummes versuchen.

Er strengte sich an, Einzelheiten zu erkennen, die sich ihm von Herzschlag zu Herzschlag und mit dem sich allmählich verziehenden Dampf offenbarten …

„Ja, jeder hat den Beruf bekommen, der ihm ansteht. Es kann sich eben nicht jeder aussuchen, an welcher Stelle er für die Gemeinschaft von Kharnuk-Bragha von größtem Nutzen sein kann. Das heißt, manche suchen es sich schon aus. Wenn auch nur durch ihre Taten."

Obwohl er ganz ergriffen von diesem ersten, kurz erhaschten Blick ins Innere des Runensanktums war, irritierte ihn dennoch, dass eine tiefe, grobe Stimme den Gedankengang seiner Meisterin fortsetzte. Der Grolk fauchte.

Dann traf ihn die Erkenntnis bis ins Mark.

Erst recht, als eine weitere Stimme dies aufgriff, die sich ihm ebenfalls tief eingegraben hatte. „Und durch die Folgen dieser Taten, die sie immer einholen. Stimmt's, Schönling? Vor denen kann man nicht weghüpfen und davonrennen."

Scharf und hart klangen sie, wie gedrechselt, doch mit einem leicht mäkelnden Unterton, wie eine kunstfertig verzierte Tür, die schlecht geölt war.

Grolk fauchte und zischte noch heftiger.

9

DAS URTEIL

E rion sah noch, wie Dunjak-Dhar schnell, mit einer
einzigen fließenden Handbewegung, das Runensanktum wieder verschloss. Dann war er schon
herumgefahren und sah die kolossale Gestalt von König
Morlugh durch die Reihen der Werkbänke und Arbeitsflä-
chen näherkommen.

Selbstverständlich wie von ihm auf dem Schritt folgen-
den Schatten flankiert von seinen beiden Oberschergen
Hugar-Vhan und Jagha-Bho. Die sichtlich Mühe hatten,
nicht die Tischreihen abzuräumen. Ihn wunderte, dass sie
sich überhaupt die Mühe gaben, doch aus irgendeinem
Grund unterwarfen sie sich diesem Eiertanz.

Noch vor ihnen, direkt hinter König Morlugh
gequetscht, folgte derjenige, dessen unangenehm scharfe
Stimme ihm durch Mark und Bein gegangen war: Viedgor
Quislung, der Treueringhalter seiner Mutter.

Erion sah Dunjak-Dhar mit entschiedenem Schritt an
ihm vorbeitreten. „Was macht Ihr in meiner Runenschmiede? Wer hat Euch hier hereingelassen?"

Morlugh stoppte ab, stemmte die Hände in die Hüften

und blickte auf die stämmige Firimduerga in ihrem anthrazitfarbenen Lederkittel herab. „Wer mich hier eingelassen hat? Ich brauche niemanden, der mich an diesem Ort auch nur irgendwo … einlässt. In meiner eigenen Stadt."

„So weit ich mich erinnere, gehört Kharnuk-Bragha Euch nicht, sondern es ist eher umgekehrt. Dass Ihr der Eidsteinhüter der Stadt seid und damit verpflichtet –"

Morlugh wischte ihre Worte mit einer einzigen Geste beiseite. „Spitzfindigkeiten!" Er schnaufte. „Und warum ich hier bin?" Er wandte den Schädel, blickte jetzt auf Erion herab. „Wegen ihm bin ich hier. Um das wahrzumachen, was ich ihm versprochen habe. Ich habe gesagt, das Urteil wegen seiner Missetat wird noch bestimmt. Und ich bin hier, um es zu verkünden."

Erion sah den Koloss schwer und gewichtig Luft holen. Ein Knurren entrang sich beim Ausatmen Morlughs Kehle, während Grolk sich tief auf seine Schulter duckte. „Also … wegen gezieltem und willentlichem Bruch der Gesetze Kharnuk-Braghas und Gefährdung seiner Einwohner, verurteile ich dich, Erion Leichtfuß, …" – kopfschüttelnd wandte er sich zur Seite an einen seiner Schergen – „dieser Name! … Also aufgrund dessen verurteile ich dich auf unbestimmte Zeit zum Frondienst in den Minen und versetze dich hiermit nach Sektor Khaz-Dhum Sechs."

Der Boden sackte unter Erion weg, und er hatte das Gefühl, als würden sein Magen und seine Eingeweide in diesen tiefen Schacht gesogen.

Khaz-Dhum Sechs?

Ob die unbestimmte Zeit lang oder kurz war, machte keinen Unterschied: Wer im Sektor Khaz-Dhum Sechs arbeitete, war dem Tode geweiht. Genau deshalb nannte man ihn ja auch die Todeszone. Der Sektor war zwar ertragreich, aber dort arbeitete man an den gefährlichsten Stellen, war jederzeit von Einbrüchen bedroht und musste fürchten, Opfer der Drazghul zu werden, die sich dort unten nur so tummelten. Nach Sektor Khaz-Dhum Sechs wurde man zum Sterben versetzt.

„Nein, das könnt Ihr nicht machen." Er sah, wie Dunjak-Dhar lospolterte. „Erion ist mein Geselle, und ich habe ihn soeben in meinen innersten Bereich versetzt. Erinnert Ihr Euch an unser Übereinkommen?"

Wie zu erwarten, war Morlugh davon keineswegs beeindruckt. „Ja, sicher, tu ich. Aber er ist vertragsbrüchig geworden. Er hat gegen Gesetze verstoßen. Damit hebelt er jede andere Vereinbarung aus."

Er zuckte schnaufend mit den breiten Schultern. „Stadtgesetz steht nun mal über allen anderen Absprachen."

„Ich brauche ihn hier. Und dieses Urteil ist keins, sondern ausschließlich Eure Meinung."

Morlugh legte den Kopf schief und zog den Brauenwulst hoch. „Ihr wart nicht dabei."

„Ich habe davon gehört. Das genügt. Also, lasst mir meinen Gehilfen, den ich dringend brauche, und seht darüber hinweg, was geschehen ist. Wobei das ohnehin stark der Auslegung bedarf."

Erion war erstaunt. So unerschrocken trat Dunjak-Dhar ihrem König Morlugh entgegen? Hatte sie keine Angst, dass sie sich ebenfalls dessen Zorn zuzog und unter den Folgen zu leiden hatte? Sicher, er würde sie nicht direkt auf der Stelle mit einem Faustschlag zerquetschen. Aber er konnte ihr schaden. Und zwar ungeheuer. Er hatte es erlebt.

Doch König Morlugh sah Dunjak-Dhar nur mit schief gelegtem Kopf von oben herab an, als würde er ihr Argument tatsächlich erwägen. Aber dann verzog er das Gesicht und kniff die Augen zusammen.

„Nein", sagte er scharf, „eindeutig nein. So gerne ich Euch den Gefallen auch tun würde."

Das bezweifelte Erion allerdings stark.

„Ihr solltet Euch darauf besinnen, was Ihr tut, damit unser Entgegenkommen beiderseitig bleibt", entgegnete ihm

Dunjak-Dhar und stemmte jetzt ebenfalls die Hände in die Hüften. „Kündigt man es auf einer Seite auf, hat das Auswirkungen auf das gesamte Zusammenwirken einer fein abgestimmten Maschinerie."

Ach, Meisterin, das ist nicht der Augenblick für eure geheimnisvollen Schnörkel. Dieser Morlugh versteht Euch eh nicht.

Doch tatsächlich antwortete der riesige Duerga nicht augenblicklich darauf und blaffte sie auch nicht an, sondern er breitete nur wie bedauernd die Arme aus. „Mir sind die Hände gebunden."

Mit wachsender Verwunderung sah Erion, wie seine Meisterin Dunjak-Dhar unerbittlich dastand, keinen Handbreit wich, sondern lediglich König Morlugh unerschütterlich in die Augen blickte, während er und seine beiden Brecher ihrerseits grimmig auf sie herabstarrten.

„Ihr wollt das wirklich?", fragte Dunjak-Dhar. „Ihr wisst, was Ihr tut?"

Voller Zorn und Verachtung beobachtete Erion, wie Viedgor Quislung an der massiven Gestalt Morlughs vorbeilugte und mit bösartigem Blick zu ihm hinschielte. Der Grolk fauchte.

Wieder zeigte König Morlugh keinen Zorn, stattdessen gab er sich den Anschein des Bedauerns. „Das Vergehen kann ich nicht tilgen. Und an das Vergehen bleibt nun mal eine Strafe gebunden."

Erion konnte einfach nicht die Augen von Quislung nehmen, obwohl es doch Morlugh war, der über sein Schicksal bestimmte und ihn in diesem Augenblick verschonen oder dem Tode weihen konnte. Ihre Blicke verharrten wie ineinander vernietet. Etwas Merkwürdiges, Gehässiges, das über die normale Form hinausging, die er durchgängig auf ihn verwandte, schien darin für ihn aufzublitzen. Vielleicht weil er jetzt hatte, was er wollte?

„Dann wenigstens nicht in den Sektor Khaz-Dhum

Sechs", hörte er Dunjak-Dhar sagen. „Und über die Frist werden wir noch reden."

Ein lang gezogenes Brummen von Morlugh, während dem die Zeit verging. Dann, „Nun, darüber können wir reden." Eine Pause. „Dass du aber auch so verdammt hartnäckig sein musst ... Runenschmiedin."

Das war der Moment, den Quislung wie ein Stichwort nutzte, um sich an Morlugh vorbeizuschlängeln. Grolk zischte. Quislung ließ kurz mit seinem Blick von Erion ab, sah mit unwilliger Miene an der Gestalt Morlughs empor, bevor er dann erneut ihn fixierte.

„Die eine Mutter ist verhindert", höhnte er, „und wird wohl verhindert bleiben ... Dann suchst du dir eben eine andere Mama, die dich beschützt."

Es lag eine solche Häme in seinem Blick, dass Erion ohnehin am liebsten seiner Faust den Weg in Quislungs Gesicht gewiesen hätte. Aber dann ließ Quislung seiner Bemerkung ein Verziehen der Mundwinkel folgen, das zu einer schiefen Verzerrung des ganzen Arrangements von schmalem Oberlippen- und Kinnbart führte. Es drückte sich darin eine so verschlagene Genugtuung aus, in der Erion glaubte, etwas darin aufblitzen zu sehen, das für ihn allzu sehr nach einer befriedigten Niedertracht aussah.

Du hast etwas getan. Was hast du getan?

Er musste Quislung einen fragenden Blick zugeworfen haben, denn der antwortete, indem er breit die Lippen bleckte und ein zahnstarrendes Grinsen sehen ließ.

Die eine Mutter ist verhindert und wird wohl verhindert bleiben ...

Dieser Drecksack!

„Du bist und bleibst eben nur ein Schönling und Muttersöhnchen", sagte Viedgor Quislung.

Erion hielt nichts mehr auf der Stelle. Er sprang auf Quislung zu, die Faust erhoben, den Blick starr auf dessen hämische Fratze gerichtet.

„Was hast du ihr angetan?", hörte er sich brüllen.

Quislung wich zurück, doch das würde ihm nichts …

Erions Hand wurde aus der Luft gepflückt. Ein Griff wie eine Eisenklammer hielt seinen Arm umfasst und stoppte ihn auf der Stelle. Ein weiterer Schatten trat an Quislung vorbei, packte seinen anderen Arm und seine Schultern.

Erion sah an seinem Arm hoch. Hugar-Vhan hielt ihn fest gepackt, grinste auf ihn herab. An der anderen Seite hatte ihn Jagha-Bho gefasst und hielt ihn zurück. Irgendwo fauchte Grolk. Offenbar hatte er sich mit einem Satz von Erions Schulter geflüchtet.

Morlughs dröhnende Stimme klang zu ihm hin. „Vielleicht sollten wir uns das mit der Todeszone doch noch mal überlegen."

„Guter Junge!", hörte er Quislung nah bei seinem Ohr raunen, während die beiden Brecher ihn gnadenlos in ihrem stählernen Griff hielten und ihm keine Chance ließen, zu entrinnen oder irgendwas zu tun.

Da mochte er wüten und rasen, wie er wollte.

TEIL II

DAS DUNKEL IM BERG

1

IN DEN MINEN

Eiseskälte schlummerte tief im Berg. Dann wiederum konnte es heiß wie die Hölle sein, dass es einem das Wasser aus allen Poren trieb und das Rinnen in den Grus und Staub fraß, der sich unablässig in einer Schicht auf der Haut sammelte.

Unter dem Berg gab es keinen Frieden, keine steinerne Ruhe.

Ständig rumorte es, ständig grollte es irgendwo. Die Stollen und Kammern hallten wider von den Flüchen, dem Murren, Stöhnen und Schnaufen der schuftenden Arbeiter, von den Rufen ihrer Anstrengung und Erbitterung, mit der sie die Hacke in den Stein trieben, den Hammer gegen den Fels schmetterten, mit der sie an Seilzügen zerrten und über die Aufzüge Lasten nach oben hievten oder sich ächzend hinter die Loren stemmten, wenn gerade keines der Grubenponys abkömmlich war. Die Achsen quietschten und kreischten, die Räder grollten über die Schienen.

Aus den Tunneln drang ferner Lärm aus einer Welt, die nichts als eine triste elende weitere Wiederholung des eigenen Nests erbärmlicher Schufterei darstellte.

Es gab keine Zeiten, in denen Ruhe einkehrte, denn hier unten im Berg gab es keinen Tag und keine Nacht, nur einen ewigen Übergang der Arbeitsschichten. Es war nur ein Umzug aus den Stollen, an denen die Arbeit stattfand in die Höhlen und Nischen, in die man sich verkroch, um für ein paar Stunden sein Bewusstsein im Schlaf zu verlieren, nur um dann aus den rumorenden Träumen wieder in eine knochenschindende Wirklichkeit zu erwachen.

Es gab kein Dunkel im Berg. Lichter glommen überall und zu jeder Zeit: Fackeln und Feuersphären, Grubenlampen, die, an Helmen befestigt, wie Bohrwürmer durch die Tiefe krochen. In ihrem Flackern nahmen die eigenen Sünden und der Groll auf sich und alle anderen tanzende, sich verformende Gestalt an, bis sie sich zur Unkenntlichkeit verändert hatten und nur noch Bilder des Hasses und der Pein darstellten, verdrehte Erinnerungen an eine vergangene Zeit, die dir Fratzen schnitten.

Er war nicht in Sektor Khaz-Dhum Sechs gelandet. Das hätte Erion schon in den ersten Momenten gemerkt, als sie ihn in den Gruben zu Boden warfen.

Das letzte Urteil König Morlughs über ihn war in einem Tohuwabohu aus Wüten, Ringen untergegangen, dem Rasen in seinem Kopf, dem donnernden Rauschen, das zu einem schrillen Pfeifen wurde, bis es alles verschlang.

Er war so weit, dass es ihm egal war, wozu man ihn verdonnert hatte. Alles war gleich, nachdem Morlugh ihn dem Versprechen auf den inneren Kreis seiner Meisterin und einer ernst zu nehmenden Aufgabe entrissen hatte. Nachdem er fürchten musste, dass Quislung die Wurzeln seiner Welt ausgehöhlt hatte.

Er musste bald erfahren, dass es nicht gleich war.

Denn dort unten im Sektor Khaz-Dhum Sechs sollte zumindest in den Schichtruhen Grabesstille einkehren, weil man nicht die Drazghul aus ihren Nestern und Röhren aufstören wollte.

Er war an einem Punkt angekommen, der wohl am weitesten entfernt von all seinen Träumen, Wünschen und Hoffnungen war.

Hah, von hier aus zu dieser Grauen Schar der Befreier zu gelangen und ein Teil von ihr zu werden, war wohl das Aussichtsloseste, was man sich vorstellen konnte. Er war ja froh, wenn er hier einfach nur überlebte und die Tage bis zu seinem nächsten Freigang überstand. Um dann nicht irgendwelche tapferen Freiheitskrieger dort draußen in der Außenwelt, sondern schlicht nur seine Freunde wiederzusehen.

„Hältst du bald mal dein verdammtes Tier unter Kontrolle!"

Der wütende Ruf des Arbeiters neben ihm riss ihn aus seinen düsteren Grübeleien, zu denen der Rhythmus, mit dem er die Hacke in den Stein trieb, den Herzschlag darstellte.

Erion sah, was er vorher in seinem Brüten gar nicht bemerkt hatte, dass nämlich der Grolk fauchend und zischend zwischen den Reihen der Arbeiter am Fels hin und her sprang, als hätte ihn irgendwas gestochen.

„Das ist nicht mein Tier", wandte er sich an den Sprecher, einen Menschenmann mit sehnigen, knotigen Muskelsträngen und eisengrauen Strähnen in der verfilzten Mähne und dem Bart, dem der Schweiß in Strömen über den bloßen Oberkörper lief.

„Es ist aber mit dir reingekommen", entgegnete der Mann.

Erion zuckte die Achseln und wollte weiter seine Hacke in den Stein treiben.

„Dann macht's dir ja bestimmt nichts aus, wenn ich es auf meine Hacke spieße. Oder es mir schnappe und ihm seinen räudigen Hals umdrehe. Das hässliche Vieh nervt nämlich."

„Lass den Jungen in Ruhe, Egso!" Wie ein jäh emporwachsender Fels erhob sich die Duerga einen Platz weiter aus der Reihe, als sie in ihrer Arbeit innehielt und sich zu voller Größe streckte. „Er ist grad hier runtergekommen und weiß nicht, wo ihm der Kopf steht. Du hast deine Launen auch nicht gerade besser im Griff als er seinen Grolk."

„Das ist nicht …" Erion brach ab, als er den mahnenden Blick sah, mit dem ihn die Duerga bedachte, warf stattdessen ein heiseres „Danke" in ihre Richtung.

„Ja, lasst ihn in Ruhe", tönte es hinter der Duergafrau, die ihr mächtiges Werkzeug, eine Mischung aus Hammer und Hacke abgestellt hatte und sich mit dem Ellbogen darauf stützte. Ein weiterer Arbeiter, ebenfalls ein Mensch, streckte sein Gesicht hervor. Eine markante Hakennase war ihm ins Gesicht gepflanzt, und dunkle, stechende Augen funkelten in seinen Zügen. Sein langes Haar trug er zu zwei Zöpfen gebunden. „Gebt euch erst gar nicht mit ihm ab. Der gehört sowieso nicht hierher. Ich weiß gar nicht, was so ein feines Bübchen, so ein Elfenschönling, hier unten in den Minen verloren hat."

„Er wird schon irgendwas ausgefressen haben, Sicco", meinte Erions direkter Nachbar in der Arbeiterkette. „Ohne Grund wird man hier nicht in die Minen geworfen, was?"

„Dann schau dich an, Egso", meinte die Duerga grollend, „und frag dich, wo *du* gerade steckst."

„Ich …" Egso räusperte sich rasselnd und spuckte den Rotz aus. „Ich hatte einfach nur Pech, in der Haut der falschen Rasse zu stecken. Das müsstest du doch am besten wissen, Hurga-Dhish."

Erion stutzte. „Wieso, sie ist doch auch eine Duerga."

„Aber in der falschen Stadt geboren", brummte die Duerga. „Rechts-vom-Berg. Du müsstest doch wissen, wie das ist … Junge aus Ishuk-Bragha."

Der Grolk kam in diesem Moment angefegt und bremste vor Hurga-Dhish ab. Die lugte abwärts und legte ihm die Pranke auf den Kopf, unter der Grolk fast verschwand.

„Los, los! Was habt ihr zu quatschen?" Die Stimme des

Vorarbeiters ließ sie herumfahren. Er nahm seinen Flammenstab von der Schulter und ließ ihn in seine breite Handfläche klatschen.

Die Duerga-Vorarbeiter hier unten hatten ihre Leuchtstäbe, die im Prinzip eine Abart der Feuerorben waren, so abgeändert, dass ihre Flamme auf Runendruck nur kurz – oder auch länger – hochlodern konnte. Das war eine üble Art, Saumselige zu bestrafen. Den Duerga mit ihrer dicken Haut brachte das nicht gleich schlimme Verbrennungen bei, aber nach dem, was Erion gesehen hatte, musste das auch für sie ganz schön schmerzhaft sein.

Jedenfalls beeilten sich alle wieder, sich der Wand vor ihnen zuzuwenden und sie mit ihren Werkzeugen zu bearbeiten.

„Ich will, dass es hier bis zur Schichtruhe rund um das Probeloch eine anständige Höhlung gibt, von der aus man den Tunnel weiter vortreiben kann."

Über die Schulter hinweg sah Erion, wie er seinen Flammenstab wie zur Drohung kurz auflodern ließ. „Also ran an die Arbeit." Eine kurze Pause, ein Fauchen. „Und sorgt dafür, dass mir dieser hässliche Grolk nicht mehr zwischen den Beinen rumspringt."

Erion wandte sich um. „Es ist meiner." Er starrte dem Vorarbeiter hart in seine gelben Duergaaugen. „Komm, Grolk!"

Zu seiner eigenen Überraschung erlebte er, wie das kleine schwärzliche Tier angerannt kam und geschwind seinen ausgestreckten Arm hochrannte.

„Und halt dich gut bei mir", sagte er zu dem Tier auf seiner Schulter. „Dann kriegst du auch keinen Ärger mit einem Spatzenhirn mit Feuerstab."

„Das hab ich gehört", knurrte der Vorarbeiter.

„So war's gemeint", sagte Erion und wandte sich wieder seiner Arbeit an der Felswand zu.

„Na, komm schon. Das magst du, ja?"

Erion kämmte dem Grubenpony mit der groben Bürste, die er in der hintersten Ecke ihrer Verschläge gefunden hatte, die Mähne aus, nachdem er vorher alle mit Wasser und Futter versorgt hatte. Der Grolk hielt sich gerade ganz ruhig auf seiner Schulter, stieß zwischendurch nur leise Geräusche aus, die wie Maunzen klangen.

Diese Aufgabe bedeutete zwar, dass er in der Ruhepause nicht verschnaufen und ins Nichts starren konnte wie die anderen, aber er hatte sich freiwillig dafür gemeldet. Das Kümmern um die Tiere war ihm nach der harten Knochenarbeit die liebste Zeit.

„Da kommt der ganze Dreck und all das Minenzeug mal raus und du siehst schon eher wie ein richtiges, normales Pony aus. Na, jedenfalls so, wie ich mir ein richtiges, normales Pony vorstelle."

„Du kümmerst dich gut um sie."

Eine tiefe, grollende Stimme ließ Erion herumfahren. Er entdeckte Duvruk, der am Rand der Ponygrotte stand und ihn beobachtete, Turam unvermeidlich an seiner Seite.

„Einer muss es ja tun", gab Erion zurück und wandte sich wieder seiner Arbeit zu, dem Tier die groben Grusstücke aus dem zottigen Haar zu kämmen.

„Das stimmt", hörte er Duvruk antworten. „Aber zu Herzen genommen hat sich das bisher kaum einer."

„Herzen? Herzen!", entfuhr es ihm bei diesen Worten, wodurch Grolk ganz unruhig wurde. „Herzen sind hier unten alle versteinert. Den Berg höhlen sie aus, genau wie das harte Ding in ihrer Brust, bis nur noch die verkrustete Schale bleibt."

„Oh, unser Schönling ist heute ganz melancholisch", mischte sich jetzt Turam ein. „Du hörst dich schon ganz wie Duvruk an. Hast du dich etwa bei ihm angesteckt?"

„Oh, das brauch ich nicht. Schwermütig wird man hier unten zwangsläufig." Er hielt einen Moment inne. „Und das ist noch das Beste, was einem passieren kann. Schwermut ist wenigstens noch ein Gefühl."

„Komm, Duvruk. Unser Gar-nicht-so-Leichtfuß verdirbt mir sonst noch die Laune. Wir treffen uns nach Schichtende in der Gemeinschaftshöhle. Hast bisher ja noch nicht hingefunden. Frag einfach einen aus deiner Truppe. Die werden dir sagen, wo lang. Wir müssen wieder in die Schicht."

„Jaja, geht ihr nur weiter Steine kloppen."

„Wieso Steine kloppen? Nö, Aufsicht."

Was? Erion wandte sich erstaunt um. „Aufsicht? Wie … Aufseher?"

Er sah Turam die Schulter zucken. „Ja, klar. Was denkst du denn?"

Er klopfte seinem Kumpel auf die Schulter. „Komm, Duvruk, die Arbeit macht sich nicht von allein."

Er schaute ihnen nach, wie die beiden Richtung Grottenausgang zwischen den Pferchen der Grubenponys davontrotteten. Duvruk sah sich noch einmal kurz nach ihm um.

Turam und Duvruk waren Aufseher hier unten? Erion war entsetzt.

Er stand wieder in der Kette seiner Arbeitsgruppe und bearbeitete den rohen Stein mit seiner Hacke. Der Schweiß lief ihm über den Körper. Inzwischen tat er es Egso nach und hatte er sich seines groben, ohnehin durch König Morlughs Behandlung lädierten, groben Leinenhemds entledigt.

Zumindest trug keiner von seinen beiden Freunden einen Flammenstab. Das hätte ihn wirklich sehr gewundert und noch mehr entsetzt.

„Unser Bürschchen hier haut aber heute Nachtags

ordentlich rein. He, kommst du langsam damit klar, dass du hier unten bei uns Grobzeugs gelandet bist? Gut. Sieht ja aus, als könntest du doch noch einer von uns werden."

„Lass ihn in Ruhe, Egso. Der wird nie einer von uns. Siehst du nicht, der hat Elfenblut in sich. Der ist was Feineres. Der wird nie einer von uns werden. Also spar's dir."

Erion musste sich gar nicht erst die Mühe machen, hinzusehen, wer das gesagt hatte. Natürlich war das Sicco mit seiner beilscharfen Hakennase und dem stechenden Blick. Wollte der auf keinen Fall, dass er sich auch nur irgendwie mit einem seiner Schicksalsgenossen anfreundete? Zumindest hetzte keiner über seinen Grolk. Der hatte sich zunächst ruhig zu einer Kugel gerollt auf seiner Schulter niedergelassen und war mit jedem seiner Hiebe mitgeschwungen, bis es ihm schließlich zu bunt geworden war, er herabsprang und sich irgendwo ruhig in einer Ecke niederließ. Jetzt gerade hob er neugierig den Kopf, denn in der Ferne des Stollens war ein leises Rumpeln zu hören.

Bevor Erion sich jedoch in dessen Richtung umwenden konnte, hörte er Egso grollen. „Wollte nur reden. Bei dieser scheiß Arbeit ist man ja froh über jede Ablenkung von dieser drecks Wand, die einfach nicht kleinzukriegen ist."

„Wenn wir Glück haben, wird das bald leichter sein, Jungchen", meldete sich Bovluk zu Wort, der Fünfte aus ihrer Arbeitsgruppe. „Schaut mal, wer da kommt."

Bovluk war ein Dwerc, der ursprünglich aus Ishuk-Bragha stammte. Natürlich, denn in Kharnuk-Bragha hatte es vorher auch keine Dwerc gegeben, erst recht keine Dwerc-Gemeinschaft, zu der auch Menschen gehörten. In Kharnuk-Bragha hatten vorher nur echte Duerga gelebt, und von denen hatten Morlughs Spießgesellen selbst die Firmduerga als eine eigene Rasse gezählt.

Bovluk war ein Musterexemplar eines Dwerc, wenn man dabei davon ausging, wie sich die Welt dort draußen einen echten Zwerg vorstellen mochte: langer geflochtener

Bart mit einer großen knolligen Nase darüber, ein verfilzter Schopf, der unter dem runden Spangenhelm hervorstarrte, den er ständig trug, Lederzeug mit lauter Riemen und Schnallen, von dem er selbst bei der schweißtreibenden Schufterei kein Stück ablegte; klein und stämmig war er noch dazu, wie alle Dwerc.

Erion bemerkte, wie sich Egso vorsichtig umsah, ob auch kein Aufseher in der Nähe war, dann wandte er sich mit Neugier im Blick ganz in Richtung des Rumpelns, das sich ihnen langsam näherte.

„Was meinst du, was das ist, Bovluk?"

„Alchymiker. Schau's dir an. Das ist die Zukunft." Dann, zwei Herzschläge später, fügte er murmelnd hinzu, „Wär auch gern einer von der Bande."

Kurze Zeit später kam in Sicht, was diesen Lärm hervorrief.

Es war eine Truppe von Gestalten unterschiedlicher Größe, die ein Gefährt umgaben, das von vier stämmigen Ponys gezogen wurde.

Voran schritten sechs kräftige, grimmig ausschauende Duerga, die Hände an den Äxten, die Blicke aus zusammengekniffenen Augen wachsam zu den Seiten umherwandernd.

„Na, hier müssen die noch keine achtgeben", murmelte Hurga-Jhin. „So weit oben und in so umtriebigen Bereichen wimmelt's nicht gerade von Drazghul. Da müssen sie erst aufpassen, wenn sie in die Nähe von Sektor Khaz-Dhum Sechs kommen."

„Meinst du, die wollen tatsächlich da runter?", fragte Egso.

„Aber klar! Schau's dir doch an", gab Hurga-Jhin zurück.

„Wo wird so was denn am meisten gebraucht, Jungchen?", warf Bovluk ein.

Das Gefährt lief auf vier Rädern, und auf den ersten

Blick konnte Erion seinen Zweck nicht ergründen, denn es transportierte offensichtlich weder Menschen noch sofort erkennbare Lasten. Es schien sogar derart gebaut, dass es dafür überhaupt keinen Platz ließ. Stattdessen saßen in dem nahezu quadratischen Rahmen allerhand Vorrichtungen, deren Zweck schwer ergründbar war. Es schien sich um Eisenfedern, eingebaute Spannspangen, Pumpen, in denen Zylinder mit glucksenden Flüssigkeiten verbaut waren, und allerhand andere rätselhafte Gerätschaften zu handeln, die jedoch alle auf ein Zentrum ausgerichtet waren, in dem sich in einem komplizierten Rahmen eine kleine Truhe und weitere Schatullen befanden.

Mit diesem Gefährt schritt eine kleine Gruppe von Firimduerga und einem Dwerc daher, die alle die Kluft der Alchymiker trugen. Einige davon hielten Gerätschaften in den Händen, die den im Rahmen eingespannten glichen, seltsame Röhren sowie absonderlich dicke Speere, und einer davon enthielt ebenfalls einen Zylinder mit dieser blauen, glucksenden Flüssigkeit.

Erion nahm das alles neugierig in Augenschein, während der Tross an ihnen vorbeirumpelte. „Vier Zugtiere? Da hätten aber auch zwei gereicht. Die Ponys sehen ziemlich kräftig aus."

„Ich denke mir, Jungchen, sie sollen nicht so schwer zu ziehen haben. Damit sie nicht stocken und es keinen plötzlichen Ruck gibt."

„Warum nicht?"

„Sie transportieren gefährliches Zeug, Egso", warf jetzt Sicco ein. „Aber Bovluk hat recht. Wenn das gelingt, woran sie arbeiten, dann werden Vorstöße in Zukunft leichter, die wir jetzt noch durch mühsame Knochenarbeit erkämpfen müssen."

„Woher willst du denn das jetzt wieder wissen, Sicco?"

„Na, man hört so einiges."

„Hier unten in den Minen?"

„He, ihr da! Was haltet ihr Maulaffen feil?" Ein Aufseher war mal wieder auf sie aufmerksam geworden. „Habt ihr nichts zu tun? Habt ihr so was noch nie gesehen?"

„Nein."

„Halt's Maul, Elfensöhnchen. Zurück an die Arbeit. Große Pause ist später. Bis Schichtende will ich Ergebnisse sehen."

Und weiter ging's.

2

DER SKALDE

Die große Pause bot zumindest einige Abwechslung und Erion eine andere Gesellschaft als die Ponys, die dennoch nicht unangenehm war.

Die Arbeiter verschiedener Trupps kamen in einer weiten, flachen Höhle zusammen, zu der man an manchen Stellen fast kriechen musste und die ein natürlicher Hohlraum im Gestein zu sein schien.

Erion wunderte sich schon, dass die Aufseher das überhaupt zuließen, und erwähnte das gegenüber Hurga-Jhin.

„Sie haben eben gemerkt, dass die Arbeit bedeutend langsamer vorangeht, wenn sie uns das verwehren."

„Das haben die … gemerkt? Tatsächlich?"

„Na, wenn kein Antreiben und kein Feuerstab wirkt, dringt das irgendwann auch in ihre Schädel ein."

„Komm, Grolk, bleib schön bei mir!", hatte er zu dem schwärzlichen Geschöpf gesagt, als er merkte, wie belebt das werden würde. Er wunderte sich, warum die Pausenversammlung diesmal so viele Menschen anzog.

Dann hockten sie eng gedrängt unter der zur Höhlenmitte niedrigeren Decke beieinander, Arbeiter aller Rassen und Gruppen – wobei Duerga aus Ishuk-Bragha deutlich in der Unterzahl waren –, beugten sich über ihre Schüsseln mit dünnem Eintopf und ihre Kante Brot und hoben zwischen den Bissen alle die Köpfe in Richtung der Höhlenmitte.

Denn dort sang jemand ein Lied.

Und alles drumherum war bis auf leises Raunen und Brummen mucksmäuschenstill. Selbst Grolk auf seiner Schulter rührte sich kaum.

„Das ist der Skalde", flüsterte Hurga-Jhin ihm zu.

„Der was …?"

„Man nennt ihn nur den Skalden." Ein kurzer Blick zu ihm. „Du weißt, was ein Skalde ist." Es klang nicht nach einer Frage.

Das Lied hatte Erion schon oft im Viertel gehört. Es war eines der bekanntesten Lieder, die man in Kharnuk-Bragha sang. Er hatte es auch schon in Ishuk-Bragha gehört, jedoch nicht so oft. Erst seit sie hier in Kharnuk-Bragha waren, sangen es die früheren Einwohner seiner alten Heimat recht häufig.

Es war die Ballade über einen Duergakrieger und über die Fehde zweier Stämme. Der eine wurde regelmäßig von einem Stamm der Ebenen nördlich der Drachenrücken überfallen. Offenbar war das ein wilder, kriegerischer Stamm, so wie einer der drei, die sich Anaudragor in den Kämpfen der Späten Feuerkriege angeschlossen hatten.

Es war der *Gesang vom Bergsturz*.

Er griff die alte Geschichte auf, wie dieser Krieger Durmar-Dhak ein Häufchen von Aufrechten um sich sammelte, um gegen den räuberischen Stamm zu kämpfen, während der Rest seines Volkes verzagt zurückblieb. Es waren viele Abenteuer, in deren Verlauf einer nach dem anderen seiner Kriegergefährten fiel, bis am Ende nur noch Durmar-Dhak übrig war.

Erion war schon von den ersten Tönen des Sängers fasziniert. Die Stimme klang brüchig und rau und es schien auch nicht, als würde der Sänger sich anstrengen, um besonders laut zu sein. Trotzdem besaß die Stimme eine solche Kraft, dass sie in jede Ecke der weiten Höhle tragen musste.

Wer war das, der so singen konnte? Er drängte sich durch die Sitzenden, reckte den Hals und bekam schließlich den Sänger zu Gesicht.

Da saß ein ausgemergeltes Geschöpf, dem die Kleider so in Fetzen am Leib herabhingen, dass man durch die Löcher seine Rippenbögen sehen konnte. Sein Haupthaar und sein Bart waren ein einziges wildes dunkles Gewucher, sodass beinahe nur seine Augen dazwischen herausstachen. Die wirkten so groß und weit und voller Inbrunst. Doch vielleicht lag das auch nur daran, dass der Rest des Schädels fast bis zum Skelett herabgemagert war.

Die Geschichte um den Duergakrieger ging weiter und hier begann die Stelle, welche die Ballade besonders herausstrich.

Durmar-Dhak, der Duergakrieger, gab nicht auf, sondern er verkündete, er würde sich zu einem letzten Kampf in dem Passweg stellen, der zum Dorf seines Stammes führte.

Seine Feinde hörten in der Nacht davor ein tiefes Grollen wie Donner, das nicht aufhören wollte. Als sie am Morgen zu der Stelle des angekündigten Kampfes kamen, fanden sie nur einen Haufen von Stein und Geröll, aus dem Durmar-Dhaks Schwert herausragte. Durmar-Dhak war unter diesem Berg begraben.

Darauf zerstreuten sich seine Feinde, ließen die Schilde und Waffen sinken und umgingen den Berg von Trümmern, unter dem Durmar-Dhak begraben war, um sich dessen Dorf als sicher geglaubter Beute zu nähern.

Doch als sie vorbei waren und dem Berg den Rücken zuwandten, erhob sich Durmar-Dhak, dass die Felsen zu allen Seiten von ihm wegrollten, aus den Trümmern, und fiel mit lautem Kriegsruf seinen überraschten Feinden in den Rücken.

Die waren jedoch immer noch in der Überzahl und wären trotz Durmar-Dhaks Heldenmut sein sicherer Tod gewesen.

Doch von dem Lärmen angelockt, waren Durmar-Dhaks Stammesangehörige herbeigeströmt, die so mutlos und verzagt gewesen waren, dass sie sich nicht dem Kampf hatten anschließen wollen.

Als sie jedoch sahen, wie Durmar-Dhak sich selbst unter einem Berg von Steinen erhob und über die Übermacht seiner Feinde herfiel, da schöpften sie Mut und eilten ihm zu Hilfe.

Und bald waren sie so zahlreich wie die Felsbrocken, die Durmar-Dhak zuvor begraben hatten. Gemeinsam waren sie der Bergsturz, der sich gegen ihre Feinde richtete und dem diese nichts entgegenzusetzen hatten.

Erion war so auf den Gesang konzentriert, dass er aufschrak, als jemand ihn an der Schulter berührte. Er hatte nicht einmal bewusst bemerkt, dass Grolk einen jähen Laut von sich gegeben hatte. Er fuhr herum und sah Duvruk, der sich tief vorbeugte. Zwar hätte er auch sonst nicht die Decke berührt, aber vielleicht tat er es, um nicht denen hinter ihm noch mehr die Sicht zu versperren. Eine nutzlose Geste bei seiner Körpermasse. Turam hinter ihm jedenfalls, hielt nur leicht den Kopf gebeugt, damit er nicht die Höhlendecke streifte.

Duvruk grinste ihm zu und wies mit dem Kopf anerkennend nach vorn.

„Er singt das Lied sehr gut", sagte Erion zu ihm.

„Er hat's ja auch geschrieben", erwiderte Duvruk. „Bin runtergekommen, um ihn singen zu hören."

Was? Erion konnte sich nicht weiter darüber Gedanken machen, denn jetzt setzte der Hauptteil ein.

Nachdem es den Beginn der Saga nur kurz gestreift hatte, endete es im großen Gesang, in den dann auch alle in der Kammer Anwesenden mit einstimmten.

„So grollt, Brüder, grollt, der Felslawine gleich. Rollt wie der Felsrutsch, Stein um Stein, eng beieinander, grollt und singt das Lied der mahlenden, dröhnenden Steine, die versetzen den Berg.

Singt das Lied, singt seinen Chor. Schulter an Schulter, Stein an Stein, Brocken an Brocken. Singt es unverzagt!

Denn der Bergsturz naht.

Wenn alle wir Steine sind, die rollen in einem Takt, so werden wir das Grab der Feinde. Wir alle zusammen.

Der Bergsturz, er naht. Hört ihr seinen Donner schon?"

Auch Grolk schien von dem Gesang erfasst und wurde unruhig auf Erions Schulter.

Jetzt setzte der Refrain erneut ein, griff die Zeile auf, „Singt das Lied, singt seinen Chor …"

Weit kam dieser zweite Chor allerdings nicht. Denn von hinten her donnerte eine Stimme, die grausig von der Höhlendecke widerhallte.

„Jetzt reicht es aber! Schluss damit! Schluss mit dem Gekrächze und Gegröle!"

Grolk kreischte auf, sprang von seiner Schulter und verschwand in der Menge.

Ein Duerga, einer der Aufseher, kam durch die Menge gestampft. Alles sprang beiseite, denn er schien auf niemanden Rücksicht zu nehmen. Ein paar, die ihm in den Weg kamen, warf er mit einer unwirschen Bewegung seines Arms zur Seite.

Er kam jetzt heran, wollte an Duvruk vorbei. „He, lass ihn in Ruhe!", rief der.

„Er stachelt mir die Arbeiter auf", gab der wütende Aufseher zurück.

„Aber …"

Der Duerga war schon an ihm vorbei. Die Rückhand seiner Pranke traf den Skalden im Gesicht, und es warf ihn zu Boden.

Ein Schrei stieg ringsum auf. Ein Schrei des Schreckens. Aber auch andere Stimmen.

„Lass ihn in Ruhe!"

„Ja, lass ihn! Was hat er denn getan?"

Der Duerga schlug ein weiteres Mal nach dem am Boden liegenden Skalden. Es sah aus, als würde er auf dessen Leib einprügeln. Und es sah auch aus, als hätte er am liebsten mit dem Fuß nach ihm getreten, hätte er nicht gewusst, dass dies die elende, heruntergekommene Jammergestalt wahrscheinlich getötet hätte.

Dann drehte er sich zu den Protestierenden um. „Raus hier! Alle zusammen!"

Er stampfte in die Menge, ohne Rücksicht. Alles stob auseinander. Manche warf es zur Seite, andere erwischte er mit dem Hieb seines Arms.

Duvruk versuchte einzugreifen. „He, Bokhar, lass sie doch in Ruhe. Sie singen nur ein Lied."

„Das ist nicht nur ein Lied, und mir reicht's jetzt!"

Während die beiden gesprochen hatten, waren Arbeiter aus dem Hintergrund hinzugekommen und hatten versucht, den Skalden aufzurichten und ihn wegzuziehen. Blut lief dem Mann über das, was von seinem Gesicht zu sehen war.

Bokhar drehte sich um und sah das. Er stürzte hinterher, schlug ein weiteres Mal auf den Skalden im Griff seiner Helfer ein, wodurch manche ihn losließen. Nur einer hielt ihn noch immer gepackt.

„Na los!", brüllte Bokhar. „Jetzt schafft den Liederquäler schon hier raus. Geht mir aus den Augen und weg an eure Arbeit."

Erion sah Duvruk vortreten und die Hand auf Bokhars Schulter legen.

Bokhar schnellte wütend herum.

„Hör mal, Bokhar, du lässt das besser. Lass die Leute in Ruhe!" Er zögerte kurz. „Verletzte Arbeiter können nicht ihr Soll erfüllen."

Es zuckte in Bokhars Gesicht. „Du mit deinen blöden Vorschlägen und deinen Neuerungen", fuhr Bokhar Erions Duergafreund an, „verziehst dich jetzt besser, bevor ich dich bei König Morlugh anschwärze und ihm sage, dass du ein Aufrührer bist, der alles nur durcheinanderbringt."

Turam trat an Erion vorbei und stellte sich neben seinen Kumpel. „Bokhar, lass besser meinen Freund in Ruhe! Du weißt, ich kann dir jeden Tag eins auf die Nase geben."

Erion sah Bokhar kurz Turam mustern. „Ja, im Gemeinschaftstraining", sagte er dann. „Aber warst du jemals in einem richtigen Kampf?"

Turams Schultern versteiften sich sichtlich. „Ich war schon in der einen oder anderen ziemlich ernsten Schlägerei."

„Mag sein!", blaffte Bokhar ihn an. „Aber auch in einer, wo's aufs Blut geht?" Er bleckte die scharfen, eckigen Zähne. „Wo dir einer ernsthaft ans Leben will, dir eine Klinge zwischen die Rippen stechen will, dass dein Leben aus dir rausläuft? Blut und Gedärm? Wo dir jemand den Schädel einschlagen will, dass dein Hirn nur Brei ist? Sag mir, Turam-Jhir! Hast du schon mal jemanden getötet?"

Erion sah es Turams Rücken an, dass er erstarrte.

Bevor der aber etwas erwidern konnte, mischte sich sein Freund Duvruk ein. „Ich bin kein Aufrührer!", brummte der düster und bestimmt. „Ich sage nur, was recht ist."

Bokhar stutzte nur kurz. „Das, was ist, das ist recht. Und alles andere ist wirres Umsturzzeug!"

Turam stupste seinen Kumpel an, der drehte sich um.

Erion folgte ihren Blicken und sah drei weitere Duerga geduckt in die Höhle treten.

„Gibt's Ärger?", rief einer zu ihnen herüber.

„Ach, Duvruk mal wieder", gab Bokhar zurück. „Wenn du das Ärger nennen willst. Und der dämliche Skalde hat mal wieder die Leute aufgewiegelt."

„Dann schaffen wir sie hier raus und treiben sie an die Arbeit", grollte ein anderer Duerga.

Sie trabten rasch heran und scheuchten mit weit ausgebreiteten Armen die Arbeiter vor sich her zu den Höhlenausgängen hin.

„Na, was ist jetzt?" Bokhar warf Duvruk einen harten Blick zu.

Duvruk wandte sich an Erion. „Wir sehen uns nach Lichtende." Er gab ihm einen freundschaftlichen Klaps auf die Schulter. Und kurz darauf zeigten ihm seine beiden Duergafreunde nur noch ihre gebeugten Rücken.

Erion trabte mit dem Rest davon, als die Duerga sie aus der Höhle und wieder an die Arbeit scheuchten. Er nahm die Hacke in die Hand, nahm wie durch einen Nebel nur die anderen neben ihm in seiner Arbeitsgruppe wahr oder dass Grolk zurückkehrte und zu seiner Schulter hochkletterte.

Der Klang, mit der die Spitze seines Werkzeugs auf den Fels traf, hallte wie ein scharfer, spitzer Rhythmus durch die Schleier seines Brütens, und es war nicht der Takt seines Herzschlags. Vage spürte er nur, wie Grolk ihm mit den Fingern wie mit einem Kamm durch die Haare fuhr, als wollte er ihn lausen. Doch alles verschwamm vor ihm in einem grauen Dunst.

Er war in den Minen tief unter dem Berg, wo König Morlughs Duerga von Kharnuk-Bragha herrschten. Wo nackte Gewalt und unbeugsamer Stumpfsinn ihre Werkzeuge waren, mit denen sie jede Hoffnung brachen und jede Spur von Schönheit vernichteten.

3

DAS STREBEN NACH GLÜCK

Die Gemeinschaftshöhle war geräumiger als die niedrige Kammer, in welcher der Skalde gesungen hatte. Die Decke war höher, es brannten mehr Feuerorben als die paar spärlichen Funzeln, welche die Arbeiter in die Pausenkammer hatten mitbringen können.

Außerdem kam es ihm so vor, als hielten sich hier zum größten Teil Duerga auf. Wer von den Arbeitern anwesend war, schien auf einem bescheiden guten Fuß mit ihnen zu stehen oder sie drängten sich in Häufchen abgegrenzt in Ecken zusammen.

Natürlich wusste er, wo die Gemeinschaftshöhle war, doch war er in den ersten Tagen hier unten so fertig gewesen, dass er sich einfach nur auf die klamme Decke geworfen hatte und eingeschlafen war.

Beinahe wäre er, als er sich beim Betreten in der Kammer umgesehen hatte, in Versuchung geraten, sich still und leise zwischen den Grüppchen zu seinen Freunden hinüberzuschleichen. Aber das wäre ja noch schöner! Als ob die Minen und zu viele Rabauken mit niedrigem Intellekt und hoher Befugnis ihn schon gebrochen hätten!

Er war Erion Leichtfuß und leichten Fußes würde er jetzt dort hinübergehen.

„Grolk, du hältst dich ruhig", sagte er. Der Grolk gab einen fiependen Laut von sich.

Erion streckte seinen Rücken durch, atmete tief ein und ging mit bedächtigem, jedoch federndem Schritt zu der Stelle, wo Turam-Jhir und Duvruk-Haik mit einem weiteren Duerga zusammensaßen.

„He, Turam, he, Duvruk."

„Hallo, da bist du ja, mein Freund."

„Der Schönling ist eingetroffen." Turam grinste ihn an. „Gobrur-Vhan kennst du doch."

Erion hatte ihn ein paarmal gesehen. Gobrur-Vhan war einmal zu ihren Treffen aufgetaucht und dann nie wieder. Natürlich hatte er ihn auch beim Waffentraining mit den beiden gesehen, wenn er es von fern beobachtet hatte. Turams und Duvruks Freundschaft mit ihm beschränkte sich anscheinend auf die Minen. Oder andere Kreise.

Während Erion sich setzte – dabei Grolk mit einer Hand festhielt –, kehrten die drei zu ihrem vorherigen Gesprächsthema zurück.

„Nein, wirklich, das ist doch für jeden klar", sagte Duvruk gerade. „Die Ponys würden nicht so oft ausfallen, wenn sich jemand anständig um sie kümmern würde." Duvruk deutete zu ihm herüber. „So wie unser Erion das tut."

Turam schob ihm einen Becher hinüber, den er aus einer Lederflasche auffüllte und in der nach Farbe und Geruch zu schließen, verdünnter Met sein musste.

„Dann müssten nicht so oft beim Schieben und Hieven Arbeiter einspringen, die sonst anderswo besser eingesetzt werden könnten, und wir wären in der Lage, unseren Ertrag zu erhöhen. Mit nur einer kleinen Änderung. Und die Art, wie wir Probestollen bohren und sie dann vorantreiben, ist unrentabel. Wir setzen viel zu sehr auf breite Front als auf gezielte Eingriffe."

„Jaja, ich hör schon, was Bokhar dazu sagen würde", frotzelte Turam.

„Ach, Bokhar ist ein tumber Idiot."

„Das mag sein, aber du hast auch solch abgedrehten Ideen, die alledem widersprechen, was wir hier seit Jahren machen … Kein Wunder, dass die dauernd abgeschmettert werden."

„Beharrlichkeit ist des Helden Zier. Ein Festhalten selbst im Angesicht des Scheiterns …"

„Jaja, aber hier sind wir nicht in deinen Heldensagen und Balladen, hier sind wir …"

„An dem Ort, an dem der Skalde einfach so zusammengeknüppelt wird und keiner nachher ein Wort darüber verliert." Erions Schulter wurde leichter. Grolk war wohl mit einem Satz abgesprungen.

Es wurde schlagartig still im Kreis der drei Duerga. Nicht mal ein Schnaufen war zu hören.

„Ja, der Skalde." Es war Duvruk, der als Erster wieder das Wort ergriff. „Trauriger Fall. Aber so ist das Los der Großen. Wer Großes schafft, erschafft es oft aus großem Leid."

„Und keiner will ihm helfen?"

„Was sollen wir tun? Es ist sein Los."

„So einfach ist das?" Erion war entsetzt. „Das kann nicht euer Ernst sein."

„He", mischte sich Turam ein, „was willst du denn machen? Einen großen Aufstand anzetteln, um einen Sänger zu befreien?"

„Ein Sänger? Duvruk, du hast gesagt, er singt das Lied so gut, weil er es geschrieben hat. War das dein Ernst?"

„Ja, er hat nicht nur den *Gesang vom Bergsturz* geschrieben, sondern ganz viele Lieder, die du kennst. Die nicht nur du kennst, sondern die alle Duerga, Firimduerga, Dwerc und die mit ihnen zu tun haben, kennen. Von den Drachenrücken bis tief in die Ebenen des Nordens und bis hin zu den Bergen hinter den Ländern, wo die Saphatraken hausen. Sogar unter den wandernden Stämmen des Nordlands sind seine Balladen verbreitet."

Duvruks Worte sickerten in ihn ein, und allmählich ging Erion ein Licht auf. „Du meinst, er ist nicht irgendein Skalde … er ist … *der* Skalde?"

„Ja, er ist derjenige, der unter diesem Namen bekannt ist und seine Lieder damit zeichnet."

„Das heißt … ihr kennt seinen wirklichen Namen? Ihr wisst, wie der Skalde wirklich heißt?"

Alle drei sahen ihn mit blankem Gesichtsausdruck an.

„Nein", sagte Gobrur-Vhan schließlich. „Er ist einer der Fronarbeiter. Wir fragen nicht nach Namen."

„Aber, wer …" Erion blieben die Worte aus, um seiner Bestürzung Ausdruck zu verleihen. „Was … was hat er wem getan? Wie ist er hierhergeraten?"

„Irgendwas wird er wohl auf dem Kerbholz haben", meinte Gobrur-Vhan. „Als Fronarbeiter endet man nicht ohne Grund."

„Und so ein Skalde singt ja nicht nur", fügte Turam hinzu. „Der macht ja auch was anderes. Wer weiß, wen er beklaut hat, um seinen Lebensunterhalt zu bestreiten."

„Nur vom Dichten und Singen kommt ja nichts", wusste Gobrur-Vhan beizusteuern.

Aber vom Leutebeaufsichtigen und -antreiben, die für andere schwer schuften. Das ist einträglicher. Diesmal schaffte Erion es, seinen Gedanken für sich zu behalten. Er war ja immerhin gewarnt, wie die Reaktion darauf ausfallen würde.

Aber ganz konnte er das alles doch nicht für sich behalten. Turam und Duvruk, das waren beide seine Freunde. Er hatte ja vorher keine Ahnung gehabt …

Er sah diese beiden Freunde einen nach dem anderen an. Er konnte noch immer nicht fassen, was er über sie erfahren hatte. „Ihr seid ... ihr seid wirklich Aufseher. Ihr treibt ... ihr seid die Bewacher der anderen Arbeiter?"

„Na, es gehört schon ein bisschen mehr dazu." Turam machte Anstalten, es an den Fingern abzuzählen. „Da sind die Dienstpläne und der ganze Kram, die Organisation der –"

Was redete Turam da? „Ich hatte bisher keine Ahnung, was ihr hier unten in den Minen tut. Ich habe bisher immer gedacht, ihr seid ganz normale Minenarbeiter. Ihr habt nie ein Wort darüber verloren, was hier unten eure Aufgabe ist."

„Na ja", grummelte Turam, „wer spricht schon gern über die Arbeit?"

„Dunjak-Dhar!", platzte es aus ihm heraus. „Und Agranor. Denn die machen eine sinnvolle und würdevolle Arbeit."

„Na, jetzt mach aber mal 'nen Punkt –"

„Und so was stützt ihr? So was, wie das, was hier unten passiert, haltet ihr durch eure Arbeit am Laufen? Ihr müsst doch wissen, wie es den Arbeitern geht. Ihr müsst doch irgendwas davon mitkriegen, dass das, was hier abgeht, alles andere als in Ordnung oder normal ist. Ein System, in dem Leute geschunden und verheizt werden, in dem der begnadete Dichter berühmter Lieder und Balladen unter üblen Bedingungen in Zwangsarbeit schuften muss und wenn er singt zusammengeschlagen wird, bei dem ist gar nichts in Ordnung, das –"

„Das kannst du so nicht sagen. Die Leute aus seiner Schicht, die haben seine Arbeit für ihn erledigt. Die haben ihn schon gestützt. Die sind für ihn eingestanden und haben sich ins Zeug gelegt und ihn durchgeschleppt, so wie es dem danach ging, in seinem Zustand, damit er sein Soll erfüllt bekommt und nicht ..." Turam stutzte.

„Und nicht noch mehr bestraft wird? Sag mal, Turam, merkst du was?"

Erion erwartete, dass sein Freund, kurz schlucken, das dann aber sofort empört zurückweisen würde. *Gleich blafft er dich an. Weil er nicht mehr weiterweiß.* Aber Erion war so aufgebracht, dass es ihm egal war. Turam war eben aufbrausend, aber für ihn war alles danach auch wieder schnell vergessen. Deshalb war er auch noch sein Freund.

Aber zu Erions Erstaunen blieb eine laute Reaktion aus. Überhaupt blieb eine Reaktion aus. Er schaute seine beiden Freunde und ihren Kumpel Gobrur-Vhan an, und die saßen nur still ins Grübeln versunken da, starrten vor sich hin, kauten auf ihren Lippen herum und ließen ihre Blicke über den Boden gleiten.

Dennoch war es Turam, der als Erster seine Stimme wiederfand. „Und was sollen wir tun? Sollen wir etwa einen Aufstand machen? Gegen unsere eigenen Leute?"

„Manchmal muss man sich gegen die Mehrheit auflehnen. Wenn die Mehrheit unrecht hat."

„Durmar-Dhak stand am Ende auch allein."

Erion war überrascht durch den unerwarteten Beistand. Er sah zu Duvruk hinüber, der das brummend vorgebracht hatte.

„Und am Anfang war das Häufchen seiner Getreuen auch nur eine Minderzahl gegen den Rest ihres untätigen Stammes, und erst recht waren sie in der Minderzahl gegen ihre Feinde."

„Jaja", wandte Turam ein, „das sind Lieder. Da gelten andere Regeln. Aber wie kann die Mehrheit unrecht haben. Sonst wäre sie ja nicht die Mehrheit."

„Die größten Helden haben sich gegen die Mehrheit gewandt." Duvruks Blick war standhaft. „Sind ihrem Weg gefolgt und untergegangen."

Turam hob die Hand und zog die Brauenwülste hoch. „Da hast du's!"

Duvruk verzog das Gesicht, als würde er die Stichhaltigkeit des Arguments nicht verstehen.

„Du bist auch einer, der nicht oft dabei ist", unterbrach Gobrur-Vhan jetzt den Wortwechsel der beiden Freunde. Er sah Erion schräg an. „Ich habe dich beim kommunalen Waffentraining gesehen. Aber du warst nicht unter denen, die trainiert haben. Du hast irgendwo am Rand gesessen und zugeschaut."

Ja, so war es. Er saß da, schaute zu und merkte sich alles. Und nachher trainierte er dann allein, an seinem eigenen verlassenen Ort, einem Plateau hoch über Kharnuk-Bragha, auf das man von unten keine Einsicht hatte, oberhalb ihres Treffpunkts. Dort, wo ihn niemand sah, unterzog er sich selbst einem strengen Drill und vollzog dabei die Bewegungen nach, die er als gut empfand, und kombinierte sie mit den Zügen und Warten, den Hieb- und Stichkombinationen aus der alten Ninraé-Fechtschule, dem Buch, das seine Mutter besaß. Mittlerweile konnte er alle Bewegungen daraus perfekt nachvollziehen.

„Ja, ich hab Erion schon oft gesagt, er soll kommen und mitmachen", meinte jetzt Turam. „Dann bessert sich vielleicht auch sein komischer … na, ich weiß gar nicht, ob ich das Kampfstil nennen soll."

„Also hast du ihn schon mal kämpfen sehen?"

„Ja, wir treffen uns auch, um untereinander zu üben. Duvruk und ich, die Stollenspürerin Malaiar-Jhin und ein Dwercmädchen namens Kunja."

„Ich kenn sie. Ich war einmal dabei."

„Ja, Erion war am Anfang auch dabei. Aber dann ist er nicht mehr gekommen. Ich versuch, ihn immer wieder dazu zu bringen, nach unseren Treffen auch beim Training mitzumachen, aber nein …"

Sie hatten sich über ihn und seine Art zu kämpfen lustig gemacht. Wahrscheinlich nur Gefrotzel in aller Freundschaft. Aber er hatte sich danach zurückgezogen und ganz allein trainiert. Wo man seinen Kampfstil nicht als …

„Wirklich, du hättest es nötig. Das war kein Kämpfen, das war nur ein ewiges Rumgetanze."

Eben, ein Rumgetanze hatten sie seine Art, mit der Klinge umzugehen, genannt. „Das war die ninraidische Art zu fechten. Davon hast du keine Ahnung."

Turam grinste breit und freundschaftlich. „Nenn es, wie du willst. Ich nenn es …"

In diesem Moment ertönte der Klang einer Glocke. Er drang aus den Tunneln hervor und setzte sich in die Kammer fort.

Turam stemmte die Hände auf die Oberschenkel und erhob sich.

„Wie dem auch sei! Rumgetanze und Rumgequatsche ist jetzt vorbei. Für euch geht's ab in die Falle! Morgen ist ein neuer Tag." Er klopfte Erion auf die Schulter und nickte ihm zu. „Sammle deinen Grolk ein und hau dich aufs Ohr."

4

FREIGANG

Erion ging danach nicht mehr in die sogenannte Gemeinschaftshöhle. Der Tag des Freigangs nahte, und er freute sich darauf, seine Freunde – alle seine Freunde – außerhalb der Stollen und Minen zu treffen.

Was war das für ein Moment, als er aus dem Stolleneingang trat und die frische Luft, frei von Staub und Fackelqualm, in seine Lunge sog! Er warf keinen Blick zurück auf die beiden Duergaaufseher, die an der Barriere am Tunnelmaul Wache hielten und blöde Bemerkungen miteinander rissen.

Als Erstes führte ihn der Weg zu seiner Mutter. Quislung war zum Glück nicht da, wahrscheinlich bei einer höchst wichtigen Amtshandlung oder einem Botengang für seinen König Morlugh unterwegs. Was, wie er immer stärker den Eindruck bekam, wahrscheinlich ein und dasselbe war.

Er war erleichtert zu sehen, dass Quislung seiner Mutter nichts angetan hatte – da hatte ihn vermutlich sein Eindruck vor Dunjak-Dhars Runensanktum getrogen –, jedenfalls nicht körperlich. Über das andere redete sie nicht. Sie lenkte ab und zeigte sich stattdessen seinetwegen besorgt und fragte ihn aus, wie es ihm in der Mine erginge.

Jaja, es sei eben harte Arbeit, aber es ginge ihm gut.

„Dein Gesicht und deine Knie sind zum Glück gut verheilt." Sie ergriff ihn bei den Handgelenken. „Aber deine Hände sind voller Schwielen."

„Das bleibt bei der Arbeit nicht aus."

Sie sah an ihm herab. „Komm, mein Liebling, ich werde dir etwas für die Hände geben und auch noch etwas Salbe auf die Knie auftragen."

„Ist wahrscheinlich meine eigene Schuld, dass ich mich nicht drum gekümmert habe."

So ging es nicht in den Minen zu, aber auf keinen Fall wollte er, dass sie sich Sorgen machte. Damit sie nicht noch irgendetwas Verzweifeltes tat und ihren Daumen auch noch verlor. Dann war es schwer für sie, als Heilerin noch irgendwas zu tun.

Aber zwischendurch hatte er immer wieder das Gefühl, dass sie ein Spiel miteinander trieben. So, wie das „Rumgetanze" aus der Schwertschule der Ninraé, die sie ihm gegeben hatte, damit er das Buch studieren konnte.

„Das Tier ist noch immer bei dir. Eine treue Seele." Sie streckte den Zeigefinger ihrer versehrten Hand aus und streichelte den Grolk an der Nase. Zu Erions Verwunderung ließ er das geschehen, schien es sogar zu genießen. „Es ist gut, dass du da unten jemanden hast, der bei dir ist und zu dir hält."

Mutter, das ist ein hässliches Tier, wollte er sagen, schluckte es aber herunter.

Er wollte sie nicht beunruhigen, doch es war ihm, als könnte er trotzdem die Entgegnung auf seine unausgesprochene Bemerkung hören.

Vielleicht auf den ersten, äußeren Blick. Aber wer weiß das schon?

So war sie nun mal.

Danach ging er bei seiner Meisterin vorbei. Er war sich nicht klar darüber, ob er *seine frühere Meisterin* sagen musste. Auch ihr schilderte er nichts von den Härten der Arbeit in den Minen. Er war sich ziemlich sicher, dass sie sich das nicht nur lebhaft ausmalen konnte, sondern es auch aus eigener Anschauung kannte. Schließlich hatte sie ihn ursprünglich dort rausgeholt.

Auf ihre Frage, wie es ihm ging, antwortete er nur, „Ich bin nicht in Sektor Khaz-Dhum Sechs gelandet."

Bei seiner Meisterin traf er auch Agranor, der ihn herzlich in die Arme schloss und ihn von dort aus gleich zum Treffen ihrer Freunde mitnahm.

„Hab gehört, du warst dabei, als sie den Skalden zusammengeschlagen haben", sagte Agranor, während sie durch die Straßen und Gassen hinauf zu ihrem Treffpunkt schlenderten.

„Woher weißt du denn das jetzt schon wieder?"

„Oh, ich hör so einiges", meinte Agranor mit breitem Lächeln. „Du weißt doch, ich kenn Urnak und die Welt."

Ihre Freunde erwarteten sie schon.

Da war er also wieder, an dem Ort, der von jenen Klippen begrenzt war, von denen man einen ausgezeichneten Ausblick auf Kharnuk-Bragha hatte. Und an dem das Drama seinen Anfang genommen hatte. Mit einem herabkullernden Stein, der eine Lawine ausgelöst hatte.

Ein Stück weiter führte ein Felspfad zu dem Plateau, auf dem er allein für sich seinen Waffenübungen nachging.

Erion pflückte den Grolk von seiner Schulter und setzte ihn mit durchgebogenem Rücken und schlaff herabhängenden Klauen ab. „So, los! Hier kommst du her. Wenn du eine Mama oder was anderes an Familie oder Sippe hast, ist das deine Gelegenheit, sie zu finden." Der Grolk saß da und starrte ihn an. „Und jetzt schleich dich!"

Der Grolk saß noch immer da, als wüsste er nicht, was er von ihm wollte. Erst nachdem Erion ein paar scheuchende Bewegungen gemacht hatte, trabte er langsam, ganz langsam in gerader Linie davon. Irgendwohin.

Dann wandte Erion sich dem Kreis seiner Freunde zu.

Turam und Duvruk saßen mit gesenkten Häuptern regungslos da. Kunja und Malaiar-Jhin stumm daneben.

„Wir haben's schon gehört, Erion", sagte Kunja, als er näher trat. „Mann, feine Kumpel seid ihr. Aufseher und Anpeitscher da unten in den Minen."

„So hab ich's nicht gesagt", murrte Turam.

Kunja stand auf, nahm Erion in die Arme, löste sich dann von ihm und klopfte ihm auf die Schulter. „Gut, dich wieder zu sehen, Kumpel."

„Wer erzählt schon gern von der Arbeit?", hörte er Turam im Hintergrund brummeln.

Malaiar stand ebenfalls auf und nahm ihn herzlich in den Arm. Ihr horniger Schädel drückte sich an den seinen, und ihre Zöpfe streiften kratzig sein Ohr. „Es war eine mutige Idee, sich in die Drazghul-Stollen zu flüchten, aber es war auch eine dumme."

„Mutige Ideen sind sie nachher, wenn sie in einem Lied landen, dumme sind sie dann, wenn man erwischt wird." Duvruk stand vor ihm und schloss ihn ebenfalls in seine Arme. Turam wartete dahinter.

„Ja, aber die meisten erleben dann selbst nicht mehr, wie aus ihren dummen Ideen mutige Ideen werden", warf Kunja von hinten ein. „Wusstest du das schon vorher von unseren beiden Brechern, Malaiar?"

„Ich war nie in ihrem Sektor. Mich setzen sie als Stollenspürerin eher an den Grenzen und in den unerkundeten Bereichen ein. Das liegt in der Natur meiner Aufgabe."

Er sah über Malaiars Schulter zu den beiden hinüber, die weiterhin herumstanden. Er hatte den Verdacht, dass sie über die Fragwürdigkeit ihrer Arbeit schon im Stillen

Bescheid wussten und aus gutem Grund darüber geschwiegen hatten. Wahrscheinlich auch, um es für sich selbst nicht aufzurühren.

Malaiar-Jhin wandte sich von ihm ab und richtete offenbar den Blick auf die beiden. „Na, ich kann sie schon irgendwie verstehen", sagte sie mit ihrer sanften, ruhigen Stimme. „Ihr könntet euch versetzen lassen. So was kommt dann Morlugh zu Ohren." Sie verlagerte ihren Stand, sodass sie sich jetzt auch Kunja und halb Erion zuwandte. „Und wahrscheinlich würden sie dann an das andere Ende des Flammenstabs versetzt. Oder aber sie bleiben und können ihren Dienst so versehen, dass sie die Umstände mildern."

„Ich hab nicht gesehen, dass sie die Arbeiter misshandeln und grob zu ihnen sind, so wie die anderen."

„He, Mann, Bruder", fuhr Turam auf, „so was würden wir nie tun. Wir sind Freunde. Wir kommen zwar aus Kharnuk-Bragha, aber wir wissen, wie das für euch ist. Ob Duerga, Firim, Dwerc … oder meinetwegen auch so'n schwaderlappiger Elfenhalbling, ist mir doch wurst! Die hauen Steine, wir machen die Schichtpläne und Organisation. Ich werde den Teufel tun und einem von denen ein Haar krümmen."

„Ich weiß das", sagte Malaiar-Jhin und machte eine Geste, die Kunja und ihn einschließen sollte. „Und sie wissen das auch. Man könnte über mich das Gleiche sagen. Warum mache ich meine Arbeit? Ich unterstütze damit doch nur den Mistkerl Morlugh und seine Gesinnungsgenossen. Aber was soll ich tun?

Morlugh weiß, dass ich und ihr, dass ich Erions und euer Freund bin. Aber er lässt das ruhen, weil er meinen Wert als Stollenspürerin kennt. Es kommt gar nicht so selten vor, dass er persönlich auf mich zukommt und mir Aufträge erteilt. Das sind die Augenblicke, in denen wir beide den Wohlstand und das Gedeihen der Stadt im Blick haben."

„Aber doch nur, weil er muss, der Arsch." Konnte er ja

verstehen, dass Malaiar-Jhin ihre Kumpel in Schutz nahm, aber diesen Kronpfosten Morlugh als zeitweiligen Wohltäter hinzustellen, ging ihm deutlich zu weit. „Der Drecksack würde doch am liebsten glorreich für Kinphaidranauk in den Krieg ziehen."

„Ja, das weiß ich", erwiderte Malaiar-Jhin. „Und die Brutalsten in den Minen und in der Stadt, das sind seine Leute, und die würden sich ihm am liebsten dabei anschließen." Sie wandte sich an Turam und Duvruk. „Ihr gehört nicht dazu."

„Wahrscheinlich benehmen sich diese Brutalos so, um Dampf über ihren Frust darüber abzulassen", warf Kunja ein. „Viele von denen gehörten doch wie Morlugh ursprünglich zu den Stämmen der nördlichen Ebenen." Sie sah jetzt Turam und Duvruk an. „Na, die waren doch bestimmt die treibende Kraft, als es darum ging, gegen Ishuk-Bragha zu ziehen?"

Turam nickte, senkte den Kopf. „Wir waren damals noch zu jung. Urnak sei Dank!" Er hob den Blick, schaute trotzig. „Richtig war das nicht."

„Nicht richtig? Nicht richtig? Das ist ja verdammt noch das Mindeste, was man dazu sagen kann", fuhr Kunja auf. „Das war dann wohl ihr kleiner Krieg, als Ersatz dafür, dass sie nicht im großen Krieg mitmorden und brandschatzen dürfen."

„Man müsste dieser Kronspacke Morlugh mal so richtig in seinen Thronwärmer treten. Der und sein verfluchter Eidstein." Turam stand mit finster zusammengekniffenen Augen da, den Blick ins Leere gerichtet und brütete vor sich hin.

„Und klar, dass er es auf mich abgesehen hat, weil ich ein halber Ninra bin", sagte Erion bitter. Morlugh hatte es schließlich oft genug anklingen lassen. Und er schien auch die Art, wie schlecht Quislung mit seiner Mutter umging, nicht nur zu dulden, sondern stillschweigend zu billigen.

„Das Volk meiner Mutter war damals auf der Gegenseite zu seinen Leuten und hat Anaudragor erbittert bekämpft und besiegt."

Er blickte auf, sah sie alle an. „Mag sein, dass sich der größte Teil der Duerga damals in den Feuerkriegen nicht Anaudragor angeschlossen hat. Wer weiß das heute schon so genau. Aber die drei Stämme, zu denen auch Morlugh gehört, die sind auf jeden Fall der Fahne des Alten Drachen hinterhergerannt und haben in seinem Namen gemordet. Deshalb wurden sie von den anderen Stämmen geächtet. Jedenfalls sagen sie's heute so. Nach allem, was man hört, ist für mich klar, Kinphaidranauk will jetzt wieder eine Herrschaft des Alten Drachen errichten."

„Was natürlich böse ist?"

Erion sah Turam verblüfft an. „Ja, natürlich ist es das. Was denkst du denn?"

„Weißt du", entgegnete der, „für dich ist immer alles so einfach. *Ich schaff das. Ich weiß das. Ich hab das im Griff.* Wir bauen Mist, weil wir uns nicht gegen alles auflehnen. Kinphaidranauks Krieg ist also böse. Alles klar."

„Was? Siehst du das etwa anders?"

„Na, so ein Krieg ist doch zuerst was, um sich zu beweisen und zum Helden zu werden!"

„Und auf welcher Seite ist dabei egal?"

„Wie, egal? Na, klar auf der Seite von unseren Brüdern. Die kämpfen für Kinphaidranauk, wir kämpfen für Kinphaidranauk. Warum eine andere Seite wählen?"

„Ehrlich? Ehrlich jetzt? Dann kannst du dich ja direkt hinter Kronarsch Morlugh einreihen." Erion schüttelte den Kopf. War das denn zu glauben? Er wandte sich Turams Kumpan zu. „Und du, Duvruk? Siehst du das auch so?"

Duvruk brummte und schob das Kinn vor. „Jeder hat sein Schicksal. Es gibt kein Entrinnen. Manchen stellt das Schicksal auf die Seite seiner Brüder, andere stellt das

Schicksal auf die Feindesseite seiner Brüder. Seins ist das schwerere Schicksal, doch vielleicht auch das größere."

„Was soll denn das jetzt schon wieder heißen?" Turam sah seinen Freund schief an. „He, Keule, mach eine Ansage und fasel nicht rum! Agranor, sag du auch mal was!"

Agranor hatte die Arme überkreuz und zuckte die Schultern. „Der Krieg ist die Schmiede der Helden."

„Oh, Mann! Ihr seid echt unbezahlbar!"

Kunjas Ausruf ließ nicht nur Erion herumfahren. Alle wandten sich ihr zu.

„Was ist?", fragte sie, als sie alle Blicke auf sich spürte. „Hört euch doch nur an! *Schmiede der Helden. Großes Schicksal.*" Sie äffte den Ton von Duvruk, Turam und Agranor nach und verzog dabei das Gesicht. „Keiner vor euch hat doch jemals richtig gekämpft. Ihr tragt doch nur eure … eure feinen Übungskämpfe aus. Was wisst ihr denn schon vom Krieg?" Sie musste offenbar vor Erbitterung erst einmal durchschnaufen. „Da sitzt der Skalde genau unter euren Augen, wird verprügelt und ihr hebt keine Hand dagegen? Ihr seid echt feine Helden!"

So wie das in Kunjas Augen blitzte und so wie Turam und Duvruk ohnehin schon in ihrer Ehre gekränkt waren, würde das gleich richtig hochgehen. Erion hatte aber keine Lust, an seinem Freigangstag aus den Minen herauszukommen, seine Freunde zu treffen und gleich zu erleben, wie die sich bis aufs Blut stritten.

„Eines der Lieder des Skalden hat mir schon mal das Leben gerettet", sagte er in betont ruhigem Ton.

„Ach was? Welches denn?"

„Na, das Lied über die Drazghuljagd, das du immer singst, Duvruk. Es hat mir verraten, wie man einen Jäger-Drazghul tötet, indem man ihm die Klinge direkt hinterm Ohr ins Gehirn sticht."

„Das Lied ist nicht von ihm", meinte Duvruk.

„Dafür aber das von der Wyrmsängerin." Es war

Malaiar, die das sagte. Als Erion sich zu ihr umdrehte, zwinkerte sie ihm kurz und unauffällig zu. Sie hatte also auch verstanden, dass Erion vom Streit seiner Freunde ablenken wollte. „Es gibt nicht nur Lieder darüber, wie man Drazghul tötet. Ihr kennt das Lied von der Wyrmsängerin?"

„Natürlich", meinte Duvruk.

„Wyrm ist ein Menschenwort für Drazghul, oder?", fragte Turam.

„Oder ein poetischer Ausdruck, wie der Skalde ihn oft verwendet", wusste Duvruk zu erklären.

„Jedenfalls erzählt das Lied der Wyrmsängerin von einer Duerga", fuhr Malaiar fort, „deren Sippe der Rache eines verfeindeten Stammes zum Opfer gefallen ist. Sie ist als letzte Überlebende in eine Drazghulgrube geworfen worden, um dort zu sterben."

„Das Lied behandelt aber den heldenhaften Untergang ihrer Sippe etwas ausführlicher."

„Ja, sicher, Duvruk. Aber die Heldin des Liedes wurde in die Grube geworfen und hat dort zwischen den Drazghul so lange bewegungslos ausgeharrt, bis sie ihre Sprache verstanden hat."

„Und die haben sie auch so lange in Ruhe gelassen. Ja sicher!"

„So erzählt es das Lied, Kunja. Sie hat so lange zwischen den Drazghul ausgeharrt und hat gelernt, sich über Tanz und Gesang, die ihre Bewegungen und Laute nachahmen, mit ihnen zu verständigen."

„Wer's glaubt."

„Man sagt, im ersten Zwischenteil des Liedes sei der Gesang überliefert, mit dem sie die Wyrm besänftigt hat, und im zweiten Teil, der andere Gesang, mit dem sie die Drazghul, als Rache gegen die Mörder ihrer Sippe, zu einem tödlichen Angriff angestachelt hat."

„Wird dem Skalden wohl kaum was nützen, um aus den Minen rauszukommen. Selbst wenn er da unten Drazghul anlocken könnte, säße er selbst genauso wie alle anderen tief im Urokdung."

„Du hast immerhin Freigang. Du kommst auch so raus." Turam fasste ihn mit seiner Pranke um die Schulter und rüttelte ihn, offensichtlich ebenfalls erleichtert, dass diese Klippe für sie umschifft war.

„Habt ihr eigentlich keine Angst, dass wer am Tag des Freigangs flüchtet?", fragte Kunja in Turams und Duvruks Richtung. „Also ich sag jetzt *ihr*, weil ihr schließlich auch –"

„Hat Morlugh etwa Angst, dass irgendwer, den er aus Ishuk-Bragha hierher verschleppt hat, Kharnuk-Bragha verlässt?" Agranor fuhr Kunja in die Parade. Erion war ihm dafür dankbar.

„Man könnte auch sagen, dass er flüchtet?", warf Kunja ein.

„Davor muss er sich wahrhaftig nicht fürchten. Warum sollte auch …"

„Stimmt", setzte Kunja nach. „Müsste ich am besten wissen."

Erion warf ihr einen verwunderten Blick zu.

„Was hast du noch den Drecksack Morlugh gefragt, als er dich zum Eidstein geschleppt hat?" Kunja wandte sich jetzt direkt an ihn. *„Und wenn ich gehe? Aus Kharnuk-Bragha fort?* Und was hat er darauf gesagt?"

Erion stand diese erniedrigende Szene nur allzu deutlich vor Augen. Sein Blut kochte, wenn er daran dachte. „Irgendwas von, es stünde mir nicht frei, Kharnuk-Bragha zu verlassen" – er spürte, wie er mit den Zähnen knirschte –, „weil Morlugh und seine Brecher ihre Überlegenheit über die Bewohner Ishuk-Braghas bewiesen hätten."

„Genau", erwiderte Kunja. „Weißt du, wie schwer es ist, unbefugt aus Kharnuk-Bragha rauszukommen?"

Als hätte er nicht auch schon darüber nachgedacht? „Ja, weiß ich."

Kunja erwiderte fest seinen Blick. „Weißt du *wirklich*, wie schwer es ist, aus Kharnuk-Bragha als Unbefugter zu entkommen? Und unbefugt ist fast jeder."

Als er stockte, nicht sofort antwortete, ergriff Kunja die Gelegenheit und fuhr fort. „Ich weiß es, denn ich wollte zu den Jägern und Kundschaftern gehören. Und diejenigen, die den Umkreis schützen, müssen schließlich auch wissen, wie der innere Kreis geschützt ist. Gehört praktisch auch zu ihrem Aufgabengebiet." Sie kniff wie im Trotz die Augen zusammen, es flackerte darin. Ihre Stirn war gerunzelt. „Ich wollte nach Ishuk-Bragha hier auch wieder Jägerin und Kundschafterin sein. Hab deshalb alles studiert, was zum … Schutz der Grenzen von Kharnuk-Bragha gehört. Wollte den Hauptmann der Wachgarde damit beeindrucken, was ich alles weiß."

Sie schnaufte erbittert. „Hat mir toll was genützt!"

Rund um ihren Mund arbeitete es kurz. „Der war geschockt, wie viel ich wusste. Eine aus Ishuk-Bragha und eine Dwerc dazu." Sie stieß scharf die Luft aus. „Hat dazu geführt, dass mein Fall vor … *König* Morlugh ging. Und dass der entschieden meine unbedingte Eignung für die Weberei festgestellt und mich höchstpersönlich dorthin versetzt hat."

Erion sah sie betroffen an. „Das wusste ich gar nicht, dass es damals so ernst war." Natürlich hatte er mitbekommen, dass sie wieder ihre alte Aufgabe zurückerhalten wollte und wie wichtig ihr das war, und auch, wie wütend und enttäuscht sie damals gewesen war, als sie nur in der Weberei landete. Aber sie hatte sich damals stark zurückgezogen. Wahrscheinlich für ihre Erkundungen. Und danach aus Ernüchterung und Enttäuschung. Dass sie dabei vor Morlugh zitiert worden war, hatte sie ihnen allen verschwiegen.

Kunja sah ihm tief in die Augen, ernst. „Ich weiß nicht alles über dich, Erion Leichtfuß, stimmt's?", fragte sie.

„Und du weißt nicht alles über *mich*." Dabei wandte sie den Blick ab und ließ ihn über den Boden wandern.

Als sie wieder aufblickte, war das mit einem heftigen Ruck. „Aber wer weiß schließlich schon alles über irgendjemanden." Sie deutete knapp neben Erions Kopf. „Du weißt nicht mal alles über das hässliche Ding, das die ganze Zeit auf deiner Schulter hockt."

Erion wandte erstaunt den Blick. Tatsächlich … da saß Grolk der Grolk.

Er hatte gar nicht gemerkt, dass er zurückgekommen war.

5

FEUER IM LOCH

Am nächsten Tag war Bokhar, der Vorarbeiter, der für Erions Gruppe zuständig war, besonders schlecht gelaunt. Als wäre ihm der freie Tag schlecht bekommen.

Erion hatte schon die Befürchtung, er müsste sich jetzt mehr darum kümmern, Grolk ruhig zu halten, als mit der Hacke den Fels zu bearbeiten, denn er befürchtete, dass der Duergakerl sonst versuchen würde, ihm was anzutun, so stinkig wie der war. Doch da hätte er sich gar keine Sorgen machen müssen: Der Grolk, dem es bei den heftigen Arbeitsbewegungen zu unruhig auf seiner Schulter wurde, zog sich in eine stille Ecke zwischen den Felsen am Rand ihres Tätigkeitsfeldes zurück und hockte dort still und stumm.

Als er sich gerade den Schweiß abwischte, sah Erion über die Schulter hinweg, wie der Vorarbeiter Bokhar sich an Hurga-Jhin heranschob. „Na, du!"

Keine Antwort von der Duerga.

„Bist ja ganz schön kräftig für so ein ansehnliches Mädchen."

Hurga-Jhin rammte mit einem weiteren Schwung ihre Mischung aus Hammer und Hacke gegen den Fels, sodass er knirschte und barst.

„He!", polterte der wütend los. „Ich kann machen, dass es für dich hier unten leichter wird, aber auch verdammt unangenehm."

Hurga-Jhin sah sich nicht mal nach ihm um.

„Verdammt noch mal!"

Bokhar stampfte mit seinem riesigen verhornten Fuß derart hart direkt hinter Hurga-Jhin auf, dass Steinsplitter und Geröll flogen.

Jetzt erst hielt Hurga-Jhin in ihrem Hammerschwung inne und wandte sich zu dem Aufseher um. Sie waren beide gleich groß, merkte Erion, als sie sich anstarrten.

„Ja, sicher kannst du es mir unangenehmer machen. Du bist eine weitere Fliege auf meiner Stirn. Aber auch nicht mehr."

Erion sah noch, wie der Aufseher die Zähne fletschte, dann schnellte auch schon sein Feuerstab empor, drückte sich auf Hurga-Jhins Bauchplatte und flammte hoch.

Hurga-Jhin knurrte vor Schmerz auf.

„Na, brennt das etwa wie 'ne Fliege?"

Bokhar war offenbar gerade rechtzeitig wieder mit seinem Feuerstab zurückgewichen. Das gab ihm den notwendigen Aufschub, damit Hurga-Jhin Zeit bekam, nicht allein aus dem Reflex heraus zu handeln, sondern sich zu besinnen. Er sah es am kurzen, gefährlichen Aufblitzen in ihren Augen.

So aber krümmte sie sich nur einen Herzschlag lang über der Verletzung zusammen, richtete sich dann jedoch träge, aber entschieden wieder zu ganzer Größe auf und ließ nur beim letzten Recken ein unterdrücktes Grunzen hören. Auf der Bauchplatte war ihre Haut geschwärzt.

„Siehst du!", fauchte der Aufseher, während sie wieder

einander in die Augen starrten. „Brennt doch schlimmer als
'ne Fliege, was?"

„Das brennt, als hätte ein Arschloch-Duerga nicht nur
von mir 'ne Abfuhr bekommen", entgegnete Hurga-Jhin.
„Und das zu Recht. Hast einen großen Feuerstab." Sie
schaute abschätzig an ihm herab. „Wirst du wohl brauchen."

Erion sah jetzt, dass sowohl Egso als auch Sicco in ihrer
Arbeit innegehalten hatten. Beide wirkten angespannt,
machten aber keinerlei Anstalten, etwas zu tun. Sicco schien
das Geschehen sogar einfach nur ganz aufmerksam in sich
aufzunehmen, als wollte er sich das alles einprägen. Nur
Bovluk, der Muster-Zwerg stand ganz geduckt da, den
Hammer in der fest geballten Hand gesenkt, wie ein Geiß-
bock, der die Hörner neigt, bevor er losprescht. Doch auch
er schien in dieser Bewegung eingefroren. Bestimmt wusste
er genau, was ihm blühte, wenn er jetzt etwas Dummes tat.

Der umherstreifende Blick des Aufsehers fand jedoch
den von Erion. „Was glotzt du so? Hab ich irgendwas von
Aufhören mit der Arbeit gesagt?" Er ließ kurz den Feuerstab
in seiner Hand auf- und abzucken.

Erion schwieg.

„Na, bitte! Also starrt keine Löcher in die Luft, sondern
haut welche in den Fels!" Er schlug den Feuerstab in die
Handfläche. „Los, ich will was sehen!"

Er trabte kurz an ihrer Reihe vorbei und schien dann
sich trollend seinen Abgang machen zu wollen.

„Geht es?", fragte Bovluk Hurga-Jhin, die sich den
Bauch hielt und dann ihre Hammerhacke hochwuchtete.

„Geht immer", knurrte sie. „Braucht mehr als so einen
Jammerlappen, um mich unterzukriegen." Und schon hatte
sie sich umgedreht und schwang wieder ihr Werkzeug.

Der Grolk in seiner Ecke fiepte.

Erion sah ihrem krummbeinigen Vorarbeiter hinterher.

So waren Turam und Duvruk nicht.

Erion wartete begierig auf das Schichtende, das einfach nicht kommen wollte. Sein ganzer Körper, seine Muskeln und Sehnen schmerzten. Er wusste nicht, lag es daran, ob er von dem arbeitsfreien Tag der Anstrengung entwöhnt war oder ob das Feuer der Erbitterung darüber, was zwischen dem Vorarbeiter und Hurga-Jhin geschehen war, durch seinen Körper pulste.

Durch das Rauschen in seinem Kopf nahm er erst verspätet wahr, dass jemand angefangen hatte zu singen. Hauchfein wehten die Melodie und die Worte den Tunnel herauf. Dieses Lied kannte er doch!

„Das ist der Gesang vom Bergsturz." Bovluk sprach seine Gedanken aus.

Erion hörte genauer hin. „Aber das ist nicht der Skalde, der da singt." Die Stimme klang rauer. Mit Kraft herausgeschmettert, aber weniger vollendet und machtvoll.

Es ging nicht anders. Sie lauschten eine Weile, während sie ihre Werkzeuge sinken ließen. Grolk regte sich in seiner Ecke.

„He, weitermachen! Keiner hat hier was von Aufhören gesagt!"

Erion sah, wie Hurga-Jhin dem Aufseher einen kalten, grimmigen Blick zusandte, dann als Erste ihre Hammerhacke schwang. Das Donnern von Metall auf Stein erfüllte den Schacht.

Erion hängte sich zusammen mit den anderen ebenfalls rein.

Als er in einer Pause zwischen dem Lärm ihrer Hiebe erneut lauschte, war von dem Gesang nichts mehr zu hören.

Endlich tönte die Glocke zum Schichtende. Erion stellte seine Hacke ab und streckte die Hand aus, damit Grolk auf seine Schulter klettern konnte. Aber nach dem ersten Hopser hielt das Tier zischend inne. Es wandte den Kopf und sprang wieder in seine Ecke zurück.

Den Gang herab kam eine Gruppe von Duerga, von denen zwei eine Gestalt jeweils zu beiden Seiten an den Armen gepackt hielten und mit sich schleppten. Doch dazu hätte es weder zwei, noch überhaupt Duerga gebraucht, denn ihre Last war eine ausgemergelte Figur in löchrigen Lumpen, die kaum Widerstand bieten konnte.

Ihre Füße schleiften über den Boden und das schwarz umwucherte Haupt baumelte herab. Als der Trupp in ihre Nähe kam, hob die klägliche Gestalt kurz ihren Kopf und für Erion stach im wilden Nest aus Haaren das Weiß eines großen Augenpaars hervor, dessen Blicke wild umherrollten.

„Der Skalde", entfuhr es Erion.

Sein Blick blieb an dem Mann hängen, während er an ihnen vorbeigeschleppt wurde.

„Was hat er euch getan?" Es war aus ihm heraus, bevor er nachdenken konnte. Die Truppe, die den Skalden abtransportierte, trabte ungerührt weiter. Nur der Duerga an der Spitze schaute sich kurz nach ihm um.

„Er war es nicht mal! Er hat nicht mal gesungen!" Erion starrte ihnen fassungslos hinterher. „Wie könnt ihr –"

Ein massiver Schatten trat vor ihn. „Fällt es dir ein, hier aufzumucken? Willst du dich hier groß aufspielen?"

Ein struppiger, schwärzlicher Blitz schoss vor – Erion sah es im Augenwinkel – und fletschte den Aufseher an.

„Verdammtes räudiges Vieh! Und dich werd ich gleich dazu ..."

Der Aufseher Bokhar schwang seinen Feuerstab, als wäre er eine Fliegenklatsche, doch fauchend und wie auf heißen Herdplatten irrlichternd hin und her springend wich der Grolk den Hieben aus.

Erion schob sich vor Bokhar. Seine Hand hatte den Schaft des Feuerstabs gepackt. Sein Blick wanderte von dort zum Gesicht des Aufsehers. Der grellte ihn wütend an.

„Du legst es drauf an, ja?" Er schaute ebenfalls auf seinen Feuerstab. „Die Hand da weg!"

„Du rührst meinen Grolk nicht an."

Er spürte, wie sich eine schwere Pranke auf seine Schulter legte. „Dazu muss er ihn erst mal kriegen. Und das schafft der Lahmarsch nicht."

Ein Kopfwenden zeigte ihm, dass es Hurga-Jhin war.

„Lass ihn!" Sie sagte es bedächtig, jedoch dringlich.

Erion fixierte den Aufseher einen halben Herzschlag lang, dann riss er mit einem Ruck die Hand vom Stab zurück, funkelte den Kerl wütend an.

Der Stab traf ihn an der Schulter.

Er duckte sich weg, wollte seinen Kopf mit dem Arm schützen. Die Stange wurde von einem vorschießenden Umriss abgefangen, ein durchdringendes Keifen fraß sich ihm in die Ohren.

Hurga-Jhin hatte den Schlag mit ihrem Unterarm abgefangen, der Aufseher riss seinen Feuerstab zurück. Der Grolk saß ihm fauchend und zischend im Nacken, und Bokhar führte einen wilden Bärentanz auf, um ihn wieder loszuwerden. Er taumelte und taperte von ihnen weg, und Grolk sprang ab und entfloh dem Umkreis des Duerga in wilden Sätzen.

„Kluges Tier", hörte er Hurga-Jhin raunen. „Weiß, wann es gut ist."

Der Aufseher fuhr zu ihnen herum, das Ende seines Feuerstabs loderte auf.

Über dessen Länge hinweg, durch das Hitzewabern der Flamme stierte er Erion an.

„Hast Glück!", brüllte er. „Hast verdammtes Glück, dass

ich ihn dir nicht auf den Pelz brenne. Halt es deiner Schwachheit zugute! Will ja kein Material schrotten!" Erbittert schnaufte er vor sich hin, bleckte die Zähne wie im Rhythmus sich blähender Nüstern. „Die verdammten Menschen … und erst recht Elfenbastarde halten ja nichts aus."

„Lass gut sein", hörte er Hurga-Jhin sagen. Er wusste nicht, ob sie ihn oder den Aufseher meinte.

Bei ihrer Rückkehr wurde die Truppe durch ein Rumoren und Stimmengewirr angekündigt, das den Gang hinabdrang und sich ihnen allmählich näherte. Aufschreie und Rufe durchschnitten es, dann auch Gebrüll, das darauf eindrosch, es jedoch nur herabdämpfen, nicht ersticken konnte.

„Wo meinst du, haben sie ihn hingebracht?", fragte er Hurga-Jhin, die die Schultern zuckte.

„Zur Kronleuchte Morlugh", sagte Bovluk, der mit dem Hammer in beiden Händen hinter ihr stand. Er hörte sich todsicher an.

Ihr Aufseher war gerade nirgends zu sehen. So machten sie sich gar nicht erst die Mühe, so zu tun, als würden sie mit ihrer Arbeit fortfahren.

Kurz darauf wurde der Skalde an ihnen vorbeigeschleift.

Diesmal mussten sie ihn wirklich schleifen, denn er hing kraftlos im Griff der Duergapranken. Sein Nacken war schlaff, und sein Kopf rollte hin und her. Als sie auf Erions Höhe waren, konnte er ein seltsames lallendes Stöhnen hören.

Ein ganz bleiches Gefühl stieg ihm aus den Gliedern und hinter Stirn und Augenhöhlen. Nein, das konnte nicht sein. So stumpf und grausam konnte niemand sein.

Als die kleine Pause anbrach, trieb es ihn heftig, zu der flachen Kammer zu eilen, um sich zu vergewissern, was mit dem Skalden war. Der Grolk saß wieder auf seiner Schulter und auch die anderen zog es merklich in dieselbe Richtung, sogar Egso und Sicco.

„Ja, geht nur in die Höhle, wo ihr euch immer zusammenrottet!", rief ihr Aufseher Bokhar ihnen hinterher, der sich gleich wieder eingefunden hatte, nachdem der Trupp mit dem Skalden an ihnen vorbei war. „Ihr sollt es sehen, was aus dieser Quäke geworden ist."

Er brummelte noch irgendwas vor sich hin, meinetwegen ihnen auch hinterher, als sie ihn längst schon hinter sich gelassen hatten.

Erion hatte enorme Schwierigkeiten, nachzusehen, was mit dem Skalden passiert war, denn es hatte sich eine dichte Ansammlung um ihn gebildet – Ringe von Minenarbeitern, deren Zentrum der Skalde sein musste. Es war gut, das Hurga-Jhin bei ihnen war, denn die half ihnen, sich den Weg nach vorn zu bahnen, doch selbst mit ihr war es noch schwer genug.

Sie hielten den Skalden in der Mitte, mehrere von ihnen auf ihrem Schoß, sein Leib war lang gestreckt hingesunken. Schon beim ersten Anblick fand Erion das Elend bestätigt, dass er insgeheim befürchtet hatte.

Die zerlumpte Kleidung des Skalden war vom Halsausschnitt herab mit Blut besudelt. Die Augen rollten wild umher im schwarzen Nest aus Haupthaar und klebrig erstarrtem Bart. Er lallte leise.

Singen würde der Skalde nicht mehr.

Ein dicker, straffer Knoten wuchs rasch in Erions Bauch heran. Eine Welle gefühlloser Kälte überschwemmte ihn, dann eine warme Wut, dass er sie kaum unterscheiden konnte. Er hatte genug gesehen. Mehr konnte er nicht. Er drehte sich um, sah in der Menge zwei massive Gestalten nebeneinander. Sie fielen auf, weil sie neben Hurga-Jhin zu den wenigen Duerga gehörten, die sich in der Kammer eingefunden hatten.

Er bahnte sich seinen Weg, um hier wieder rauszukommen, kam dabei an ihnen vorbei.

„Ihr seht es", sagte er zu Turam und Duvruk. „Ihr seht es."

Sie schauten ihn aus großen Augen an, dann waren sie hinter ihm zurückgeblieben.

So ging es hier zu. Das taten sie.

Diese Tiere erkannten nichts. Sie hatten vor nichts Respekt. Sie sahen nichts. Sie hörten nichts.

Und wenn sie es taten, dann war es umso schlimmer. Dann folgte ein Akt von solcher Grausamkeit, von solcher Barbarei … Nicht nur einer unausdenklichen Bestialität gegen einen Einzelnen, auch einer Grausamkeit gegen alle.

Erst später hatte er bemerkt, dass Grolk die ganze Zeit bei ihm gewesen war. Wie erstarrt musste er auf seiner Schulter gehockt haben. Von seiner Anwesenheit hatte er nichts gefühlt.

Als er wieder zu Turam und Duvruk kam, war Gobrur-Vhan zum Glück nicht in ihrer Nähe. Sie begrüßten ihn mit noch immer, oder schon wieder, betroffenem Blick.

„Ihr helft mir", sagte er.

Er musste an diesem Abend unbedingt aus den Minen rauskommen. Auch wenn es kein Freigangstag war. Er musste mit seiner Mutter reden. Er musste es sich von der Seele reden. Und Turam und Duvruk waren dazu die Falschen. Diese Art eines Austauschs wollte er nicht.

Er musste sich aus den Minen schleichen. Sie argumentierten nicht gegen ihn.

Als sie die beiden Wachen am Stollenausgang in ein Gespräch verwickelten, stahl er sich am Rand an dem

Gerümpel und den gestapelten Gütern vorbei und entschlüpfte rasch in die Schatten. Grolk flitzte lautlos vor ihm her und wies ihm, ob absichtlich oder nicht, den geschicktesten Weg.

Selbst wenn Turam die Geduld verlassen sollte, so war er sich bei Duvruk sicher, dass der ausharren würde, um es ihm zu ermöglichen, unbemerkt – oder zumindest einigermaßen ungeschoren – wieder in die Minen reinzukommen.

Erion schlich sich durch leere Straßen zu der Dwercsiedlung und dem Haus, wo seine Mutter wohnte.

Quislung war nicht zu Hause.

Er fand sie im Licht einer Lampe sitzend, wie sie ihre Phiolen und Bündel getrockneter Kräuter durchging und dabei immer wieder ein Buch zurate zog.

Sie war genauso betroffen von dem, was er ihr erzählte. „Siehst du", sagte sie, und er war sicher, sie wäre bleich geworden, wenn das bei ihrem Ninraéteint möglich gewesen wäre. „Das ist es, was mit dir passieren wird, wenn du nicht von hier fliehst."

„Aber ich habe hier doch meine Freunde. Ich kann die doch nicht einfach mir nichts, dir nichts im Stich lassen." Irgendwo in einer Ecke seines Geistes war er sich ziemlich sicher, dass die beiden Brocken Turam und Duvruk ihn genauso sehr brauchten, wie die ihnen von ihrer Statur und Kraft unterlegene Kunja. „Ich kann *dich* doch nicht zurücklassen." Auf keinen Fall mit diesem Quislung und dem Treuering am Daumen.

„Mach dir um mich keine Gedanken. Mich nimm ganz aus deiner Rechnung raus."

Sie nahm seine Hände in die ihren. Er spürte, wie ihr Treuering sich kalt gegen seine Finger drückte, glaubte, die runengefangene Kraft in ihm vibrieren zu spüren.

Das hörte sich an, als wollte sie sich für ihn opfern. Als wollte sie sich selbst aufgeben, damit er entkam.

Dabei hatte sie das schon längst gemacht. Was hatte sie denn noch aufzugeben?

„Nein, nein. Das werde ich auf keinen Fall tun. Das ...“

„Erion ...“ Sie lockerte den Griff um seine Hände – die eine Hand konnte ohnehin nicht mehr viel umfassen –, fasste seine Finger. Mit der versehrten Hand hob sie nur die eine Fingerkuppe gegen Mittel- und Zeigefinger. „... ich bin hier“, sagte sie mit flehentlichem Gesichtsausdruck. „Ich bin einmal fortgegangen.“ Er sah sie schlucken. „Ich hätte besser schon mit deinem Vater, als er noch am Leben war, alles hinter mir gelassen.“

Seine Mutter auf den Feldzügen und in den Kämpfen, die sein Vater geführt haben mochte? Er hielt seine Mutter für eine starke Frau, aber in dieser Art von Schlachten sah er sie nicht. Wahrscheinlich hatte sein Vater das genauso gesehen.

„Ich bin noch nicht einmal in der Lage fortzugehen. Dann hätte ich nur noch eine Hand, die ich gebrauchen könnte. Dann wäre ich keine Heilerin mehr. Aber du musst hier weg. Hier wird jede Schönheit zerstört und alles, was über den Horizont von Morlugh und seinen Schergen hinausgeht, und das ist beinahe unvorstellbar viel.“

„Mutter ...“ Ihm fiel ein, was Kunja gesagt hatte. „Selbst, wenn ich wollte ... selbst, wenn ich von hier fortgehen wollte ...“ Es brach ihm das Herz, wenn er sie anschaute. Und es brach ihm das Herz, wenn er danach in sich hineinschaute. „Wie sollte ich das denn überhaupt machen? Die Grenzen und Ausgänge von Kharnuk-Bragha sind streng bewacht. Da gibt es kein Entkommen. Wir sind Gefangene.“

Da war es raus. Und so war es.

Sie legte ihre unversehrte Hand auf die seine. Vertrauensvoll. Voller Zuversicht. „Du wirst einen Weg finden.“ Wieder war ihr Blick beschwörend. „Sonst werden sie dich zerstören." Sie schaute von seinen Augen zu seiner Schulter. „Dich und den Grolk."

„Wieso der Grolk?"

„Der gehört doch jetzt zu dir. Denkst du, man lässt etwas von dir ungescho–" Sie verstummte jäh. „Du musst von hier weg!", sagte sie dann, wobei sie jedem Wort seine eigene Schwere gab.

„Ich kann das nicht." Es klang leer, flau, wie die entweichende Luft aus einem weithin aufgerissenen Dudelsack.

Da stand er, der Erion Leichtfuß, der so großspurig Kunja erzählt hatte, dass er zu der Truppe heldenhafter Befreier gehören würde, die loszogen, um Kinphaidranauk, den Zorn der Kinphauren, zu stürzen.

Und er musste sich eingestehen, dass er es nicht mal schaffte, überhaupt einen Fuß aus Kharnuk-Bragha, der Festung im Berg, heraus zu setzen.

„Such dir Rat! Such dir Hilfe!", sagte seine Mutter. Und dabei ging ihr Blick zur Tür. „Und jetzt gehst du besser."

Er hatte nur halbherzig gehofft, Dunjak-Dhar noch wach anzutreffen. Dennoch hatte er sich in Richtung ihrer Schmiede geschleppt.

Doch als er zu den Außenmauern ihrer Werkstätte kam, sah er, dass dort noch Licht brannte, und zwar musste das ziemlich sicher im inneren Bereich der Runenschmiede sein.

Erion behielt recht. Er fand Dunjak-Dhar über eine ihrer Arbeitsbänke gebeugt, wie sie durch Linsen und Apparate die filigran gefrästen Zeichen betrachtete, welche eine gewölbte Fläche bedeckten, die auch Teil einer Rüstung hätte sein können. Als sie ihn bemerkte, löschte sie mit einer Handbewegung etwas düster Glimmendes, das er nicht hatte erkennen können.

„Erion!" Sie war erstaunt, ihn zu sehen. „Warum bist du hier? Du hast dich unerlaubt aus den Minen entfernt? Das könnte alles durchkreuzen, was ich versuche."

Sie fasste sich, drehte sich auf der Sitzfläche ihres Arbeitsstuhls herum und zeigte auf den Schemel neben sich. „Aber da du nun einmal hier bist … Komm her, setzt dich zu mir!" Sie sah zu Grolk hin. „Na, zumindest hält sich das Tier diesmal still."

Sie zeigte sich besorgt, wie er wieder in die Minen hineingelangen wollte. Er beruhigte sie, indem er Turams und Duvruks Möglichkeiten übertrieb.

Erion wollte ihr von dem Skalden erzählen, doch Dunjak-Dhar unterbrach ihn. „Ich habe es gehört. König Morlugh hat es angeordnet. Es ist nicht die Stimme des Skalden, sondern das Lied, das ihn zürnt. Dieses eine und all die, die noch in seinem Geist wachsen könnten."

Er erzählte ihr, was seine Mutter gesagt hatte.

„Dich aus den Minen rauszuholen, ist das eine. Daran arbeite ich." Sie kniff die Augen zusammen, als würde sie sich etwas in ihren Geist rufen und es durchkalkulieren.

Wie sollte sie das denn schon anstellen? Aber Erion brachte es nicht übers Herz, ihr das ins Gesicht zu sagen.

„Dass du aber diese Stadt verlässt, ist etwas, das Überlegung erfordert." Sie verzog das Gesicht. „Wenigstens besteht für dich die Möglichkeit. Du hast keine Schmiede, die dich hält. Und glaube mir, so eine Schmiede ist schwer. Ein Runensanktum kann nun mal nicht fliegen."

„Ich habe andere Dinge, die mich halten."

„Du meinst deine Mutter." Sie starrte eine Weile nachdenklich vor sich hin. Dann wieder fasste sie Erion in ihren Blick. „Es ist nicht gut, dass deine Entscheidung an das Schicksal deiner Mutter geknüpft ist. Davon abgesehen, dass das Schicksal deiner Mutter grausam und ungerecht ist."

Sie schürzte ihre schmalen, braunen Lippen, und ihr

Blick verlor sich wieder in der Leere. „Jedenfalls beschäftigt es mich schon eine ganze Zeit." Sie schwieg.

Sie schwieg so lange, dass seine durch die Brisanz der Situation ohnehin strapazierte Geduld kurz davor war zu versiegen und er ihr stummes Nachdenken stören wollte.

Doch gerade in dem Moment, da er reden wollte, hob sie so jäh den Blick und sprach ihn an, dass der Grolk auf seiner Schulter ein überraschtes Zischen von sich gab. Ein Funkeln lag in Dunjak-Dhars Augen.

„Geh", sagte sie, „geh zurück zu deiner Mutter, und dann sag ihr, dass ich vielleicht eine Lösung für ihre Misere gefunden habe." Sie zog finster die Brauenwülste zusammen. „Zumindest für den *Gegenstand*, der sie verursacht."

„Was soll das heißen?"

„Ich glaube, ich weiß, wie ich das Problem mit ihrem Treuering aus der Welt schaffen und ihr den Rest der Hand erhalten kann."

„Ihr könnt …" Erion stockte. Es war noch schwammig, aber da war etwas, das Erion in diesem Moment ganz langsam dämmerte. Das er noch nicht ganz fassen konnte. Oder traute er sich nicht? Wenn Treueringe ihre Macht … Was könnte das bedeuten? Das war vielleicht genauso gefährlich … oder sogar noch gefährlicher als … ein Lied.

„Wie ich sagte", fuhr jedoch Dunjak-Dhar in diesem Moment fort, „arbeite ich bereits seit einiger Zeit daran." Sie schnaubte bitter. „Zumindest ist diesem Projekt mehr Glück beschieden. Es ist leichter, einen Runenzauber zu zerstören, als ihn zu schaffen."

Sie erhob sich von ihrem Platz und diesmal sprang Grolk von Erions Schulter herab, doch sie schien sich nicht daran zu stören.

„Aber ich will dir nicht zu viel versprechen", sagte sie, als er ebenfalls aufstand. „Doch jetzt geh! Geh schnell zu ihr und erzähl ihr, was ich gesagt habe. Es wird sie erleichtern." Dunjak-Dhar legte ihm ihre breite Hand auf die

Schulter. „Und dann verschwinde schnell wieder auf den Weg zurück in die Minen, auf dem du dich rausgeschlichen hast. Bevor man deine Abwesenheit bemerkt. Und alles durchkreuzt wird." Sie nickte ihm ermunternd zu und zwinkerte dabei. Etwas, das ihm merkwürdig schien an seiner alten Meisterin.

Sie schob ihn sanft in Richtung des Ausgangs. „Und jetzt geh! Geh schon!"

Sie blickte auf Grolk, der über den Boden der Werkstatt und zwischen den Bänken herumwieselte. „Und nimm *bitte* dein unruhiges Tier mit!"

Erion rannte den Weg zurück zu seiner Behausung. Sein Herz schlug nicht nur durch die Betätigung schneller. Was war das? Seiner Mutter winkte die Befreiung von ihrem Leiden? Von ihrem Opfer. Alles, was fehlte, wäre dann noch der Entschluss und der Mut. Und Mut hatte sie ja. Na ja, es fehlte noch hier und da einiges mehr. Aber das konnte man bedenken. Und planen.

„Wir kriegen das hin!", raunte er sich zu, als er durch die Gassen der Dwerc-Siedlung lief und Quislungs Haus endlich vor ihm lag.

Er stolperte atemlos durch die Tür.

Und traf auf Quislung.

Der stand in der Ecke seiner Mutter und kramte in ihren Sachen.

Als er Erion hereinpoltern hörte, drehte er sich um und sah ihn an. Kein Funke von Schuldgefühl oder Ertapptsein lag in seinen Augen.

„Du?" Er zwängte es zwischen schief gezogenem Oberlippen- und Kinnbart hervor. „Wo schleichst du dich denn rum?"

Im Halbdunkel fiel Erion auf, dass er nicht seine gelb-ockerfarbene Toga trug. Die trug er beinahe immer, selbst in seinen eigenen vier Wänden, und Erion war es gewohnt, dass er in dieser Kleidung selbst im Düstern der Räume auffiel. Stattdessen steckte er in einer Art Kittel, der ihm in dieser Umgebung schmutzig-grau vorkam und der auch wiederum beinahe in seinem Schnitt einer Toga glich. Nur hing er schlaff und war nicht gerafft.

„Wo ich mich herumschleiche? Im Haus meiner Mutter!" Bei Quislungs Anblick stieg ihm die Galle hoch und sein Herz pumpte noch immer heftig.

„Ach, was du nicht sagst", antwortete Quislung. Er deutete mit großer Geste auf die kleine Nische mit den privaten Utensilien seiner Mutter. „Wie du siehst, ist sie nicht zugegen." Dabei schüttelte er beinahe aufreizend eine Phiole, die er noch in der Hand hielt, als wäre sie ein kleines Glöckchen.

„Wo ist sie?" Erion reckte sich, um in den Winkeln der Wohnung nachzusehen.

„Was weiß ich?"

„Sie ist nicht hier? Nicht im Haus?" Es war Nacht, und vorhin hatte er sie noch angetroffen.

„Stellst du etwa meine Worte infrage?"

Das war keine Antwort. Erion stürmte in die Räume und drängte sich dabei an Quislung vorbei. Ein schwärzlicher Schatten huschte auf Quislungs Schulter und nutzte sie als Absprungort, war gleich wieder fort.

„He, du verdammter Rüpel!", tönte es aus dem Hauptraum. Dazu ein Fauchen, das von einer Ecke in die andere zu springen schien. „Nimm dieses verdammte Vieh hier weg! Oder ihm passiert ein Unglück."

Seine Mutter war tatsächlich nirgendwo. „Das will ich sehen!" Trotz allem musste er darüber trocken auflachen.

„Du kannst gleich 'ne Menge sehen. Zum Beispiel, wie ich hier gleich rauswandere und deinem König Morlugh melde, dass du dich unerlaubterweise aus den Minen entfernt hast. Was meinst du, wie du dann gucken wirst, mit deinen großen blauen Augen?"

„Wo ist sie?"

Er stand wieder vor Quislung im Hauptraum und sah ihm in seine schäbige Visage. Grolk war nicht länger in Bewegung, sondern hockte mit weit gespreizten Krallen vor Quislung und fauchte zu ihm hoch.

„Ich hab dir gesagt, ich weiß es nicht. Vielleicht ist sie um die Ecke in der Gosse zwischen den Häusern ihre Hexenkräuter pflücken."

„Du ..." Die Wut drohte ihn zu übermannen. Sie schien seinen Körper auszufüllen, wie eine Welle, die über Quislung zusammenschlagen wollte.

Der hob nur die Phiole seiner Mutter, die er noch immer in der Hand hielt und schüttelte sie vor seinen Augen hin und her.

„Ich melde dich", tönte er in einem höhnischen Singsang.

Es war ganz knapp. Ein Augenblick, der irgendwo in den Zwischenschichten und Geisterreichen, in die seine Mutter sehen konnte, sogar wahr geworden sein mochte: Die Splitter der Phiole bohrten sich zusammen mit Erions zuschlagender Faust in Quislungs Gesicht und zerfetzten ihm die Züge.

Aber in diesem Raum, auf dieser Ebene bebte Erion zwar, doch er besann sich. Er dachte an die Konsequenzen. Für seine Mutter. Für Turam und Duvruk, wenn seine Flucht aufflog, und dass sie ihn gedeckt hatten. Natürlich auch für ihn.

Und König Morlugh hätte seinen Spaß.

Was hatte Quislung schließlich gesagt? Sie würde vielleicht Hexenkräuter sammeln. Ja, aber ganz bestimmt nicht in der Gosse, sondern in den kleinen Beeten und Ecken, die sie zwischen den Häusern im Viertel auf in Zwischenräumen entstehenden Terrassen und Winkeln angelegt hatte.

Oder bei einer der anderen Frauen der Dwerc-Siedlung, die ihr gewogen waren, weil sie vielen schon so oft durch ihre Heilerfähigkeiten geholfen hatte.

Bestimmt war es so.

Und immerhin konnte sie nicht weit weg sein, weil sie ja den Treuering trug. Oh, der Treuering. Wie sehr hoffte er, dass Dunjak-Dhar schnell eine Lösung des Problems fand. Am besten morgen. Am besten gleich.

Er beruhigte sich.

Bald würde sie erlöst sein. Dunjak-Dhar hatte es gesagt. Sie stellte Rettung in Aussicht.

Erion versuchte, seine Muskeln zu entspannen, und wich vor Quislung zurück. Er sah ihn schlucken.

Quislung brauchte immerhin einige Herzschläge, bevor er ein „Besser so" über die Lippen brachte. Erion verbiss sich jeden Kommentar.

Stattdessen streckte er den Arm in Richtung des vor Quislung hingekauerten, knurrenden Grolks aus.

„Komm, wir gehen."

Er hätte nicht gedacht, dass der Grolk in der Lage war, seinen Arm rückwärts hochzuklettern.

Als er durch die Tür das Haus verließ, schallte Quislungs geschraubt quäkende Stimme hinter ihm her.

„Denk nicht, dass es das schon war! Das dicke Ende kommt noch, mein Freund!"

„Wo warst du so lange?", fragte Duvruk, als er wieder bei den Stolleneingängen auftauchte.

Erions Vermutung hatte sich bestätigt. Es war Duvruk, der es geschafft hatte, auszuharren. Jedoch hatte fraglos auch Turam dazu beigetragen, dass es ihm mühelos gelang, ungesehen wieder in das Bergwerk zu gelangen.

Er lag zusammen mit den beiden Wachen traulich im Schnarchkonzert vereint in einer Ecke. Auf seinem Schoß balancierte ein verklebter Methumpen – das Gegenstück zu den anderen beiden, die sich bei den Posten befanden.

„Bald haben wir's. Dann lassen sie die … *fachkundigen* Bergleute ran. Weil sie Angst haben, dass wir Rackerhacker irgendwie was zerstören." Bovluk schlug mit zusammengebissenen Zähnen voller Inbrunst auf den Stein ein, der unter den Schlägen barst.

Sie hatten inzwischen rings um den Sondierschacht eine echte Grotte in den Fels geschlagen.

„Warst du nicht mal einer von diesen fachkundigen Bergleuten, Bovluk?", fragte Hurga-Jhin. „Damals in Ishuk-Bragha?"

Bovluk zuckte nur die Schultern, bot ihnen seine grimmige Mine dar.

„Mir soll's recht sein. Solange diese Felswand uns so schnell nicht wiedersieht." Er blickte auf. „He," rief er in Erions Richtung, „da kommen deine Brecherkumpel."

Erion richtete sich auf, wischte sich mit dem Unterarm den Schweiß von der Stirn und sah Turam und Duvruk durch den Tunnel auf sich zustapfen. „Hey, was gibt mir denn die Ehre, euch schon so bald wiederzusehen? Was hat euch denn getreten, dass ihr hier so früh wieder antrabt?"

Er schaute sich um, weil ihm einfiel, dass die Bemerkung vielleicht einen Verdacht auf seine nächtliche Aktion lenken könnte, sah dabei, wie Sicco sich Egso zuwandte. „Ich hab's dir doch gesagt, dass der keiner von uns ist. Und auch nie einer von uns sein wird", hörte er Sicco raunen. „Hat schon seine Gründe."

Erion wandte sich wieder um, besah sich seine Freunde genauer und furchte die Stirn „Sieht so aus, als hätte ich richtig gefragt, was euch getreten hat. Bei mindestens einem von euch, hätte ich gedacht, er hätte mit einem dicken Schädel zu kämpfen."

„Das sind Duerga", hörte er Bovluk sagen. „Das haben die alle. Ständig. Stimmt's Hurga?"

Doch die antwortete nicht, reagierte auch nicht mit einem Auflachen. Und auch Erion blieben erst mal die Worte aus, als er den Gesichtsausdruck wahrnahm, mit dem sich seine Freunde näherten.

„Es tut mir so leid", sagte Duvruk und hielt die Hände vor dem Bauch verschränkt.

„Was?", fragte Erion. Er fühlte, wie ihm kalt wurde. Unter dem Schweiß, der auf seiner Haut trocknete.

Duvruk und Turam sahen sich an.

Duvruk hob den Blick zu ihm. „Dann sind zumindest wir es, die dir die Nachricht –"

„He, Elfenschönling!", blökte eine Stimme aus dem Hintergrund. Über Turams und Duvruks Schultern hinweg sah er Bokhar, den widerlichen, gewalttätigen Aufseher, der hinter ihnen seinen halslosen Schädel reckte. „Haben sie dir schon gesteckt, dass deine Mutter letzte Nacht das letzte Mal ihre Kräuterwedel, Knöchelchen und Fläschchen geschüttelt hat? Und was ihre eigenen Knochen betrifft … die kann man unten im Varnigspalt aufsammeln. Jedenfalls, was davon noch heil ist."

Ein tiefes Grollen schwoll zwischen Turams zusammen- gebissenen Zähnen an. „Ich schlag ihm den Schädel ein." Er wollte sich umwenden und auf Bokhar losgehen, doch Duvruk hielt ihn mit Gewalt zurück.

Vor Erions Augen verschwamm das Bild seiner mitein- ander ringenden Freunde. Ihre Worte verzerrten sich zu einem dumpf mahlenden Dröhnen.

Was hatte der Kerl gesagt?

„Stimmt das?", fragte er mit ihm tonlos erscheinender Stimme.

Seine Freunde antworteten nicht.

„Stimmt das?", brüllte er. „Stimmt es, was er sagt? Stimmt es, dass meine Mutter tot ist?"

Seine Freunde erstarrten in ihrer Haltung.

„Ja", sagte Duvruk schließlich. „Sie haben ihre Leiche

unten im Varnigspalt gefunden …" Der Rest der Erklärung verschwamm für ihn.

Was hatte dieser Bokhar gesagt?

Das Fläschchen geschüttelt?

Es traf Erion, als hätte ihn ein Blitz durchfahren und ihn gelähmt auf der Stelle festgenagelt.

Quislung!

Quislung war's. So dreist, wie der in ihrer Ecke gestanden hatte. Und sich so sicher mit ihren ganz persönlichen Utensilien fühlte. Als wüsste er genau, dass sie nicht zurückkehren würde.

Er war zuerst seiner Erkundigung ausgewichen. *Stellst du etwa meine Worte infrage? Er* hatte sie den Abhang hinabgestürzt. Und im Dunkeln nicht gesehen, wohin ihr Körper gefallen war. Daher konnte er ihm auch ins Gesicht sagen, er wisse nicht, wo sie sei. Das war die Art, wie Quislungs Hirn arbeitete.

So war es.

Er kam aus der Starre frei, als wäre eine spröde durchhärtete Kruste um seinen Leib herum gebrochen.

„Quislung!", schrie er.

„Ja, genau", antwortete Bokhar. „Der hat gesagt, sie hat sich selbst das Leben genommen. Sie war schon immer krankhaft schwermütig und nicht richtig im Kopf. Und er muss seine Frau ja gekannt haben."

Einen Herzschlag lang setzte alles aus.

Im nächsten Moment hing er im Griff von Turam und Duvruk, die ihn davon abhalten wollten, auf … auf *ihn* loszugehen. Ob auf Bokhar oder Quislung wusste er selbst nicht. Oder doch, in dieser Reihenfolge.

Zwei Duerga, die ihn festhielten. Er hing in ihrem Griff. Die ließen ihn nicht los.

Da mochte er wüten und toben.

★★★

Diesmal waren es seine Freunde gewesen, die ihn festhielten. Und die hatten gute Argumente gehabt, warum er
nicht einem oder zweien den Schädel einschlagen konnte.
Die er alle nicht einsah.

Die Erschöpfung hatte ihn zurückgehalten.

Die Mattigkeit und der klamme Nebel, die ihn schließ-
lich überwältigt hatten. Sie hatten ihn zu Boden sinken
lassen. Wo, wusste er nicht. An mehreren Stellen? Da waren
Stimmen und Gestalten um ihn herum gewesen. Es hatte
Gebrüll gegeben und viel Lärm. Ihm war ganz leicht im
Kopf geworden, und es hatte sich angefühlt, als hätten graue
Spinnennetze nach dem Rand seines Blickfelds gegriffen.
Grausige Visionen hatten ihn umweht wie Geister, und
eisiges Vergessen war schließlich sein Rückgrat entlangge-
krochen, hatte oben in seinem Schädel kalt danach herum-
gestochert, durch welche Ritze es wohl wieder aus seinem
Hirn herauskriechen konnte.

Er hatte in klammer Leere gehangen und hatte an die
letzten Bilder und Worte gedacht, die er von ihr in Erinnerung hatte. Die auch die letzten bleiben sollten.

Sie hatte recht.

Alles Gute, alle Schönheit wurde hier vernichtet.

TEIL III

FLUCHT AUS DEM BERG

1

DAS BEGRÄBNIS

S ie wird heute beerdigt."

„Ist noch einer da, der mir dazu was sagen will?"

Turam und Duvruk sahen zu Boden.

„Wie? Nur ihr beiden? Kommt sonst keiner bei mir vorbei? Hat sonst keiner den Anstand …?"

Dass Quislung – sein Stiefvater – nicht auftauchen würde, war ihm klar gewesen. Der hatte seinen Grund. Das wäre ihm schlecht bekommen.

„Sonst keiner?"

Turam schaute ihn schließlich an. „Hast du eine Ahnung, was du gestern angestellt hast, nachdem wir's dir gesagt haben?"

„Ich? Angestellt? Ich war doch vollkommen wegget-re…" Er erstarrte.

Oh nein, er hatte einen Anfall gehabt.

Die Leichtigkeit im Kopf, die Spinnwebenränder, der Eisblitz, der sein Rückgrat entlangtastete.

„Ist auch egal, was du getan hast oder was du nicht getan hast", meinte Turam. „Nach allem, wie es aussieht, hat König Morlugh sowieso nicht die geringste Absicht, dich irgendwie auch nur ein einziges Mal wieder aus den Minen rauszulassen. Er hat spitzgekriegt, dass du dich gestern weggeschlichen hast. Quislung hat es ihm verraten."

„Musste er ihm das wirklich stecken?" Duvruk schüttelte den Kopf. „Nachdem seine Mutter gestorben war? Wenn er ihn bestrafen wollte, war das nicht schon Leiden genug?"

„Klar. Er will's verbergen. Er will's vertuschen."

„Was?"

„Er war's. Quislung."

„Du hast es gestern geschrien."

„Bist du dir da ganz sicher?"

„Vollkommen."

Turam und Duvruk schwiegen wieder. Sie schoben die Füße herum und kauten auf ihren Lippen.

„Es wird mir also nicht einmal erlaubt, zum Begräbnis meiner Mutter zu gehen?"

Die beiden sahen auf.

„Doch, doch, beruhige dich! Dunjak-Dhar hat für dich Fürsprache eingelegt. Sie ist hier runter in die Minen gekommen. Nur deinetwegen."

„Sieht sie immer so zornig und ungnädig aus?"

„Nein, eigentlich nicht."

„Sie sah so aus, als würde sie gleich mit schwarzem Zorn über die ganze Welt herfallen wollen."

„Jedenfalls hat sie gegen den Willen von Kronspacke Morlugh erwirkt, dass du am Begräbnis deiner Mutter teilnehmen kannst. Es wird wohl besondere Vorkehrungen geben."

Erion dachte mit von Zorn umwölktem Geist an Viedgor Quislung, er dachte an König Morlugh. „Ich kann mir da was vorstellen", erwiderte er.

Er sollte recht behalten.

Er wurde denkbar weit von Viedgor Quislung – seinem Stiefvater, dem Mörder seiner Mutter – weggehalten.

Quislung stand in seiner gelbockerfarbenen Amtstoga des Konsuls am Hang auf der anderen Seite der Kuhle, in der sich das Grab befand.

Konsul! Was für eine lächerliche Bezeichnung! Was für ein Titel, der wahrscheinlich nur geschaffen worden war, damit er sich in der wirklichen Rolle, die er ausfüllte, besser fühlte. Hauptsache Quislung besaß seine Toga.

Quislung war umgeben von einer Leibwache aus stark bewaffneten Dwerc und Menschen, die alle wirkten, als würden sie das Kriegshandwerk mit Klingen und Fäusten verstehen. Erion kannte den Anblick von Quislung mit Leibwächtern, aber er hatte bisher zu keiner Gelegenheit alle davon beisammen gesehen.

Manchmal schielte Quislung mit gesenktem Haupt böse zu ihm herüber. Zumindest trug er eine schwarze Schärpe über seiner Toga.

Erion selbst hingegen wurde gerahmt von Hugar-Vhan und Jagha-Bho, König Morlughs Leibschergen. Er kam sich zwischen ihnen vor wie das Korn im Mahlstein.

So kam er sich ohnehin vor. Denn das war es, was er war.

Seine Freunde standen in einer Gruppe etwas weiter von ihm fort und wurden nicht an ihn herangelassen. Einige von Morlughs Leuten waren strategisch auffällig unter den Versammelten positioniert, um sie, sollten sie es versuchen, nicht zu ihm durchkommen zu lassen. Fürchteten die, dass sie ihm helfen würden? Wobei? Viedgor Quislung umzubringen? Hier, bei dieser öffentlichen Angelegenheit?

Viele Leute waren gekommen, um seiner Mutter, ihrer Heilerin Evanaiya, die letzte Ehre zu erweisen. Sie stammten aus allen Rassen, nicht allein den Dwerc, Menschen und Firimduerga – es waren auch einige Duerga dabei, die nicht von König Morlugh abbestellt waren. Seine Mutter war beliebt gewesen, sie hatte vielen geholfen und ihre Leiden gelindert. Dunjak-Dhar entdeckte er in der Menge, doch die wurde offensichtlich ebenfalls von ihm ferngehalten.

Das Begräbnisfeld war mit zum Teil schiefen Steinstelen gespickt, die sich hinter der Trauergemeinde weiter die gelblehmigen Hänge zu beiden Seiten hochzogen. Es erstreckte sich zwischen Dwerc-Siedlung und den Vierteln der Firimduerga. Der Ort wurde durch die Lehm- und Tonader bestimmt, die hier zwischen Steinschichten wie ein Keil tiefer abwärts verlief. Dies war der Vorliebe der Dwerc und Menschen geschuldet, ihre Toten nicht in Steinkammern beizusetzen, sondern sie entweder zu verbrennen oder, wenn möglich, in lebendige Erde zu betten.

Beigesetzt wurde seine Mutter ebenfalls auf die Art der Firimduerga und Dwerc: aufrecht stehend in einem senkrechten Erdloch, umwickelt mit Tüchern in einem Tonmantel. Das Grab wurde geschlossen, wenn die Kruste getrocknet war.

Erion stand da zwischen seinen beiden Trümmerrahmen, ließ den Sermon der Trauerreden und Riten über sich ergehen und wusste nicht, wie ihm war. Er stand da als Gefäß für irgendetwas, da war er sich sicher, doch er wusste nicht, womit er es füllen sollte. Der Firimduerga-Priester wechselte bei seinen Gebeten immer *Urnak* mit *Inaim* ab, da die Menschen meist der obersten Gottheit diesen Namen gaben.

Er bemerkte, dass unter seinen Freunden Agranor am meisten zu ihm herüberschielte. Ihm schien eine Frage ins Gesicht geschrieben zu stehen. *Ja, will ich*, beantwortete er sie in Gedanken. Erion versuchte, wenn ihre Blicke sich trafen, einen unauffälligen Schwenk mit dem Kopf zu machen, der hinter ihn deuten sollte.

Das Begräbnis war zu Ende, und kaum machten sich die Versammelten daran, sich zu zerstreuen, da drehten sich schon seine Aufpasser geschlossen zu ihm hin. „Gehen wir."

Was blieb ihm, als ihnen zu folgen, während sie ihn in die Mitte nahmen? Ein letztes Mal schaute er sich nach seinen Freunden um. Ihrer aller Blicke folgten ihm. Agranor nickte.

Eingepackt zwischen den Duergaschergen marschierte Erion durch das Viertel und gelangte schließlich an dessen Rand, wo sich die Ruinen zerfallener Häuser mit umherliegenden Felsbrocken mischten. Ein echtes Trümmerfeld.

„Ich muss pinkeln."

Zwei Blicke herab auf ihn, eine Stimme. „Du kannst gleich in einen Minenschacht pinkeln."

„He, Jungs, ich schaff das nicht."

Ungerührte Mienen.

„Wollt ihr, dass ich mir am Tag, an dem man meine Mutter zu Grabe getragen hat, in die Hosen pisse?"

Sie sahen sich an, zuckten die Schulter.

„Macht's 'n Unterschied?"

„Bitte!"

Wieder sahen sie sich an. Nickten diesmal, statt die Schultern zu zucken.

„Pinkel an den Stein da."

„Vielleicht dahinter?"

Sie folgten ihm ungerührt bis zu dem von ihnen bezeichneten Brocken, wollten ihn ebenso ungerührt zusammen mit ihm umrunden.

Er drehte sich um. „Ehrlich?"

Zusammengezogene Brauenwülste.

„Wollt ihr mir draufgucken, oder was?"

„Nee, wenn ich weiße Maden sehen will, kauf ich mir 'n Dwerc-Brot."

Die beiden nickten sich zu.

Die beiden Brecher traten neben den Stein, jeder an eine

Seite. Erion machte ein großes Gewese darum, sich die Hose entsprechend zu rücken.

Kurz umgesehen.

Und war schon zwischen die restlichen herumstehenden Felsbrocken gehuscht.

Es dauerte sogar zwei, drei Herzschläge, bis eine Reaktion erfolgte.

Er hörte ihre Stimmen. „Er ist weg!"

„Wirklich? Verschwunden?"

„Ich sag doch, er ist weg."

„Wie er's gesagt hat."

„Halt's Maul! Willst du etwa Ärger mit ihm?"

Ihre Stimmen verklangen. Erion schlängelte sich zwischen Steinen und zerfallenen Mauern hindurch.

Die hatten ihn also entwischen lassen, obwohl Morlugh sie vorgewarnt hatte? Warum, zur Hölle, sich Morlugh ausgerechnet diese beiden als seine obersten Schergen nahm, blieb jenseits seines Begriffsvermögens.

Aber gut für ihn. Er hatte Glück gehabt. Nicht weiter fragen!

Er sah ihre mächtigen Umrisse zwischen den Felsen umherirren, Reihe für Reihe das Trümmerfeld durchkämmen. Man musste ihnen lassen, dass sie gründlich waren. Vielleicht war das der Grund, weshalb König Morlughs Wahl auf sie gefallen war.

Für Ideen und Visionen war er zuständig. Wollte er wissen, was König Morlugh für Ideen und Visionen hielt?

Nein. Brrr.

Genug Tod für heute.

Die Hoffnung, dass es dabei bleiben würde, kam ihm so erbärmlich vor, dass es ihm noch leichter fiel, ganz tief geduckt davonzukriechen.

„Und was willst du jetzt tun?"

Die Stelle für ein Treffen war die leichte und natürliche Wahl gewesen. Es war für Erion offensichtlich gewesen. Auch wenn Morlugh unterhalb dieser Stelle am Kopf getroffen worden war und dieser Ort wahrscheinlich zu denen gehörte, die er in den ersten Kreis seiner Suche einschließen würde.

Aber dafür stand immerhin Turam Wache, weil er der Längste von ihnen war und über den Rand der Klippe hinwegschielen konnte. Wachestehen hieß, dass sein wachsames Auge ständig darüber hinwegwanderte, während sein Ohr jedoch ganz bei ihnen war.

„Ich will hier weg", antwortete Erion auf Kunjas Frage. Sie sah ihn mit einem merkwürdig ausdruckslosen Gesicht an. „Ich muss hier weg. Ich muss raus aus Kharnuk-Bragha."

„Was? Jetzt gleich?" Das kam gar nicht verwundert, und sie schaute unverwandt ernst, ohne mit der Wimper zu zucken.

„Nein, natürlich nicht jetzt gleich. So was muss –"

„Wäre aber die beste, vielleicht sogar einzige Gelegenheit", schnappte sie trocken zurück. „Morlughs Hugar-Jaghas bist du ja schon entkommen. Danach wird's nur schwieriger, wahrscheinlich unmöglich."

„Warum redest du nur von schwierig und unmöglich."

„Weil's die Wahrheit ist. Weil ich weiß, wovon ich rede. Und weil du vor Trauer und Wut blind bist."

Er wollte ihr widersprechen, wollte argumentieren. Doch Kunja kam ihm zuvor. „Es gibt mehrere Wachkreise um Kharnuk-Bragha. Der erste ist todsicher, absolut kein Durchkommen. An den Wachen und Patrouillen, so dicht, wie die stehen und Streife laufen, kommt keiner vorbei, der sie nicht kennt."

„*Du* kennst sie."

„Vor Jahren, ja. Aber sie wechseln ständig. Hilft nicht die Bohne. Würd ich nicht drauf zählen."

„*Ich* zähl auf dich."

„Halt den Mund, halt den Mund!" Sie fuhr ihn so heftig an, dass Turam sie aufgeschreckt anstarrte, dann ganz schnell über den Rand der Klippe hinweglugte und mit seinen Blicken misstrauisch die Umgebung abfuhr.

„Und dann kommt der zweite Kreis." Beinahe augenblicklich hatte Kunja sich wieder im Griff. „Das ist kein Ring, das sind Schlupflöcher nach draußen, die alle bewacht sind. Gänge, die sie dichtmachen wie eine Flasche mit dem Korken."

„Hört sich knifflig an."

„Knifflig? Knifflig?" Sie musste sichtlich an sich halten. „Na, deinen Humor möchte ich haben." Sie schien sich zu besinnen. „Na gut, vielleicht die falsche Bemerkung am falschen Tag. Aber Kreis drei." Sie hielt die Finger ihrer rechten Hand hoch, zeigte mit der linken auf den Mittelfinger. „Guter Finger dafür, übrigens!" Sie betrachtete ihn genauer, als wäre sie selbst verwundert darüber, was sie da an ihrer Hand sah. „Den zeigt dir Morlugh, wenn sie dich erwischen, und dann kannst du gleich dein Totenlied singen. Also, letzter Kreis. Da gibt's nichts als geschlossene Tore, Balkone und Wehranlagen, von denen aus es in steilem Sturz in die Tiefe führt. Willst du dir alle Knochen brechen? Wäre ein guter Weg, aus Kharnuk-Bragha zu entkommen."

„Den hat meine Mutter genommen."

Das brachte sie immerhin zum Schweigen. Ihre Lippen wurden schmal. „Tut mir leid. Ich bin wirklich nicht sehr taktvoll. Aber ich sage, wie's ist."

Ihr Blick wurde weicher, sanfter, ihre Züge wurden es nicht. „Außerdem … Wo willst du hin? Wie kommst du in der Wildnis klar? Wie überlebst du außerhalb des Bergs? Wen hast du da draußen?"

Erion sah Kunja an. Sie hatte recht, mit all ihren Punkten. Das waren alles Dinge, die er sich vorher nicht überlegt hatte. Da hatte er auch noch gedacht, er hätte zum Planen Zeit. Aber Kunja hatte auch mit dem Argument recht, dass, wenn er es tun wollte, dies jetzt geschehen musste. Danach würde es nur unendlich schwerer werden, vielleicht sogar unmöglich.

„Ich muss es trotzdem tun", sagte er. „Ich muss hier fortgehen. Meine Mutter hat es mir gesagt, am Abend, an dem sie gestorben ist. Alles Gute und alle Schönheit wird hier vernichtet." Was sollte jetzt dieser seltsame Blick bei Kunja, mit dem sie ihn anschaute? Es irritierte ihn kurz. „Das hat sie gesagt, und das habe ich auch so erfahren."

Jetzt war es an ihm, sie eindringlich anzusehen. „Kunja, sie haben dem Skalden die Zunge rausgeschnitten. Und er ist nicht einfach irgendso ein Sänger, sondern er ist der Dichter all dieser Lieder, die jeder kennt. Das müssen sie gewusst haben, auch schon vorher, als sie ihn überhaupt in die Minen geschmissen haben. Vielleicht sogar deshalb."

Er seufzte, sog tief die Luft in seinen Brustkorb. „Hier in Kharnuk-Bragha siegt Brutalität über Schönheit und Träume." Und von seinen Träumen hatte er ihr erzählt. „König Morlugh und seine Horde sorgen dafür."

Mehr war nicht zu sagen, und es blieb weiter nichts, als sie anzusehen.

Zunächst blieb ihre Miene starr, doch dann ging etwas wie eine Welle durch sie und ihre Züge erschlafften. Sie schaute ihn aus großen Augen an.

„Du meinst es ernst. Du willst hier weg."

Was war da zu sagen? „Ja." Er zuckte die Achseln, hoffte, dass es unbekümmert wirkte. „Ich krieg das schon hin." Irgendwie.

„Dann sofort?" Ihr Blick war nachdrücklich forschend. „Denn du müsstest es jetzt auf der Stelle machen. Bist du erst wieder in den Minen, bekommst du nie wieder eine Chance."

„Ja." Er schluckte schwer. „Ich gehe jetzt." Er bekam das hin. Er hatte schließlich das Glück gepachtet.

Eine schwer polternde Stimme riss ihn aus diesem Moment. „Du kannst nicht allein gehen. Wir gehen mit dir. Ist doch klar."

Erion wandte sich zu Turam um. Der grinste breit über sein graues Duergagesicht. Er meinte es ernst.

„Solltest du nicht eigentlich Wache stehen?", hörte er Kunja fragen.

Turam beachtete sie nicht. „Natürlich komm ich mit. Bin dabei!" Er wandte sich zu seinen Freunden um, deutete mit ungestümem Armschwung auf sie, dass seine Reifen und Armspangen klirrten. „Und die anderen natürlich auch." Es lag eine solche Begeisterung in seinem Gesicht, dass er die Mienen der anderen erst gar nicht sah. Erion sah sie aber.

Bevor er jedoch etwas zu Turam sagen konnte, drehte der sich um und stürmte los in Richtung des Pfads abwärts. „Ich muss nur schnell was holen." Ein dröhnendes, stillvergnügtes Lachen hallte hinter ihm her.

Erion wollte ihm noch zurufen, wie glücklich er sich doch schätzen konnte, dass er so einen Freund hatte, oder etwas Ähnliches, aber Turam würde ihn kaum hören. Der war auf und davon in seinem Eifer.

Bei Urnak, was wärmte ihm der Gedanke an dieses Maß von Freundschaft und Loyalität das Herz! Aber er war auch nicht dumm. Turam ging einfach stillschweigend davon aus, dass sie ihn alle begleiteten. Aber das war noch lange nicht durch. Das wäre zu viel verlangt. Er wandte sich den anderen zu. „Was er sagt ..." Er stockte. „Ihr müsst nicht ..."

Kunjas Blick war fest auf ihn gerichtet. „Du hast recht. Du musst das tun", sagte sie. „Und ich bin bei dir."

Er fasste es nicht, was er da hörte. „Kunja, du –"

„Nein, es stimmt, was du sagst." Sie zögerte kurz, sah

dabei zu Boden. „Bei mir ist es im Grunde auch nicht besser." Er sah sie durchatmen, ihre Schultern strafften sich. „In Ishuk-Bragha war ich Jägerin und Kundschafterin. Hier bin ich gar nichts." Sie schnaufte. „Weberin? Was ist das schon?

Meine Wünsche sind für die 'nen Haufen Urokdung wert. Weben ist halt Arbeit für eine Frau. Weil ich für jemanden aus Ishuk-Bragha und eine Nicht-Duerga zu viel weiß. Was ich wollte, wurde auch in den Dreck getreten." Sie hob den Kopf, ruckte mit dem Kinn zu ihm hin. „Bei mir kam's nur nicht so raus. Weil ich nicht offen aufgemuckt habe. So wie du."

Ihre Blicke verschränkten sich ineinander. Niemals hätte er das von Kunja gedacht. Obwohl sie seine Freundin von Kindheit an war. Er merkte, wie sie sich vom Augenkontakt mit ihm losriss, sich jetzt an Malaiar, Agranor und Duvruk wandte, der nachdenklich düster in die Richtung sah, in die sein Freund verschwunden war.

„Jeder", fuhr sie dann fort, „der nicht zu Morlughs Rechts-vom-Berg gehört und nicht Duerga ist, ist hier der letzte Dreck, und über den wird einfach so bestimmt. Skalden …" – sie kniff den Mund zu einem schiefen Grinsen und linste in seine Richtung – „… *Schönlinge* … Als wäre alles Talent, das nicht anzufassen ist, nutzlos und schädlich." Sie drehte sich zu ihrer Firimduerga-Freundin. „Nichts gegen dich, Malaiar."

Malaiar-Jhin schien ruhig, in sich gekehrt. Als Kunja, sie ansprach, hob sie den Blick. „Du hast recht. Bei manchen ist es verdeckter. Aber es ist die gleiche Verachtung." Sie nickte entschieden. „Es kommt etwas plötzlich, aber ich bin dabei."

Auch das kam überraschend. Niemals hätte er von der bedachtsamen Malaiar-Jhin einen solch jähen, einschneidenden Entschluss erwartet. Was nicht hieß, dass er ihr dafür nicht dankbar war.

„Die schnappen euch! Das wisst ihr?" Der unvermittelte Zwischenruf kam von Agranor. Der stand mit angespannten Armen da, sodass daran seine Muskeln deutlich hervortraten, und sah vom einen zum anderen, blieb dann bei Erion hängen und pickte ihn sich heraus. „Die schnappen dich!" Sein Blick aus verkniffenen Augen bohrte sich in den seinen, seine Kiefermuskeln waren angespannt. „Und dann machen sie dich fertig. Genau wie den Skalden. Die stecken dich nach Khaz-Dhum Sechs. Oder machen dich gleich ohne großes Federlesen alle." Seine angespannte Haltung brach in einer heftigen ausholenden Geste auf. „Und was willst du überhaupt das draußen?" Jetzt wandte er sich wieder an die anderen. „Was wollt *ihr* überhaupt da draußen."

„Singen!" Der Einwurf kam überraschend. Die Stimme war grollend düster, doch auch sicher und entschieden. So wie Duvruks Miene. „Die Lieder des Skalden singen."

Erion konnte Kunjas Gesichtsausdruck zu Duvruk hin nicht ganz deuten. Zum einen schien er entgeistert, zum anderen glaubte er aber, auch kurz ein Grinsen in ihrem Mundwinkel hochblitzen zu sehen. „Aber Agranor hat recht", sagte sie. „Wo wollen wir hingehen?"

„Nach Süden", platzte es aus Erion heraus. „Raus aus den Bergen! In die Ebenen Vanarands." Es war klar, in dem Moment, in dem er es ausgesprochen hatte. Es hatte so kommen müssen. „Und dann halte ich mich nach Westen und weiter nach Süden. Dort soll die Sechzehnte entlang der Grenze ihre Angriffszüge gegen die Kinphauren unternehmen."

„Die Sechzehnte?" Kunja sah ihn mit gerunzelter Stirn an. „Das ist doch nichts als ein verrückter Traum."

Wirklich? Sie glaubte nicht daran? Sie glaubte nicht an ihn? Und dabei hatte er ihr seine geheimsten Hoffnungen und Ziele anvertraut!

„Selbst wenn wir nicht auf die Sechzehnte treffen", warf

Malaiar ein, „sind wir immerhin weit genug weg von König Morlugh und seinen Schergen und können uns da ein neues Leben aufbauen. Wir finden eine Gemeinschaft, die zu uns passt und die uns aufnehmen will."

Erion sah Kunja die Firimduerga anschauen und dann entschieden nicken. „Ja." Er fing ihren Seitenblick ein. „Ein neues Leben."

„Was für ein neues Leben soll das sein?" Agranor warf das ein. Seine Züge waren hart. Er war sich sicher.

„Wenn ich jetzt nicht gehe, dann werde ich wie der Skalde enden", entgegnete ihm Erion. „Und wenn sie mich schnappen und mich aufhalten wollen, dann werde ich kämpfen."

„Du, kämpfen?" Agranors Stimme klang spöttisch. „Ich habe dich noch nie richtig kämpfen gesehen."

Das geraderücken zu wollen, wäre sinnlos. „Deshalb könnten wir dich an unserer Seite brauchen. Du bist der beste Kämpfer von uns allen." Er streckte Agranor den Arm entgegen.

Der wirkte verdattert. „Ich soll dort draußen gegen meine Leute kämpfen?"

„Sind wir nicht deine Leute? Wir sind deine Freunde."

Agranors Blick ging unstet hin und her. „Aber hier ist mein Leben. Das ist meine Heimat. Meine Zukunft ist hier."

„Meine nicht", erwiderte er Agranor. Noch nie war das so klar gewesen.

Jetzt schien Agranor wirklich verzweifelt. „Ihr wollt wirklich da rausgehen? Kharnuk-Bragha verlassen? Wisst ihr, was euch da erwartet?"

„Nein, eben nicht." Es war Duvruk, der Agranor das entgegnete. „Das nennt man Abenteuer und Schicksalsruf." Er trat auf Agranor zu, sah ihn herausfordernd an. „Was ist mit dir? Bist du dabei? Du bist jemand, der das Zeug zum Helden hat." Er nickte Agranor mit blitzenden Augen zu.

„Nicht nur im Krieg, auch im Abenteuer werden Helden geschmiedet."

Erion beobachtete, wie Agranor Duvruks Blick eine Weile standhielt, dann wandte sich Agranor ab, schaute zu ihm hin, sah ihm gerade und direkt in die Augen. „Ich wünsche dir viel Glück. Das tue ich, ganz ehrlich." Er schüttelte den Kopf. „Aber das ist nicht mein Weg."

Was blieb ihm da zu tun? Er atmete tief durch, sah Agranor an, der zumindest den Blick abwandte. Dunjak-Dhar hatte es ihm praktisch prophezeit. Agranor konnte schmieden, und er kannte Stahl. Aber das hier ging über den Stahl hinaus. „Das hat unsere Meisterin auch gesagt. Du wirst das leichtere Leben haben."

Agranor schnaufte. „Sicher", sagte er dann. „Ich hoffe, alles läuft, wie du es dir vorstellst."

2

DER ERSTE KREIS

Sie hielten sich auf dem Vorsprung jetzt ganz geduckt. Ihre Beratungen zu Plänen und Möglichkeiten waren verstummt. Erion hielt Grolk auf seiner Schulter und strich ihm besänftigend über den Rücken, über kahle Stellen und durch Fellbüschel.

„Die Hugar-Jaghas streifen da unten schon die ganze Zeit herum", zischte Kunja. „Braucht nicht lange und sie fangen an, nach einem Weg hier rauf zu suchen. Dann dauert's nicht lange und sie finden uns. Wo bleibt denn dein Kumpel nur?", raunte sie zu Duvruk hinüber.

„Wie nennst du sie?", fragte Erion.

„Wen? Was?" Kunja sah ihn ratlos an.

„Hugar-Jaghas?"

„Ja, Hugar-Vhan und Jagha-Bho. Hugar-Jaghas." Sie zuckte die Achseln. Sie sah wieder in Richtung des Pfades. „Lange können wir nicht mehr warten."

„Ah, da kommt er." Duvruk zeigte zum Pfad hinüber.

Turam kam gebückt über die Kante und lief auch weiter geduckt auf sie zu.

„Können wir los?", fragte er, als er sich zu ihnen kauerte.

„Wo warst du so lange?"

Er zwinkerte. „Musste noch was besorgen."

„Mussten wir alle." Kunja klopfte auf ihren Rucksack mit der Bettrolle obendrauf. Sie war bei ihrer Rückkehr in praktischer Waldläuferkleidung erschienen, als hätte sie auf einen solchen Anlass nur gewartet und sich entsprechend vorbereitet. Braune, schlichte Tunika, Beinlinge, Stiefel, darüber ein kurzer, blaugrauer Kapuzenmantel. „Aber keiner hat so lange gebraucht wie du. Dafür siehst du ziemlich leicht bepackt aus. Trägst ja kaum was außer deinem Körperschmuck. Wie immer."

Turam sah an sich herab, ließ die Ringe und Armspangen leise klimpern, woraufhin Erion gleich wieder Angst bekam, dass die Duerga dort unten sie hören würden.

Turam grinste. „Was ich habe, muss reichen."

Dass alle noch was besorgt hatten, stimmte nur bedingt. Erion selbst hatte sich natürlich nicht in Quislungs Haus zurückgetraut. Sein ninraidisches Langschwert hatte er, sorgsam in eine dicke Decke eingewickelt, ein Stück höher am Ort seiner geheimen und einsamen Schwertübungen in einem gut verborgenen Felsspalt versteckt gehalten. Nie im Leben hätte er derart auf sein Glück vertraut, dass er es im Haus des Togaträgers Viedgor Quislung zurückgelassen hätte. Waffe, Bettrolle und eine Erinnerung an seine Eltern hatte er also. Was seine Freunde aus ihrem Zuhause rausgeschmuggelt hatten, war reichlich wenig. Und dabei, so hatten sie erzählt, hatten sie höllisch aufgepasst, dass sie niemandem von König Morlughs Truppe in die Arme liefen, die nach ihnen suchte. Doch ihre Waffen hatten sie alle dabei. Natürlich – sie gingen schließlich von hier fort, und in den Ländern ringsum herrschten unsichere Zeiten.

Agranor war gar nicht erst zurückgekommen.

Nach Verabschiedungen hatte Erion sie nicht gefragt.

Um es nicht noch schwerer zu machen. Malaiar hatte keine Angehörigen mehr, doch Kunja hatte Eltern und einen Bruder. Er konnte kaum ermessen, was sie für ihn aufgaben. Doch sie taten es auch für sich selbst. Sie hatten es erkannt und für sich entschieden: Hier in Kharnuk-Bragha lag für sie keine Zukunft.

Der Rand der Hauptkammer, welcher der Außenseite des Berges zugewandt war, machte den ersten Kreis aus, von dem Kunja gesprochen hatte.

Sie standen an einer Stelle dieses Schutzrings zwischen Schuppen und Häusern des Stadtrands versteckt, lugten um eine Ecke und sahen zu dem Bollwerk hoch.

Erion schaute links und rechts an seinem Verlauf entlang.

Wo sich Lücken im natürlichen Wuchs des Gesteins an der Grenze der verwinkelten riesigen Höhlenkammer ergaben, waren Befestigungen errichtet, die diese ausfüllten. Am Fuß einer dieser hohen und dicken Schutzmauer befanden sie sich. Deren Krone musste so breit sein, dass Laufgänge darauf entlangführten, denn von hier unten sah man die Köpfe von Duergawachen, die darauf patrouillierten. Es gab Vorbauten längs des Mauerfußes mit Toren darin, hinter denen Treppen schräg die Wand hinaufführten. Einer davon befand sich ein Stück linkerhand entlang der Mauer.

Erion wusste, dass sich diese Befestigungen mit einem System von Wehrgängen verbanden, die in die Hänge und Felswände gehauen waren und stellenweise zu Tunneln durch den Fels wurden.

Ein ganzer Kreis war es nicht, doch mehr als ein Halbkreis, wenn man sich die ganzen verstreuten Anlagen als eins dachte.

Die meisten von ihnen befanden sich so weit entfernt

von den Hauptpfeilern, dass deren Licht nicht hierher reichte. Ketten von Feuerorben reihten sich entlang der Wallkrone und zogen sich in die Tunnel hinein.

Kunja deutete auf den Vorbau mit der Treppe hinüber. „Das ist der erste Teil unseres Weges raus." Als sie sich Erion zuwandte, erstarrte sie. „Mist!"

„Was?"

„Das hätte ich schon früher machen sollen", sagte Kunja.

Sie zeigte auf seine Schulter. „Zwei Möglichkeiten – entweder oder. Entweder du nimmst jetzt Abschied von deinem Grolk und schickst ihn weg oder du sorgst dafür, dass er sich die ganze Zeit über absolut dicht bei dir hält. Also auf deiner Schulter. Und keine Überraschungen. Was von beidem kannst du?"

Ein Fiepen neben seinem Ohr, das in ein Knurren oder Schnurren überging – Erion wusste es nicht so genau. Grolk hatte sich die ganze Zeit so ruhig verhalten, dass er gar nicht mehr an ihn gedacht oder ihn bemerkt hatte. Und offensichtlich war es Kunja ebenso ergangen.

Erion verdrehte den Hals und sah Grolk in die großen schmutzig-graugelben Augen. Die Grolk in diesem Moment nur noch weiter aufriss.

„Wir kriegen das hin", sagte Erion. „Stimmt's?" Er stupste Grolk mit dem Finger unters Kinn. „Du bleibst da sitzen, rührst dich nicht vom Fleck und bleibst mucksmäuschenstill."

„Der Grolk muss ziemlich gut unsere Sprache können." Kunja warf ihm mit hochgezogener Augenbraue einen skeptischen Blick zu.

„Er versteht mich", antwortete er.

„Ich hoffe es", sagte Kunja. „Für uns alle."

Er vermutete im Stillen, dass Kunja glaubte, es würde ihm gar nicht gelingen, Grolk für immer wegzuschicken. Und ein Grolk, der genau in dem Moment, da sie am unauffälligsten sein mussten, hüpfend und kreischend zu ihm zurückkehrte, konnten sie nun wirklich nicht brauchen. Dann waren sie geliefert.

Kunja schaute noch immer argwöhnisch zu ihm herüber. „Dann mal los! Genau wie ich's gesagt habe."

Auf ihr Zeichen rannten sie hinter ihr los, zu dem schrägen Felssockel hinüber, aus dem dann über ihnen die Befestigungsmauer emporwuchs. Sie drückten sich in einer Reihe dagegen und blickten in Richtung des Torhauses. Bis dorthin wich der nackte Fels so weit zurück, dass die Mauer dort das Niveau des Höhlenbodens erreichte.

„Hier, dort hoch!", flüsterte sie und deutete auf einen Felsvorsprung.

Zwar hatte Kunja vorher jeden Zweifel daran ausräumen wollen, dass irgendjemand es sich nicht zutraute oder schaffte, doch als Erion an der Wand hochspähte und dann den beiden Duerga einen Blick widmete, beschlichen ihn Bedenken. Er sah Malaiar, die ihre Hand auf den Fels legte, dann bestätigend nickte, als hätte sie mit der Wand Zwiesprache gehalten, ob die sie nach oben bringen würde.

Los ging's, Kunja stieg voran.

Nachdem sie die erste schwierige Kletterei zum Vorsprung bewältigt hatten, zeigte es sich, dass von dort aus tatsächlich eine Naht im Fels verlief, die so etwas wie einen aufwärtslaufenden Pfad bildete. Wenn man Fantasie hatte und auf einen Pfad angewiesen war.

Ohne Kunja, die ihnen den Weg und die Tritte zeigte, hätten sie es niemals geschafft, denn das, was sie zum Weg ernannt hatte, wies einige Kniffe und schwer erkennbare Kehren auf. Doch sogar Turam und Duvruk, die durch ihre Masse und großen Füße Schwierigkeiten haben mussten, hielten sich wacker. Dabei hatte alles schnell zu gehen.

Sie mussten den Felspfad hoch, der quer zur Richtung der außen von einer Mauer geschützten Treppe verlief, während noch unten im Torhaus der Wechsel vonstattenging. Das gab ihnen eine kurze Frist, die Kunja für sie abgepasst hatte. Hoffentlich!

Solange das Grummeln der Stimmen anhielt, waren sie sicher. Bisher hielt es an.

Oben angekommen, mussten sie die Mauer erklettern, um auf die Treppe zu gelangen. Indem sie einander halfen, schafften sie es hoch auf deren Krone. Erion sah von dort aus außen an der Mauer hinab und wunderte sich, mit welcher Geschicklichkeit Malaiar als Letzte ohne Hilfe die gemauerte Wand erklomm. Beinahe kam es ihm vor, als glitte sie wie ein Schatten daran entlang. Als sie bei ihm ankam, folgte er den anderen mit einem Sprung hinunter auf die Stufenflucht in der schmalen Kluft zwischen Felswand und Mauer.

Turam deutete grinsend ein Applaudieren an, als er elegant aus der Hocke hochfederte. Arschloch! Kunja deutete mit erbostem Blick nach unten, zeigte ihnen hektisch den Vogel und fuhr sich dann mit dem Daumen quer über die Kehle. Grummeln im Torhaus – noch immer.

Rasch hasteten sie die Steinstiege hinauf und traten an deren Kopf durch die Lücke hinaus auf die Befestigungskrone, die sich breit wie eine Straße erwies. Über Kunjas Schultern und ihre in leicht scheuchender Geste ausgebreiteten Arme hinweg sah er eine Patrouille von ihnen davonschreiten, die breiten Duergarücken ihnen zugewandt. Der holpernde Schwall ihres Gespräches verklang in der Ferne; nur das Lachen auf zotige Bemerkungen brandete noch grell hoch wie Kerzen am Leuchter.

Stumm und mit noch immer ausgebreiteten Armen drängte Kunja sie in die Gegenrichtung und dann beiseite hinter einen verwinkelten Mauervorsprung. Dort kauerten sie sich nieder und verharrten lautlos.

Eine knappe Rundumschau zeigte Erion ein paar Stufen, die hinauf auf die Zinnen führten, von wo aus man die Felswand darunter überblicken konnte. Aus Kunjas Einweisung wussten sie, dass dies ein Streckenposten für die abgelöste Mannschaft des Torhauses war, von der aus sie noch einmal den Mauerverlauf kontrollieren musste. Wäre jemand hier gewesen, als sie noch hochgeklettert waren, hätte man sie unweigerlich entdeckt.

Erion drehte den Kopf zu Grolk, der mit großen Augen blinzelnd seinen Blick erwiderte. Bisher hatte die unruhige Seele sich gut gehalten.

Es dauerte keine fünfzig Herzschläge, da hörte er auch schon ein Geräusch, unter dem man sich schwere, hornige Füße und eisenbeschlagene Stiefel vorstellen konnte – die Patrouille, von der Kunja gesagt hatte, dass sie sich vor ihr hier verstecken mussten, bis sie vorbei war.

Er sah Kunjas gegen die Mauer gelehnten Kopf. Mit Blick nach oben schien sie die Zeitspanne abzuzählen. Über ihnen wölbte sich jetzt düster die Wand der Hauptkammer in die Höhe. Kein bleicher Schein einer der großen Säulen fiel darauf, nur schwach tanzte hier und da der Widerschein von Flammen darüber.

Dann winkte Kunja sie rasch heraus, und sie hasteten über eine zeitweilig leere Mauerkrone zu ihrem nächsten Stopp, einer auf der anderen Seite abwärts verlaufenden Treppe, und ließen dort die nächste Streife passieren. So lotste Kunja sie geschickt in schnellen Spurts zwischen immer wieder Verstecken und Abwarten zu einer Öffnung im nackten Fels, wo die Mauerkrone in einen hohen Tunnel überging.

Ab hier wurde es verzweigter.

Tunnel und Gänge öffneten sich überall zu den Seiten hin. Im bisher bewährten stotternden Zickzackkurs sicher zwischen Wachen und Patrouillen durchschlängelnd, führte Kunja sie auch auf diesem Terrain, in Felsflure hinein und Treppenfluchten hinauf und hinab.

Hier fiel Erion etwas auf, was er auch schon vage draußen aus der Ferne gehört hatte. Gesang erklang, brum-

mend und grollend aus Duergakehlen. Vielmehr aus vereinzelten Duergakehlen, doch das immer abwechselnd.

Dieser Gesang lief die Gänge entlang, sprang dabei
immer wieder ein Stück weiter, fort und fort und bildete
dabei doch ein einziges Lied, jede Zeile als Glied einer
entlangrasselnden Kette.

Grolk begann bei diesen düster melodischen Lauten
raspelnd zu schnurren, und Erion beruhigte ihn. Der
Gesichtsausdruck, den er während des Laufens von Turam,
vor allem aber von Duvruk auffing, war so wissend, dass er
sie gern nach der Natur dieses Gesangs gefragt hätte, doch
vor allem mussten sie vorerst leise sein.

Bei erster Gelegenheit jedoch, als sie wieder eine
längere Spanne in eine tiefe Nische gekauert abwarteten,
erkundigte er sich. Sie hockten hier so nah aneinanderge-
drängt, dass die Gefährten auch das leiseste Flüstern
verstehen konnten, ohne dass sie befürchten mussten, von
draußen gehört zu werden.

„Kettenverse", flüsterte Duvruk zurück. „So nennt man
sie. Ganz bestimmte Form von Liedern, die man von einem
zum anderen weitergeben kann, jeder eine Zeile. So macht
man's im Dunkeln bei Postenketten. So weiß man, dass alle
noch da sind und die Kette steht."

„Und verrät dem Feind, wo die Posten platziert sind",
hauchte Malaiar.

„Im Tunnel?", gab Duvruk zurück. „Da will ich sehen,
wie man denen ausweichen soll."

„Zu dem Problem kommen wir beim zweiten Kreis",
flüsterte Kunja. „Und jetzt haltet den Rand! Es geht weiter.
Aber hurtig."

Als sie durch die nur von spärlichen Fackeln erleuchtete
Düsternis weiterhasteten, erlauschte Erion mehrere dieser
Melodien. Die unterschiedlichen Kettenverse kamen von
verschiedenen Enden, sprangen in verschiedenen Richtungen, überlagerten sich und liefen aneinander vorbei.

Erion und seine Gefährten rannten durch einen Gewölbegang, geduckt und leise hinter einer Wachpatrouille her, knapp außer Sichtweite – solange keiner sich umdrehte und schärfer ins Dunkel starrte.

Sie bogen gerade rechtzeitig um eine Ecke, damit Erion sehen konnte, wie sie polternd und grummelnd, dabei jedoch im Gleichschritt, einen gemauerten Torbogen passierten.

„Jetzt schnell!", flüsterte Kunja, und sie hasteten los, was Grolk dazu brachte, auf seiner Schulter gurrende Laute von sich zu geben. Aber zumindest waren die leise und zumindest blieb er auf der Schulter. Hätte er Ohren, hätten die wahrscheinlich geflattert, musste Erion grinsend denken.

Im Tunnelschatten vor ihnen erkannte er, wie der Duergatrupp um eine Ecke bog. Er erkannte sogar, wie ein Arm wie beiläufig zur Seite fuhr und so etwas wie einen Hebel betätigte.

Im Torbogen kam ein Fallgitter herab.

„Oh Mist!", sagte Kunja.

Der Grund war klar: Das schafften sie nicht rechtzeitig.

Erion wollte vorspurten, ein großer Umriss sauste an ihm vorbei und stieß ihn zur Seite.

Einen Sturz gerade noch abbremsend, sah er, wie Turam beim Gitter ankam, es packte, sich darunter stemmte und es hochwuchtete.

„Kommt schon!", grunzte der.

„Los, los, schnell durch!", tönte es von Kunja. „Die nächste Patrouille ist gleich hier."

An Turams wuchtiger Gestalt vorbei tauchte er unter dem Gitter durch.

„Dich Hänfling hätte das Fallgitter glatt zerteilt", knurrte der ihm zwischen vor Anstrengung zusammengebissenen Zähnen zu und stemmte sich weiter unter der Last wie ein ächzender Titan.

Dann hörte Erion dicht hinter sich ein stoßartiges

Keuchen und knapp darauf ein schepperndes Rasseln. Turam hatte sich unter dem Fallgitter weg nach vorn, ihnen hinterher in den Gang geworfen.

„Und von dem Gitter hast du nichts gewusst?", fragte Turam, als er sich aufrappelte.

„Doch", erwiderte Kunja. „Nur sollte es ganz langsam runterkommen. Entweder haben sie was geölt oder in der Zwischenzeit das Gewicht verändert."

„Gut, dass du so schnell reagiert hast, Turam", flüsterte Malaiar.

Weiter ging es, bis sie zu einer Kreuzung kamen, an der Kunja stehen blieb und lauschte.

Aus einem Treppenhaus hallte ihnen der stetig weiterspringende Gesang eines Kettenverses entgegen.

„Mist", sagte Kunja.

„Was?"

„Scheint, wir haben Zeit an dem Fallgitter verloren. Nicht viel, aber genug, dass der Weg, den ich geplant hatte, schon wieder dicht ist."

„Und jetzt?"

„Still! Ich muss überlegen." Kunja drehte sich um die eigene Achse, nahm jede der Abzweigungen in Augenschein.

Was bei der Düsternis, die ihnen daraus entgegenstarrte, nicht viel hieß. Auch mit seiner feinen Elfennase konnte er ihr da nicht weiterhelfen. Aus allen roch es gleich beißend nach Fackelrauch und gleich beizig nach ungewaschenem Duerga.

„Da lang!" Kunja deutete abrupt auf eine enge Röhre, in der Turam und Duvruk sich bestimmt bücken mussten.

„Abkürzung?", fragte Turam.

„Nein, ist länger. Führt dafür aber direkt aus dem ersten Kreis raus in einen der Ausgangstunnel."

„Kreis zwei", meinte Duvruk schlau.

„Oder Zermalmer eins", erwiderte Kunja. „Wenn vor

dem Ausgang nämlich ein Duergatrupp davorsteht. Wenn die uns in die Finger kriegen, schmeißt Morlugh uns da nämlich todsicher rein."

„Knack-knack, macht der Knochen", meinte Turam und grinste.

Kunja drehte sich um und sah ihn wütend an.

„'tschuldigung", brummte Turam.

3

DER ZWEITE KREIS

Kein Duergatrupp am Tunnelausgang. Turams Glück. Und, bei Urnak, Glück für sie alle. Kunja hatte ihm mit ihrer Bemerkung über den Zermalmer ganz schön Angst gemacht.

„Das ist einer der Ausgangstunnel? Das ist der zweite Kreis?", fragte Erion, als sie alle vorsichtig aus der engen Röhre ins Freie gekrochen waren und sich umsahen.

Kunjas heftig nach unten pumpende Handfläche forderte von ihm, seine Stimme zu dämpfen. „Nein, aber der Gang hier führt direkt in den Ausgangstunnel rein", sagte sie im Flüsterton. Doch selbst der hallte noch von den Wänden wider.

Bewegungslos stand sie da und lauschte mit ihnen dem Lied des Kettenverses, das ihnen den Gang herauf entgegentönte. Die Verse sprangen von Station zu Station und wurden dabei leiser, bis die Melodie kehrtmachte und wieder zu ihnen zurückkam.

Es zischelte auf Erions Schulter und regte sich.

Duvruk trat zu ihm, bückte sich. „Schweig still, mein Grolk!", flüsterte er und legte dem Tier den breiten Finger aufs Maul. Zu Erions Erstaunen ließ die unruhige Seele das geschehen, bog nur den Kopf zurück und tat sogar, wie ihm von seinem Duergafreund geheißen.

„Habt ihr's?", kam es von Kunja. Sie wartete, bis alle genickt hatten, dann führte sie sie weiter den Tunnel entlang.

Sie kamen hinter Mauertrümmern heraus, über die hinweg das Licht von Leuchtorben tanzte, deren Zwischenräume jedoch im Schatten ließ. Dort hinein stahlen sie sich.

Sie lehnten sich gegen die Mauer, während Kunja ihnen gebot, zu warten, und daraufhin selbst vorauskroch.

Erion schaute nach oben. Es musste wirklich ein großer Tunnel sein, nach dem Hall und der Höhe der Decke zu urteilen. Der Kettenvers sprang über sie hinweg, wurde aufgegriffen und wechselte die Richtung.

„Letztes Mal", murmelte Duvruk und meinte dann auf seinen fragenden Blick hin, „Letzte Strophe."

Ein weiteres orientierendes Umschauen zeigte Erion, dass der Tunnel nur an dieser Stelle so breit sein musste, denn sowohl in die eine als auch nach einem längeren Stück in die andere Richtung konnte er erkennen, wie Decke und Wände sich einander wieder näherten und den Abstand verengten.

Kunja kehrte zu ihnen zurück. „Mist", sagte sie.

„Was gibt es?"

„Probleme gibt es." Sie schwieg kurz, bevor sie es erklärte. „Die breite Stelle hier ist unsere beste Möglichkeit, durch einen der Ausgangstunnel zu kommen. Das heißt, sie war es bisher. Bevor Kronpfosten Morlugh wahrscheinlich die Besatzung, die sonst eher ungeordnet herumlungert, aufgescheucht hat, sodass sie jetzt alle in Reih und Glied stehen und einen dichten Riegel bilden, wo wir uns eigentlich an ihnen vorbeischleichen wollten. Morlugh hat wohl alle wegen deiner Flucht in Alarmbereitschaft versetzt." Sie sah Erion direkt in die Augen.

„Knack-knack", flüsterte es nah an seinem Ohr.

Erion schreckte herum, sah gerade noch, wie Duvruk Turam eine Kopfnuss verpasste, sodass der ihn empört anstarrte und sich den Schädel rieb.

„Blödmann!", zischte Kunja in Turams Richtung.

Sie war ihm damit zuvorgekommen und Duvruk mit dem, was er selbst am liebsten getan hätte.

Sein Herz schlug heftig wie eine Pauke. Ein Schrecken war ihm in die Glieder gefahren, der auch nicht mit der Erkenntnis weichen wollte, dass es nur Turams dummer Streich war.

Kunja winkte sie nach vorn, dorthin, von wo sie Ausschau gehalten hatte, und sie sahen sich das Ganze zusammen an.

Sie hatte es ihnen eigentlich schon ganz gut beschrieben.

Da stand ein Dutzend Duerga in enger, doppelt gestaffelter Reihe und versperrte den Durchgang an einer Stelle, die sonst unübersichtlich gewesen wäre und damit eine gute Gelegenheit geboten hätte, sich vorbeizuschleichen.

Da stapelten sich Kisten und Fässer. Vielleicht ein Umschlagplatz für Vorräte, vermutete Erion. Für ihn war dagegen ziemlich klar, was es mit den Mauertrümmern auf sich hatte. Es wirkte, als hätte hier früher ein nach außen gerichtetes Bollwerk gestanden. Es schien ihm sogar klug angelegt, soweit er das beurteilen konnte. Bis wahrscheinlich irgendein Angriff auf Kharnuk-Bragha es zerstört hatte. Doch allem Anschein nach musste das lange vor seiner Zeit gewesen sein. War dies ein stummer Zeuge davon, wie König Morlugh und Konsorten – oder eher noch seine Vorfahren – aus den nördlichen Ebenen nach Kharnuk-Bragha gelangt waren? Möglich war es. Aber dann war es auch der Beleg dafür, dass Morlughs herrschende Sippe weniger Initiative an den Tag gelegt hatte, Bauwerke zu errichten. Oder instand zu setzen. Denn das hatten sie hier ganz offensichtlich versäumt.

Was ihnen an architektonischer Raffinesse fehlte, hatten sie offenbar durch bloße Mannstärke und Körpermasse ausgeglichen, die jetzt in Form dieses Dutzends eng platzierter Duerga in diesem Durchgang steckte wie … Wie hatte Kunja sich ausgedrückt? … Wie ein Korken in der Flasche.

„Schiet!", fluchte die gerade. „Schittiger, schittiger Schiet!" Und stampfte einmal heftig auf dem Boden auf.

„Da kommen wir nicht durch", meinte Turam, der über ihre Schulter lugte.

Kunja schenkte ihm einen bösen Blick.

„Den kenn ich", raunte Duvruk. „Das ist Hiksam-Jick."

„Der heißt nicht wirklich so, oder?"

„Doch", antwortete Duvruk.

„Die Hugar-Jaghas", steuerte Kunja bei. Sie ließ es wie ein Argument klingen, doch es lag kein Humor darin.

Sie starrten eine Weile schweigend und völlig ideenlos vor sich hin.

„Wo Hiksam-Jick ist, da kann auch Danar-Jhob nicht fern sein."

„Der heißt aber ganz normal?"

Duvruk reagierte nicht darauf. „Die beiden sind unzertrennlich." Ein gedämpftes Lachen grollte seine Kehle entlang. „So wie wir beiden, nicht wahr, Turam-Jhir?"

„Wenn du außer dem hohen Lied der Freundschaft jetzt vielleicht auch noch einen Einfall beizusteuern hast …"

„Hab ich", raunte Duvruk. „Hab ich tatsächlich." Er deutete nach vorn, wo er in der Wachkette den ihm bekannten Duerga erspäht hatte. „Hiksam-Jick und Danar-Jhob halten zusammen wie Pech und Schwefel." Er hob verschmitzt den breiten Zeigefinger. „Bis auf einen Punkt. Es gibt ein Lied über den Kampf von Klan Varth gegen Klan Tuvai, das den Sieg und die Überlegenheit von Klan Tuvai besingt."

Duvruk lauschte. So wie er den Kopf hob, nahm Erion

an, dass er die Verse des Kettenlieds verfolgte, das den Tunnel von Posten zu Posten hinauflief. Dann spähte er wieder nach vorn. „Sechste Strophe", sagte er. „Das gibt euch Zeit, damit ihr euch auf die beste Position schleichen könnt."

„Du kommst nicht mit?"

„Ich komm hinterher. Sag mir, wo ihr durchwollt."

Eigentlich war der Weg klar, denn es war offensichtlich, welchen Punkt Kunja ins Auge gefasst hatte, um sich an den Wachen dieses Durchgangspunkts vorbeizudrücken. Sie hatte beharrlich und frustriert genug dorthin gestarrt.

Erion nickte, als Kunja es bestätigte.

„Dort hat das Mäuschen ein Loch gelassen?", erkundigte sich Duvruk.

„Was grinst du eigentlich die ganze Zeit so?", fragte Turam seinen Freund.

Kunja nickte zu Duvruk hin. „Was hast du vor?"

Tatsächlich grinste Duvruk bis über beide Ohren. Das machte Erion nur umso nervöser. „Hiksam-Jick ist vom Klan Varth."

„Und?", fragte Kunja nach.

„Wartet ab, was passiert", sagte Duvruk. „Und haltet euch bereit. Ihr werdet den richtigen Moment erkennen."

Und weg war er.

Kunja zuckte die Achseln, fluchte aber stimmlos. Also schlichen sie hinter den Mauertrümmern geduckt bis zu einem Punkt entlang, von dem es nur ein kurzer Spurt zu der Ansammlung von Kisten und Fässern war, die sich zwischen der großen Bresche in der Befestigungsmauer und der Tunnelwand befand, wo die Mauer daran anschloss.

Sie waren noch nicht lange da, als die Melodie des Kettenverses sich offenkundig ihrem Ende hin näherte. Es schien, als würde das Lied irgendwo entlang der Postenreihe abstoppen, bevor es den Endpunkt der Bollwerktrümmer erreicht hatte.

Ja, es kam zum Ende. Und dann entstand eine kurze Pause.

In die hinein ein neues Lied angestimmt wurde. Erion, der die Ohren gespitzt hielt, hörte ein leises Murren den Gang hinauf. Und erkannte in der Singstimme die seines Freundes Duvruk, die tief, volltönend und um einiges melodischer war als das, was er bisher von der Postenkette gehört hatte.

Zeile um Zeile sprang nun das Lied näher zu ihnen hin.

Das Murren an der Bollwerksbarrikade war vernehmlicher als das aus dem Tunnel.

In die fest gefügte Doppelreihe der Duergaposten kam eine Regung. Einer der Kerle scherte aus der starrstummen Reihe aus. Unruhig trampelte er auf der Stelle herum. Die anderen schauten ihn schon komisch an.

Sie beugten sich vor, lugten zu ihm hin, dass er es bemerken musste.

„Das Lied sing ich nicht", hörten sie ihn mit Blick nach links und rechts grollen.

„Hiksam-Jick ...", ertönte eine mahnende Stimme. Wahrscheinlich der Kommandant der Riege.

„Das Lied sing ich nicht", beharrte Hiksam-Jick.

Es kam Unruhe in den Trupp.

Hiksam-Jick zappelte herum, bis es ihn schließlich nicht mehr still in der Reihe hielt. „Das hat der Arsch genau gewusst. Der wusste, dass er mich so auf die Palme bringt. Der will nur, dass ich ... Damit er sich später nach der Schicht eins grinsen ..."

„Hiksam-Jick halt dich zurück."

Der Kettenvers erreichte den letzten Posten vor der Bollwerksbarrikade. Sie wären als Nächstes dran.

Auf Erion legte sich ein schwerer Schatten. Erschreckt fuhr er herum, doch es war nur Duvruk, der zurück war und die Hände auf die Oberschenkel gestützt hinter ihnen stand und breit grinsend über ihre Köpfe hinwegblickte.

„Ah, gerade rechtzeitig."

„Für die Flucht?", fragte Kunja.

„Nö, für das da", erwiderte Duvruk und deutete auf den Duergahaufen.

Hiksam-Jick hielt es nicht mehr an seinem Platz. Er stürmte los. „Den Arsch mach ich fertig! Dem hau ich so was von eins auf die Lichter, dass er nicht mehr gestern von morgen unterscheiden kann. Geschweige denn den ehrenvollen Klan Varth vom Geschmeiß der Tuvai!"

Das heißt, Hiksam-Jick wollte losstürmen. Er war kaum ein paar Schritt gekommen, da stürmten seine Kameraden hinter ihm her.

„He, Hiksam-Jick, was machst du da? Bleib, verdammt noch mal, hier!"

Sie packten ihn und wollten ihn zurückhalten. Eine wilde Rangelei entstand.

„Lasst mich los! Den mach ich alle! Den mach ich verdammt noch mal …"

Hiksam-Jicks Kameraden hatten alle Mühe, ihn festzuhalten. Einer bekam einen Ellbogen aufs Auge und taumelte zurück. Der sah sich um, griff sich einen geborstenen Stein vom Boden und stürzte sich erneut ins Getümmel.

„Jetzt", sagte Kunja.

„Ach was?", meinte Duvruk. Er lachte grollend. „Hab ich nicht gesagt, ihr werdet den richtigen Moment schon erkennen."

Kunja lief schon los. Erion sah über die Schulter, wie Duvruks Kumpan ihn vorwärtsstieß, da der vor sich hinprustete und offenbar nicht aus seinem Lachanfall herauskam.

Ohne dass irgendjemand aus dem wild balgenden Haufen es mitbekommen hätte, flitzten sie in die Deckung aus gestapelten Kisten und Fässern.

Kunja kroch schon voran durch den Hohlweg zwischen den Stapeln und der Felswand.

Erion sah über ihre Schulter hinweg, dass direkt an der Höhlenwand der Fuß der Befestigungsmauer morsch war. Ob dafür die Zeit der Grund war oder die damaligen Angreifer, war nicht erkennbar. Jedenfalls schien die Höhlung tief hineinzugehen.

„Ach, da hat also das Mäuschen das Loch gelassen", hörte er Duvruk hinter seiner Schulter glucksen.

„Kann den mal jemand knebeln?", kam es ungnädig von Kunja zurück.

„Das ist also der Dank …"

„Mach dich und dein Ego mal klein und kriech da durch!" Als Kunja sich kurz umwandte, sah Erion, dass sie trotz ihres mürrischen Tons und des Ernsts der Lage breit grinste und es sich offenbar ebenfalls verkneifen musste, hemmungslos loszuprusten.

Es stellte sich heraus, dass das Loch ganz durch auf die andere Seite der Mauer führte und dass es nach dem ersten, für die beiden Duerga engen Durchgang breiter wurde. Was wiederum dafür sprach, dass es eine Folge des lange zurückliegenden Angriffs auf Kharnuk-Bragha war.

Grolk sprang davor von seiner Schulter ab und hopste hinter Kunja her.

Duvruk musste tatsächlich nicht nur seine Schultern schmal machen, sondern selbst dann musste er sich winden, wodurch an den Seiten die morschen Steine wegbrachen.

„Ich hab zwar breitere Schultern als du und hätte zuerst gehen sollen, aber jetzt passt es. Also danke", hörte er Turam murmeln.

Duvruk schnaufte grollend. „Hast du nicht."

„Jetzt aber los! Lauft, lauft, lauft!" Kunja nahm sie alle am Ende des Tunnels in Empfang und schon stürmten sie los. Erion streckte den Arm aus und Grolk sprang darauf und wieselte zu seiner Schulter hoch.

Keiner folgte ihnen. Die Duerga waren anscheinend zu sehr mit sich selbst beschäftigt.

„Postenketten?", rief Erion ihr im Rennen zu.

„Hier nicht mehr!", gab Kunja abgehackt zurück.

Irgendwann stoppte sie ab, nachdem sie sich vorher schon stark am Tunnelrand gehalten hatte, und duckte sich hinter einen kantig bearbeiteten Pfeiler.

Nachdem alle anderen zu ihr aufgeschlossen hatten und sich dicht in den Schutz des Pfeilers drückten, schaute sie knapp über die Schulter und deutete dann mit einem Ruck ihres Kopfes an ihrer Deckung vorbei.

Erion lugte daran entlang und merkte, wie sich die anderen hinter ihm aufbauten. Irgendwer hing schwer auf seinem Rücken.

„Da haben wir das Problem", raunte Kunja. „Der dritte Kreis mit dem Tor am Ende."

4

DER DRITTE KREIS

V or ihnen führte der Gang noch etwa hundert
Schritt weiter. Dort endete er vor einem massiven
Tor von etwa fünf- bis sechsfacher Mannsgröße.
Erion atmete schwer aus. Vor einem wirklich massiven Tor.
Ob es aus mehr Holz als Eisen bestand, war kaum zu sagen.
Jedenfalls waren die ausgesprochen solide wirkenden
Balken schwer mit Eisen beschlagen.

Und in dem Ding gab es bestimmt keine morsche Stelle
oder einen Durchlass.

Es mal einfach so einen Spaltbreit zu öffnen, um dort
hindurchzuschlüpfen, ging augenscheinlich auch nicht, denn
zum Öffnen gab es ein riesiges und kompliziert aussehendes
Räderwerk aus Metall, das den besten Duergaschmieden
alter Zeit bestimmt einiges abgefordert hatte, und das von
der Größe her wirkte, als wäre es auch in der Lage, die
Mühlen der Riesen aus den Tagen alter Sagen und Legenden
anzutreiben.

Der Versuch, es in Gang zu setzen, kam nicht infrage, da
gefühlt eine halbe Kompanie von Duergabrechern davor
herumlungerte oder in Reihen aufgestellt Wache hielt.

Viele Herzschläge vergingen, in denen er das Atmen und Schnaufen seiner Freunde hörte, bis sie sich endlich wieder ganz in den Schatten des Pfeilers zurückzogen.

Kunja schaute sie der Reihe nach an. „Vorschläge? Egal was – es muss schnell gehen, bevor irgendjemand von hinter uns auf die Idee kommt, den Gang zum Tor hinab nachzuschauen. Duvruk? Irgendwelche Interna, die uns weiterhelfen könnten?" Zwischen ihren Augenbrauen stieg eine tiefe Sorgenfalte auf.

Der Duerga zuckte bedauernd die Schultern und verzog den Mund derart betrübt, dass man die Innenseite seiner Unterlippe zu sehen bekam.

Erion runzelte die Brauen, während er Kunja ansah. „Du hast keine Idee, wie man da durchkommt?"

Sie zuckte die Achseln. „Hab ich doch gesagt. Der letzte Kreis hat nur geschlossene Tore, Balkone und Wehranlagen, von denen aus es steil und lange abwärts geht. Das ist ein Tor."

Erion wollte protestieren. „Du hast nicht …" Fasste sich dann jedoch. „Ach, egal!"

Kunja sah ihm tief in die Augen. Dieser Blick! „Ich dachte, wir kriegen das hin. Ich hab …" Sie stockte. „Ich hab auf uns vertraut."

Erion ließ drei Atemzüge vergehen. Dann straffte er sich. „Und wir kriegen das auch hin!" Nur wie?

Er spürte Körper von sich wegrücken. Er drehte sich um, sie sahen ihn an. Sie stellten sich wahrscheinlich alle dieselbe Frage, die auch er sich schon stellte.

Grolk klapperte so rasch und rhythmisch mit den Zähnen, dass es sich wie eine Rassel anhörte.

Irgendwann musste einer sich äußern. Und dann musste er es zugeben. Dass er keine Ahnung hatte. Nicht die Spur. Dass es wahrscheinlich in seinem Kopf genauso hohl aussah wie in seinem Herzen, seit dieser elende Drecksack Bokhar die Nachricht vom Tod seiner Mutter herausposaunt hatte. Bisher hatten sie Glück gehabt. Ohne seine Freunde hätte er es nicht bis hierhergeschafft. Wer war er ohne seine Freunde? Was war er?

Er starrte in die Gesichter ringsum, wartete darauf, dass irgendjemand das Gesicht verzog oder den Mund öffnete und ihn als das entlarvte, was er war.

Er stutzte. Auf Malaiar-Jhin hätte er dabei niemals getippt.

„Ein Stück zurück gibt es einen Spalt. Den hab ich beim Hinweg gesehen."

Einen Herzschlag lang herrschte Schweigen.

„Na, darin können wir uns zumindest verstecken, wenn jemand von der Befestigungsmauer nachsehen kommt", sagte Kunja.

„Ich hab mich dran erinnert, als wir vorbeigekommen sind", fuhr Malaiar fort. „Er muss von dort aus in einen Bereich mit Höhlungen und natürlichen Tunneln führen."

In Erion keimte Hoffnung auf. „Und der führt nach draußen?"

„Nein", gab Malaiar zurück. Sie zog die knöchernen Brauenwülste über ihren gelben, zu Schlitzen zusammengekniffenen Augen zusammen. „Aber ich bin Stollenspürerin. Wenn es von dort aus einen Weg gibt, dann finde ich ihn."

Er und Kunja sahen sich an, zuckten beide die Achseln. Grolk auf seiner Schulter fiepte.

„Besser als gar nichts.", sagte Kunja.

„Besser als Aufgeben", konnte er da nur sagen.

„Besser als der Zermalmer", meinte Turam grollend.

Heftig wandte Duvruk sich zu seinem Kumpan um, sodass Erion schon fürchtet, sie könnten dadurch vom Tor aus entdeckt werden.

„Jetzt halt du dein Maul mit deinem Zermalmer", zischte Duvruk seinen Freund an. „Sonst schlepp ich dich eigenhändig zurück und stopf dich in das Ding rein. Wird ein großer Gesang draus. Den du singst. Wenn auch nur kurz."

„Ist ja gut." Als wäre er von der Heftigkeit überrascht, hob Turam abwehrend die Hände.

Malaiar führte sie alle zurück zu dem Spalt. Die Felswand war hier so beschaffen, dass man ihn übersehen oder für eine einfache Naht im Gestein halten konnte.

Alle quetschten sie sich hinein, Turam und Duvruk mussten seitwärts gehen, die Luft anhalten und ihre Schwerter zur Seite rücken. Nach geschätzt etwa zwanzig Schritt weitete sich der Spalt und wurde schließlich zu einer schrägen Höhlung.

Hier war es stockdunkel, und vom Gang her konnte man sie sicher nicht mehr sehen.

„Hat jemand eine Glimmkugel …"

Malaiar-Jhin hatte bereits eine hervorgeholt und sie leuchtete in ihrer Handfläche auf. Rot erhellte ihr Schein die Wände.

Sie schritt voraus, bis das Gestein vor ihnen spröde wurde und sich in den Wänden allerhand Risse und Höhlungen zeigten, einige davon so groß, dass man hätte hindurchkriechen können. Das verstärkte sich auf ihrem weiteren Weg, und aus Rissen wurden Abzweigungen.

Malaiar hielt an, gab die Glimmkugel an Kunja weiter, hob die Hände, legte sie auf den Stein. Sie senkte den Kopf, schien zu lauschen und verharrte so eine Weile. Schließlich erwachte sie aus ihrer Starre, deutete auf eine Abzweigung und sagte, „Hier entlang!"

„Bist du dir sicher?", fragte Kunja.

„Nein", entgegnete Malaiar. „Ich bin eine Stollenspürerin, keine Stollenwisserin."

Damit mussten sie sich begnügen.

So führte ihre Firimduergafreundin sie eine Weile. Mal in jenen Spalt, mal krochen sie auf dem Rücken durch jene Fuge, deren Decke so tief herabreichte, dass an manchen Stellen die beiden Duerga nur mit Mühe durchkamen. Sie mussten ihre Waffen abgurten und voranschieben, sie keuchten und ächzten, während sie sich vorwärtszwängten, doch schließlich schafften sie es. Trotz ihrer Scherzworte miteinander verschwendete niemand auch nur einen Gedanken daran, irgendeinen der beiden zurückzulassen.

Es schien wahrhaftig, als wäre hier der Berg mit einem Spinnennetz von Rissen durchzogen.

Die Klüfte wurden weiter, alle konnten wieder aufrecht und meist auch ohne eingezogene Schultern gehen. Malaiar nickte ein paarmal und brummte zuversichtlich, als wären sie in einen Teil des Berges gelangt, den sie schon von vorherigen Erkundungen kannte.

Da bot sich ihnen plötzlich ein Hindernis ganz anderer Art.

„Mist", sagte Malaiar.

Kunja sah sie an. „Das hab ich von dir auch noch nicht gehört."

„Es gibt immer ein erstes Mal." Malaiar zeigte auf den Tunnel vor ihnen, der durch einen großen Steinbrocken in seinem Maul verstopft war. „Da hätten wir durchgemusst." Ihr Finger wanderte hoch zu dem schmalen Spalt zwischen dem Brocken und der Tunneldecke. „Da zwängt sich keiner von uns durch. Das betrifft diesmal nicht nur unsere zwei Duergafreunde."

Da hatte sie recht. Selbst wenn sie sich durch Räuberleiter dort hinaufgeholfen hätten, war der Zwischenraum so schmal, dass gerade mal ein Duergaarm und erst recht kein Menschenkörper hindurchgepasst hätte.

„Betrifft es wohl", sprach Duvruk. Er wandte sich

seinem Kumpel zu. „Was meinst du, Turam? Schaffen wir das?"

Turam schaute ihn schräg an, spuckte dann in die Hände und sagte, „Das schaff ich allein."

Und schon stand er vor dem Steinbrocken und stemmte sich dagegen, dass seine Ringe und Reifen sich klirrend spannten und seine Muskelpakete unter der grauen Haut seiner Arme wie die knorrigen Wurzeln einer Eiche hervortraten. Jedenfalls so, wie Erion sich an eine Eiche aus seiner Kindheit erinnerte, als noch Ishuk-Bragha seine Heimat gewesen war, er noch frei gewesen war, diese Stadt im Berg auch zu verlassen, und er zusammen mit Kunja durch die Welt dort draußen über Berge, Hügel, Wiesen und durch Wälder gestreift war.

Er sah sich die Sache an. Er sah sich den arg sich mühenden Turam an, und er sah sich den Felsbrocken an. „Das wird nichts", sagte er.

„Und … ob … das … was … wird …", presste Turam keuchend zwischen zusammengebissenen Zähnen hervor.

Es knirschte. Das waren nicht Turams Zähne.

O Mann, Erion glaubte es kaum. Der Felsbrocken rührte sich wirklich.

Ermutigt stieß Turam einen triumphierenden Schrei aus, ächzte, knurrte, stöhnte und stemmte sich erbittert gegen den Steintrümmer in der Röhre.

Doch es wurde schnell offenbar, dass dieses kleine knirschende Verschieben der einzige Erfolg sein würde, den Turam hier verbuchen konnte.

Erion sah zu Malaiar hinüber. „Ist das der einzige Weg? Sitzen wir hier fest?"

Sie nickte mit zusammengepressten Lippen.

Grolk auf seiner Schulter gab ein Quäken von sich.

An Erion vorbei trat Duvruk jetzt zu seinem Freund. „Was willst du eigentlich beweisen?"

Turam wandte in seiner Schinderei den Kopf zur Seite und bedachte ihn mit einem verdatterten Blick.

„Rück mal ein Stück!" Duvruk spuckte ebenfalls in die Hände und stemmte sich neben seinem Freund gegen den Felsblock, dass seine schwarze, struppige Fellweste zu platzen drohte.

Und wahrhaftig, nachdem einige Herzschläge lang nur die Laute ihrer erbitterten Anstrengung die Höhlung erfüllt hatten, gesellte sich schließlich noch ein anderes, dumpferes Geräusch dazu, und der Steinbrocken begann sich zu regen.

Er machte einen Ruck, rollte los und die beiden Duergafreunde traten zurück.

Schwer atmend und schwitzend schaute Duvruk seinen Kumpel an. „Bewiesen wäre, dass man gemeinsam alles schafft. Wie es der Gesang vom Bergsturz erzählt."

„Oh nein", sagte Kunja.

Das Grollen des kollernden Gesteinsbrockens nahm einen anderen Ton an. Dann rumste es und Staub kam aus der Röhre.

„Mist", sagte Kunja. „Da haben wir's. Er steckt fest."

Zusammen mit Duvruk und Turam traten alle näher, steckten inmitten des sich allmählich legenden Staubs die Köpfe in den Eingang des Stollens.

„Der sitzt fest. Proppenfest. Der verschließt den Gang absolut dicht." Kunja sah Turam und Duvruk an. „Danke, Jungs! Das war wirklich eine beachtliche Leistung, aber leider ist der Weg durch diese Röhre hindurch dadurch noch immer nicht frei."

Die Hände auf die Knie gestützt starrten sie in den Tunnel, der bei einem ziemlich runden, ziemlich feststeckenden Felsbrocken endete.

„Zum Glück wollen wir auch nicht die Röhre hindurch", ertönte Malaiars Stimme, und alle wandten sich um.

„Wir brauchten den Brocken weg, um …" – sie trat

zwischen ihnen hindurch, stieß den Zeigefinger Richtung Röhrendecke – „… da oben ranzukommen."

Alle starrten nach oben. Erion sah, dass dort tatsächlich ein Loch gähnte, das den Anfang eines Spalts bildete, ähnlich jenen, die wie Bruchrisse diesen ganzen Teil des Berges durchzogen.

„Da oben müssen wir rein. Und diesen Spalt hat der Felsbrocken versperrt." Malaiar wandte sich jetzt ebenfalls Duvruk und Turam zu. „Ich kann mich Kunja nur anschließen. Danke, Jungs. Der Gesang vom Bergsturz ist ein gutes Lied."

Von da an ging es leicht. Nur für den Letzten war es hart. Ein Duerga bot einen ausgezeichneten Ausgangspunkt für eine Räuberleiter. Und Turam war stolz darauf. Nur am Ende gab es niemanden mehr, der ihn selbst hochhieven konnte.

Duvruk drehte sich im Spalt zu Erion um. Er sah den Duerga grinsen. „Er hat's gemerkt."

Dann streckte Duvruk sich wieder hinab durch den Eingang. „Was denkst du, warum ich als Vorletzter gegangen bin? Du bist größer und kannst dich höher strecken. Aber ich bin stärker und kann dich hochziehen."

„Bist du nicht", kam es grollend von unten zurück.

„Kann ich doch. Und jetzt komm schon! Streck dich. Gib mir die Hand."

Am Ende bekam Duvruk seinen Freund – vielleicht sogar *trotz* dessen Bemühungen – hochgezerrt, und mit Malaiar an der Spitze krochen sie den Spalt entlang.

„Ja, hier geht's weiter. Hier geht es nach draußen", hörte Erion sie murmeln.

Der Spalt verlief flach durchs Gestein, zeigte bald an Decke und Boden weitere Risse und Höhlungen, als wären Stücke dort herausgebrochen. In den Fugen funkelten im Licht der Glimmkugel die kristallenen Facetten von Einschlüssen.

„Ja", meinte Malaiar nachdenklich, „das wären ertragreiche Stellen, wahrhaftig. Was für eine Schande! Aber auch so ist es gut. Dann werden diese Schätze eben im Berg verbleiben."

Grolk war Erion vorangekrabbelt und hüpfte jetzt munter zwischen der Felswand und Malaiar hindurch.

„Grolk, bleib hier!", rief Erion ihm hinterher.

„Der geht dir schon nicht verloren", brummte Turam grinsend. „Diesen Ausbund an Schönheit hast du jetzt an dir kleben. Ein feines Duo, ihr beide!"

Doch bald hörte er nichts mehr von Grolk. Erst als sie weitere abzweigende Spalten erreichten, sagte Malaiar, „Ich sehe ihn. Er ist auf dem richtigen Weg."

Und tatsächlich erwartete sie das Tier auch schon, als sie nach mehreren Kehren und Verästelungen aus dem Netz enger Spalten in einen größeren, freieren Raum hinauskamen. Noch bevor er hinter Kunja und Malaiar aus dem Loch stieg und auf den festen Grund herunterkletterte, merkte Erion es an der frischeren Luft, dass sich ein ausgedehnterer Hohlraum vor ihnen erstreckte.

Das letzte Stück sprang er hinab. „Willst du jetzt den Führer spielen, oder was?"

Grolk krächzte und blieb vor ihm am Boden hocken.

Erion blickte von dem Tier auf und sah sich um. Malaiar und Kunja standen beieinander und spähten hinaus in die quer verlaufende Höhlenkammer.

„Beiseite!", polterte es von oben her, und Erion trat gerade noch rechtzeitig seitlich weg, bevor Duvruk mit schwerem Rumms breitbeinig neben ihm zum Stehen kam.

„Tut mir leid!", meinte der Duerga und deutete mit dem Daumen hinter sich. „Er hat mich gedrängt."

Polternd kam Turam neben ihm auf, sah sich grinsend um. „Was gibt's?"

„Das gibt's", hörte Erion Kunja sagen.

Er sah zu ihnen hinüber. Malaiar neben ihr blieb stumm und blickte schräg aufwärts.

Direkt vor ihren Füßen endete der von der Glimmkugel beleuchtete Felsboden. Danach wurde es dunkel – man konnte mehr als vermuten, dass es dort steil abwärtsging –, und der Lichtkreis dünnte beinahe völlig aus, bevor er wieder auf Felsgestein traf.

„Das ist ein tiefer, weiter Spalt", hörte er Duvruk sagen.

Dem war wenig hinzuzufügen.

5

VOR DEM ABGRUND

Ich nehme mal an, wir müssen da rüber", sagte Erion mit Blick auf den dunklen Spalt vor ihnen.

Bisher hatten sie so viel Glück gehabt, irgendwann musste es ja aufhören. Er trat zwischen Kunja und Malaiar. Aus der Leere dort unten wehte ihnen die Kälte nicht entgegen. Er hob den Blick.

Nein, der kühle Luftzug kam aus der Richtung, in die auch Malaiar schaute. Von oben her. Aus einem Spalt, den er nur erahnen konnte, weil bis dorthin die Glimmkugel nicht reichte, auf der anderen Seite der großen Schlucht, die wie ein Schnitt durchs Gestein des Berges verlief.

„Das riecht nach Eis und Firn, nach Föhren und den würzigen Kräutern, die so hoch oben wachsen." Kunja sprach es beinahe träumerisch.

„Kann man tollen Schnaps draus machen, hab ich gehört."

In erbostem Reflex stieß Erion Turam den Ellbogen in die Seite und bereute es gleich darauf. Autsch, das gab mindestens einen blauen Fleck!

„Ich darf annehmen, dass es dort nach draußen geht." Duvruk trat neben ihn und starrte ebenfalls in die Richtung.

„In die Freiheit", sagte Malaiar. „So nah vor uns und trotzdem unerreichbar."

Grolk hüpfte aufgeregt auf der Stelle auf und ab.

„Unerreichbar gibt's nicht." Er trat zwischen Kunja und Malaiar ein Stück zurück, schaute sich um, sah links und rechts an der Schluchtkante entlang, fing dann von Unruhe getrieben an, sie in die eine Richtung abzuschreiten.

Nach wenigen Schritten nahm der Felsabsatz, auf dem sie herausgekommen waren, ein Ende. Die Schlucht jedoch nicht. Sie verlief weiter in den Berg hinein. Erion drehte sich um, ging an seinen Freunden vorbei und in die andere Richtung weiter. Dort das gleiche Spiel. Zwar nach längerem Abstand. Der Sims zog sich, wurde rissig und spaltete sich in durch ein Aderwerk getrennte Einzelschollen auf, doch die endeten dennoch an einer splittrigen Höhlenwand, die nur Scharten und Ritzen aufwies, durch die sich bei bestem Willen niemand zwängen konnte. Außerdem sah das stark aus, als würden sie nirgendwohin führen, sondern nach kaum mehr als einer Armeslänge enden.

„Bei Urnaks gesalbten Heerscharen!"

„Schönling *und* Ketzer", schallte ihm Turams Stimme schaurig von den Wänden zurückgeworfen hinterher.

Erion schnaufte erbittert, musste ein paar Herzschläge mit seiner Verzweiflung ringen. „Ich habe den Eindruck, du nimmst das alles nicht ernst!", rief er dann in Richtung seines Duergafreundes zurück. So kurz davor! Die Bergluft wehte ihnen schon um die Nase.

„Ich komme mal mit der Glimmkugel zu dir!", hörte er Malaiar rufen.

„Ja, sicher." Er ließ die Hände sinken und löste seine zu Fäusten geballten Finger. Was sollte das schon bringen?

Der Lichtschein wanderte zu ihm herüber.

„Wie ich's mir gedacht habe." Das Lodern der zwischen ihren Fingern gehaltenen Glimmkugel beleuchtete Malaiars dunkel knorrige Züge. Selbst jetzt, in dieser zum Durchdrehen verzweifelten Situation, bewahrte sie noch eine ruhige, gesammelte Miene. „Hier ziehen sich die Risse weiter. Hier wird es brüchiger. Der Fels wird trocken und geborsten. Und die Spalten und Risse werden zu scharfkantigen Schabseln und Splittern."

Sie sprach wie zu sich selbst. Zuerst fragte er sich, was das sollte und was sie meinte. Doch dann folgte er mit dem Blick der Richtung ihres nun ausgestreckten Arms und sah, dass sich aus der Tiefe vom Sims abgespaltene Splitter erhoben, wie spitze, flache Scherben. Die Schlucht endete hier auch bald. Sie lief in einen scharfkantigen Schlitz aus. Doch das nützte ihnen wenig. An die Stellen, wo sie schmal genug zum Überspringen wurden, kamen sie nicht heran – das Gesims, auf dem sie standen, endete hier … weit davor.

Doch – verlockend, jedoch unerreichbar – reichte der Lichtschein der Glimmkugel auch noch bis zur anderen Seite der Kluft.

Sein Blick fiel auf etwas Schwarzes, Struppiges am Boden. Grolk war ihm hierher gefolgt, saß an der Kante und starrte über den Spalt hinweg. Er stieß dabei ein raspelndes Krächzen aus.

Erion blickte auf. „Wir kommen da nicht rüber. Sagt ihr." Er starrte eine Weile vor sich hin, sah wieder zu dem Grolk herab.

Jäh wandte er sich um. „Malaiar, hast du ein Seil?"

„Natürlich hab ich ein Seil. Ich bin eine Stollenspürerin, ich habe immer meine Ausrüstung dabei." Sie legte die Hand auf das Bündel auf ihrem Rücken.

„Gib es mir."

Malaiars Seil stellte sich als ein dickes, festes Tau heraus. Und es war lang genug. Reichlich lang.

„Was hast du vor?" Kunja trat zu ihm, während er das Seil durch die Finger gleiten ließ und die Vorkehrungen traf.

„Ihr habt gesagt, das ist nur ein hässlicher Grolk." Er sah nicht von seiner Arbeit auf. „Malaiar. Felshaken?"

„Ja. Hier."

„Du wirst nicht –"

„Wir sind bis hierhergekommen. Wir kommen auch weiter." Er befestigte den Haken am Tau, blickte auf und schaute über den Abgrund. „Ich krieg das hin!"

„Soll ich dir die Glimmkugel geben?", fragte Malaiar.

„Nein, halt du sie nur hoch und weit genug vorgestreckt." Er brauchte seine Arme fürs Gleichgewicht, und ein tanzendes Licht war nicht gerade hilfreich.

„Du siehst kaum was. Und das ist viel zu weit."

Erion schlang sich das Seil um die Schulter, sicherte es so, dass es nicht rutschen konnte. „Ich muss ja nur bis zum nächsten Felsen springen. Und von da aus weiter."

„Lass das!" Kunja fuhr ihn hart von der Seite an. „Mach das nicht. Die Ränder sind scharfkantig. Da ist kein Platz, die Füße draufzustellen."

Er sah sie nicht an, sondern schielte über den Abgrund. „Ich bleib nicht lang genug zum Stehen."

„Es geht da wahnsinnig tief runter."

„Das geht es auch, wenn ich's nicht mache."

Er hatte das im Griff.

Er bückte sich. Hob die Handfläche gegenüber dem Grolk, der seinen Arm hochkrabbeln wollte. „Du bleibst besser hier. Du solltest so klug sein, aus dem ersten Mal gelernt zu haben."

Grolk blieb fiepend am Boden zurück, als er aufstand.

„Erion ..."

„Lenk mich nicht ab!"

Kunja verstummte.

Er trat an die Kante, fasste den ersten Stopp ins Auge und sprang.

Seine Fußspitze berührte festen Stein, fast eine Kante, fast die Leere, und er war schon wieder weg. Der nächste Stein, die nächste Nicht-Trittfläche. Er tanzte im Zickzack hin und her, fühlte eine Schwerelosigkeit an sich zerren, sie rief ihn, irgendwo zwischen Grausen und Hochgefühl. Schwarz, leer, kalt. Schweißperlen trockneten ihm auf der Haut, bevor sie weiter herab und ihm brennend in die Augen rinnen konnten.

Sein Fuß trat fest auf. Es fühlte sich augenblicklich so falsch an, dass es ihm einen Eiszapfen des Schreckens hoch ins Gehirn sandte.

So schnell vorbei! Das konnte nicht sein!

Er starrte auf den festen Grund unter seinen Füßen, drehte sich um.

„Seht ihr! Geht doch!"

Die Luft in der Schlucht stand kalt, doch von der anderen Seite wehten ihm Seufzer und Aufatmen entgegen. Er hatte alles gerettet. Er hatte alles bestens im Griff. Auch die Leere.

Den Felshaken verkeilte er in einem Riss im Stein, den er ertasten musste, und trat ihn dann mit aller Kraft tiefer hinein. Tanzen konnte er, aber er war nicht in der Lage, das Gewicht eines Duerga zu halten.

Kunja war die Leichteste. „Kunja kommt zuerst." Die würde ihm helfen, das Seil zu halten.

„Ich bin neben Turam der Schwerste", hallte es grollend von der anderen Seite herüber. „Hält das Seil mich, hält es jeden."

„Musst du trübe Tasse wieder den Helden spielen?"

„Nein, dafür bist du zuständig. Ich tu, was notwendig ist."

„Hört jetzt auf mit dem Geplänkel!" Kunjas Stimme war die Anspannung anzumerken, unter der sie gestanden hatte.

Mann, Duvruk war schwer. Er stemmte sich in das Seil, weil er den festen Sitz des Hakens gar nicht erst austesten wollte. Duvruk balancierte sich auf die Kante, reichte ihm seine breite Hand und Erion schlug ein.

Mit ihm zusammen ging's leichter.

Es war kalt in dem Schacht, zu dem sie mühsam hochgestiegen waren. Doch der Luftzug umwehte sie wie der scharfe Biss der Freiheit. Er fühlte sich leicht ums Herz, und die Rufe und Laute seiner Kameraden während des anstrengenden Aufstiegs durch den schwierigen senkrechten Schnitt im Fels waren gleich beschwingter.

Dann war es nicht nur der Luftzug, sondern auch Tageslicht, das zu ihnen hineindrang. Kunja – richtig, Kunja – ließ einen Juchzer hören.

Dann klaffte vor ihnen ein heller Riss im Dunkel der Wände, und nachdem ihre Augen sich an das Licht gewöhnt hatten, wurde aus bloßer Helligkeit kaltes Himmelsblau.

Sie kamen heraus am felsigen Hang eines Berges, umgeben von kahlem Gestein, schroffen Platten und einem eisigen Wind. Wie ein Geschenk nahm Erion ihn in seine Lunge auf und streckte seine Glieder, wie auch seine Gefährten rings um ihn.

In den Spalten des Gesteins wucherte derbes Kraut und Moos. Gelbe Flechten überzogen harte Oberflächen. Weiße und blaue Blüten sprenkelten die Risse.

Unter ihnen breitete sich eine Welt aus steinernen Hängen, dunkelgrünen Wäldern und gelegentlichen ockergrünen Matten aus. Ringsum erhoben sich Berge, steil und hoch, jedoch nicht so hoch wie derjenige, dem sie gerade entkommen waren.

Irgendwo musste doch auch der mächtige Berg liegen, von dem Kharnuk-Bragha rechts und Ishuk-Bragha links lag. Vielleicht auf der anderen Seite.

Das würde bedeuten, dass Süden irgendwo linkerhand

sein musste. Er wollte Kunja fragen, die ihm um den Hals fiel. Aber dann vergaß er es, als er die engste Freundin seit Kindertagen eng an sich drückte. Wie gut sie roch! Nach Wurzeln und Kräutern, nach wilden Blüten und Freiheit.

Sie studierte, nachdem sie sich losgelassen und alle einander auf die Schultern geklopft hatten, den Sonnenstand und stimmte ihm zu, was die Himmelsrichtungen betraf.

„Wir müssen um die Hänge rum. Ich gehe davon aus, dass sie nicht nur Häscher im Berg aufgestellt, sondern auch noch welche rausgeschickt haben. Zusätzlich zu den üblichen Streifen, Wachen und Jagdgesellschaften."

„Wie kommen wir an denen vorbei?" Turam stellte sich an den Rand des Abhangs und schielte hinunter.

„Keine Sorge", sagte Kunja. „Ich bring uns hier fort. Ich hab schließlich in Ishuk-Bragha zu den Jägern und Kundschaftern gehört." Sie spähte über die Kante abwärts, ließ ihren Blick über die Landschaft gleiten. Ihre Nasenflügel bebten, als würde sie die Aromen der Bergluft ganz tief in sich aufsaugen. „Und an deren Suchtrupps und Posten bring ich uns auch vorbei."

Kunja hielt tatsächlich, was sie versprochen hatte. Erion war erstaunt darüber, wie gut sie sich in der Wildnis auskannte. Er war nicht der Einzige ihrer Truppe, dem das auffiel. Sie fing sich von allen der drei anderen bewundernde Bemerkungen ein. Und es war für jeden, der hinsah, genau zu erkennen, wie sehr ihr Herz an der Sache hing.

Was für eine Schande, sie in einer Weberei einzusperren! Was für eine Schande, sie unter einen Berg einzusperren und darunter begraben zu wollen!

Manchmal hielt Kunja sie zurück und zog sie schnell ins Unterholz, von wo aus sie einen Suchtrupp polternd und schimpfend ihre Äxte, Streitkeulen, Kriegshämmer und große Reden schwingend an ihnen vorbeiziehen sahen. Aber dann hatten sie es geschafft, und der Berg, der Kharnuk-Bragha in sich trug, lag hinter ihnen.

Von einem Höhenkamm aus sahen sie ein letztes Mal zu ihm hinüber. Groß und mächtig erhob er sich in all seiner steinernen Gewalt vor ihnen.

Erion klopfte Kunja auf die Schulter. „Gut gemacht."

„Das haben wir alle gut gemacht", sagte Malaiar, und etwas später standen sie im Kreis und klopften sich alle wie im Spaß, doch sehr ernst gemeint, reihum auf die Schultern.

„Ich werde Schmiedekartoffeln vermissen", sagte Kunja.

„Oh." Erion erstarrte. „Daran hab ich noch gar nicht gedacht." Er drehte sich im Halbkreis. „In Ordnung, Leute, das war's. Wer geht mit mir zurück?"

Es dauerte einen Moment, aber dann lachten Duvruk, Kunja und Malaiar los.

„Aber im Ernst", meinte Erion. „Eine Welt ohne Schmiedekartoffeln?" Die Blicke ringsum waren ähnlich wehmütig, wie seiner sein musste.

Dann wandten sie sich ab, um Kharnuk-Bragha endgültig hinter sich zu lassen. Sie marschierten ein paar Schritte miteinander, bis sie gemerkt hatten, dass Turam fehlte.

Sie wandten sich um und da stand er, ein Stück zurück-gefallen, und blickte sie halb fragend, halb grinsend an. „Wo wollt ihr hin? In die Richtung geht's nirgendwohin."

„Doch", sagte Erion, „nach Süden, in die Ebenen." Und wollte sich schon wieder abwenden. Der Ausdruck in Turams Gesicht ließ ihn jedoch innehalten.

„He, Leute, was machen wir hier eigentlich?"

„Na, wir gehen fort von hier."

„Gut. Sehr gut", erwiderte er mit schiefem Grinsen. „Aber doch nur für einen Tag oder so. Um ihnen Angst zu machen."

„Nein, wir gehen für immer fort. Was denkst du denn?"

Zuerst gefror ihm das Grinsen in seinem Gesicht, dann verschwand es ganz und wich einer versteinerten Miene. „Das geht nicht."

„Warum das?"

„Ich hab den Eidstein mitgenommen."

Einen Augenblick stand Erion wie erstarrt da und fragte sich, ob er richtig gehört hatte.

Den anderen ging es wohl ähnlich, denn sie antworteten mit ihm im Chor.

„Du hast was?"

„Ja, als ich weg war. Da bin ich runter und hab den Eidstein geklaut. Um unserer Kronspacke Morlugh eins auszuwischen. Und um ihn mal so richtig zappeln zu sehen. Ihr habt selbst gesagt, irgendwer müsste es ihm mal so richtig zeigen."

„Das warst du", sagte Duvruk. „Du hast das gemeint."

Turam bleckte schief die Zähne und hob verlegen die Schultern. „Bei dem Aufstand, den er immer um das Ding macht. Und weil gerade du doch …" Er brach ab.

„Du hast den Eidstein geklaut?", fragte jetzt Kunja ein weiteres Mal. „Du verarschst uns?"

„Nein, ich hab ihn hier drin." Turam klopfte mit seiner Pranke auf das kleine Bündel, das er auf dem Rücken trug.

Jetzt fiel Erion ein, dass es aussah, als hätte jemand einen kleinen Schild, etwa einen Buckler, in irgendwas eingeschlagen und es wie einen Rucksack verschnürt. „Sonst kein Gepäck?", fragte er.

„Nee, wozu auch?" Turam grinste wie ein Blöder. Was ja wahrscheinlich passte. „Ich dachte, wir wären nur ein paar Tage unterwegs. So was wie ein Ausflug." Er breitete die Arme aus. „Ich denk doch im Leben nicht daran, dass ihr Kharnuk-Bragha auf immer verlassen wollt."

„Was hast du dir nur dabei …"

„He, Leute." Turam stand da mit noch immer ausgebreiteten Armen. „Wir können doch nach ein paar Tagen zurückkehren und Morlugh erzählen, wir hätten den Eidstein einer Bande feiger Räuber abgejagt. Der Hasghar-Stamm …"

In diesem Moment ertönte hinter ihnen ein markerschütternder Schrei, der von den Wänden aller Berge ringsum zurückgeworfen wurde. Die Stimme war klar zu erkennen. Doch es klang wie ein ganzer Chor von Morlughs.

Der Schrei verhallte, sein Echo wurde noch immer leise hin- und hergeworfen.

Turam griente. „Da ist aber einer –"

Erneut hob ein Brüllen an, von den Bergen verstärkt und vervielfacht. Diesmal konnte man sogar die Worte verstehen.

„Ich bringe euch um!

Alle!

Nicht nur diesen Elfensohn, diesen verdammten Erion Leichtfuß!

Ich bring euch alle um, jeden einzelnen.

Ihr habt den Eidstein gestohlen und keine Qualen diesseits der Hölle werden euch erspart bleiben.

Ich werde euch zermalmen, euch jeden einzelnen Knochen brechen und aus euren eigenen Schädeln euer Blut saufen.

Ich bin König Morlugh und ich werde euch, wenn es sein muss, bis ans Ende der Welt jagen."

Wieder herrschte betroffenes Schweigen zwischen ihnen, während sie es nicht einmal wagten, einander anzusehen. Selbst Turam schwieg.

Aber irgendwann wurden die letzten Worte nicht länger immer leiser werdend von Hang zu Hang zurückgeworfen, und bis auf das leise Rauschen des Windes durch die Wipfel herrschte wahrhaft Stille.

„Das war mal eine klare Ansage", bemerkte Kunja.

TEIL IV

DER SCHATTEN DES BERGES

1

GEJAGT

Was machen wir jetzt? Was machen wir jetzt?"
„Keine Ahnung. Woher soll ich das wissen?"

„Der bringt uns um. Der bringt uns alle um."

„Ja, der bringt uns um. Wenn er uns kriegt. Seine Ansage war deutlich genug."

„Ansage? Ansage? Im Ernst, Kunja? Das war eine verfluchte Morddrohung. Wir sind am Arsch, wir hängen so was von in der Scheiße! Wir sind, verdammt noch mal, tot!"

„Jetzt nimm doch schon diesen verfluchten Eidstein aus dem Bündel auf deinem Rücken raus und wirf ihn in die Landschaft, Turam. Der ist unser Fluch. Und bleibt es, solange wir ihn bei uns tragen. Das kann dir jede Saga und Ballade sagen."

„Jetzt hör auf mit deinen blöden Liedern … Und Leicht-fuß, bringst du mal endlich deinen Grolk zum Schweigen? Dieses Gekreische sägt einem an den Nerven, dass es nicht auszuhalten ist."

„Halt du mal ganz den Mund! Du hast uns schließlich in diesen ganzen Schlamassel erst reingebracht."

„Wer, ich? Nicht dein Ernst, Kunja! Ich wollte niemals für immer aus Kharnuk-Bragha weggehen. Ich war das nicht."

„So wirf doch dieses verfluchte Ding schon weg! Nimm es da raus und lass es einfach hier liegen!"

„Ob das jetzt noch hilft …"

„Kunja hat recht. Dann weiß er, dass wir es waren, verfolgt uns erst recht, um Rache zu nehmen."

„Das weiß er doch sowieso."

„Du hängst echt an dem Ding, du Idiot!"

„Idiot?"

„Was denn sonst? Ehrlich? Den Eidstein klauen?"

„Gut. Gut … Also hört mir zu …"

„Lass mich raten, Turam! Du hast gerade mal wieder eine tolle Schnapsidee, so aus der Laune des Moments raus."

„Nein, nicht gerade jetzt erst. Ich hab's schon mal gesagt, aber da hat mir ja keiner zugehört … Und bringst du jetzt endlich deinen verdammten Grolk zum Schweigen?"

„Ist ja schon gut. Grolk, komm hierher! Komm! Hier auf meine Schulter."

„Also … Ich werd den Verheerer tun und den Eidstein einfach wegwerfen. Wir tun so, als wären wir nicht geflohen, sondern hätten die Diebe verfolgt und ihnen den Eidstein wieder abgejagt. Wie ich's gesagt habe."

„Diebe? Warum sollten Diebe Eidsteine stehlen? Man kann sie nicht verkaufen, man kann sie nicht essen, sie sind wertlos. Ein Dieb würde Gold und Edelsteine …"

„Jaja, gesprochen wie eine gute Stollenspürerin, Malaiar-Jhin. Aber es gibt welche, die sehen das anders. Der Hasghar-Stamm treibt sich hier in den Bergen rum und macht die Gegend unsicher. Das weiß jeder. Für die wäre es doch ein gefundenes Fressen, wenn sie in die Stadt eines sesshaften Duergastamms eindringen und ihnen den Eidstein wegnehmen, um zu zeigen, dass ein fester Heimsitz nicht der wahre Weg des Duerga ist, bla, bla, bla. Man kennt ja das ganze Geschwätz von denen."

Schweigen trat ein. Jeder hing seinen eigenen Gedanken nach.

Erion sah sich um. Was hatte er nur getan? Wie hatte er nur jemals zulassen können, dass seine Freunde ihn begleiteten? Er hatte einfach nicht nachgedacht. Er hatte nur aus Kharnuk-Bragha fortgewollt und wollte es noch immer. So weit wie möglich weg von Kharnuk-Bragha. Er hatte nichts zu verlieren, aber seine Freunde schon. Und Turam hatte niemals Kharnuk-Bragha verlassen wollen.

Was konnte er nur tun? Wie konnte er sie nur retten?

Einen nach dem anderen sah er seine Freunde an, die noch immer stumm und brütend dastanden. Kunja fing seinen Blick auf und sah zwischen ihm und Turam hin und her.

Na gut. „Ich denke, das, was Turam sagt, ist unsere beste Möglichkeit. Die Hasghar-Duerga sind als ein Stamm von Räubern und Plünderern bekannt. Man könnte uns das abkaufen."

Turam nickte heftig, sah sich nach Bestätigung heischend um. Duvruk nickte ebenfalls, nur bedächtiger. Kunja sagte gar nichts, schaute nur mit gerunzelten Brauen von einem zum anderen. Malaiar schwieg ebenfalls, kam ihm jedoch nicht so offen skeptisch vor wie Kunja.

„Gut, dann machen wir's so. Wir schmeißen das Ding also nicht weg." Er überlegte kurz. „Dann sollten wir aber ganz rasch weiterziehen. Damit wir Morlugh nicht augenblicklich in die Hände fallen, solange sich seine Wut noch nicht abgekühlt hat und er Argumenten nicht zugänglich ist."

„Du meinst fadenscheinigen –"

Er ignorierte Kunja. „Das macht es auch glaubwürdiger, dass wir den Hasghar-Räubern hinterherjagen, als wenn wir jetzt langsamer würden oder zurückkehren."

Kunja zog eine Braue hoch.

Es war besser als nichts. Da mochte sie denken, was sie wollte. Es war eine Chance, dass seine Freunde überleben konnten.

„Wann schlagen wir ein Nachtlager auf?"

„Ich würde sagen, wenn wir nicht mehr können."

„Und wenn wir einen günstigen Lagerplatz finden."

Erion sah sich nach Kunja um. Aber er fragte nicht nach, was sie für einen günstigen Lagerplatz hielt.

Ein paar Stunden später war es so weit. Sie waren alle erschöpft und man konnte langsam auch nichts mehr erkennen.

„Das ist ein guter Platz. Hier hauen wir uns hin. Das ist von Bäumen geschützt, da kann uns auch niemand sehen." Turam sah sich zu Erion um, als würde er auf dessen Zustimmung warten.

„Aber wir können auch niemand sehen, wenn er sich an uns ranpirscht", wandte Kunja ein. „Wir sollten schauen, dass wir schnell den Wald durchqueren. Man hat vorher erkennen können, dass dahinter ein Hang liegt. Wenn wir den hochgehen und dann am Waldrand Lager beziehen, kriegen wir mit, wenn sich jemand über die Freifläche nähert, wir selbst sind aber durch die Bäume geschützt."

Das hörte sich klug an, was Kunja da sagte.

„Und wir haben die höhere Position, für den Fall, dass jemand uns findet. Der muss sich dann den Hang hoch-kämpfen. Macht auch die Annäherung schwierig und lang-sam." Ein bisschen wusste er auch.

Er lächelte Kunja zu, und sie lächelte sogar verhalten zurück. Und sie waren früher als Kinder oft gemeinsam in der Wildnis außerhalb von Ishuk-Bragha herumgestreunt. Das waren gute Zeiten gewesen.

So machten sie es schließlich, und es zeigte sich, dass sie, als der Mond aufging, vom Waldrand aus einen guten Überblick über den Hang darunter hatten.

„Kein Feuer!", mahnte Kunja.

Das war unnötig. Er hätte sowieso nicht gewusst, wie man ein richtiges Feuer macht. Und demnach, wie sich Turam und Duvruk ansahen, schätzte er, dass auch sie und Malaiar keine Ahnung davon hatten. Schließlich hatten sie ihr ganzes Leben im Berg verbracht.

Sie teilten etwas von dem mageren Proviant, den sie mitgenommen hatten, und Erion fragte sich, wie es weitergehen würde, wenn der aufgebraucht war. Na ja, Kunja war schließlich Jägerin gewesen. Vielleicht konnte sie durch seinen Entschluss, aus Kharnuk-Bragha zu fliehen, endlich wieder zu ihrer Berufung zurückfinden. Er schaute zu der Stelle hinüber, an der sie sich in die Kuhle zwischen den Wurzeln einer Tanne gebettet hatte. Im Schein des Mondes konnte er zwischen den Bäumen nur ihren Umriss erkennen.

Malaiar, die nach ihrer Einteilung die erste Wache übernommen hatte, zeichnete sich schon deutlicher am Waldrand gegen den Abendhimmel ab. Sie hatte sich freiwillig gemeldet. Sie schätzte es immer, allein zu sein, und sie liebte die Stille.

Dann drehte er sich auf die Seite, um auch zu schlafen. Er spürte, wie Grolk sich zusammenrollte und in seine Kniekehlen schmiegte. Grolk schnarchte.

Er selbst tat sich schwer, einzuschlafen. Er war zwar aus den Minen gewohnt, auf hartem Boden zu schlafen, nur auf einer ziemlich dünnen Decke, aber dort war die Unterlage wenigstens eben gewesen. Da gab es keine Wurzeln oder Steine, die sich auch noch bewegen konnten, wenn man selbst seine Lage veränderte, oder Dinge, die sich in den Rücken drückten – und das waren die schlimmsten –, bei denen man sich die ganze Zeit fragte, was das war. Dann waren da der Nachtwind und all die Geräusche des Waldes.

In der Mine war es auch nie still gewesen, aber das waren immerhin Laute, die man zuordnen konnte. Hier war nichts vertraut, alles ungewohnt und rätselhaft.

Danach zu urteilen, dass von Duvruk und Turam kein Schnarchen kam, ging es ihnen ähnlich. Duvruk hatte immerhin noch etwas Zeit, bis er Malaiar auf ihrem Posten ablösen musste.

Erion plagten dazu noch allerlei Gedanken. An seine Mutter und Morlugh und seine Freunde und in was er sie mit seinem Entschluss hineingezogen hatte. Und Schuldgefühle. Düster umringten sie ihn alle mit Knüppeln in der Hand und zogen langsam den Ring enger. Er sank in unruhigen Schlaf, bevor sie ihn ganz erreichen konnten.

Niemand von ihnen sah am Morgen sehr erholt aus, als Kunja, welche die letzte Wache übernommen hatte, sie alle weckte.

Genau wie Erion rieben sich Turam und Duvruk den Schlaf aus den Augen. Schließlich erhoben sie sich, standen abmarschbereit nebeneinander.

„Wohin?", fragte Turam blinzelnd.

Kunja schüttelte den Kopf. „Wollt ihr das Lager etwa so lassen? Damit ihr Kronpfosten Morlugh eine klare Botschaft dalässt, dass wir hier waren und an dieser Stelle übernachtet haben?"

Erion bemerkte, dass Malaiar in Kunjas Nähe stand. Tja, wie es sich ergab, standen die drei Jungs beieinander.

„Los, nehmt euch eure Decken oder irgendwas anderes und verwischt damit die Spuren eures Schlafplatzes!"

Duvruk, Turam und er sahen einander an, schickten sich dann an, das zu tun, was Kunja gesagt hatte. Sie kamen allerdings gar nicht dazu, es auszuführen. Kunjas Stimme schreckte Erion erneut auf.

„Was macht ihr überhaupt?"

Erion wandte sich um, sah, wie sie mit in die Hüften gestemmten Armen dastand, Malaiar zwei Schritt neben ihr.

„Na, das, was du gesagt hast …", begann Duvruk.

Kunja schüttelte den Kopf. „Nein, ich meine, wisst ihr überhaupt, was ihr hier tut? Was habt ihr vor? Wie soll es weitergehen?"

Erion sah, wie Duvruk und Turam einander anschauten.

„Welche Richtung schlagen wir ein?", fragte Kunja weiter. „Wohin geht es?"

„Na, möglichst schnell und weit von Morlugh fort", erwiderte Turam.

„Und ihr meint, das reicht?"

Na, ihm reichte es nicht. Er wollte nach Süden. Aber zuerst wollte er seine Freunde in Sicherheit wissen.

„Wenn es nicht reicht", entgegnete Duvruk, „wenn sie uns einholen, dann sagen wir, was Turam vorgeschlagen hat. Wenn sie uns nicht glauben und uns noch immer ans Leder wollen, kämpfen wir."

„Meint ihr, wir haben eine Chance? Morlugh wird uns mit einem ganzen Trupp folgen."

„Wir sind alle geübt im Kampf und in der Waffenführung." Duvruk sah sich um. „Na ja, bis auf Erion." Sein Blick ging zu Turam weiter. „Wir tragen beide Breitschwerter und Dolche." Er tastete zum Knauf seiner Waffe, die er quer hinter der Hüfte trug, zog sie hervor und wog sie in der Hand. „Das ist eine gute Waffe. Eine würdige Duergawaffe. Etwas anderes als diese Äxte und Schlachthämmer, die unsere Brüder benutzt haben und noch immer benutzen sollen."

„Ja, wir werden's denen schon zeigen", stimmte Turam mit ein. „Ich habe beim letzten Kampftraining Jagha-Bho ganz schön schwitzen lassen. Der hat aber –"

„Das war kein ernsthafter Kampf", wandte Kunja ein. „Und er wird mehr als nur seine beiden Schergen dabeihaben. Ich finde, du nimmst den Mund ziemlich voll. Ihr kennt nur Übungskämpfe. Bei einem Kampf aufs Blut haben wir keine Chance. Was sagst du, Malaiar?"

„Ja, sag du was, Malaiar-Jhin!", stimmte Turam zu. „Du bist zwar immer still, aber ich seh dich doch beim Training. Wenn dich jemand herausfordert, gehst du da durch wie Wasser durch Ritzen im Stein." Er hielt inne. „Nur schneller. Ich habe noch nie jemanden gesehen, der sich so schnell bewegen kann. Wenn du dich dann mal bewegst."

Sie schwieg einen Herzschlag, bevor sie antwortete. „Ich meine, wir sollten einem Kampf ausweichen", sagte sie dann ruhig. „Ich muss leider Kunja zustimmen. In beiden Punkten."

„In beiden Punkten?" Turam zog die Brauenwülste hoch. „Was meinst du denn damit?"

„Dass wir mit deiner Ausrede niemals durchkommen werden. Darauf sollten wir nicht bauen."

„Wieso?" Turam breitete die Arme aus. „Klingt doch plausibel. Die Hasghar-Duerga sind Jäger, Räuber und Nomaden. Sie schauen mit Verachtung auf die Bewohner von Städten. Von wegen an einer Stelle und sich unterm Berg verstecken. Klar würden die einen Eidstein klauen, um es den verdammten Berghockern zu zeigen."

„Und wo sind dann die Hasghar-Räuber, die wir gejagt haben? Wir haben nur den Eidstein; den haben wir allerdings."

„Ja", sprang jetzt auch Kunja ihr wieder bei, „gibt es Leichen? Gibt es Gefangene? Gibt es überhaupt irgendwelche Spuren dieser angeblichen Räuber? Du trägst nur schwer und feist den Eidstein auf deinem Rücken rum."

Da hatte sie verdammt recht. Das hätte er eigentlich auch längst begreifen müssen. Nur hatte er sich so verzweifelt an eine Hoffnung geklammert, wie seine Freunde den Hals aus der Schlinge rausbekommen könnten. Aber wenn er ehrlich war, hatte er eigentlich auch nicht ernsthaft auf Turams Schnapsidee gebaut.

„Also, was machen wir?" Turam breitete die Arme aus und starrte Kunja an. „Was schlägst du vor?"

„Wir fliehen. So schnell es geht. Wir trödeln erst gar nicht auf irgendeinem Zickzackkurs herum und behalten die Idee von einer möglichen Ausflucht im Kopf, die wir Morlugh irgendwie andrehen können. Wir denken gar nicht mehr an eine Rückkehr nach Kharnuk-Bragha, sondern wir überlegen uns eine kluge Route und verfolgen sie dann so schnell und entschlossen, wie's geht."

„Was wäre denn eine kluge Route?", fragte Turam. Es klang untergründig herausfordernd.

„Ich übernehme das", sagte Kunja.

So war es gut. Erion nickte ihr zu. Er vertraute ihr.

Kunja führte sie an diesem Tag. Sicher, klar, ohne dass man es groß merkte – sie ließ es nicht raushängen. Nur vor dem Aufbruch hatte sie darauf bestanden, dass jeder etwas zu sich nahm. Schmale Vorräte hin oder her, sie brauchten etwas, was sie über Tag bei Kräften hielt. Über alles andere könnten sie sich später Gedanken machen, wenn es dazu kam.

Malaiar fand für sie am Vormittag einen Bach. „Ich weiß, wie Wasser fließt", sagte sie. „Innerhalb und außerhalb des Berges."

Dort füllten sie ihre Vorräte wieder auf.

„Mist! Feldflaschen", fluchte Turam. „Das wär es gewesen."

Wenn es ging, führte Kunja sie an Waldrändern entlang. Damit sie Verfolger sehen konnten, sie aber geschützt waren – das hatte Erion jetzt verstanden.

Die Sonne machte ihm zu schaffen. Sie brannte in

seinen Augen und sie brannte auf seiner Haut. Malaiar bemerkte es und musste wohl eine entsprechende Bemerkung zu Kunja gemacht haben, denn die kam zu ihm und erkundigte sich besorgt nach ihm. Er war es nicht gewohnt, draußen unter freiem Himmel zu sein. Er kannte das Licht der Hauptpfeiler, der Feuerorben und Ähnliches.

Kunja schaute ihn mit gerunzelter Stirn an, blickte dann hoch zum Himmel. „Es ist noch nicht mal Sommer", sagte sie. „Es ist noch nicht mal richtig Frühling."

„Ja, da kommt sie wieder durch, die zarte Elfenhaut", krakeelte Turam, doch bevor der irgendwas von Schönling sagen konnte, hatte er sich schon von Duvruk einen Schlag in den Nacken eingefangen.

Die hatten gut reden mit ihrer dicken Duergahaut und ihren Hornplatten.

Gegen Mittag machte es sich bezahlt, dass Kunja sie bevorzugt am Saum von Bewuchs entlangführte, denn sie sichteten in der Ferne ihre Verfolger. Schnell scheuchte Kunja sie ins Unterholz, bevor sie einen weiteren Blick wagten.

„Die sind uns aber dicht auf den Fersen, bei den fetten Hämmern Khzu-Radhs!" Turam war baff.

„Morlugh hat aber auch eine verdammte Stinkwut im Balg", meinte sein Kumpel. „Der wird die antreiben wie Sau!"

Kunja kniff die Augen zusammen und spähte in die Ferne. „Ich würde sagen, das ist über ein Dutzend. Erion, was kannst du erkennen?" Sie warf ihm einen knappen Blick zu. „Ich will jetzt gar nicht anfangen von wegen scharfer Elfenaugen und so."

„Schon gut." Er klopfte ihr auf die Schulter und strengte seine Augen an. Sie gingen in einer Kette, mit einem Trio an der Spitze. „Ja, du hast recht. Das sind Kronpfosten Morlugh und seine beiden Schergen Hugar-Vhan …" Er sah zu ihr rüber. „… die Hugar-Jaghas, und sie haben noch ein

Dutzend Krieger bei sich." Krieger traf es – das schienen alles mächtige Kolosse zu sein. „Ich würde sagen, die gehören alle zum harten Kern von König Morlughs Anhängern."

„Also keine Gnade zu erwarten", meinte Kunja. „Verflucht!"

Er schaute ihr ins Gesicht. „Nein, im Gegenteil. Würd nicht drauf bauen, dass von denen einer mäßigend eingreift."

„Kannst du mal klar und deutlich reden", maulte Turam.

„Wenn die uns kriegen, sind wir tot!" Duvruk brüllte seinen Kumpel an. „Verstehst du's so, verdammt noch mal?"

Turam gab keine Antwort.

2

GEÄCHTET

E twas später hatten sie ihre Verfolger aus den Augen verloren.
        Dafür aber deutete ein anderer Fingerzeig auf sie hin.

Kunja wies zu dem Rauch hinüber, der über einer Baumlinie aufstieg. „Dort ungefähr müssten sie jetzt sein."

„Meinst du, das sind sie?"

„Da bin ich mir ziemlich sicher."

„Warum machen die mitten am Tag Feuer? Braten die sich was zu Mittag?"

Kunja fasste Turam scharf ins Auge. „Mit Sicherheit nicht."

„Der Rauch steigt nicht regelmäßig auf", bemerkte Malaiar. „Immer nur in Wolken, dann wieder nichts."

„Können die auch nicht anständig Feuer machen?"

„Mit Sicherheit nicht. Ich würde sagen, die geben Rauchzeichen."

„Rauchzeichen." Turam sagte es, als wäre das etwas, wovon er noch nie gehört hatte.

Erion hatte davon gehört, aber mit so was hatte er nicht gerechnet. „Aber wem?"

Kunja brummte nachdenklich vor sich hin, gab aber keine Antwort.

Duvruk war stehen geblieben und beschattete seine Augen mit den Händen.

Turam stieß ihn an. „He, hast du jetzt auch Schwierigkeiten mit der Sonne?"

Duvruk schien sich nicht daran zu stören. „Wir gehen nach Süden", sagte er.

Es klang in Erions Ohren aber wie eine Frage. Er wechselte einen Blick mit Kunja. „Ja, das tun wir. Irgendwas daran falsch?" Er wollte nach Süden. Er wollte die Sechzehnte finden. Das spukte immer noch irgendwo in seinem Kopf herum.

„Ist das klug?", fragte Duvruk nach. Er deutete nach Norden hinüber. „Da liegt der große Berg Drakhanur. Wir kommen aus Rechts-vom-Berg." Sein Finger schwenkte hinüber. „Dort ist Links-vom-Berg."

„Es ist noch nicht zu spät, die Richtung zu ändern", sagte Kunja. Erion fing dabei jedoch ihren Seitenblick auf. „Entscheidet euch!"

„Ich weiß nicht. In den Süden?" Turam sah seinen Kumpel an. „Da ist alles ganz eben."

Offenbar hatte der Duvruks Bedenken erfasst, denn der stimmte ihm nickend zu. „Wir sind Bewohner der Berge. So flaches Land ist nichts für uns."

„Was schlägst du vor?" Erion ahnte es schon.

„Gehen wir nach Ishuk-Bragha. Dort können wir uns in den Ruinen ein neues Zuhause schaffen. Dort können wir uns auch verstecken."

Erion sah, wie Kunjas Blick von ihm zu Malaiar hinüberwanderte. „Was meinst du?"

Malaiar schaute eine Weile vor sich hin, bevor sie antwortete. „Wir brauchen ein Ziel. Das würde uns helfen." Erion bemerkte, wie sie dabei kurz zu Turam und Duvruk hinübersah. „Außerdem können wir uns in Ishuk-Bragha tatsächlich verstecken. Dort gibt es unzählige Wege, um sich einer Suche zu entziehen. Immerhin bin ich Stollenspürerin. Morlugh kann uns dort suchen, bis er schwarz wird."

Erion sah Kunja nachdenklich nicken. „Hört sich gut an." Dann sah sie zu ihm herüber. „Muss ja nicht für immer sein. Nur bis wir sicher sind, dass Kronpfosten Morlugh und seine Schergen die Verfolgung aufgegeben haben."

„Und den Eidstein lassen wir irgendwo auf dem Weg zurück", meinte Turam.

„Hast du den noch immer? Bist du wahnsinnig?"

„Ich dachte …"

Dafür erntete er einen bösen Blick. Er sollte das blöde Dinge endlich loswerden! Dann gab Morlugh vielleicht irgendwann Ruhe. Wenn der sie nicht vorher fand.

★★★

Nachdem sie die Richtung geändert hatten, achtete Kunja noch mehr darauf, dass sie bei aller Eile möglichst keine Spuren hinterließen.

Als sie in der Ferne dann die typische Form des Berges von Ishuk-Bragha entdeckten, an die Erion sich von den Exkursionen seiner Kindheit erinnerte, dachte er, dass dies vielleicht doch nicht so eine schlechte Idee war. Nicht jeder hegte die gleichen Träume wie er, und in Ishuk-Bragha konnte er diejenigen seiner Freunde, die nicht mit ihm in den Süden kommen wollten, zurücklassen und wusste sie dort in Sicherheit. Wenn sie nur erst einmal Morlugh abgehängt hatten.

Sie überquerten gerade eine weite Ebene mit niedrigem, vom Winter noch gelbem Hochlandgras, als Kunja plötzlich jäh stehen blieb. Aus dem Wald vor ihnen flog ein Vogel auf. Alle standen sie regungslos wie die mitten in der Bewegung erstarrte Kunja. Dann stob plötzlich ein ganzer Vogelschwarm zwischen den Bäumen hervor auf.

„Mist!", sagte Kunja.

Erion sah, wie sie sich fieberhaft umschaute.

Er nahm ebenfalls die Umgebung in Augenschein. Eine Rinne verlief quer bergab durch das Gelände. Kunja folgte ihm offenbar ebenfalls mit dem Blick.

„Wir müssen uns verstecken", sagte sie. „Schnell! Jemand kommt uns entgegen." Sie zeigte den Verlauf des Einschnitts entlang ein Stück bergab, wo sich einige Bäume zu einer Art Wäldchen erhoben. „Dorthin! Lauft!"

Keiner stellte Fragen. Alle hatten sie gelernt, Kunjas Instinkt für die Wildnis zu vertrauen.

Grolk sprang von seiner Schulter ab und sprintete neben ihnen her.

Die Ersten befanden sich bereits im Sichtschutz des Wäldchens, da entdeckte Erion, gerade noch, bevor er auch dahinter verschwand, wie ein paar erste Duerga aus dem Unterholz des entfernten Forstes brachen, aus dem der Vogelschwarm aufgeflogen war, und hinter ihnen das Buschwerk in Bewegung geriet, als folgte ihnen auf breiter Front eine ganze Reihe von Kriegern.

Aus der Ferne schon, nur von dem erhaschten kurzen Bild, bekam er den Eindruck, dass diese Duerga ziemlich wild wirkten. Er sah im Sonnenlicht grelles Weiß auf ihren Körpern, als hätten sie sich eine Kriegsbemalung angelegt. Das waren keine von Morlughs Leuten.

„Du hast recht gehabt!", rief er Kunja zu. „Ein ganzer Trupp von Kriegern."

„Schnell zwischen die Bäume. Wir müssen uns verstecken. Haben sie dich gesehen?"

„Glaub nicht. War zu schnell weg. Hab nur im letzten Moment einen Blick erhascht."

Erion rief Grolk zurück auf seine Schulter, und sie tauchten in den Schatten der Waldung ein.

„Was machen wir?", fragte Malaiar. „Kann sein, dass die hierherkommen, um ihr Wasser aufzufüllen."

„Nicht zum Bach runter. Wir halten uns am Rand. Das Gebüsch ist dicht genug."

Vorsichtig schlichen sie am Waldrand entlang. Von den Kriegern war nichts zu hören. Die Bäume mussten Geräusche abschirmen.

„Der Boden fällt ziemlich ab", meinte Malaiar nachdenklich. „Der Bach müsste in einer einigermaßen tiefen Rinne aus dem Wald wieder herausfließen."

„Wenn wir da durchgehen, könnten wir uns vielleicht absetzen", schlug Erion vor.

„Zu riskant. Die könnten uns bei der Annäherung entdecken. Aber wir gehen zumindest in die Richtung."

Wahrscheinlich hatte Kunja die vermutetete Rinne als letzte Fluchtmöglichkeit eingeplant.

Als sie das Ende der Waldung erreichten und den Bach sahen, konnten sie schließlich auch die fremden Duerga hören. Man vernahm ihr Grölen und wie sie miteinander schwatzten. Malaiar hatte mit ihrer Vermutung ins Schwarze getroffen. Das klang, als wären die etwas oberhalb ihrer Position am Bachlauf. Erion glaubte sogar, aus den Geräuschen und Rufen herauszuhören, dass sie eine Böschung herabsprangen.

Zur anderen Seite hin sah er, dass Malaiar auch bei der Einschätzung des Terrains den Nagel auf den Kopf getroffen hatte. Was im Stein des Berges galt, musste sich auch an den Knochen der Erde außerhalb zeigen. Der Bach verließ das Gehölz tatsächlich in einer Rinne, in der selbst Turam und Duvruk geduckt laufend nicht gesehen werden konnten. Kam allerdings auf den Blickwinkel an. Wären sie dort lang gerannt, während sich die Duerga genähert hätten, wären sie todsicher entdeckt worden. Jetzt allerdings würde ein Knick im Verlauf der Rinne verhindern, dass sie von bachaufwärts gesehen wurden.

„Komm", flüsterte er Kunja zu. „Wir setzen uns ab, bevor …"

Kunja hob warnend die Hand und schob sie rückwärts gehend ins Gebüsch zurück. Instinktiv griff Erion nach dem Grolk, um ihn auf seiner Schulter zurückzuhalten.

Genau in diesem Moment kam ein Duerga über den Kamm der Uferböschung in Sicht, schritt herab zum Bachlauf, zog seine Hose runter und begann in aller Ruhe zu strullern. Es war ein wilder Kerl mit grellweißer Bemalung und von zahllosen Stäben durchbohrter Haut, der hatte außerdem derart breite Schultern und einen entsprechenden restlichen furchterregenden Körperbau, dass sich niemand an ihn herangetraut hätte.

Zu allem Überfluss blieb der, als er Wasser gelassen hatte, auch noch sich umblickend stehen, als wäre er dort als Posten aufgestellt.

Langsam zog sich Kunja zurück und drängte sie mit sich. So nahmen sie wieder den gleichen Weg, den sie auch gekommen waren, während die Stimmen vom Bach her sie zur Vorsicht und Eile mahnten.

Jäh hob Erion die Hand. Er hatte da irgendwas gehört. Grolk trappelte auf seiner Schulter herum. Er bedeutete seinen Freunden mit hastiger Geste, still zu verharren.

Als Ruhe eingekehrt war, konnte er auch die Worte der Sprecher verstehen.

„… warten hier auf den Boten. Warum fragst du?"

„Ich mein, ich hab was gesehen."

Kunja stieß ein gehauchtes „Mist!" aus.

„Wenn du meinst, dann durchsuchen wir den Wald eben. Dürfte ja nicht so …"

Kunja scheuchte sie fieberhaft in Richtung des Waldrands, blieb, sobald sie ihn erreicht hatten, wieder bewegungslos stehen, um zu lauschen.

Erion tat es ihr nach.

„Die durchkämmen das Wäldchen von der Spitze an bachabwärts."

Kunja nickte. Die Geräusche waren eindeutig.

„So was Systematisches hätte ich denen gar nicht zugetraut. So wie die aussahen."

„Was machen wir?", fragte Malaiar.

Kunja biss sich auf die Lippen.

Ihnen blieb nicht viel übrig. Und so verharrten sie am Waldrand hinter dem möglichst großen Sichtschutz der Bäume und warteten, dass die Geräusche der Suche sich ihnen näherten, zogen sich erst dann langsam zurück.

Denn das schmale Wäldchen hatte ein Ende. Und dort am Bach wartete der Posten mit der schwachen Blase.

Während sich der Lärm der in einer Kette durchs Unterholz kommenden Duerga unaufhaltsam näherte, erreichten sie die untere Spitze des Gehölzes, an welcher der Bachlauf austrat.

„Was machen wir?"

„Ich meine, ich kann den Kerl überwältigen. Wir beide, Duvruk, zusammen, erst recht."

„Dann sind wir entdeckt, Turam, und haben einen halben Stamm Duerga auf den Fersen. Meinst du, du kannst schneller laufen als die?"

Das war zwar keine rosige Aussicht, doch sie schien unvermeidlich. Vorausgesetzt, aus dem Kampf mit dem Posten gingen sie alle lebend und noch zum Rennen in der Lage hervor. Kunjas Gesichtsausdruck nach zu schließen, war sie da nicht so überzeugt.

Der Lärm kam näher – Erion hielt Grolk fest –, war kaum noch ein paar Baumreihen von ihnen entfernt. Und schwoll plötzlich an. Erion sog erschreckt die Luft ein und sah, wie die anderen ebenfalls zusammenzuckten.

Rufe flogen hin und her.

„Da ist er", hörte Erion heraus und: „Bote."

Er fasste Kunja bei der Schulter. Und dann hörten sie beide es deutlich.

„Das ist der Bote von Häuptling Morlugh."

Ausgerechnet den Augenblick suchte Grolk sich aus, um loszufauchen. Erion schrak zusammen, doch zum Glück war der Aufstand da drüben so groß, dass es offenbar niemand bemerkte. Die Geräusche der Duerga entfernten sich sogar.

Tief geduckt hockten sie alle am unteren Rand der Waldungsspitze. Grolk war jetzt wieder still und Erion lauschte.

„König Morlugh lässt euch ausrichten …"

„König? Die Hasghar-Duerga erkennen keinen König an."

Kunja fasste ihn bei der Nennung des Stammes an der Schulter, Erion sah zu Turam hinüber.

„Von unserem Bruder, Häuptling Morlugh, einem Abkömmling der ruhmreichen Nordlandstämme, hören wir allerdings gern", kam es freundlicher.

„Ihr habt unsere Rauchzeichen gesehen?"

„Sonst wären wir nicht hier. Häuptling Morlugh verfolgt Feinde seines Stammes?"

„Kö… Morlugh hat ein Kopfgeld auf sie ausgesetzt. Sie haben den Eidstein von Kharnuk-Bragha gestohlen."

„Eidsteine interessieren uns nicht. Das ist was für Angewurzelte. Auch keine Löcher im Berg mit Namen, in die man sich verkriecht. Das Kopfgeld holen wir uns natürlich gerne. Aber noch lieber helfen wir einem Bruder aus den Ebenen des Nordens, erst recht, wenn er Erbe der drei einzig treuen Stämme ist. Morlugh ist unser Bruder. Wir werden Boten an den Rest unseres Stammes senden. Dann werden die Hasghar-Duerga sie überall in ihrem Gebiet jagen."

„Gut. Die Flüchtlinge sind einfach zu erkennen. Es sind fünf. Der eine ist ein Bastard, halb Mensch, halb Ninraé."

Hier, bei der Nennung ihrer alten Feinde aus den Feuerkriegen, hörte Erion ein Schnauben. „Wird ein Fest, einen von diesen bleichen Weichlingen zu schlachten. Ich dachte, die wären längst aus der Welt verschwunden. Niemand braucht dieses Pack. Waren schon das letzte Mal auf der falschen Seite."

O Urnak, die würden ihn vermutlich häuten und vierteilen und sich danach was Raffiniertes überlegen. Die weiteren Worte hörte er kaum noch.

„Dann ist da eine Dwerc, eine Firimduerga und zwei Duerga. Ich werd sie euch noch genauer beschreiben ..."

Kunja stieß ihn an.

Erion folgte der Richtung ihres Kopfruckens.

Zwischen dem Geäst hindurch erkannte er einen sich bewegenden Umriss. Der Posten mit der schwachen Blase kam den Bachlauf herauf.

„He", schallte es ihm entgegen. „Was verlässt du deinen Posten?"

„Was soll ich da? Hier unten ist keiner."

„Bist du dir sicher?"

„Hätt ich doch gesehen. Ich stand da die ganze Zeit und hab alles abgesucht."

„Siehst du!", kam von bachaufwärts die Stimme desjenigen, der bisher Wortführer gewesen war, wahrscheinlich der Häuptling oder wie die das nannten. „Musst dich getäuscht haben von wegen *hab da was gesehen*. Deinen eigenen Schatten hast du gesehen, was?"

Als Antwort kam ein Brummen und irgendwas Unverständliches. Kunja stieß ihn erneut an. „Unsere Gelegenheit."

Vorsichtig und sich ständig umschauend, näherten sie sich dem Bachlauf.

„Runter, ihr Brocken!", zischte Kunja zu Turam und Duvruk rüber.

„Halt du das Vieh still", grollte Turam.

Dabei kraulte Erion Grolk schon die ganze Zeit beruhigend.

Hinter der Krümmung der Rinne war tatsächlich nichts mehr von dem zu sehen, was bachaufwärts vor sich ging.

Die Duerga palaverten in ihrem Rücken, und keiner kümmerte sich offensichtlich darum, mal einen Blick in die Rinne bachabwärts zu werfen. Zum Glück für sie.

Geduckt rannten sie die Rinne entlang. Der Bach war flach, und als die Böschung niedriger wurde, wurden sie auch schon von der Biegung des Hanges vor Blicken von oberhalb verdeckt.

Sie hetzten die Wiesen hinab, was das Zeug hielt, so schnell wie möglich auf die Deckung des nächsten Waldes zu.

„Das war's", sagte Kunja an ihrem feuerlosen Nachtlager. „Für denjenigen, der noch Zweifel gehegt hat … Damit ist die Hoffnung, den Eidsteinraub den Hasghar-Duerga in die Schuhe zu schieben, endgültig dahin. Die sind nämlich auf … *Häuptling* Morlughs Seite und jagen uns ebenfalls."

Erion sah zu Turam hinüber, doch der bemühte sich nicht mal um ein mürrisches Knurren. Er starrte nur vor sich hin. Nicht grimmig, sondern trübsinnig. Er saß zusammengekauert und hielt etwas vor sich an den Bauch gepresst.

Erion bemerkte Kunjas auffordernden Blick. Nein, er hatte keine Lust, irgendetwas dazu zu sagen. Es konnte nur eine Zusammenfassung der Misere sein, in die er seine Freunde gebracht hatte.

Kunja zuckte die Schultern, sprach stattdessen weiter. „Dadurch haben wir es nicht nur mit einem wütenden

Morlugh zu tun, wir werden auch noch vom Hasghar-Stamm gejagt. Der Weg nach Ishuk-Bragha ist uns dadurch versperrt. Wir sind also so etwas wie Geächtete."

Da war es. Genau das war es, was er nicht hatte ausspre-chen wollen.

„Sieht aus, als liefe es auf deinen ursprünglichen Plan hinaus."

Erion schreckte auf, als ihm klar wurde, dass Kunja ihn ansah.

„Wir gehen also Richtung Süden", fuhr sie fort, als ihr Blick von ihm erwidert wurde. „Genauer gesagt, machen wir das schon." Sie schaute ringsum im Kreis. „Erinnert ihr euch an das Bauwerk, an dem wir am Nachmittag vorbeige-kommen sind?"

„Ja, wir sind ganz schnell daran vorbeigehastet", kam es von Duvruk, „weil du und Erion in der Ferne einen Duerga-trupp gesichtet habt, der ziemlich schnell in diese Richtung unterwegs war."

„Ich glaube sogar, das war Morlugh." Erion war sich ziemlich sicher, ihn und seine beiden Schergen an der Spitze erkannt zu haben. Die Dreierformation war ein ziemlich sicheres Anzeichen dafür. „Aber er hatte mehr als ein Dutzend von Gefolgsleuten dabei. Wahrscheinlich Hasghar-Duerga."

„Wie kann der von uns erfahren haben?", fragte Malaiar. „Vielleicht durch die Hasghar, denen wir begegnet sind? Oder von anderen, die uns gesichtet haben?"

„Nein", erwiderte Kunja, „ich glaube, das war eher eine logische Folgerung. Ihr wisst noch, wie das Ding aussah, an dem wir vorbeigekommen sind." Sie sah sich im Kreis um. „Man nennt es *das Tor des Südens*."

Ja, es war ein Torbau gewesen, erinnerte sich Erion. Stark zerfallen, der Stein geborsten. Aber das Seltsame daran war gewesen, dass es den Bauten glich, die er von den

Firimduerga aus dem Inneren von Höhlenstädten kannte. Er hatte so etwas noch nie unter freiem Himmel gesehen.

„Man nennt es so", fuhr Kunja fort, „weil es eine Wegmarke zwischen dem Norden der Berge und dem Weg nach Süden ist. Morlugh weiß wahrscheinlich, dass die Hasghar den Weg nach Ishuk-Bragha abriegeln und den Norden nach uns absuchen. Also wäre es die folgerichtige Entscheidung, den Weg nach Süden abzusichern."

„Aber wir sind schon an ihm vorbei", sagte Erion. Sie waren schneller gewesen als dieser brutale, grobschlächtige Morlugh.

„Er schneidet uns dadurch aber den letzten Weg zurück ab", warf Duvruk ein.

„Hm." Kunja starrte in die Luft. Sie schien einen Gedanken zu verfolgen und furchte dabei die Stirn.

Alle schwiegen.

Erion gab dem Grolk etwas von seinem zerkrümelten Hartbrot zu fressen.

„Ich dachte, Grolks sind Aasfresser." Die Stimme schreckte Erion auf, denn er hatte sie den ganzen Abend noch nicht gehört. Turam starrte mit leerem Blick zu ihm herüber, die Arme vor der Brust verschränkt, den Kopf gesenkt.

„Deshalb hält er sich in unserer Nähe", kam von Duvruk die düster gebrummte Erwiderung.

„Duvruk!" Der mahnende Ruf klang hart und bestimmt, weshalb er den Duerga augenblicklich dazu brachte, den Blick zu senken.

Erion war erstaunt. Das war von Malaiar gekommen. Er hatte seine Freundin bisher nicht so entschieden erlebt.

Sein Blick ging wieder zu Duvruk hinüber und zu Turam, der neben ihm saß. Es war ein trauriges Bild, die beiden Duergatrümmer so schweigend nebeneinander hocken zu sehen. Duvruk hatte sich zumindest noch einen

Stock genommen und stocherte damit auf dem Boden vor sich hin.

Turam war, ganz entgegen seiner Gewohnheit, vollkommen in Schweigen versunken. Er regte sich kaum, starrte vor sich hin, hob nicht mal den Blick.

Jetzt verstand Erion auch, was es war, was er da an die Brust gepresst hielt. Es war der Packen mit dem Eidstein, von dem er jetzt zum ersten Mal sah, dass Turam ihn von seinem Rücken abgenommen hatte und vor sich hielt. Er erkannte es an der achteckigen Form des Bündels.

Es lag ihm auf der Zunge, aber dann unterließ er es dennoch, eine Bemerkung zu machen, er solle den Eidstein doch endlich zurücklassen oder ihn im hohen Bogen … *achtkantig* in die Landschaft werfen. Turam war schon gestraft genug und er litt augenscheinlich ohnehin schon hinlänglich.

Jetzt war es auch egal, was mit dem verdammten Ding geschah.

Am nächsten Morgen, als sie erwachten, war Turam verschwunden.

3

EIN VERZWEIFELTER VERSUCH

Ich weiß, was er macht." Erion starrte auf die leere Stelle, an der sich Turam am Abend zuvor zur Ruhe gelegt hatte. Er hatte keine Spur seiner Anwesenheit hinterlassen. Nicht mal sein Gepäck war da. Doch er hatte ja nur ein einziges Stück aus Kharnuk-Bragha mitgenommen.

Grolk sprang aufgeregt umher.

„Der verdammte Idiot!"

Kunjas Ausbruch verriet, dass sie es ebenfalls verstanden hatte. Sie sah zu Duvruk hinüber, der betroffen dastand. „Er will Morlugh den Eidstein zurückbringen", sagte sie, als bräuchte Turams Kumpel noch eine Erklärung. „Er weiß ja jetzt, wo Morlugh höchstwahrscheinlich sein Lager aufgeschlagen hat."

Es lag auf der Hand, besonders auch wegen Turams so ungewöhnlichem Verhalten am Abend zuvor. Er wollte den Eidstein zurückbringen, weil er begriffen hatte, dass sie nie mehr nach Kharnuk-Bragha zurückkönnten und dass er durch seine Tat auch die anderen verdammt hatte. Jetzt wollte er versuchen, seinen Fehler wiedergutzumachen.

„Ich hoffe, er macht das heimlich. Er schmeißt ihn einfach von Weitem mitten in Morlughs Lager und rennt dann, so schnell ihn die Füße tragen."

„Nein, wird er nicht", sagte Malaiar.

Nein, das würde er nicht. Nicht nur, weil sie schon erkannt hatten, dass es nichts brachte, das verdammte Ding einfach zurückzulassen, sodass Morlugh es dann fand.

„Was machen wir jetzt?", fragte er.

„Ist das nicht eindeutig." Duvruk sah ihn düster an. „Wir folgen ihm und wenn möglich, hindern wir ihn daran, seinen Plan in die Tat umzusetzen, und wenn er es schon getan hat, dann retten wir ihn."

„Wir wissen nicht, wann er aufgebrochen ist", sagte Kunja. „Wenn er früh in der Nacht aufgebrochen ist, ist er schon da und alles ist zu spät."

„Dann …" Duvruk stockte. „Dann retten wir ihn."

„Ihn retten? Wie machen wir das?" Kunja zog die Stirn in Falten.

Sie konnten Turam unmöglich im Stich lassen. Das konnte sie aber auch nicht meinen.

„Das sehen wir dann." Erion schaute sich forschend um. „Wir wissen ja nicht, was uns erwartet."

Betroffenheit stand in allen Gesichtern geschrieben. Ja, auch er hatte Angst. Er war zerrissen zwischen der Sorge, nein, dem Schock darüber, was Turam vorhatte oder schon getan hatte, und der Angst davor, was sie erwartete. König Morlugh war schon schrecklich und furchteinflößend genug. Vor allem in seinem Zorn. Morlugh mit seinen beiden Brechern, den Hugar-Jaghas, konnten einem zu denken geben, bevor man sich mit solch einer Urgewalt anlegte. Die drei mit einem ganzen Dutzend oder mehr Duerga ähnlichen Zuschnitts und dann wahrscheinlich noch mit einem Haufen Hasghar-Duerga dabei … Bei dem Gedanken konnte man sich schon in die Hose machen.

Aber verdammt noch mal, jemand, der vorhatte, sich der

Grauen Schar anzuschließen und mit ihnen gegen Kinphaidranauk, den Zorn der Kinphauren, zu kämpfen, machte sich nicht in die Hose.

„Wir kriegen das hin", sagte er. „Uns fällt schon was ein."

„Hm."

Erion sah zu Kunja hin, die nachdenklich vor sich hin gebrummt hatte. „Was ist?"

Kunja sah auf. „Es ist nicht nur, dass wir uns damit einer Übermacht entgegenstellen, gegen die nur schwer was auszurichten ist, es ist auch, dass wir damit ein Stück unseres Weges zurückgehen."

„Ja und?"

Kunja zog ein grüblerisches Gesicht und hatte zwischenzeitlich wieder zu Boden gestarrt. „Eigentlich heißt das Ding ja nicht *Tor des Südens*, sondern vollständig *der Vorbote zum Tor des Südens*."

„Was unterhalten wir uns hier darüber, wie dieses Bauwerk heißt?", fuhr Duvruk auf. „Wir können Turam nicht im Stich lassen. Wir müssen ihm helfen. Hat irgendjemand Zweifel daran?" Er schaute zwischen ihnen umher.

Erion schüttelte sofort den Kopf, Malaiar tat das ebenfalls, wenn auch mit etwas mehr Bedacht.

„Was ist, Kunja?", fragte Duvruk. „Führst du uns?"

„Ja, natürlich führe ich euch." Sie zögerte. „Und was ist, wenn uns auf dem Weg ein Duergatrupp entgegenkommt?"

Was Kunja damit wahrscheinlich andeuten wollte, das mochte er sich gar nicht ausmalen. „Dann bringst du uns an ihnen vorbei. Das kannst du doch."

Kunja nickte.

„Und wenn sie Turam haben, dann haben wir uns einen Teil des Wegs gespart."

Kunja schüttelte langsam den Kopf, als wäre sie sich da nicht so sicher.

„Worauf warten wir?", fragte Duvruk.

„Komm, Grolk!", sagte Erion und streckte den Arm in Richtung des noch immer unruhig umherwieselnden Tiers aus.

Sie stießen sogar ziemlich bald auf einen Trupp von Duerga, der ihnen entgegenkam.

Erion sah, wie Malaiar den Arm auf Kunjas Schulter legte, doch das schien überflüssig. Kunja war bereits in ihrer Bewegung erstarrt. Sonnenlicht, das schon durch das erste frische Laub über ihnen fiel, tauchte ihre beiden Gestalten in grüne Schatten und hob sie vor einem Tableau aus Laub, Stämmen und Unterholz hervor.

Erion spähte voraus, doch er konnte keinerlei Schemen oder Bewegung erkennen, die vom Nahen ihrer Verfolger kündeten. Doch Kunja scheuchte sie stumm, nur mit Gesten zur Seite weg, wo sie an einem Hang ein paar bemooste Felsbrocken fanden, zwischen denen sie heraufstiegen.

Von oben her, wo sie gut versteckt waren, spähten sie hinab in den Laubwald. Duvruk hatte die Hand am Griff seines Breitschwerts, das er eine Handbreit aus der Scheide gezogen hatte und hielt unruhig zu den Seiten Ausschau. Erion unterstützte ihn in seiner Wachsamkeit, obwohl er nicht glaubte, dass Kunja ein paar Duerga entgingen, die das Gelände durchkämmten. Kunja selbst hielt sich nicht daran auf, sondern spähte nur geradeaus auf den flachen Teil des Waldes, den sie soeben durchwandert hatten.

Erion hörte sie, bevor er sie sah. Sie machten sich keinerlei Mühe, ihre Anwesenheit zu verbergen. Zum Teil sah er die Gestalten, zum Teil nur ihre Schatten. Doch er erkannte die harte, gutturale Stimme König Morlughs.

„Haben sie Turam dabei?", wisperte er Kunja zu.

Sie schüttelte den Kopf.

„Bist du sicher?"

Kunja drehte sich zu ihm um und gebot ihm zischend, zu schweigen. „Ja, bin ich", hauchte sie. Sie hob dringlich den Finger vor ihre Lippen.

Erion hielt Grolk ohnehin schon die Schnauze zu, und so duckten sie sich tief auf Felsen und Moos, während der Trupp unten vorbeizog.

Als er passiert hatte und genügend Zeit vergangen schien, wandte Kunja sich zu ihnen um. „Das waren nur Morlugh, die Hugar-Jaghas und vier weitere Duerga."

„Wo sind die anderen?"

„Das frage ich mich auch."

Erion sah, wie Duvruk aus seiner Hocke hochkam und wachsam ringsum spähte. „Vielleicht kommen sie von anderswo. Und wollen uns überraschen. Uns in den Rücken fallen."

„Das glaube ich nicht", gab Kunja zurück.

„Was macht dich so sicher?", fragte Erion.

Sie zuckte die Schulter. „Wir wollten Turam retten."

Wie sich herausstellte, war Turam nicht mehr zu retten.

Sie näherten sich vorsichtig dem Torbauwerk, das genau zu benennen, Kunja so wichtig gefunden hatte.

Keine Menschenseele regte sich. Nur der Wind strich durch das Gras, das die Hügelkuppe inmitten einer bewaldeten Gegend umgab. Die Waffen gezogen, in einer Viererformation nach allen Seiten argwöhnisch Ausschau haltend, zogen sie über die Wiese zu dem aufragenden Bauwerk hin, Kunja an ihrer Spitze. Seit sie den Schutz der Bäume verlassen hatten, waren sie nur noch mehr angespannt und auf der Hut.

Wo war nur der Rest von Morlughs Trupp? Und vor allem, wo waren die Hasghar-Duerga hin?

Duvruk machte Anstalten, den Torbau zu umrunden,

doch Erion hielt ihn zurück. Nur aus dem Augenwinkel sah er noch, wie der Duerga ihn fragend anschaute, denn sein Blick war starr geradeaus gerichtet.

Auf den Anblick, der ihn erahnen ließ, was sie dort beim Tor des Südens vorfinden würden. Und der ihm eine reif-kalte Welle der Beklemmung, mehr noch, eines Vortastens erdrosselnden Grauens von den Beinen hoch, seinen Leib hinauf und zu seinem Herzen kriechen ließ.

Ein Schatten verwehrte dem Licht den freien Durchgang durch das Tor des Südens.

„Oh nein!", stieß Duvruk hervor, stürmte voran, lief unter dem Torbogen durch, torkelte um seine eigene Achse und sackte dann in die Knie.

Als sie zu ihm hineilten, fanden sie Turams Körper im Torbogen aufgehängt.

Seine Füße baumelten über ihnen herab, als sie den Durchgang passierten, und Erion bekam den Tropfen von etwas Feuchtem auf der Wange ab. Als er danach tastete, war seine Fingerkuppe rot.

Sie hatten Turam im Torbogen aufgespannt. Sie mussten ihn weiter hochgezogen haben, nachdem sie ihm das angetan hatten. Die Art, wie er aufgespannt war, zeigte, dass diejenigen, die das gemacht hatten, mit Seilen umgehen konnten und genau wussten, was sie taten.

Die Seile hatten nur seinen Brustkorb umschlungen. Sie waren so unter seinen Achseln durchgezogen, damit sie ihn hochhielten. Zusätzlich dazu waren seine Handgelenke gefesselt, sodass seine Arme und die Seile alle in eine Richtung zeigten: zu den oberen Ecken des Torbogens, wo sie um den Stein geschlungen und verknotet waren.

„O Urnak!" Erion hatte von den Handgelenken zu den Händen gesehen. Sie hatten keine Finger mehr. Beide nicht. Getrocknetes Blut bedeckte die Handflächen.

Entsetzensschreie erklangen um ihn.

Grolk sprang von seiner Schulter und duckte sich tief ins Gras, als wollte er darin versinken.

Sie hatten ihn gefoltert. Sie hatten ihm nicht nur eine Hand abgehackt, wie es manchmal die grausame Art der Strafe für einen Diebstahl war, sie hatten es einzeln mit jedem Finger getan. Und sie hatten damit nicht aufgehört. Der ganze Körper war von Spuren schrecklicher Peinigung bedeckt. Ein Wunder, dass sie seine Schreie nicht durch die Nacht gehört hatten. Die Gliedmaßen wirkten blutig und roh, Turams Spangen und Ringe klapperten daran rotverklebt in der Brise. Nur den Brustkorb hatten sie mit ihren blutigen Quälereien ausgespart. Oder das Blut später abgewischt. Denn dort hatten sie Platz gebraucht.

Damit man die Runen, die dort in Turams Haut geschnitten worden waren, besser entziffern konnte.

„König Morlughs Untertan, einst Dieb."

Das stand dort von einer Klinge in die hornige Haut geritzt.

Um ihn herum drangen Entsetzenslaute und Weinen wie durch einen Schleier gedämpft an Erions Ohr. Ihm war schlecht. Er hatte das Gefühl, der Boden wäre unter ihm weggefallen und er müsste zusammenbrechen und immer tiefer sinken. Ein Rauschen war in seinem Kopf. Von seinem durch die Adern pumpenden Blut konnte das nicht sein, denn er hatte den Eindruck, als wäre ihm alles Blut aus dem Körper gewichen.

„Da ist etwas", hörte er jemanden sagen. Die Worte wirkten wie ein Fremdkörper in dem verschwommenen Strudel.

Er wandte den Kopf, sah, wie Duvruk die Hand hob.

Etwas wie eine Pergamentrolle baumelte an einem Strick von Turams Bein herab.

Duvruk zog sie aus der Umschnürung hervor und entrollte sie. Es war eine Tierhaut. Auf der glatten Seite stand etwas mit Blut geschrieben. Er hatte keinen Zweifel, dass es Blut war.

„So werden alle Aufrührer untertänig gemacht", stand da in krakeliger Runenschrift.

Sie sahen einander an.

Eine Botschaft von König Morlugh an sie.

4

WUT UND TRAUER

Ich bring ihn um. Ich werde Morlugh töten. Ich werde Rache nehmen. Für das, was er Turam angetan hat, muss er bluten."

Auf den eisigen, fühllosen Schwindel und das Grauen, das den Nacken hochkroch, folgte rasende Wut.

„Ich werde ihm das Lachen aus seiner grinsenden Fresse schneiden."

Er wollte hoch, aufspringen, von dort, wo er auf die Knie gesunken war.

Kunja trat vor ihn. „Das wirst du nicht tun. Du hast nämlich keine Chance."

Er starrte Kunja an, hörte dabei, wie sein Atem rasselte.

„Die werden dich ebenfalls töten", fuhr Kunja fort. „Die sind dir weit überlegen. Das sind sieben gewaltige Duerga, die nur darauf warten, dass du sie angreifst. Und was noch mehr zählt: Das sind erfahrene Krieger, während du noch nie gekämpft hast."

Erion konnte nichts anderes tun, als Kunja nur weiter fassungslos anzustarren.

Deren Züge nahmen jetzt einen kummervollen

Ausdruck an. „Erion, versteh doch … Turam war auch mein Freund, und es ist furchtbar, was Morlugh ihm angetan hat. Es … es trifft mich so, dass ich … dass ich …" Sie rang die Hände, als suchte sie nach Worten oder kämpfte darum, ob sie die, die ihr in den Kopf kamen, über ihre Lippen lassen wollte. „… dass ich heulen könnte vor Wut und vor Trauer."

Er war sich ziemlich sicher, dass sie etwas anderes hatte sagen wollen.

„Aber wenn du Morlugh angreifst, wirfst du dich doch nur selbst dem Tod in den Rachen." In ihre Augen trat ein flehentlicher Ausdruck, jedoch nur in die. „Denk doch daran, was du für Pläne und Träume für deine Zukunft hattest. Wenn du dich jetzt in einen aussichtslosen Kampf wirfst, dann war Turams Opfer umsonst. Dann hat Morlugh gewonnen. Dann würden all die … Ideale nur von … von stumpfer Brutalität zermalmt."

Er hatte Kunja noch nie so reden hören. Und sie tat es nur zögernd. Waren das die Worte, die sie sonst nicht über ihre Lippen ließ?

Erion merkte, dass sie seine Hände mit den ihren gefasst hatte. Kunja wandte sich Hilfe suchend um. „Jetzt sagt doch auch was! Sagt was zu diesem Wahnsinn!"

Duvruks Züge waren wie versteinert. „Wir werden für Turam Rache nehmen. Und wenn wir auf diesem Rache-feldzug alle untergehen. Wir bieten König Morlughs Bosheit Trotz und entbieten ihm den Zorn unserer Klingen bis in den Tod hinein."

Kunja sah ihn einen Augenblick an, dann wandte sie sich von seiner Gestalt, die in ihrer Haltung ebenso verstei-nert erschien wie sein Gesicht, schnaufend ab. Erion hörte, wie sie einen erstickten Schrei hilfloser Wut ausstieß. Dann wandte sie sich an Malaiar. „Malaiar, sag was! Sag den beiden was Vernünftiges!"

Malaiar schien ebenfalls aus einer Starre zu erwachen und sich mit einem Schütteln des Kopfes davon befreien zu müssen. „Morlugh wird keine Ruhe geben, bis er uns alle getötet hat", sagte sie. Mit einer matten Geste deutete sie zu Turams Leiche, dann zu der Botschaft auf der Tierhaut hin, die Duvruk fallen gelassen hatte. „Da steht es."

Sie sah Erion, dann Duvruk an. „Aber überlegt euch mal, warum er euch diese Botschaft hinterlassen hat. Richtig. Damit ihr genau das tut, was ihr jetzt tun wollt. Jetzt, nachdem er Turam umgebracht hat, wartet er doch nur darauf, dass wir ihn angreifen. Er geht davon aus, dass alle so sind wie er. Darum hat er erst gar nicht nach uns gesucht, sondern ist so zielsicher an uns vorbeigezogen. Weil er weiß, dass wir zu ihm kommen. Mit euren Rachegefühlen spielt ihr ihm nur in die Hand." Malaiar sah sie aus ernst zusammengekniffenen Augen an. „Jetzt Rache über all unsere anderen Ziele zu stellen, wäre nicht weise. Turam würde das nicht wollen."

Erion wurde sich seines schweren Atems und seiner in der Wut verkrampften Glieder bewusst. Malaiar-Jhin hatte recht. So bitter das auch war: Turam hatte eine unüberlegte Tat begangen und hatte sie am Ende ungeschehen machen wollen. Vielleicht sogar bewusst dafür Buße tun wollen. Wenn sie jetzt wegen seines Todes, wegen seiner letzten Tat, genauso unüberlegt handelten, dann war das alles sinnlos.

Er wandte sich zu seinem überlebenden Duergafreund. „Duvruk", sagte er. „Was sie sagt, stimmt. Blinde Rache dient niemandem."

Jetzt sah Duvruk ihn an. Erion hatte seine Aufmerksamkeit.

„Wir tun Turam damit keine Ehre an", sprach er zu Duvruk. „Wenn wir losziehen und in seinem Namen sterben, entwürdigen wir damit nur sein Opfer."

Erneut schien Duvruk wie eingefroren. Erion sah, wie sein Brustkorb und seine Muskeln arbeiteten, während seine Haltung dabei statuenhaft blieb. „Dann lasst uns keine blinde, sondern *sehende* Rache nehmen. Lasst uns klug sein und überlegen, was wir tun können."

Er hörte Kunja seufzen. „Das ist ja immerhin ein Schritt weiter."

Erion sah, wie Duvruk sein Schwert zog und sich mit wachsamem Blick im Kreis herumwandte. „Also, wo ist Morlugh hin, und warum hat sich sein Verfolgertrupp aufgeteilt? Wohin sind die Hasghar-Duerga verschwunden? Kommt Morlugh zurück? Ist das hier vielleicht die Falle und wir sitzen mittendrin?"

„Das glaube ich nicht", hörte Erion Malaiar sagen, der er und Duvruk sich daraufhin zuwandten.

„Wenn man Morlughs Wesensart berücksichtigt", sprach Malaiar weiter, „dann ist es wahrscheinlicher, dass er nur darauf wartet, dass wir ihn suchen und zu ihm kommen. Ich hab's schon gesagt."

„Und dann kommt der zweite Trupp und lässt die Falle zuschnappen?"

Malaiar sah fragend Kunja an. „Das glaube ich nicht", sagte sie dann. „Er wird die Rache für sich allein haben wollen. Wer weiß, wozu der zweite Trupp dient."

„Um uns zu ihm hinzutreiben!" Wieder suchte Duvruk argwöhnisch die Umgebung ab.

„Nein", sagte Kunja. „Morlugh will, dass wir aus freien Stücken zu ihm kommen. Aus Wut und Rache, so wie ihr es wolltet. Oder gezwungenermaßen."

„Wie meinst du das?" Erion wurde hellhörig. Kunja war nicht der Schlag, der in einer solchen Situation ein Wort zu viel verlor.

Kunja drehte sich wie überrascht zu ihm hin. „Darüber reden wir später", sagte sie. „Oder wäre besser, wenn nicht."

Erion kannte sie ebenfalls gut genug, um zu wissen, dass er in einer solchen Situation kein Wort mehr aus ihr herausbekommen würde.

Kunja drehte sich jetzt um ihre eigene Achse, als würde sie den Ort zum ersten Mal genauer in Augenschein nehmen. „Nein", sagte sie, „hier wird uns niemand angreifen. Ich bin mir ziemlich sicher, dass dies hier der Ort ist, an dem Morlugh uns schmoren lassen will."

Erion sah, wie Malaiar und sie Blicke wechselten, woraufhin Malaiar nickte.

„Trotzdem sollten wir hier verschwinden und bis zum Abend weitermarschieren", fuhr Kunja fort. „Aber ich werde heute nicht mit euch rasten, sondern ich gehe auf Kundschaftergang. Um den Weg zu erkunden und vielleicht herauszufinden, wo Morlugh steckt."

„Sei vorsichtig", sagte Erion zu ihr.

„Das bin ich", gab Kunja zurück. „Ich werd nicht in seine Falle reintappen. Darauf kannst du dich verlassen." Sie sah zu Duvruk hinüber. „Aber zuerst müssen wir hier noch etwas anderes tun."

Sie taten es jedoch nicht an diesem Ort.

Duvruk schnitt lediglich seinen toten Freund von den Stricken ab, die ihn aufgespannt im Tor hielten. Dann aber trug er ihn ein ganzes Stück auf seinen Schultern stumm bergaufwärts, bis sie an die Baumgrenze kamen.

Kunja verlor kein Wort über eine Verzögerung oder Ähnliches. Wahrscheinlich war ihr sehr klar, dass sie dies ihrem alten Freund Turam schuldig waren. Und auch seinem besten Kameraden Duvruk. Erion sprach sie nicht darauf an, aber sie musste es seinen fragenden Blicken angesehen haben, und sie zuckte daraufhin nur die Schultern.

Grolk war geflüchtet, nachdem sie Turams Leiche beim Tor des Südens gefunden hatten, und er kam erst kurz vor ihrem Aufbruch zu Erion zurück.

Jetzt hockte er neben ihm am Rand der Baumgrenze und sah mit ihm zu, wie Duvruk seinen besten Freund bestattete. Duvruk hatte jede angebotene Hilfe abgelehnt, und so standen auch Kunja und Malaiar neben ihm und beobachteten, wie Duvruk Stein um Stein herbeischleppte und sie rings um Turams Leichnam anordnete. Als ein Ring aus Steinen dessen Körper umgab, kniete Duvruk sich hin und legte seinem toten Freund die Hand auf die Brust.

Er senkte den Kopf, bevor er mit tiefer, grollender Stimme sprach.

„Du wirst kein Untertan sein, Turam-Jhir, niemals. Du bist der stets zuversichtliche, wohlgemute Geist, der sich nicht bezwingen lässt." Er schwieg, man sah ihn einen tiefen Atemzug nehmen. „Etwas von diesem Frohsinn und dieser Leichtigkeit will ich mit mir nehmen, um sie an deiner Stelle weiter durch die Welt zu tragen. Das ist dein Erbe, meine Verpflichtung und dein Geschenk, das du an mich weitergegeben hast."

Niemand traute sich, dem etwas hinzuzufügen. Nur Grolk fiepte leise und beinahe unhörbar. Erion schloss einen Moment die Augen und rief sich die überbordende Fröhlichkeit seines Freundes in Erinnerung, sah die Momente aufblitzen und dabei ihn mit seinem Lachen, das seine Reihen spitzer Zähne entblößte. Ein Lächeln stahl sich zu seinen Lippen hoch.

Duvruk löste einen von Turams zahlreichen Ringen von seinem Arm, hielt ihn hoch. „Dein Lachen klingt in ihm weiter." Dann schob er sich das Schmuckstück auf den Arm, schüttelte es, dass es leise klirrte.

Danach suchte er die schweren Brocken des Stein- und Schotterfeldes, wuchtete sie her und schichtete sie über Turams Körper auf, bis er schließlich ganz darunter verschwunden war.

Als die Arbeit getan war, stellte sich Duvruk mit gefalteten Händen vor das Grab. „Ich begrabe dich unter Steinen", sprach er, „wie den Duergakrieger Durmar-Dhak. Damit deine Seele die Last des Berges abschütteln und sich daraus erheben kann."

Er schwieg einen Augenblick, dann hörte Erion, wie er seine tiefe, volltönende Stimme zu einem langsam anschwellenden und allmählich festen Tritt fassenden Gesang erhob. Es war das Lied vom Bergsturz.

Als er den Kehrreim erreichte, stimmten Erion und auch Kunja und Malaiar mit ein.

„So grollt, Brüder, grollt, der Felslawine gleich. Rollt wie der Felsrutsch, Stein um Stein, eng beieinander, grollt und singt das Lied der mahlenden, dröhnenden Steine, die versetzen den Berg." Bis hin zu der Zeile: „Der Bergsturz, er naht. Hört ihr seinen Donner schon?"

Dann verstummten sie, senkten die Köpfe und gedachten ihres Freundes. Es war für Erion schwer zu glauben, dass sie jetzt in einer Welt ohne einen Turam lebten, dass er nie wieder dessen übermütige Stimme hören, dass er nie mehr spüren würde, wie er ihm mit seiner Pranke auf die Schulter schlug und ihn wegen irgendetwas aufzog. Er hob den Blick. Auch ein Duvruk ohne einen Turam war nur schwer vorstellbar. Er dachte an seine Mutter, deren Stimme er nun auch nie wieder hören würde.

Irgendwann wandte sich der stämmige Duerga um, schaute zurück bergabwärts, ohne sie aber direkt anzusehen. Er nickte grimmig entschlossen.

„Wir haben ihn verabschiedet", sagte er. „Jetzt lasst uns sein Leben ehren."

5

TRÄUME UND ZWEIFEL

E rion saß da und lauschte der Nacht und den eigenen Empfindungen, die wie die Brandung an einer von Dunkelheit umfangenen Küste in ihm aufstiegen und heranrauschten. Grolk hockte neben ihm, und Erion hatte beobachtet, wie ihm immer wieder der Kopf weggesunken war.

Ob die beiden anderen ein Stück hinter ihm schliefen, er wusste es nicht, hegte daran aber seine Zweifel. Nur Kunja war nicht hier. Zunächst hatte sie ein geeignetes Nachtlager gesucht, und als dann alle anderen von den aufreibenden Ereignissen des Tages erschöpft zu Boden gesunken waren, hatte sie sich, wie angekündigt, auf einen Kundschaftergang begeben.

Er aber war mit seinen Gedanken allein geblieben, die ihn kurz darauf hochgetrieben hatten. Er saß da, starrte in die Dunkelheit und lauschte dem Wogen und Raunen.

Was hatte er nur getan? Mit seiner verrückten Tat, der unüberlegten und überstürzten Flucht hatte er sie alle in tödliche Gefahr gebracht. Und Turam hatte bereits dafür bezahlt. Es war nicht der Tod seiner Mutter oder seine

Verbannung in die Minen. Am Anfang standen sein unmöglicher Traum und sein unsinniges Verlangen. Turam hatte nie aus dem Berg fliehen wollen. Er hätte das Beste aus dem gemacht, was ihm die Fügung zugeteilt hatte. Nur ihn hatte eine unvernünftige Selbstsucht dazu getrieben, Träume und Wünsche zu hegen, die ihn auszeichnen und zu etwas ganz Besonderem machen sollten.

Er starrte in die Dunkelheit und sah Trugbilder und Chimären daraus aufsteigen. Sie wallten zwischen den Bäumen hoch und zogen den Ring um ihn enger.

Ein scharfes Knacken unterbrach jäh sein Brüten.

Erschreckt wandte er sich um, sah hinter sich eine kleine, stämmige Gestalt, in der er nach einem Augenblick Kunja erkannte. Als er an ihr herabsah, entdeckte er, dass sie den Fuß wie vorsätzlich auf einen unterarmlangen, abgefallenen Ast gestellt hatte, der darunter gebrochen war.

„Du bist schon wieder zurück?", fragte er.

„Ja", erwiderte sie. „Ich musste nicht lange suchen."

„Was heißt das?"

„Hol die anderen her! Von denen schläft sowieso niemand. Wir haben etwas zu besprechen."

Grolk, der inzwischen endgültig niedergesunken war, raffte sich wieder hoch, saß zwischen ihnen, döste jedoch immer wieder weg, während sie sich besprachen.

„Also", begann Kunja, „es ist das eingetreten, was ich im Stillen befürchtet habe."

Duvruk grollte, Kunja hob beschwichtigend die Hand. Zu ihrer Überraschung hatte sie, während sie alle sich aufrafften, rasch ein Feuer gemacht, und in dessen Schein saßen sie jetzt beieinander.

„Es war nichts dran zu ändern", sagte sie in Duvruks Richtung gewandt. „Da hätten wir uns noch so beeilen können. Es war schon entschieden, als wir beschlossen haben, umzukehren, um Turam beizustehen. Und Morlugh mit seinem Trupp an uns vorbeigehetzt ist."

„Er wollte irgendwohin?" Für Erion wurde jetzt einiges an Kunjas Verhalten klarer. „Deshalb hattest du keine Angst, dass er uns auflauerte oder einen Haken schlug."

„Allerdings wollte er irgendwohin. Und da sitzt er jetzt." Sie seufzte leise. „Da hat er sich festgesetzt."

„Wo? Wo hat er sich festgesetzt?"

Kunja sah sie ringsum an. „Ihr erinnert euch, dass ich gesagt habe, dieses Bauwerk hieße eigentlich gar nicht *das Tor des Südens*, sondern richtig der *Vorbote zum Tor des Südens*. Nun, im eigentlichen Tor des Südens hat Morlugh sich mit seinen Schergen festgesetzt. Wenn wir nach Süden wollen, geht kein Weg daran vorbei. Deshalb heißt es so."

„Was ist es? Ist es eine Pforte in einer Felswand? Oder ein Tunnel?"

Kunja hob das Kinn, schaute Erion an. „Nein, es ist eine Stadt. Genau genommen eine verlassene Stadt. Und mit dem Tunnel hast du nicht so ganz unrecht."

„Eine Stadt?", fragte Duvruk nach. „Was für eine Stadt? Eine Stadt der Menschen?"

„Nein", erwiderte Kunja. „Es ist eine Stadt der Duerga. Es ist, wenn man so will, die eigentliche Stadt der Duerga. Von dort ging alles aus. Der Zwist zwischen Duerga, Firmduerga und untereinander, ihr Auszug aus dem verwüsteten Terrain, das sie nicht mehr miteinander bewohnen konnten, und die Gründung und Errichtung zweier Städte."

Sie sah zu Malaiar hinüber. „Du kennst die alten Geschichten. Du hast dich mit solchen tief gehenden Dingen befasst. Du weißt, welches Feuer am Grund unserer Rassen schwelt. Du kennst die Wurzel des Grolls."

Malaiar-Jhin nickte nur, und Kunja fuhr fort.

„Wenn wir morgen in Richtung auf Duarka-Vanur weiterziehen und uns umwenden, dann werden wir in der

Ferne in gerader Richtung, wie einen Felszacken im Rahmen der anderen Berge, den Gipfel des Drakhanur sehen. Den hatten die Bewohner Duarka-Vanurs immer im Blick. Und von dort aus sind sie ausgezogen, um nach einem Krieg untereinander die beiden Städte Kharnuk-Bragha und Ishuk-Bragha zu gründen. Links-vom-Berg und Rechts-vom-Berg."

„Eine gute alte Geschichte", bemerkte Duvruk. „Die ich so noch nicht kannte."

„Weder in Kharnuk-Bragha noch Ishuk-Bragha", meinte Malaiar jetzt, „singen sie Lieder darüber. Sie singen nur darüber, wie verachtenswert und minderwertig doch Kharnuk-Bragha oder Ishuk-Bragha sind. Und jetzt singt man nur noch in Kharnuk-Bragha darüber."

Duvruk grollte und nickte bedächtig. „Aber was haben diese alten Geschichten mit uns zu tun?"

„Duarka-Vanur", hob Kunja an, „liegt zwischen dem nördlichen Gebiet der Drachenrücken und dem Süden, in einem Massiv, das keinen anderen Weg zulässt. Alles andere wäre was für Bergsteiger." Sie schaute zwischen ihnen umher. „Und das seid ihr nicht. Duarka-Vanur ist dem Norden und den hohen Bergen zugewandt. Der Süden und die flachen Länder liegen in ihrem Rücken. So führt ein einziger Durchgangstunnel in Duerka-Vanur durch dieses Hindernis hindurch und stellt den Weg nach Süden dar."

Erion konnte es sich denken. „Und genau in diesem Tunnel sitzt König Morlugh."

„Genau." Kunja nickte. „Dort wartet er auf uns und lässt uns nicht vorbei. Er rechnet sogar damit, dass wir das gar nicht wollen. Nicht, ohne vorher auf ihn zu treffen. Und das macht er uns leicht. Wahrscheinlich hat er uns sogar aus reiner Absicht an sich vorbeigelassen, als wir wegen Turam umgekehrt sind, um dort auf uns zu warten."

„Und der Rest seines Trupps? Und die Hasghar-Duerga?

Fallen die uns in den Rücken, sobald wir in die Stadt gehen und auf Morlughs Köder hereinfallen?"

„Nein", antwortete Kunja. „Morlugh macht es persönlich. Er will dich. Er will uns allein zur Strecke bringen. Der Rest seines Trupps und die Hasghar-Duerga sollen uns nur den Rückweg ins Gebirge versperren. Seine Leute hat er bei den Hasghar zurückgelassen, damit die nicht die Geduld und ihre Aufgabe vergessen, sich zerstreuen und sich wieder was anderes suchen."

Hörte sich für ihn ganz nach König Morlugh an. „Und was machen wir jetzt?"

Kunja hob den Blick, sah ihm direkt in die Augen. „Es gibt zwei Möglichkeiten. Die eine ist, wir kehren um. Wir gehen nicht nach Süden."

„Aber dort", wandte Duvruk ein, „wartet der Rest von Morlughs Trupp, und vor allem lauern dort die gesammelten Hasghar-Duerga, die auf das auf uns gesetzte Kopfgeld aus sind. Die aber vor allem ihrem … *Bruder* Morlugh beistehen wollen."

„Ich kann uns da durchbringen", erwiderte Kunja kühl. „Ich kann die Meute aus Morlughs Leuten und den Hasghar-Duerga, die dort auf uns warten, austricksen. Ich schaff uns zwischen ihnen hindurch. Und ich trau mir auch zu, uns sicher durch das Gebiet der restlichen Hasghar-Duerga zu bringen. Wir durchbrechen ihr Terrain und gehen weiter nach Norden. Von dort aus könnten wir sogar einen Haken schlagen und nach Ishuk-Bragha gehen. Um dort eine neue Heimat zu finden und uns, wenn nötig, in den weiten, tiefen Stollen dort vor Verfolgern zu verstecken. Das schaffst du doch, Malaiar-Jhin."

Malaiar nickte nur.

„Oder wir können Richtung Süden gehen", fuhr Kunja fort. „Dann folgen wir Morlughs Fährte und laufen direkt in seine Falle. Das wird nicht ohne Kampf abgehen. Und wir stehen dann gegen sieben gewaltige, kampferprobte Duerga, welche von den übelsten und gemeingefährlichsten Exemplaren, die ihre Rasse hervorgebracht hat. Und wir …" Sie maß einen nach dem anderen mit ihrem Blick. „… wir sind nur ein Elfenhalbling, eine Firimduerga, eine Dwerc – drei Winzlinge also – und nur ein einziger Duerga. Der mit dem Rest gemeinsam hat, dass er noch nie ein ernstes Gefecht gesehen und keine Ahnung davon hat, wie es in einem Kampf auf Leben und Tod zugeht."

Ein weiteres Mal sah Kunja von einem zum anderen.

„Also, was tun wir?"

6

GEFAHREN UND PLÄNE

E r hatte sich abgewendet, als der Wortwechsel zwischen den anderen losging. Sie hatten es nicht bemerkt. Selbst Grolk schlief irgendwo auf der Erde zusammengerollt weiter. Er ging nicht davon aus, dass ihm allzu viel Zeit beschieden sein würde. Doch er brauchte den Augenblick allein, um noch einmal seine Gedanken zu sammeln und zu sich selbst zu finden.

Sich zu besinnen und sich auf die Vernunft zu konzentrieren. Das alles zu sortieren.

Wahrscheinlich wäre es das Weiseste für ihn und seine Freunde, umzukehren und nach Norden zu gehen. Turams Opfer dadurch zu ehren.

Sich all den Unsinn aus dem Kopf zu schlagen.

Doch wie konnte er das tun? Wie konnte er all seine Pläne und Träume aufgeben? Waren sie nicht Teil von ihm? Waren sie nicht das, was ihn ausmachte und ihn von allen anderen unterschied?

Und Morlugh hatte genau das erkannt und sich zunutze gemacht.

Er rechnete wahrscheinlich mit seiner Sturheit und … Er

stutzte. … dass er das Dümmste machte, was man nur tun konnte. Darum hielt er mit seinem Trupp die Passage besetzt. Den Stollen, vor dem groß und breit die Warntafeln standen.

Damals hatte er nicht damit gerechnet, dass er in die von Drazghul verseuchten Stollen ging. *Und ich dachte, keiner wäre so dumm, da reinzugehen. Offenbar hab ich in dir jemanden gefunden, der immer dümmer ist, als man glaubt.* Jetzt rechnete er damit. Er hoffte sogar darauf. Er wartete, dass er etwas Dummes tat, und alle seine Freunde würden dafür büßen. Einer von ihnen war seinetwegen schon tot.

„Was grübelst du?"

Erion schnellte herum. Er hatte nicht gemerkt, dass hinter ihm die Gespräche leiser geworden waren.

Da stand er vor ihm, gezeichnet vom Feuerschein, der Umriss, der ihn auch vorher schon überrascht hatte und den er jederzeit erkennen würde. Vor allem aber erkannte er den schroffen Ton, mit dem sie ihn zur Rede stellte.

Er hob abwehrend die Hände. „Jaja, ich hab ja schon verstanden. Du hast mir vorher schon abgeraten, Turam zu rächen und gegen Morlugh anzutreten. Stimmt, was gibt es da noch zu grübeln?"

Einen Moment stand sie regungslos da, legte nur ein wenig den Kopf schief. „Jetzt sieht die Sache aber anders aus", sagte sie dann im gleichen knappen Ton. „Jetzt sitzt der Kerl vor uns und versperrt uns den Weg."

Erion stutzte. Wollte sie ihn auf die Probe stellen? Wollte sie ihn nur dabeihaben, wenn er sich absolut sicher war? „Wir können auch umkehren und nach Norden gehen. Du hast gesagt, du kannst uns an dem anderen Trupp vorbei und sicher durch das Gebiet der Hasghar-Duerga bringen."

Einen Moment noch stand Kunja als Schattenriss bewegungslos vor dem Feuerschein, dann trat sie näher, an seine Seite und Erion konnte sehen, dass sie ihn beinahe aufgebracht aus großen Augen anstarrte.

„Spinnst du?" Sie schaute zu ihm hoch. „Wer hatte denn all die großen spinnerten Träume? Wer hat mir denn erzählt, was er sich alles vorgenommen hat?" Sie runzelte die Stirn, fasste ihn scharf ins Auge. „Willst du das jetzt etwa aufgeben, und alles war für nichts?"

Erion erstarrte, musterte sie. „Das hätte ich jetzt nicht von dir erwartet. Das hört sich gar nicht an, wie du sonst –"

Sie hatte die Augen hart zusammengekniffen. War ihr Blick zornig? „Ich weiß, wie ich mich manchmal anhöre", sagte sie. „Das ist die Stimme der Notwendigkeit in mir." Sie schürzte die Lippen, schob das Kinn vor. „Das ist, weil ich mich nicht unterkriegen lassen will. Weil ich mich nicht unterkriegen lassen darf." Sie machte eine wegwerfende Handbewegung. „Von …" Sie stutzte wieder. „Von alledem." Sie wandte den Blick ab, sah ihn dann wieder an, mit einem veränderten Ausdruck in den Augen. „Aber da drunter …"

Ja, so war sie. Standhaft. Manchmal auf unerwartete Weise. Und dafür war er ihr dankbar. Deshalb war er froh, sie an seiner Seite zu haben. Seit sie Kinder gewesen waren, hielt sie zu ihm. Sie war verlässlich. Sie war etwas ganz Besonderes.

Er sah ihr in die Augen und spürte die tiefe Verbundenheit, die nur durch wahrhaftige Nähe und Vertrautheit entstand.

„Kunja …", sagte er.

„Na, was ist?" Ein großer Schatten kam aus dem Hintergrund herangepoltert, und einen Augenblick später legte sich Duvruks Pranke auf seine Schulter, dass Kunja einen Schritt zurücktrat. „Überlegen wir uns jetzt, wie wir es diesem Drecksack zeigen und endlich in den verfluchten flachen Süden kommen?"

An Duvruk vorbei sah Erion, dass Malaiar ebenfalls vom Feuer her dazutrat. Auch Grolk war jetzt offenbar wieder erwacht und hüpfte auf dem Boden zwischen ihnen herum.

„Nein, nein." Erion wollte sie abwehren und sich aus Duvruks Griff zurückziehen. „Ihr müsst das nicht machen. Ihr müsst nicht mit mir durch diese Stadt und diesen Tunnel durch, nur weil ich unbedingt nach Süden will. Ihr könnt –"

„Ach, rede doch keinen Unsinn, Erion Leichtfuß. Wir stehen an deiner Seite. Wir sind deine Freunde und gehen mit dir, wo immer du hingehst. So ist es recht. Stimmt's, Malaiar?"

Malaiar hinter ihm nickte nur, jedoch deutlich und entschieden.

Duvruk trat zurück, stellte sich neben sie. „Wir gehen mit dir nach Süden. Wir gehen mit dir durch die Passage. So ist es recht, und so machen wir es."

„Wir müssen nur vorher herausfinden, wie wir es machen", warf Malaiar ein. „Wie Duvruk gesagt hat."

„Gehen wir gründlich vor", sagte Kunja, trat an Erions Seite. „Uns drängt niemand. Morlugh sitzt ja schon dort im Durchgang mit seinen Kumpanen. Er wird warten und ihnen wird die Zeit lang. Er wollte uns wütend machen und dazu bringen, etwas ganz Bestimmtes zu tun. Jetzt sind wir am Zug."

Grolk kam zwischen den Beinen von Duvruk und Malaiar hervor. Offenbar war er von seinem wilden Rumgespringe zur Ruhe gekommen.

Erion streckte die Hand aus, und Grolk kletterte hinauf zu seiner Schulter.

„Lassen wir sie schmoren", sagte Kunja.

7

GUTE UND SCHLECHTE
NACHRICHTEN

E s war über die Mitte des nächsten Tages hinaus, als Malaiar zu ihnen zurückkehrte.

Sie hatten versucht, im Schatten der Bäume etwas Ruhe zu finden. Erion war immerhin ein paarmal weggedöst, aber viele Stunden Schlaf konnten das nicht gewesen sein.

Kunja, die Wache hatte, meldete Malaiars Ankunft, und sofort kamen alle an und hockten sich um sie zusammen.

Malaiars Miene war ernst. „Es ist so, dass es tatsächlich nur den einen Durchgangstunnel auf die andere Seite gibt. Morlugh weiß das, und er hat recht damit. Er sitzt in diesem einen Gang und kontrolliert damit die Passage nach Süden."

„Du hast nichts anderes finden können?" Erion hatte fest damit gerechnet. „Du bist doch eine geniale Stollenspürerin und irgendeinen Riss, irgendeine Kluft im Stein wirst du doch bestimmt finden."

Malaiar sah ihm gerade ins Gesicht. „Ich kann nur das finden, was auch da ist."

„Und was ist da?", fragte Kunja.

Malaiar nickte, sammelte sich offenbar. „Im inneren,

unterirdischen Teil, hinter der eigentlichen Stadt, also dort, wo die Passage beginnt, gibt es noch einige andere Gänge, die in südlicher Richtung verlaufen, einen weiteren großen Gang mit mehreren Abzweigungen. Dieser Nebengang führt zunächst ziemlich geradeaus nach Süden. Man könnte also denken, das wäre eine weitere Passage. Er endet aber irgendwann, und alle Abzweigungen führen nur in Sackgassen oder wieder auf Umwegen in den Durchgangstunnel zurück."

„Du redest von Abzweigungen." Er wollte sich einfach nicht damit zufriedengeben. „Das sind die ausgebauten Teile. Aber vielleicht gibt es irgendwelche Höhlungen, irgendwelche Spalten, die in unerforschte Teile des Berges führen, in natürliche Kammern und Gänge. Es ist doch dein tägliches Brot, solche Wege zu finden, die sonst niemand entdecken kann."

„So leid es mir tut, Erion, aber da ist nichts. Das ist solider, fester Stein, je weiter man kommt, ohne irgendwelche Einschlüsse oder Schwachstellen. Nur der eine Durchgangstunnel führt durch die letzte Barriere. Man hat ihn in den Fels gehauen, um eine einzige Passage nach Süden zu schaffen und es dann bewusst dabei belassen."

Erion seufzte, ließ die Schultern hängen. „Dann sitzt Morlugh also in einem Nadelöhr. Das ist ein Fakt, und Morlugh weiß es." Grolk keckerte leise auf seiner Schulter vor sich hin, wie der Boden eines alten Kessels, der sich langsam über einen bestimmten Punkt hinaus erhitzte. „Er weiß es auch nur zu gut."

Malaiar hob die Hand, berührte ihn an seiner Schulter, als wollte sie ihm Trost spenden. „Eine gute Nachricht habe ich aber zumindest für dich. Ich bin dort herumgekrochen, habe alles erkundet, mich ihm auch durch eine Abzweigung dem Durchgangstunnel genähert und kann bestätigen, dass es ist, wie wir vermuten. Morlugh wird begleitet von seinen beiden Leibschergen Hugar-Vhan und Jagha-Bho, und neben ihnen sind noch vier weitere Duerga dabei. Doch bei alledem hat keiner von ihnen mich entdeckt."

Erion schaute sie an, dann jedoch schweifte sein Blick von ihrem Gesicht ab. Er starrte an ihr vorbei, sah ins Leere.

Er brummte vor sich hin, während er diesem Gedanken nachhing. Grolk schnurrte auf seiner Schulter.

Schließlich sah er auf. „Weißt du was, Malaiar? Wenn ich so darüber nachdenke, ist das gar keine so gute Nachricht."

Malaiar sah ihn erstaunt an, und er spürte auch die Blicke der beiden anderen.

„Ich würde sagen, Malaiar-Jhin, du gehst da jetzt noch mal rein. Und diesmal sorgst du dafür, dass er dich entdeckt."

8

EIN PLAN

Zuerst hatten sie ihn für verrückt gehalten, aber dann hatte er es ihnen erklärt.

Dass es nur diesen einen Durchgangstunnel gab, das wusste Morlugh. So wie er handelte, war er sich dessen sicher. Er musste es aus irgendwelchen Erzählungen über Duarka-Vanur, das Tor zum Süden, erfahren haben. Vielleicht auch aus den Berichten von Leuten, die dort gewesen waren und die Geschichte vom einzigen Tunnel, der nach Süden führte, bestätigt hatten.

Wie auch immer ... und das war der kritische Punkt ... er wusste es jedoch nicht aus eigener Erfahrung.

Malaiar-Jhin hingegen kannte er gut.

Er wusste um ihre Fähigkeiten als Stollenspürerin, schätzte sie und forderte sie immer wieder an, wenn es um schwierige Aufgaben ging. Darum, etwas im Berg zu finden, was sonst niemand aufspüren konnte.

„Wenn er sie sieht ... wenn er sie erkennt ..." Erion hob, um die Pause zu unterstreichen, seinen Finger. „... dann weiß er, dass wir kommen." Er wandte sich an Malaiar. „Er hat doch Posten aufgestellt, oder?"

„Das hat er."

„Wenn er dich bemerkt, wenn dich jemand bemerkt und er danach weiß, dass du es bist, wird er sie zu noch größerer Wachsamkeit anspornen, stimmt's? Damit sie ihm melden, wenn wir kommen."

Alle nickten ringsum.

„Was meint ihr, was passiert, wenn dieser Posten Morlugh meldet, dass wir kommen. Aber nicht auf ihn zu, sondern dass wir uns ganz sicher und stur an den abzweigenden Nebengang halten. Der ebenfalls Richtung Süden führt, aber irgendwo endet. Und den auch stur weiterverfolgen. Wenn er weiß, dass Malaiar-Jhin, die geniale Stollenspürerin, bei uns ist."

Kunja brummte. Ringsum setzte Schweigen ein.

Das mehrere Herzschläge anhielt, bevor Kunja sagte, „Er wird denken, dass Malaiar-Jhin, die geniale Stollenspürerin, uns auf einem Weg, den sie entdeckt hat, an ihm vorbei nach Süden führt."

„Auf einem Weg, den noch niemand vor ihr gefunden hat. Entgegen allen Berichten und allem, was Morlugh über das Tor des Südens gehört hat." Er sah die anderen drei an. „Traut Morlugh dem Urteil anderer? Richtig. Gut für uns. Aber wie gut Malaiar ist, das weiß er."

„Hör auf. Du machst mich noch verlegen. Das ist kein verdientes Lob. Denn ich hab nichts gefunden."

„Doch, hast du." Er zeigte mit dem Finger auf sie. „Stollen, die nur wieder in den Durchgangstunnel zurückführen."

Wieder breitete sich Stille aus, in der man nur ihr Atmen hörte.

Jetzt schnell den Rest. „Wenn also Morlugh und seine Schergen uns in den Nebengang folgen, nehmen wir, bevor sie nur irgendwie zu nahe kommen, eine dieser Abzweigungen und stechen durch in die echte Passage nach Süden. Wir schlagen vor seiner Nase einen Haken. Wenn wir Glück haben, ist dieser echte Durchgangstunnel dann komplett verlassen oder nur noch schlecht bewacht."

Er breitete die Arme aus und spürte, wie sich ein breites Grinsen auf seinem Gesicht ausbreitete. „Und so kommen wir dann raus." Er blickte in die Gesichter seiner Freunde. „Hört sich doch genial an, oder?"

TEIL V

DER KÖNIG DES BERGES

1

AUF GEHT'S!

A uf dem ersten Teil ihres Weges waren sie nicht zur Heimlichkeit gezwungen. Immerhin wollten sie ja, dass Morlugh ihr Kommen bemerkte. Und den Weg, den sie – zunächst – nahmen.

Sie mussten nur so tun, als würden sie sich möglichst unauffällig annähern und in die Stadt bewegen, damit Morlugh und seine Schergen keinerlei Verdacht schöpften. Weil sie nicht augenblicklich zornentbrannt auf ihn zugestürmt waren, würde er ohnehin vermuten, dass sie irgendetwas vorhatten. Er wusste eben nur nicht, was.

Also zog Kunja voran und kundschaftete in weiten Bögen, jede Deckung nutzend, das Gelände vor der Stadt aus, wo der Wald sich ausdünnte und in eine Freifläche überging.

Erion nahm mit Duvruk und Malaiar den geraden Weg auf die Stadt zu, wobei Duvruk mit seiner beeindruckenden Duergagestalt die Spitze bildete, das blanke Breitschwert in der Hand. Zu seiner schwarzen, struppigen Fellweste, die sich über seiner Brust spannte, Gürtel und Lendenschurz, trug er neben seinen eigenen zwei breiten Armringen jetzt Turams dünneren, den er sich derart den Oberarm hochgeschoben hatte, dass er nicht, wie es bei Turam gewesen war, klirrte und klingelte.

Malaiar-Jhin trug die schlichte, robuste Kleidung einer Stollenspürerin in Schwarz und Braun, eine Mischung aus dickem Leinenstoff und Leder an den Teilen, die abgepolstert werden mussten, der besonderen Abnutzung ausgesetzt waren oder zusätzlichen Schutzes bedurften. Nur musste das heute nicht dazu dienen, sie neben ihrer verhornten Firimduergahaut vor gelegentlichem Steinschlag oder scharfen Felskanten zu schützen, sondern vor feindlichen Klingen, sollten sie in ein Gefecht geraten und sich ihren Weg freikämpfen müssen.

Die vereinzelten Stränge ihres kräftigen, derben Haares, das sie zu Zöpfen geflochten trug, hatte sie heute mit dem blauen Band zusammengebunden, das sie ansonsten gelegentlich als Stirnband oder Halstuch trug.

Malaiar war bewaffnet mit einer Klinge, die in der Länge zwischen einem Kurzschwert und einem herkömmlichen Anderthalbhänder lag, sowie mit einem Langdolch.

Keine der Klingen hatte sie gezogen und hielt nicht mal ihre Hände in der Nähe der Griffe. Erion schaute deshalb verwundert zu ihr hin, und Duvruk, der seinen Blick wohl bemerkte und richtig deutete, meinte dazu, „Macht sie immer. Legt erst los, wenn sie zuschlägt. So ist es beim Training, und Morlugh würde sich wundern, wenn sie's heute anders täte. Wenn er uns beobachtet. Und das wird er irgendwann."

Erion dagegen hatte sein Ninraéschwert gezogen und hielt es in der entsprechenden Bereitschaftshaltung, locker in der Hand, leicht gesenkt, und so bereit, es im Ernstfall in jede Richtung zu bewegen und zu jedem Zug zu führen.

Das trug ihm einen scheelen Blick Duvruks ein, doch er

verkniff sich jede Bemerkung, ob er denn mit dem Ding überhaupt umgehen könne. Turam hätte garantiert etwas über sein elfisches Rumgetanze mit einer Klinge erwähnt, mit der man eigentlich etwas anderes tun sollte. Heute hätte er wahrhaftig etwas dafür gegeben, Turams Spötteleien zu hören.

Duvruk musterte ihn dagegen von Kopf bis Fuß, während sie langsam voranschritten, und meinte, „Du siehst ziemlich zerlumpt aus."

Erion musste eingestehen, dass er da nicht ganz unrecht hatte.

„Ich hatte nicht gerade Zeit, mich rauszuputzen", gab er zurück.

Er trug noch immer sein grobes, zweckmäßiges Leinenzeug ohne jede Verzierung oder Beiwerk. Das heißt, wenn man den von Morlugh halb abgerissenen Kragen und die vom Schleifen durch die Stadt an den Knien durchgeschlissenen Hosen nicht als Beiwerk sehen wollte. Die Tage in den Minen hatten dem Zustand seiner Kleidung auch nicht gerade genützt. Sie war dreckig vom Steinstaub und wies Flecken mit verkrusteten Rändern auf.

Dazu passte, dass auf seiner Schulter ein schwärzliches, struppiges, abgemagertes Vieh saß, dessen Kopf beinahe dem einer Ratte glich. „Grolk der Grolk", hatte Erion zu ihm gesagt, bevor sie loszogen, so, als könnte das Tier ihn verstehen. „Wenn es brenzlich wird, springst du runter, ja?" Wahrscheinlich musste er ihm das gar nicht sagen – das tat er meistens. „Und du verziehst dich ganz schnell, wenn es aussieht, als würde ernste Gefahr bestehen." In dieser Beziehung hatte Grolk sich allerdings nicht als allzu weise erwiesen. Sonst hätte er die zahlreichen Gelegenheiten genutzt und wäre längst nicht mehr bei ihm.

An seiner Kleidung hatte Erion wenig machen können, aber vor ihrem Aufbruch war er an den Bach gegangen und hatte sich sorgfältig das Gesicht gewaschen, bis er sicher war, dass aller Ruß und Dreck Kharnuk-Braghas daraus verschwunden war. Er war sich mit den nassen Fingern durch seine achtlos ungleichmäßig gestutzten kurzen Haare gefahren und hatte den Ring in seinem Nasenflügel betastet und überlegt, ob der nicht etwas zu duergamäßig wäre und er ihn deshalb zurücklassen sollte. Er hatte sich aber dagegen entschieden, denn das Ding war ein Teil von ihm und keineswegs länger der Versuch, jemand anderer zu sein.

Jetzt, da sie den Wald verlassen hatten, zeigten sich vor ihnen die ersten Bauten von Duerka-Vanur und der Berg, in den sein unterirdischer Teil hineingebaut war. Er erhob sich in seinem Anstieg zu einem hohen steinernen Wall, der diesen Teil der Welt von dem dahinter abtrennte.

Erion konnte sich der Versuchung nicht erwehren, sich noch einmal umzuschauen. Und dort erhob sich über einer welligen Fläche von Wäldern das Panorama steiler Berge, und darin, von zwei Steinriesen eingerahmt wie in der Kimme einer Armbrust, ragte die schroffe, ehrfurchtgebietende Spitze des Drakhanur auf. Genau so wie Kunja es beschrieben hatte. Dies war jener Berg, der Zentrum und Orientierung bot für die Lage von Ishuk-Bragha und Kharnuk-Bragha, Links-vom-Berg und Rechts-vom-Berg.

Rasch wandte er sich wieder um, denn der Anblick, der sich bei ihrer Annäherung, während die vereinzelten Nadelholzgruppen endgültig zurückwichen, immer deutlicher darbot, war nicht weniger beeindruckend.

Der Baustil Duarka-Vanurs hatte Ähnlichkeit mit dem Tor, an dem sie als grausigen Fund ihren Freund tot aufgefunden hatten. Es glich den Bauwerksteilen der Duerga, die diese innerhalb eines Berges errichtet hatten, um die natürlichen Gegebenheiten nach ihren Bedürfnissen umzugestalten oder darin eigene Bauten zu errichten. Nur lagen diese hier unter freiem Himmel und waren vollständig und freistehend und gingen nicht etwa in gewachsenen Stein über.

Hohe, an ihrer Spitze scharf zulaufende Säulen bildeten das Tor zur Stadt. Sie waren so groß, dass nicht klar wurde, waren sie nur Wegmarken, welche die Pforte kennzeichnen sollten, oder waren sie Türme, die innere Räume aufwiesen. Ihnen folgten Gebäude, die ebenfalls eckig und scharfkantig wirkten und ihnen wie Schiffe vorragende Spitzen darboten. Gegliedert wurden sie von Simsen und Vorsprüngen und geraden, tief eingekerbten Nähten und Bändern von Friesen, die an die eckige Art der Runenschrift der Duerga erinnerten, und Reihen schmaler oder dreieckiger Fenster.

Bergaufwärts war die Anlage in den Hang des Berges gebaut. Geduckte, breite Türme standen wie kantige Bastionen vor. Stockwerke erhoben sich Ebene um Ebene, doch nicht so verschachtelt und ineinander verschränkt wie die Häuser innerhalb der großen Höhlenkammer Kharnuk-Braghas. Eher gemahnten sie an Terrassen einer sternförmig angelegten Festungsanlage. Erion vermutete, dass es früher auf diesen Dächern und Terrassen einmal Gärten gegeben haben mochte. Jetzt waren sie überwuchert von Gesträuch, und einiges Nadelholz hatte seine Wurzel in die Rinnen und Spalten gegraben und streckte sich düster und schief zum Himmel hin.

Als sie zwischen den ersten Bauten und Pfeilern eintauchten, entdeckte er Kunja, die in ihre Richtung vorstieß und ihnen hinter einem Pfeiler hervor zuwinkte, bevor sie dann einen Kurs parallel zu ihrem Weg einschlug.

Nach einiger Zeit sah Erion schon die großen, spitzkantigen Tore, die wie dunkle Mäuler hinter den Bauten hochragten und Zugang zu den unterirdischen Teilen der Stadt boten.

„Welches nehmen wir?", fragte er Malaiar.

„Das mittlere", erwiderte sie. „Duarka-Vanur nennt sich das Tor des Südens und natürlich führt die mittlere Achse durch den Berg nach Süden hin."

„Wird er –"

Er wollte nach Wachtposten fragen, doch Malaiar fiel ihm ins Wort. „Ja, davon gehe ich aus."

Er fragte nicht weiter. Entweder hatte sie einen davon erspäht oder wollte einfach nicht, dass sie womöglich belauscht wurden. Er sah in die Richtung, in der Kunja ihnen folgen musste. Ihm war nicht klar, inwiefern sie ihre Kundschaftertätigkeit gerade nur zum bloßen Augenschein wahrnahm und vielleicht schon einen von Morlughs Posten entdeckt hatte, ohne sich etwas anmerken zu lassen.

Knapp bevor sie in den Schatten des Tormauls eintauchten, stieß Kunja zu ihnen, doch auf seinen fragenden Blick hob sie nur eine Augenbraue.

Das Tageslicht reichte noch ein Stück ihres Weges hinter ihnen herein, weit genug, um zu sehen, dass sich zu den Seiten gestaffelte Wehrbauten erhoben. Es erwarteten sie jedoch keine Höhle oder sich öffnende Flächen unterirdischer Gebäude. Der Weg führte einfach nur schnurgerade in eine Richtung.

„Wenn ihr mehr vom unterirdischen Teil der Stadt Duarka-Vanur sehen wollt, müsst ihr durch die Abzweigungen in die Nebenkammern", erklärte Malaiar. „Dort setzt sich die Siedlung in den Berg hinein fort. Aber uns interessiert nur der Weg nach Süden." Wie vertraulich senkte sie die Stimme, jedoch längst nicht zu einem Flüstern. „Genauer gesagt, die Route, von der niemand sonst weiß. Darum biegen wir bald ab."

Als die Dunkelheit sie einholte und Malaiar daraufhin jäh stehen blieb, glaubte Erion, das leise Geräusch von Tritten zu hören. Aber es hätte genauso auch das Echo ihrer eigenen Schritte sein können. Malaiar nickte jedoch bedeutsam.

Erion sah, dass sie eine Glimmkugel aus ihrer Tasche gezogen hatte. Er sah, wie sie die Rune drückte, sich rasch bückte und die Kugel gegen den Boden schlug.

Rasch spähte Erion nach vorn. In den fliehenden

Schatten glaubte er, etwas wie einen Schemen oder eine Gestalt zu erkennen.

„Wie viele Glimmkugeln hast du noch?", fragte Kunja.

„Sie werden uns schon sicher durch den Berg führen", erwiderte Malaiar.

„Zwei, drei hab ich auch noch dabei", murmelte Kunja, während sie in ihren Taschen wühlte.

„Ich hab noch eine", sagte Erion. „Eine von meinen hab ich in Kharnuk-Bragha für den Jäger-Drazghul gebraucht."

Sie marschierten weiter im rot tanzenden Licht der Glimmkugel. Erion lauschte. „Höre ich da Wasserrauschen?"

„Ja", antwortete Malaiar. „Ein unterirdischer Fluss fließt durch die Stadt. So war sie mit Wasser versorgt. Er verläuft jedoch in nordwestlicher Richtung und verschwindet wieder im Fels. Wo er austritt, ist unbekannt."

„Es gibt zahlreiche Quellen und Wasserfälle in der Richtung, so hab ich gehört", warf Kunja ein. „Wahrscheinlich kommt er als einer oder mehrere davon heraus."

„Das war günstig für die Stadt." Duvruk nickte, ohne mit gezogenem Schwert die Umgebung aus den Augen zu lassen. „So konnten mögliche Belagerer den Fluss nicht stauen und die Höhlen überfluten."

„Wir kommen bald an die Stelle", meinte Malaiar. Sie machte eine scheuchende Bewegung den Gang hinunter und dorthin, wohin Schemen und Schrittechos verschwunden waren. „Wenn es etwas Wichtiges zu sagen gibt …" Sie senkte ihre Stimme, dass man es nur im engsten Umkreis hören konnte, und sie rückten enger zusammen. Grolk streckte auf seiner Schulter den Kopf vor. „Wenn also noch jemand etwas Notwendiges zu sagen hat, dann besser jetzt. Der Nebengang, in den wir abzweigen, ist ziemlich schalltragend, und man könnte uns womöglich noch aus der Ferne verstehen."

Sie sahen einander ringsum an.

Duvruk brummte und schaute auf Erion herab. „Wenn wir wieder in diesen Hauptgang durchstechen und Morlugh hat dort noch einen Wachposten zurückgelassen, oder zwei, dann halt dich raus und überlass ihn mir oder Malaiar."

„He, was ist mit mir?", fragte Kunja nach.

„Ja, du bist auch ganz gut. Aber wenn man Malaiar beim Training genau beobachtet, dann weiß man, was in ihr steckt. Sie zeigt es nicht offen und trägt es nicht auffällig zur Schau, aber wenn sie zuschlägt, schlägt sie zu."

Erion hob sein makellos gepflegtes ninraidisches Langschwert. „Ich kann genauso gut –"

„Wir sorgen uns nur um dich", unterbrach ihn Kunja. „Ich weiß, du hast einen Jäger-Drazghul besiegt, und du übst fleißig. Aber wenn einer uns aufhalten will, dann wird das ein ernsthafter, dreckiger Kampf. Und du warst nie beim Gemeinschaftstraining dabei. Was sagst du, Malaiar?"

Ihre Antwort kam nicht direkt. Malaiar sah ihn an und schien die Haltung zu mustern, mit der er sein ninraidisches Schwert hielt. Dann sagte sie, „Lass uns hoffen, dass wir nicht auf Widerstand stoßen und … *mein Weg* uns sicher durch die Stadt bringt."

Ein Stück weiter stießen sie auf die Stelle, an der sie vom Hauptweg abweichen mussten. Ein halb so großer Gang wie ihrer führte in spitzem Winkel davon weg und wies dabei eine sachte Steigung auf. Diesen Gang nahmen sie.

Nach einer Weile nahm die Steigung sogar noch zu, und der Gang bekam eine leichte Biegung. Immer wieder zweigten behauene Korridore oder unregelmäßige Höhlen oder Tunnel ab. Der ganze Fels schien hier von Kammern und Stollen durchzogen. An einer Stelle, an der sich die Wand weit zurückzog, folgte Malaiar mit ihrer Glimmkugel der Einbuchtung. Die entpuppte sich als große Öffnung, in die hinein sich Malaiar weit vorbeugte und dabei den Arm vorstreckte.

„Da habt ihr eure unterirdische Stadt", sagte sie.

Nach dem vorherigen Schweigen war ihre Stimme beinahe erschreckend laut. Doch nicht nur das, ihre Stimme wurde aufgespalten vielfach von überallher zurückgeworfen.

Erschreckt sahen sie sich um.

2

SCHALL UND MEHR ALS RAUCH

alaiar sah offenbar ihren Schrecken, hob ihre freie Hand, wie um dies als Beweis für ihre Ankündigung zu unterstreichen. Sie hatte es gesagt: Sie würden einen schalltragenden Teil des Nebengangs passieren müssen.

Dann, als sich alle offenbar wieder beruhigt hatten, deutete Malaiar erneut durch die Öffnung. Am Rand des Glimmkugelscheins erkannte man die Formen kantig gezackter Gebäude, die sie auch schon draußen gesehen hatten.

„Doch jetzt weiter!"

Wieder schien sich Malaiars Aufforderung ringsum zu vervielfachen. Grolk auf seiner Schulter fauchte die Echos an. Er wandte den Kopf hierhin und dorthin und schlug mit seiner Klaue zu, als wollte er das tückische Wesen mit Malaiars Stimme fangen.

„Es ist nur auf diesem Stück", erklärte Malaiar. „Und später müssen wir an einer Stelle noch einmal aufpassen."

Als sie weitergingen, hallten schließlich auch ihre Schritte aus den seitlich sich auftuenden Öffnungen wieder zu ihnen zurück. Malaiar sagte nichts, sie hob nur sich umschauend den Zeigefinger und deutete dann mit dem Daumen über ihre Schulter.

Klar, die würden ihnen folgen. Es war ja meilenweit zu hören, wohin sie abgebogen waren.

Ein weiteres Mal stoppten sie ab. Diesmal war es Erion, der alle zum Anhalten brachte. Ihm war etwas aufgefallen, das wie ein schmaler Faden quer über den Weg verlief.

Er bückte sich und betastete das schwach glitzernde Ding, das man leicht für eine Ader fremden Gesteins – vielleicht sogar Kristall- oder Edelsteineinschlüsse – halten konnte, die hier den Fels durchzog. Doch unter seinen tastenden Fingern wölbte sich diese Ader hoch und war glatt und hart wie getrocknetes Harz.

„Gibt es hier in Duarka-Vanur Drazghul?"

„Natürlich", gab Malaiar zurück. „Überall wo es Höhlungen und Beute gibt, finden sich auch Drazghul."

Erion sah, wie sich Duvruk mit von sich gestrecktem Schwert im Kreis drehte. „Dann haben wir noch mehr, vor dem wir uns in Acht nehmen müssen." Er brummte vor sich hin. „Eine große Tat, große Herausforderungen."

„Sind sie gefährlich für uns?", fragte Kunja.

Erion tastete noch einmal die Spur entlang. „Hm, dunkelrot", sagte er. Er wollte sich doch lieber noch einmal die Umgebung anschauen. „Malaiar, komm doch mit deiner Glimmkugel mal zu mir rüber."

Richtig, da war keine durchgehende Wand, sondern die Höhlung trat zurück und öffnete sich zu einem Stollen. Und hier fand sich nicht nur eine Spur, sondern viele. Hier verliefen Spritzer kreuz und quer, zogen sich an der Wand entlang, durchkreuzten sich. Dort fand sich nicht länger die dunkle Spur, nur noch orangefarbene, die im Schein der Glimmkugel wirkten, als würden sie von innen glühen, eben ähnlich wie Harz.

Er und Malaiar tauschten einen Blick.

„Müssen wir uns Sorgen machen?", fragte Kunja hinter ihnen.

„Nein", erwiderte Malaiar. „Drazghul haben diesen Stollen als Durchgang benutzt. Aber das kann schon lange her sein. Vielleicht aus Zeiten, da die Stadt noch bewohnt war. Drazghulblut härtet aus wie Bernstein."

Sie wandte sich vom Stollen ab. „Aber wir sollten uns beeilen. Wir sind nicht allein in diesem Berg." Und wieder deutete Malaiar mit dem Daumen über die Schulter rückwärts.

Stimmt. Der Plan war, lange vor Morlugh und seinen Schergen durch die Abzweigung zu verschwinden. Wenn Morlugh und seine Schergen sie vorher einholten, war alles hin. Dann waren sie tot.

Sie liefen weiter den Gang entlang. Das Echo ihrer eigenen Schritte hörte auf, sie zu verfolgen, und versiegte. Doch Laute in der Ferne mahnten sie zur Eile. Zuerst beinahe unhörbar, weit entfernt, doch dann immer deutlicher vernehmbar.

Malaiar blieb stehen, wandte sich um, beide Zeigefinger erhoben. Sie deutete scharf zur Seite. Die Glimmkugel hielt sie weiterhin mit der Faust umschlossen.

Dort war der Spalt, den sie nehmen sollten, ein scharfkantiger Riss im Fels, als wäre er durch eine Setzung entstanden.

Sie schaute sich noch einmal um, dann winkte Malaiar sie hinter sich her, in diesen Spalt hinein. Ein paar Schritt darin öffnete sie leicht die Hand mit dem Glimmstein. So, dass es für alle sichtbar war, legte sie den Finger vor die Lippen, deutete dann auf ihre Füße.

Schon ein Stück weiter wurde deutlich, was Malaiar gemeint hatte. Erion musste sehr vorsichtig seine Füße setzen, um nicht einen von den Wänden verstärkten Laut zu erzeugen. Rasch griff er nach Grolk, legte ihm die Hand um die Schnauze und kraulte ihm dann beruhigend den Nacken.

Hier, hinter einer knappen Biegung mit leicht kantig vorstehender Wand, brachte Malaiar sie dann auch zum Anhalten. Während sie zurückwichen, lehnte sich Malaiar vorsichtig am Vorsprung nach vorn.

Es dauerte einige Zeit, aber dann musste man gar nicht mehr aufmerksam lauschen oder mit an die verschwindend geringen Lichtverhältnisse gewöhnten Augen in die Dunkelheit spähen. Nein, die Stimmen der Duerga drangen auch so zu ihnen. Das Wegstück dort oben war zwar echofrei, doch der Spalt, in dem sie sich befanden, verstärkte wahrscheinlich den Schall. Und der Schein des Lichts, das Morlughs Trupp mit sich führte, drang auch so durch die Scharte im Fels zu ihnen vor.

Erion stieß Kunja, dann Malaiar an, doch Kunja hob nur den Finger an ihre Lippen. Duvruk saß hinter ihnen im Tunnel wie ein Hase im Bau und verhinderte, dass der Lichtschein noch tiefer hineinfiel und irgendwas von ihrem weiteren Weg zu erkennen war.

Sie warteten eine ganze Weile. Nachdem sowohl Geräusche als auch die Helligkeit verschwunden waren, drehte sich Malaiar zu ihnen um. In ihrem Gesicht war ein Lächeln zu sehen. Sie deutete an Erion vorbei tiefer in den Gang hinein.

Mit viel Geschiebe drängte sich Malaiar an Duvruk vorbei, dann führte sie ihre Firimduergafreundin so schnell wie möglich durch den Spalt weiter. Am Ende wurde es eine atemlose Hast, bei der sie höllisch achtgeben mussten, wohin sie ihre Füße setzten, denn der Spalt bekam ein gewaltiges Gefälle, wurde beinahe zu einem Steilhang, auf dem man Gefahr lief, abzugleiten und hinunterzurutschen. Malaiar winkte aufgeregt mahnend mit der halb abgedeckten Glimmkugel.

Sonst wären sie wahrscheinlich in sie hineingestolpert, als sie vor ihnen abbremste.

Einen Moment versperrte sie dort den Weg, den anderen

Moment war sie weg. Erion kroch hinterher, sah, dass sie durch ein Loch verschwunden war, in dem der Spalt endete.

Er streckte den Kopf durch, sah unter sich Malaiar jetzt im vollen Licht der Glimmkugel. Die Hand, die diese hielt, schwenkte sie dringlich dämpfend, den Zeigefinger der anderen Hand hielt sie vor die Lippen.

Keinen Laut! Auf keinen Fall!, sagte ihre Geste.

So leise, wie es ging, ließ sich Erion durch das Loch hinab, musste am Ende jedoch springen, weil er mit den Füßen den Boden nicht erreichte. Wie ein trockener Trommelschlag, wieder und wieder zurückgeworfen, hallte ihm der Aufprall seiner Stiefel in den Ohren. Kunja kam geschmeidiger herab, nur Duvruk war eine Basspauke.

Malaiar schnaufte auf, zuckte dann die Achseln und trat zurück.

Im Schein der Glimmkugel sah sich Erion um. Der Raum, in dem sie sich befanden, war groß, was nach dem engen Spalt beinahe wie ein Schock war.

Ihm bot sich ein zunächst verwirrender Anblick, dessen Eindrücke sein Geist erst nach und nach zuordnen konnte. Sie waren im Knotenpunkt eines unübersichtlichen Tunnelgewirrs herausgekommen. Der Überblick wurde dadurch erschwert, dass die Höhle durch Decke und Boden verbindende Formationen gegliedert wurde, wodurch so etwas wie Nebenkammern und Nischen entstanden. Die verhinderten natürlich, dass der Schein der Glimmkugel überall hinfiel, sodass die hinteren, tieferen Bereiche im Dunkel blieben. Doch war ohnedies erkennbar, dass aus diesem großen natürlichen Gewölbe allerhand ziemlich verschiedenartige Tunnel abgingen, von ungleichmäßigen natürlichen Stollen, über grottenähnliche Durchgänge, die nicht ahnen ließen, ob sie weit führten, bis hin zu Röhren, die beinahe gleichmäßig aussahen.

Im Licht der Glimmkugel machte Malaiar lebhaft energische Gesten, als wollte sie sie möglichst schnell durch dieses Höhlengewirr scheuchen. Das war gar nicht so leicht, denn als Malaiar voranging, um ihnen die Richtung zu weisen, verdeckte sie auch den Schein in ihrer Hand, wodurch die Schatten wanderten und sich den Raum eroberten. Im Halbdunkel stolperte Erion hinter seiner Firimduergafreundin her, stieß dabei mit der Schulter gegen kantigen Fels und streckte die Finger aus, um sich an dem Hindernis vorbeizutasten. Er biss die Zähne zusammen, als er sich seine Hand an rauem Fels aufschürfte, und fuhr dann aber über eine glatte, beinahe rutschige Stelle. Er stieß sich möglichst weit von dem Fels ab, Malaiar hinterher.

Die drehte sich mit ihrer Lichtquelle zum Glück in diesem Moment zu ihnen hin. Erion sah, wie sie die Augen aufriss und blitzschnell mit dringlicher Geste die Hand hob.

Erion entdeckte, dass er sich durch sein Abstoßen vom Hindernis ein gutes Stück aus ihrer Kette und von dem Kurs, den Malaiar sie führte, entfernt hatte. Zu seinen Füßen klaffte undurchdringliche Schwärze.

Malaiar hielt es trotz ihrer Mahnung zur Stille offenbar für notwendig, ihre eigene Anweisung zu durchbrechen. „Vorsicht, fallt nicht rein!", wisperte sie ganz leise. „Da sind mehr Löcher im Boden."

Ein Zischeln aus allen Richtungen war die Antwort darauf. Es hätte genauso gut aus allen Tunneln und Röhren als vom Hall kommen können, den Malaiars betont gedämpft gesprochene Worte in der Kaverne erzeugten.

Erion sah sich auf ihren Hinweis hin um. Tatsächlich waren da lauter runde Löcher im Boden, als wäre der Stein porös und voller Blasen, einige kaum größer als eine Faust, andere so groß, dass man mit dem Bein hineinstolpern und stecken bleiben konnte. Oder gar bis zur Hüfte hineinrutschen, wenn man schlank war. Die größte Öffnung befand sich aber tatsächlich unmittelbar vor ihm, und er wäre beinahe hineingefallen. Die Kante war an dieser Stelle glatt und dunkelrot, fast schwarz. Da hätte man leicht ausrutschen können. Hastig schrak er vor diesem Trichter zurück.

Malaiar machte eine kreisende Bewegung, das Loch zu umrunden und ihr zu folgen.

Der Weg raus aus dieser Höhlenkammer war leichter zu bewältigen. Es war ein Gang mit einem beinahe ebenen Boden, weshalb man schon fast denken konnte, er sei künstlich angelegt oder bearbeitet worden. Er wies bereits am Anfang einige Abzweigungen auf, doch der Tunnel, dem Malaiar folgte, war stark abschüssig, sodass Erion annahm, es würde von hier aus rasch wieder hinunter in den Hauptdurchgang führen. Und damit in die Freiheit.

Malaiar wandte sich zu ihnen um. Erleichterung stand ihr ins Gesicht geschrieben, und es war erkennbar, dass sie etwas sagen wollte.

Da ertönte ein markerschütterndes Brüllen. Wie ein heißer Windstoß brach es den Verlauf der Röhre entlang über sie herein.

Augenblicklich erkannte er diese Stimme.

„Denkst du, du könntest mir entgehen?", brüllte König Morlugh hinter ihnen durch die Tunnel hindurch. „Denkst du, du könntest mich daran hindern, meine Säuberung zu Ende zu führen? Das einzig verbliebene Ungeziefer auszurotten, den letzten Flecken zu entfernen?"

Die Stimme ging ihm durch Mark und Bein. Grolk fauchte auf. Sie hallte wie von fern, dennoch war jedes Wort gut zu verstehen. Morlugh musste aus voller Kehle brüllen, und die schalltragenden Abschnitte mussten den Klang seiner Stimme dazu noch verstärkt weitertragen. Allein die verzweigte Höhle, die sie eben so rasch durchquert hatten, musste ein hervorragender Klangkörper sein.

Zunächst war er wie erstarrt gewesen, jetzt schrak er herum. Panik strahlte ihm aus Kunjas und selbst Duvruks stoischen Zügen entgegen.

„Ich war es! Ich habe die Säuberung eingeleitet", dröhnte es den Gang herab, dass man fast glauben konnte, man würde Morlughs sieben Nasenringe dabei mitrasseln hören. „Ich habe den ersten Schritt getan und die Erste von euch ausgelöscht. Nicht Quislung war's. Ich, jawohl, ich habe deine Mutter, die weise Heilerin, die edle Elfenfresse umgebracht."

Was? Erions Herz erfror ihm in der Brust. Was hatte Morlugh da gesagt? Er war in einem Raum der Kälte und der Leere, in dem nur noch seine Gedanken wie Eiszapfen bei Tauwetter einer nach dem anderen scharfkantig herabstürzten.

„Warum?", röhrte Morlughs Stimme weiter. „Weil ich es wollte. Und weil ich der Gemeinschaft damit einen Dienst geleistet habe."

Morlugh war der Mörder seiner Mutter. Dieses Dreckschwein hatte sie getötet.

„Aber nicht nur deshalb." Morlughs Stimme ließ ihm keine Gnade. „Sondern auch, weil es der erste Schritt war, der den Rest in Gang gesetzt hat."

Auch Kunjas Gesicht schien selbst im Schein der Glimmkugel bleich. Doch es verlor für ihn jede Kontur. Er starrte an ihm vorbei in den Tunnel hinein, dorthin, woher Morlughs blechern dröhnendes Geprahle erklang.

„Ich wusste es. Ich wusste, dass du sofort Quislung im Verdacht haben würdest. Und ich wusste, dass dann in deinem kleinen Elfenköpfchen etwas durchdrehen würde und dass du dann etwas schrecklich Dummes tun würdest.

Darauf ist bei dir schließlich immer Verlass.

Dann könnte ich dich jagen und auch töten, und dann wäre alles vorbei. Kharnuk-Bragha wäre von der verfluchten Elfenpest gereinigt."

Darum ging es! Dass er ein halber Ninraé war und seine Mutter eine reinblütige. Dass sie zu der Rasse gehörten, gegen welche die drei Duergastämme der Nordebenen unter Anaudragors Banner gekämpft hatten. Dass ihre Rasse zu der Allianz gehört hatte, die Morlughs Seite, den Alten Drachen und seine Erzverheerer mitsamt ihren Verbündeten, Kinphauren, Duerga und allen anderen, schließlich besiegt und verbannt hatten.

„Was dann dein Freund getan hat, konnte ich natürlich nicht vorhersehen", polterte Morlugh fort, etwas ruhiger, beinahe, als würde er vernünftig räsonieren. „Aber es kam mir ziemlich entgegen. Es gab mir den Vorwand, zum Äußersten zu gehen. Seine Tat, das war etwas ziemlich Dummes. Etwas himmelschreiend Dummes sogar. Aber wie sagt man so schön? Gleich und gleich gesellt sich gern."

Turam, der immer eine treue Seele gewesen war und mit seinem Frohsinn alle angesteckt hatte … Nicht nur ein Opfer auf Morlughs Weg, sondern auch ein Trittstein. Dieser Drecksack war ein Monster.

„Aber jetzt endet es", fuhr Morlugh unbarmherzig fort. „Es geht schon viel zu lange."

Seine Stimme wurde verzerrt, gedehnt, beinahe hämisch, aber doch nicht ganz. „Es war eine Qual, eure Elfengesichter Tag für Tag sehen zu müssen. Du bist der Feind! *Ihr* seid der Feind! Es war eine Qual, euch in meiner Gemeinschaft dulden zu müssen.

Aber ich konnte nichts tun. Ich konnte nicht offen gegen euch vorgehen.

Deine Mutter war eine viel zu gute und bei zu vielen beliebte Heilerin. Eine wahre Heilige! Und über dich hat deine Meisterin, die verdammte Runenschmiedin Dunjak-Dhar schützend die Hand gehalten."

Meinte er das ernst? Wie hatte Dunjak-Dhar ihn vor Morlugh schützen können? Wieso hatte sie König Morlugh davon abhalten können, sich an ihm zu vergreifen?

Eine Hand ergriff ihn bei der Schulter. Es musste die von Malaiar sein. „Komm, Erion, wir gehen." Er hörte sie kaum, er hörte nur Morlugh.

„Den ersten Schritt musste ich im Stillen tun, der Abhang hat den Rest erledigt." Etwas wie ein glucksendes Lachen folgte. „Danach musste ich mich nur noch auf deine ewig wache Bereitschaft verlassen, etwas wirklich Dummes zu tun.

Ich musste nur noch Dunjak-Dhars Drängen nachgeben, dir zum Begräbnis deiner Mutter Freigang zu erlauben und dann dafür sorgen, dass du, nachdem sie deine Gebärerin in den Dreck versenkt hatten, entkommen konntest. Hugar-Vhan und Jagha-Bho hatten die entsprechenden Anweisungen, stimmt's?" Es tönte ein Grunzen als Zustimmung, dann ein weiteres. „Ich hätte aber nicht gedacht, dass dein bumsfideler Kumpel Turam so dämlich gewesen wäre, den Eidstein zu stehlen.

Und jetzt bist nur noch du zu erledigen, dann ist es getan."

Erion spürte nur am Rande, dass sein ganzer Körper sich verkrampft hatte, dass er nur noch ein einziger Ball aus angespannten Muskeln war. Wie ein arktischer, eisfahler Strom sauste es an ihm vorbei.

„Dann habe ich Kharnuk-Bragha einen großen Gefallen erwiesen. Ich habe es von einem Makel auf seinem Angesicht befreit. Ich habe die Plage ausgemerzt."

Morlughs Stimme setzte aus, und Erion dachte schon, dass er damit ans Ende gekommen war.

Doch noch einmal hob Morlugh an. „Ich frag mich nur, hat ihr der Treuering noch im Fallen den Daumen tranchiert, weil sie sich damit zu weit von ihrem Herrn und Gemahl Viedgor Quislung entfernt hat? Na ja, geschrien hat sie genug dafür."

Wieder spürte er, wie jemand ihn an der Schulter packte. Kunja? Es musste wohl Kunja sein.

„Erion, er rechnet damit, dass du etwas Dummes tust." Sie musste ihn offenbar anstarren. Er nahm wahr, wie ihre

Blicke über sein Gesicht fuhren. „Und du siehst gerade ganz so aus, als würdest du gleich etwas Dummes tun."

Er schüttelte ihre Hand ab. Er bebte.

„Erion, lass dich von ihm nicht –"

Grolk zischte, spuckte und fauchte.

Erion stieß sie, stieß Duvruk beiseite und stürmte den Gang hinauf, Morlugh entgegen.

3

ZWEIKAMPF

Der Gang war zu eng, doch als er in die verzweigte Höhle hinauskam, zog er wieder sein Ninraé-schwert. Er hörte, wie es in einem großen Bogen aus der Rückenscheide zur Seite hin die kühle Luft durch-teilte. Grolk zischte im Einklang damit.

Es war dunkel, und in seiner Wut erinnerte er sich erst im letzten Moment an das Loch und daran, dass er nicht wusste, wo es sich befand.

Fieberhaft tastete er nach der Glimmkugel in seiner Tasche. Der Stoff stülpte sich um, er nestelte noch wilder. Schließlich grub er sie aus den Falten, hielt sie hoch. Er musste sich zwingen, auf der Stelle zu bleiben, seine unruhigen Beine wollten ihn weiterschnellen.

Das Schwein! Dieses verfluchte Schwein!

Er drückte die Rune auf der Oberfläche der Kugel, suchte mit der Hand herumfuchtelnd nach Fels, nach irgendeiner Oberfläche, gegen die er die Kugel zum Auslösen schlagen konnte. Der Boden unter deinen Füßen war immer noch das sicherste.

Er bückte sich, hätte dabei fast das Übergewicht bekommen, weil der Boden später als gedacht kam. Mit einem beinahe klirrenden Aufschlag erwachte seine Glimmkugel zum Leben. Ihr Licht ließ Kleckse und Splitter sich auf dem Boden abzeichnen, schwarzrot und doch flach, wie tiefste Glut, es tanzte fort und malte ein huschendes Kaleidoskop auf Boden und Wände. Nur einen Schritt vor ihm nicht. Dort gähnte bloß Leere.

Im letzten Moment!

Er umging das Loch, durcheilte die Höhle.

Lodernde Finsternis schwärmte vor seinen Augen. Er sah das Gesicht seiner Mutter vor sich. Verzweifelt und schreckverzerrt im letzten Sturz in die Leere. Hatte sie es als eine Gnade empfunden, als ihr vielleicht der Treuering im letzten Moment den Daumen abgetrennt und sie damit für immer von Viedgor Quislung befreit hatte?

Mörder! Monster! Bestie!

Vor dem hochgelegenen Ausgang der Höhle kam er zur Besinnung. Zwei Schritt davon entfernt starrte er hoch. Er musste da hinauf. Selbst dann müsste er in dem engen Spalt sein Schwert …

Es grunzte und polterte in dem Spalt über ihm. Grolk fauchte auf.

Dann kam jäh daraus etwas herabgedonnert, prallte breitbeinig auf dem Boden auf.

König Morlugh stand vor ihm, ganz ohne seinen Kronreif, breit über die ganze metallgespickte Visage grinsend, dass es selbst seine Nasenflügel auseinanderzog und sich die Nasenringe darin klirrend spannten.

„Hab ich dich doch richtig eingeschätzt, Erion Leichtfuß. Immer für eine Dummheit gut." Seine Worte hallten dröhnend in der Höhle wider.

Erion wich einen Schritt zurück. Ihm wankten die Beine, sein ganzer Körper bebte. Grolk auf seiner Schulter knurrte. „Verschwinde, Grolk", zischte er ihm zu. Schnaubend und krächzend sprang der Grolk in einem hohen

Bogen von seiner Schulter ab und hopste zischelnd in die Dunkelheit der Höhle davon. Seine scharf hervorgestoßenen Laute mischten sich mit dem dumpf hallenden Echo von Morlughs Stimme.

Morlugh schien jetzt erst sein Schwert wahrzunehmen. Erion sah, wie er mit seinem Blick dessen Länge entlangfuhr. „Was willst du denn damit? Kannst doch gar nichts mit einem so langen Zahnstocher anfangen. Elfensöhnchen ist sich ja zu fein, zu unserem gemeinsamen Training zu kommen."

War ihm recht. Ein Gegner, der dich nicht kannte, dich sogar unterschätzte, war immer von Vorteil. Er wich einen, zwei weitere Schritte zurück, damit er Raum erhielt.

Was Morlugh gesagt hatte, dröhnte durch die Höhle und verband sich mit dem donnernden widerhallenden Rest zu einem einzigen Lautschwall.

Morlugh zog das Breitschwert, das er nach der Art der meisten Duerga schräg hinter dem Rücken trug, wog es in der Hand.

Na ja, um gegen ein Breitschwert zu bestehen, musste man die Lehren der Ninraé aus dem Buch stark anpassen. So eine Waffe war für sie bei einem Gegner nicht vorgesehen.

Morlugh deutete mit einem Rucken seines Kopfes auf Erions Waffe. „Schwert ist gut", sagte er. „Ich leg noch 'ne Axt drauf."

Und griff mit der Linken an seine Hüfte, die kam mit einer Einhandaxt mit gefährlich zu einer Spitze gebogenem Blatt wieder hoch.

Besser, er hatte die zweite Hand frei. Während Morlugh ihn aus zu gelben Schlitzen verkniffenen Augen wachsam beobachtete, senkte er den Arm mit der Glimmkugel, lockerte seinen Griff und ließ sie so sanft wie möglich wegrollen.

Morlugh griff an.

Das Licht rollte mit ihr, die Schatten wanderten.

Er schlug mit der Axt zu, die in einem Abwärtsschwung die Luft zerteilte – und somit auch Erion, hätte der sich nicht blitzschnell seitwärts weggebogen. Dort traf ihn hart Morlughs von einem breiten Eisenband umfasster Unterarm.

Erion taumelte zur Seite, hatte den Geschmack von Metall im Mund, das Gefühl davon hoch hinauf in den Schädel, und spuckte Blut.

Hoch- und abschwellend dröhnte die Summe aller bisherigen Geräusche durch die Höhle wie ein riesiger Herzschlag und raubte ihm zusammen mit dem Schmerz beinahe den Verstand.

Ich kann das! Ich hab das im Griff!

Die Klinge des Breitschwerts kam unerbittlich ansatzlos, und Erion konnte sich nur haarscharf unter ihr wegducken.

Distanz! Du musst Distanz gewinnen! Ohne Raum bist du verloren.

Er warf sich verzweifelt in die Gegenrichtung, denn der nächste Schlag musste gleich kommen. Er kam so heftig, nachdrücklich und niedrig, dass er beim tiefen Ausweichen die Balance verlor. Dass er das elegante Seitwärtsmanöver in ein Abrollen verwandeln musste, das immerhin auch Abstand zwischen ihn und seinen Gegner brachte. Er spürte, wie er über Schotter und Steinbrocken kugelte, dann seine Schwerthand in der Leere hing. Über die Knie kam er wieder hoch.

Ach, das Loch. Ja, da war was. Aber das bekam er schon hin. Auch ohne Tricks.

In kampfbereiter Haltung kam er wieder zum Stehen.

Die Glimmkugel war zur Ruhe gekommen. In ihrem Licht sah er, wie Morlugh ihn über eine gute Auftaktdistanz hinweg von oben bis unten musterte. „Na, zumindest die Ausgangsstellung kann er. Hat Elfensöhnchen sich doch was abgeguckt, wenn er von fern zu uns runtergelinst hat."

Mehr als die Ausgangsstellung. Die ganze verfluchte

Fechtschule der Ninraé aus der Büchersammlung seiner Mutter. Alle Stellungen, alle Warten und Hiebe, alle Attacken und Abwehrzüge, alle Erwiderungen und Verkehrungen.

Der Hall von Morlughs Worten wogte durch die Kammer. Er biss die Zähne zusammen, bemühte sich, seine Wut herabzudämpfen. Zorn war nicht gut zum Kämpfen. Nur eben das genau richtige Maß gerechten Zorns.

„Wirst du gleich sehen", warf er Morlugh entgegen. Seine Worte durchschnitten den Wust aus Hall und Echos. Mit blitzschnell scherendem Vorwärtsschritt und dem Blitzen seiner Klinge griff er an.

Er hatte die Genugtuung, Morlughs erstaunt sich weitende Augen zu sehen, als er vor dem Schwung der Bögen, die seine Klinge beschrieb, zurückweichen musste.

Morlugh startete einen Befreiungsschlag mit seinem Breitschwert, Erion ließ die Klinge, wie er es aus dem Buch seiner Mutter gelernt hatte, ins Leere gehen, statt sie zu parieren oder abzulenken, und Morlugh taumelte an ihm vorbei.

Verflucht, da war sie kurz, die ungeschützte Flanke, in die er seine Klinge hätte hineinstechen können. Sodass er Morlugh seitlich den Bauch aufgeschlitzt hätte und seine Gedärme herausgequollen wären. Bei dem Gedanken drängte sich sein Mageninhalt hoch.

Unterdessen war Morlugh jedoch schon auf eine sichere Distanz zurückgewichen und starrte ihn mit gebleckten Zähnen an.

„Hat das Elfenjüngelchen ja doch was drauf. Wo hat es sich das nur hergeholt? Was für ein kluges Köpfchen und was für gewandte, elegante Bewegungen!"

Mist, er hätte ihn erledigen können. Dann würde er jetzt nicht so hämisch grinsen. Aber seine Innereien würden sich über den Höhlenboden ergießen. O Urnak!

„Na, dann wollen wir mal." Morlugh wischte sich mit

dem Unterarm der Seite, an der er die Axt trug, einmal quer über den Mund.

Und preschte noch mitten in der Bewegung los, sein Breitschwert zerteilte die Luft. Erion hörte ihn grunzen. Die Klinge zog knapp über ihn hinweg. Der nächste Schlag kam diagonal. Erion konnte ihm nur mit einem raschen Seitwärtsschritt ausweichen. Morlugh bedrängte ihn erneut, hieb zu. Er lenkte den Schlag ab, während er sich geschickt wegdrehte.

Ein scharfer Schmerz an der Hüfte überraschte ihn, und mit einem schrillen Laut, der ihn selbst verdutzte, sprang er zurück, sah, dass Morlughs Axt den Stoff seiner Kleidung, beinahe seinen Gürtel durchtrennt hatte. Keine Zeit für Verwunderung, die Klinge kam erneut. Er wollte sich wegdrehen, wurde von einem Armreif an Nase und Wangenknochen gestreift, wich zwei rasche Schritte zurück. Ein dumpfer Schmerz, ein metallischer Geschmack. Hätte der Schlag ihn voll erwischt, wäre seine Nase gebrochen.

Ein waagrechter Hieb von Morlughs Schwert, dessen Spitze nur knapp an seinem Bauch vorbeipfiff. Weiter zurück. Er knallte gegen Fels in seinem Rücken. Zur Seite weg, bevor …

Sein Fuß knickte weg. Schmerz zuckte hoch.

Er schrie auf, zwang sich aber trotzdem, zur Seite zu schnellen. Der befürchtete Hieb, der nachsetze, kam nicht, und beinahe verwundert holte er Luft.

Morlugh stand grinsend vor dem Loch, das er jetzt zu dessen Füßen im Boden entdeckte. In das er mit seinem Fuß hineingestolpert war. Es tat weh, doch – er prüfte es nach – er konnte auftreten, wenn auch schmerzhaft.

Es ist egal, schoss es ihm durch den Kopf. *Ich krieg dich, Morlugh. Du bist stark und brutal, aber ich habe die Eleganz von meiner Mutter geerbt. Das konntest du nicht auslöschen. Und du bist ein Monster, das ich umbringen werde. Für sie! Für die ganze Welt!*

Hämisch breit die Zähne bleckend, trat Morlugh vor, schaute demonstrativ zu Boden, dann in sein Gesicht und setzte mit betontem Tritt seinen breiten, vom Stiefel umhüllten Fuß auf das Loch, in das Erion hineingestolpert war. Sein Fuß bedeckte es einfach, er war zu groß, um damit hineinzugeraten.

Du brauchst etwas, auf das du nicht so einfach deinen breiten Fuß setzen kannst. Das Loch, nein, das brauchte er nicht. Er würde Morlugh auch so erledigen.

Er ging in eine der in vielen einsamen Trainingsstunden beharrlich vervollkommneten Haltungen, das dazu perfekt ausbalancierte ninraidische Langschwert mit einer Hand so mit der Spitze nach vorn über den Kopf erhoben, dass er es entsprechend dem Zug des Gegners in jede Richtung, zu jedem Konter oder Angriff führen konnte.

Morlugh griff an, da kam das Schwert, Erion drehte sich blitzschnell aus dem Angriffswinkel heraus, schwang seinen Stahl in Richtung von Morlughs ungeschützter Seite …

Und fand seine Klinge im Hieb jäh aufgehalten – sein Blick ging hin –, eingehakt von der scharf wie ein Schnabel herabgebogenen Klinge von Morlughs Axt. Er erfasste einen Schatten über sich, der rasch herabkam. Als er den Blick keinen Herzschlag später wieder wendete, starrte er in Morlughs hässliche Fratze.

„Buh!", sagte der.

Aus der Hocke zuckte dessen Kopf vor, und ein Schmerz wie ein Axtschlag, der die Welt spaltete, traf Erion vor die Stirn, dass alle Formen verschwammen und ihm schwarz vor Augen wurde. Er fühlte sich rückwärts stürzen, schaffte es gerade noch, sich abzufangen, und eine teuflische Pein schoss in seinem verletzten Knöchel hoch. Benommen wollte er sich umschauen, da kam der Hieb, der ihn zur Seite warf, dass ihm die Sinne schwanden, und sein Schädel dröhnte.

Wie in blindem Taumel versuchte er, nicht zu fallen,

sich aufrecht zu halten, sein Schwert hochzuhalten. Durch Schleier sah er diese Klinge, auf der sich das Licht der Glimmkugel fing und die seine Sicht zerteilte und damit die beinahe träge herantretende Gestalt Morlughs. Dessen Angriffshieb sah er, hob auch das Schwert zur Abwehr, erkannte verschwommen aus dem Augenwinkel die hochkommende Axt, fälschte seine Abwehr entsprechend ab ...

Und bekam den nächsten Schlag ab, der ihn zurücktaumeln ließ. Durch verwaschene Schleier sah er Morlugh, der seinen metallenen Armreif betrachtete – den er abbekommen hatte –, wie sinnend, dann mit dem Blick zu seiner Hand herabfuhr und dann über die Länge seines Breitschwerts.

Undeutlich sah er Morlugh die Achseln zucken. „Würde es Spaß machen, wenn ich dir gleich das Schwert in deinen Elfenwanst stoße?"

Erion wollte seine Benommenheit abschütteln, Morlugh einen Fluch in seine widerliche, abgefeimte Visage schleudern.

„Nein", erwiderte Morlugh, bevor er überhaupt etwas über seine Lippen bringen konnte. „Das war eine Frage, auf die man nicht wirklich eine Antwort will. Wie heißt das noch? Deine neunmalkluge Mutter könnte uns das bestimmt sagen. Wenn sie nicht als Fleischsack mit lauter gebrochenen Knochen drin in der Erde stecken würde."

Heiße Wut schoss in Erion hoch, doch sie kam eher wie eine verschwommene Woge als etwas Scharfes, Klares. Er war vollkommen benebelt, taumelte vorwärts, wollte etwas, versagte aber schon darin, es festzuhalten.

„Aber jetzt wird's langsam Zeit", fuhr Morlugh fort, „dass wir hier mal zum Ende kommen."

Die Höhle dröhnte davon wider wie eine Glocke und wollte nicht aufhören, die Worte und seine Empfindungen zu dumpfer Watte aufzulösen und aufzublähen. Die Glocke war sein Schädel, der nicht aufhören wollte, zu wummern und zu läuten.

Verdattert, hilflos, benebelt nahm Erion wahr, dass Morlugh wie abwägend die Einhandaxt in der einen, dann das Breitschwert in der anderen betrachtete. Zustimmend nickte er in Richtung Beil. Kam dann ansatzlos so schnell näher, dass Erion es kaum wahrnehmen, geschweige denn an irgendetwas wie Verteidigung denken konnte. Das Axtblatt war erhoben, es kam auf ihn zu, als wollte es ihm den Schädel spalten.

Ein scharfes Fauchen durchschnitt das gedunsene Gewölk aus blökendem Morlugh-Hall. Erion sah etwas Dunkles, mager Zerrupftes auf Morlugh zufliegen. Es landete auf seinem Schädel, kreischte und kratzte. Morlugh taumelte zurück mit dem rasenden Dämonenkobold im Gesicht, seine Masse kam ins Wanken.

Die ganze Höhle dröhnte wider von Morlughs Geschrei und dem Fauchen und Kreischen, füllte sich immer mehr mit Schall und Echos, dass man glaubte, sie müsste darunter zerspringen.

„Grolk?" Er konnte es nicht fassen. „Grolk! Grolk, mach ihn alle!"

Die Überraschung brachte ihn sogar dazu, sein Gleichgewicht wiederzufinden, gerade dazustehen und irgendwie seinen Blick klarzubekommen.

Gerade rechtzeitig, um immer noch halb verschwommen wahrzunehmen, wie Morlugh sich mit einem Ruck fasste, sich mit einer Pranke vors Gesicht griff, Grolk packte und ihn hochriss. Den Bruchteil eines Herzschlags sah Morlugh ihn an wie ein widerliches, räudiges Ungeziefer. Dann schleuderte er ihn in hohem Bogen von sich weg. Erion hörte Grolks Fauchen und Jaulen.

Grolk! Oh nein!

Er hatte dadurch die Gelegenheit bekommen, sich einigermaßen zu fassen, sich seiner selbst bewusst zu werden.

Sein ninraidisches Schwert bewusst zu greifen. Und jetzt, immer noch auf wankenden Beinen, in eine Angriffsposition zu gehen und Morlugh zu erwarten.

Der starrte auf seine leere Hand. Das Beil hatte er wohl fallen lassen, um sich von Grolk zu befreien. Dann auf sein Breitschwert in der anderen. „Das nimmt mir zumindest die Wahl der Waffe ab."

Erion biss die Zähne zusammen. „Dafür wirst du büßen. Auch für das, was du mit Grolk –"

Der Schlag erwischte ihn von der Seite, von da, wo doch niemand stehen sollte. Zerplatzende Farben, Blumen der Pein erblühten in seinem Schädel. Sie überschwemmten sein Bewusstsein wie der Hall die Schale der Höhlenkammer, dass beide darin untergingen und versanken. Als wäre er ein Schemen in dieser gluckernden, brausenden Wasserblase sank er behäbig zur Seite, träge, abgedämpft wie etwas tief unter dem Meer, wo man nur brodelnde Luftblasen und den fernen Gesang der Seeungetüme hörte.

Langsam, allzu langsam schlug er auf den Boden auf, spürte in beinahe zum Stillstand gebrachter Zeit, wie Steinbrocken unter ihm wegrollten, wie Geröll knirschend übereinander mahlte, wie schließlich sein Körper aufprallte.

Die dumpf zusammengedrängten Laute entknoteten sich langsam, lösten sich zu einer fast schmerzhaften Klarheit auf. Der Schmerz an seiner Schädelseite trat schier überdeutlich in sein Bewusstsein, die Laute und Worte entwirrten sich beinahe überscharf.

Das Hervorstechende darin war Morlughs Stimme.

„Danke, Hugar-Vhan", sagte sie. „Das erspart mir noch mehr von seinem Rumgehampel."

Sein Kopf lag auf der Seite, und an faustgroßen Steinen entlang sah er ein Paar Stiefel und muskelbepackte, stämmige Beine, die sich ihm mit schwerem Tritt näherten.

„Jetzt aber. Jetzt machen wir der Elfenpest ein Ende."

König Morlugh, der auf ihn zukam, um ihn zu töten.

4

ASCHE ZU ASCHE, ERDE ZU FEUER

Seltsam, was man sieht, wenn der Tod auf einen zukommt.

Erions Hand krallte sich unbewusst zusammen, während er auf dem Boden lag, ertastete einen Stein und ballte sich darum zusammen. Er wunderte sich, wo Steine und Geröll in so einer Höhlenkammer herkamen, schaute an ihrem Verlauf entlang und sah im Schein der Glimmkugel, dass an dieser Stelle die Höhlenwand eingebrochen war. Offenbar hatte sich dort irgendein Einschluss gelöst, war zerbrochen und hatte eine Höhlung zurückgelassen. Beinahe wie eine kleine Grotte. Etwas, in dem man die Figur der Verkörperung eines der Aspekte Inaims aufstellen konnte, um davor zu meditieren. So, wie es die Art seiner Mutter gewesen war. Die jetzt tot war.

Ermordet von Morlugh, der mit knirschendem Stiefeltritt auf ihn zukam.

„Hab ich doch die Wahl zwischen der Axt und dem Schwert, um ihn auszulöschen", hörte Erion ihn knurren und der Hall knurrte obendrein wie ein vielfach murmelnder Chor dazu.

Morlugh streckte die Hand zur Seite, und die Axt wurde hineingelegt.

„Danke, Jagha-Bho."

Jetzt erst sah Erion den anderen riesenhaften Duerga, der neben Morlugh stand. Der zweite neben dem, der Erion hinterrücks niedergeschlagen hatte. Hugar-Vhan und Jagha-Bho flankierten König Morlugh. Sie blieben zurück, als ihr Herr jetzt näher an ihn herantrat, um fast schon nachdenklich auf ihn herabzublicken.

Die Hugar-Jaghas, die hatte er vollkommen vergessen in seiner Besessenheit, Morlugh zu töten und Rache für den Mord an seiner Mutter zu nehmen.

Seine Gedanken wurden jäh unterbrochen. Etwas Schweres senkte sich auf seine Brust, drückte ihn nieder, raubte ihm den Atem und nagelte ihn am Boden fest. Morlugh hatte seinen Fuß auf Erions Brustkorb gesetzt, sodass er sich nicht rühren konnte, kaum Luft bekam.

Japsend, mit Tränen in den Augen, sah er, wie Morlugh erneut abwägend zwischen seiner linken und seiner rechten Hand hin- und herschaute. „Hm, ich glaube, ich bleibe doch bei meiner ursprünglichen Wahl. Der Blick, wenn einem das Beil zwischen die Augen fährt und den Schädel spaltet, ist einfach unbezahlbar."

Morlugh beugte sich herab, starrte grinsend aus gelb glühenden Augen in die seinen. „Ende, aus, Elfenbengel! Schluss mit Hampeln und Tanzen!"

An seinem hässlich ungeschlachten Schädel vorbei sah Erion, wie er das Beil hob.

Seine Lippen zuckten, er bleckte die Zähne.

Ein Schatten flog heran, und etwas wie eine riesige Ramme warf Morlugh zur Seite. Der Blick über Erion wurde frei.

Keuchend, mit Tränen in den Augen, atmete er durch, sog schnaufend Luft in seine Lunge. Drehte dann den Kopf und sah zur Seite.

König Morlugh war hingestürzt, ein schwerer Umriss am Grund, ein umgestürzter Steinblock. Dahinter sah er einen Duerga in einer schwarzen, struppigen Fellweste, der mit einem von Morlughs Brechern ins Gefecht ging.

Duvruk, der Morlugh gerammt hatte und es jetzt mit einem der beiden Hugar-Jaghas aufnahm.

Da kam auch gleich der andere. Er sah eine kleine stämmige Gestalt ihm entgegentreten, zwei Klingen, eine kurze und eine längere, in den Händen.

Bevor er noch irgendwas tun oder sagen konnte, beugte sich jemand über ihn. Er schaute in das besorgte, bräunliche Gesicht Kunjas. „Bist du in Ordnung?"

„Ja, geht schon." Er mühte sich um eine feste Stimme, doch sie brach trotzdem.

Neben sich hörte er ein Grunzen. Er sah, wie sich Kunja gleichzeitig mit ihm zur Seite wandte. Ein Felsblock, eine ungeschlachte Masse wuchs aus dem Boden empor. König Morlugh richtete sich langsam, mühsam auf.

Kunja stand auf, streckte Erion helfend die Hand entgegen.

„Kunja", sagte er. „Ich weiß, ich hätte nicht …"

Ein entschlossener, leidenschaftlicher Ausdruck, wie er ihn noch nie bei ihr gesehen hatte, trat in ihre Augen und ließ ihn innehalten. Sie packte seine Hand mit erstaunlich festem Griff, zog ihn auf die Knie.

„Red keinen Scheiß", sagte sie. „Los, schnapp ihn dir!"

5

EIN HALBER ELF GEGEN
DEN BERG

Dann war Kunja auch schon fort.

Er aber hing auf den Knien und sah, wie der gestürzte König Morlugh aus dem Boden wuchs, wie er sich grunzend und grollend hochstemmte, wie sein Torso hochgewuchtet wurde, wie man einen ersten Spalt zwischen ihm und dem Boden erkennen konnte, Licht zwischen schwarzer Masse, wie seine Ketten und Ringe darin herabklirrten.

Erion schaute sich um. Nein, sein Geschick und sein gerechter Zorn reichten nicht aus. Um sich sah er Steine, herausgelöst aus dem Einbruch, den er entdeckt hatte. Fieberhaft klaubte er die größten davon zusammen, stopfte sie sich in die ausgeleierten und teilweise ausgerissenen Taschen seiner lädierten, groben Kleidung.

Er, der zierlich kleine Elfenspross, gegen diesen riesenhaften Koloss. Da brauchte er mehr als sein Geschick und die Lehren aus den Büchern seiner Mutter. Und etwas Glück brauchte er dazu.

Jetzt hatte Morlugh sich ganz hochgewuchtet, und Erion

hielt in seiner Tätigkeit inne, raffte sein Schwert vom Boden und erhob sich schnell.

Da standen sie sich gegenüber. König Morlugh maß ihn von Kopf bis Fuß, grunzte.

Kampflärm erfüllte die Höhle und vervielfachte sich.

An Morlugh vorbei sah er, dass Duvruk gegen Jagha-Bho kämpfte, über den Turam geprahlt hatte, er habe ihn beim Kampftraining ganz schön schwitzen lassen. Das war Turam und das war Training gewesen. Genau wie er hatte aber Duvruk noch nie ernsthaft gekämpft. Noch nie hatte er einen Gegner vor sich gehabt, der ihn töten wollte. Mit allen Mitteln.

Malaiar und Kunja hatten sich zusammengetan und stellten sich Hugar-Vhan entgegen, nahmen ihn von beiden Seiten in die Zange. Erion sah, wie der riesenhaft ungeschlachte Hugar-Vhan nur grinste. Ja, was wollten ein Firimduerga- und ein Dwercmädchen, die noch nie ernsthaft gekämpft hatten, schon gegen diesen brutalen, hemmungslosen Brecher ausrichten?

Dann war die Zeit für die Sorge um seine Freunde vorbei, denn er selbst sah sich einer übermächtigen, tödlichen Gefahr gegenüber.

Morlugh streckte seine gewaltigen Muskeln, dass Erion glaubte, wenn die Höhlenkammer nicht den Schall wie Brandung gefangen hätte, dann müsste er dessen Knochen und Gelenke knacken hören. In der Hand hielt Morlugh dabei noch immer das Breitschwert und die Einhandaxt.

König Morlugh grinste höhnisch auf ihn herab, hob einen Brauenwulst. „Was willst du Männchen eigentlich? Denkst du tatsächlich immer noch, du hättest mir irgendwas entgegenzusetzen?"

Eine Antwort erübrigte sich. *Schnapp ihn dir*, hatte Kunja gesagt. Erion griff Morlugh an.

Er schwang das Schwert in einem als bewährt aufgeführten Angriffszug. Morlughs Klinge kam ihm in den Weg, fing es ab. Scharrend streifte er mit seiner Waffe an Morlughs Klinge vorbei, zog sie frei, um …

Ein Schlag erwischte ihn von der Seite her.

Er taumelte weg, versuchte, sich zusammenzuraffen, das Schwert hoch. Morlugh donnerte heran, schwang sein Breitschwert. Seitlich wich er ihm aus, brachte seins, während sein Gegner, noch im Streich begriffen, wehrlos war, im Bogen zum sicheren Abwärtshieb hoch. Morlughs breite Klinge kam dazwischen, blockte den Streich. Über die Bindung der beiden Klingen hinweg grinste Morlugh ihn an. Wuchtete dann seine Klinge und seinen Arm weg, als wäre er ein bloßes Spielzeug. Bevor er nach hinten taumeln konnte, traf ihn ein mächtiger Schlag vor den Bauch, dass es ihn nur noch heftiger rückwärts riss.

Er hatte das Gefühl, seine Innereien erbrechen zu müssen, kämpfte darum, nicht vollständig einzuknicken, aufrecht zu bleiben, Distanz zu gewinnen, hochzukommen.

Morlugh hatte ihn wahrscheinlich mit dem Knie erwischt. Er hatte nicht mal seine Axt benutzt, als Erion noch hilflos war. Er spielte mit ihm.

Morlugh walzte erneut heran, täuschte einen Schwerthieb an, brachte dann die Axt im Schlag hoch. Erion wollte dem Hieb ausweichen. Und lief genau hinein in Morlughs Schlag des anderen Arms. Das wohlbekannte Zusammentreffen mit einem seiner Armreifen.

Erions Kopf dröhnte wie eine Glocke, im Einklang mit dem Lärm des Höhlenhohlraums, der alle Geräusche wie in einer Schallkammer sammelte. Er war benommen und schwankte. Sein Schädel wummerte, als wäre er mit Knüppeln bearbeitet worden, der Schmerz raubte ihm beinahe den Verstand.

Nur weg von Morlugh! Mehr taumelte er, als dass er seine Schritte planvoll lenkte. Vorbei an dem anderen Kampflärm, doch irgendwo in Richtung des Höhleneingangs in der Decke. Er wollte schließlich nicht in das Riesenloch fallen.

Zum Glück machte Morlugh keine Anstalten, aus seinem Vorteil sofort Gewinn zu schlagen. Er blieb erst einmal zurück.

Durch Tränenschleier und schwankende, pulsierende Sicht sah er, wie Morlugh vor dem Ausgang der Höhle dastand, den mächtigen Brustkorb vorgewölbt, die beiden Waffen zur Seite hin gesenkt.

„Was hast du dir gedacht?", grollte Morlugh. „Dass sich jetzt was geändert hat, nachdem dir deine feinen Freunde den Segen gegeben haben? Nichts hat sich geändert, ich kann dich noch immer fertigmachen."

Ja, das konnte er. Hatte er gezeigt. Nur mit Gewandtheit, auf die er gesetzt hatte, kam er Morlugh nicht bei. Er, der zierliche, kleine Elfenspross gegen einen riesenhaften Koloss.

Er griff in eine seiner Taschen, holte einen Stein hervor. Nahm kurz Maß, schleuderte ihn dann blitzschnell und mit aller Kraft.

Der Stein flog auf Morlugh zu. Morlugh bog den Schädel weg.

Der Stein verfehlte Morlugh. Erion hörte, wie er irgendwo auftraf und wegpolterte.

„Was sollte das denn?", fragte Morlugh. Zuckte die Achseln und griff ihn an.

Erion konnte gerade noch dem Schwung des Breitschwerts ausweichen, sah verschwommen das Beil kommen, wich auch dem aus, entzog sich mit schnellem Rückwärtsschritt, sah auch Morlugh grinsend zurückprallen. Behielt das Schwert in der Linken, griff in die Tasche, packte einen Stein und warf. Diesmal ansatzlos, auf kurze Distanz.

Morlughs Kopf zuckte zur Seite. Der Stein flog an ihm vorbei.

„Ach so. Mit Steinen kommst du mir. Diesmal hast du nicht mal einen so großen Stein parat wie damals."

Ja, damit hatte alles angefangen. Mit einem Steinbrocken, der König Morlugh zufällig am Kopf getroffen hatte. Doch jetzt lenkte nicht der Zufall die Geschosse – diesmal waren sie gezielt.

Ein erneuter Griff in die Tasche, ein Stein, ein kraftvoller, gezielter Wurf.

Auch diesmal wich Morlugh ihm aus. Grinsend.

Doch egal. „Der Stein muss nicht groß sein. Man darf nur nicht aufhören." Er hörte, wie der Stein nach dem Aufprall wegklackerte und -polterte.

„Was du nicht sagst." Morlugh machte Anstalten, sich auf ihn zu stürzen.

Noch einmal. Er klaubte einen weiteren Stein aus der Tasche, warf ihn mit voller Wucht, während er schon vorwärtsschritt und fasste dann sein Schwert mit beiden Händen.

Diesmal ging der Stein über Morlughs Kopf hinweg, der sich duckte wie ein Bulle zum Angriff. „Der kam schon besser, aber immer noch daneben!"

Nicht an ihm durchwechseln! Er lenkte seine Klinge zum Abwärtshieb.

Morlugh warf sich herum, hatte ihm plötzlich den Rücken zugewandt. Er konnte nicht ausweichen, prallte hinein. Ihm blieb die Luft weg. Nur das Schwert im Griff behalten!

Rückwärts, schnelle Rückwärtsschritte! Halt Morlugh vor dir!

Ein Stein. Gepackt, geworfen.

Morlugh prallte ebenfalls zurück, wich zur Seite aus, der Stein flog an ihm vorbei. Traf auf, kollerte, klackerte.

Bisher noch kein Ergebnis. Was nicht hieß, dass der Gedanke dahinter schlecht war. Er brauchte eben Glück. Wenn nur …

Das Dröhnen in seinem Schädel schien plötzlich zu weichen, als zöge es sich an einen höher gelegenen Ort zurück, wie ein Sog, der zum Himmel hin floh. Und dafür eine beirrende Leichtigkeit in seinem Kopf zurückließ.

Oh nein!

Spinnennetze am Rand seines Blickfelds. Kaltes Vergessen, das sein Rückgrat hochkroch.

Einer seiner Anfälle! Kam der jetzt, war alles vorbei.

Mit seiner beinahe entschwindenden Sicht erkannte er, wie Morlugh den Kopf schief legte, als würde er bemerken, dass mit ihm etwas nicht stimmte.

Er musste …

Etwas traf ihn, lief sein Rückgrat hinauf. Keine kalte, bleiche Welle. Etwas Scharfes, etwas mit spitzen Krallen. Es flitzte sein Rückgrat hoch, duckte sich dann auf seiner Schulter, krächzte.

Grolk.

Sein Bewusstsein schraubte sich auf einen festen, klaren Punkt zusammen. Er war wieder da.

Und noch einmal. Solange Morlugh sich noch wunderte.

Ein Griff in den ausgeleierten Stoff, dann flog ein Stein.

Morlugh musste ihm nicht einmal ausweichen. Er sah auf die Seite, an der er ihn verfehlt hatte. „Hast wohl weiche Knie gekriegt. Dass du nicht mal mehr zielen kannst."

Er packte sein Schwert und ging auf Erion los.

Verschwommen hörte Erion ein untergründiges Schnarren.

Nun gut! Grolk klammerte sich an seiner Schulter fest. Er fasste das Schwert beidhändig, lief Morlugh entgegen.

Er fasste dessen Haltung, die Position beider Klingen ins Auge, entschied sich für die Schwertseite. Schnellte erst im letzten Augenblick herum, sah das Schwert kommen, fing es mit seiner Klinge ab, nur kurz, ließ sie daran entlanggleiten und nutzte den Schwung des Zusammenpralls für seine eigene Drehung. Wirbelte an Morlugh vorbei und kam hinter ihn.

Der kreiselte herum, blitzschnell trotz der großen Masse, fasste ihn ins Auge, wollte nachziehen.

Erion setzte seine Schritte mit Bedacht, schwenkte rückwärts, bis er den kalten Hauch an seiner linken Seite spürte. Grolk hing wie eine Klette auf ihm, festgeklammert.

Morlugh folgte Erion mit schwerem Tritt, setzte jeder seiner Bewegungen nach. „Langsam ist es genug", sagte er. „Es zieht sich. Es macht keinen Spaß mehr."

Erions Fuß streifte den Rand, eine glatte Neigung, er zog ihn bedächtig zurück. Wechselte das Schwert in die rechte Hand, ließ diesmal die Linke in seine Tasche gleiten. Ertastete den Stein. Der letzte. Umschloss ihn fest mit seiner Hand und hob sie.

Morlugh sah auf die halb erhobene Hand. „Steinchen hin oder her, ich kann dich immer noch in den Boden stampfen, Ninraé-Schönling. Dann bleiben von deinem ganzen Elfengetue nur noch blutige Reste, auf die ich pissen werde. Hast du wirklich gedacht, es wird beim zweiten Mal anders? Ich bin immer noch der Stärkere."

Da hatte er leider recht. Erion ließ seine Hand sinken, lockerte seine Faust und der Stein löste sich aus dem Griff seiner Finger. Er fiel klackernd zu Boden, kullerte weiter, bis das Kullern aufhörte.

Morlugh bemerkte das. „Ah, du siehst es ein. Ich *bin* der Stärkere."

Statt des Kullerns kam da ein fernes Rasseln.

„Mag sein", sagte Erion. „Aber du hast mir beigebracht, dass man mit Eleganz gegen brutale Dummheit keine Chance hat. Dass man dazu schmutzig kämpfen muss. So wie du."

„Ob's dir was nützt?", knurrte Morlugh und attackierte.

Das Breitschwert zog herab, die Axt lauerte im Hintergrund. Gefährlich. Er hob sein Ninraéschwert wie zur

Abwehr der Axt. Das Breitschwert sauste abwärts. Erion stieß sich mit dem heilen Fuß vom Boden ab, schnellte vor.

Tauchte unter der Schwertklinge weg, weiter. Mit dem hochbrandenden scharrenden, zischelnden Lärm im Ohr. Der immer weiter anschwoll. Schnellte herum. Sah, dass Morlugh die Stelle erreicht hatte, an der er vorher gestanden hatte. An der glatten, schwarzroten Neigung.

Das Schnarren brandete hoch und Morlugh drehte den Kopf in die Richtung. Aus dem großen Loch neben ihm schoss eine gewaltige dunkle Masse empor, wuchs an. Rasselnd, fauchend, zischend. Morlugh hob sein Breitschwert, richtete es darauf. Über ihm türmte sich ein mächtiger Umriss, wie ein Wurm, ein klobiger Kopf am Ende. Eine Brutmutter der Drazghul, eine riesige noch dazu. Ein Maul voll scharfer Reißzähne, gleich einem Nest bleicher, langer Stacheln, die sich auseinanderzogen zu einem wimmelnden Rand. Kurze, dürre Arme, gelblich, knochengleich, nestelten rund um den stumpfen Kopf herum, tasteten, stocherten, mehrere Arme, kein Gliederpaar, ein Kranz davon.

Sie schnellten vor, packten Morlugh, der mit der Axt darauf einhackte.

Das Maul pulsierte, fauchte, dass bleicher Geifer in die Höhe zur Höhlendecke hin spritzte.

Ein Strudel aus Zähnen, ein Gewirr von Armen, eine plumpe, wurmartige Masse, sie schlugen zu, griffen Morlugh an, der einen rauen Kampfschrei ausstieß. Schlossen sich um ihn, hielten ihn. Und zogen ihn hinab. Hinein in das Loch, den Schlund im Boden. Sein Schrei schwoll an, gellte, verklang. Rasseln und Schnarren, ein schwirriges Kreischen.

Erion spürte, wie sich Grolk auf seiner Schulter nicht länger geduckt anklammerte, sondern sich aufrichtete, hochkauerte.

Mit ihm zusammen trat er an den Rand des Lochs, des

Trichters der abwärts führenden Röhre. Darin war nichts zu sehen. Nur Schwärze. Nur ein leises, sich weiter entfernendes Rasseln kam aus der Tiefe. Das letzte Echo eines Brüllens.

Die Brutmutter der Drazghul war verschwunden. Und König Morlugh mit ihr.

6

DER RUF DES LICHTS

Es war das glatt ausgehärtete Blut gewesen, das den Rand des Stollenmauls im Boden bedeckt hatte. Das hatte Erion erst darauf aufmerksam gemacht. Dunkler, schwärzer als das draußen in den Tunneln, doch ebenfalls in einem Rotton glühend. Die Zeichen einer Brutmutter.

Er hatte gebetet, dass sie noch lebte irgendwo da unten, dass ihre Art nicht mit der Stadt Duarka-Vanur untergegangen und ausgestorben war.

Das war sie nicht. Es musste in den Tunneln und Ruinen weiterhin Beute für sie und ihre Art geben. Sie lebte nach wie vor dort, in der Tiefe. Man musste sie nur wecken.

Jetzt war sie erwacht, dank des steten Pochens von Steinen, die hinab in ihr Nest fielen, und hatte sich Morlugh geholt.

Zum letzten Mal hatte seine brutale Macht über alles gehöhnt, was er mit seinen Füßen zertrampeln konnte.

Erion stand am Rand des Baus und starrte hinab.

Wie fühlte es sich an?

Leer.

Der Mord an seiner Mutter war gerächt. Er hatte König Morlugh besiegt. Doch das brachte sie nicht zurück.

Das Rasseln und Zischen war zusammen mit Morlughs Brüllen in der Tiefe verschwunden, doch Lärm erfüllte weiterhin die Höhlenkammer. Mit einem Ruck riss sich Erion aus seinen Gedanken.

„Grolk, unsere Freunde sind noch in Gefahr."

Der Grolk blieb auf seiner Schulter hocken, und Erion wandte sich von dem Schlund ab und sah sich in der Höhle um.

Zwei Gefechte tobten darin.

Dort hinten kämpfte Duerga gegen Duerga.

Er hörte ihr Grunzen und Brüllen, die sich in der Kammer zu einem einzigen Gedröhn vermengten. Duvruk kämpfte gegen Jagha-Bho, der weitaus größer und breiter als er war, der jedoch ebenfalls, wie Erions Freund, ein Breitschwert führte. Nur war das wesentlich größer und schwerer, von seiner Masse und der Macht, mit der Jagha-Bho damit zuschlagen konnte, fast schon ein Ersatz für Schlachthammer oder Keule. Duvruk hatte es schwer, offensichtlich, denn Jagha-Bho warf ihn mit machtvollen Schlägen zurück, denen er kaum ausweichen konnte.

In der anderen Auseinandersetzung kam allerdings ein Schlachthammer zum Einsatz. Hugar-Vhan, der genauso groß und furchteinflößend muskulös wie sein Kumpan war, führte das mächtige Kriegsgerät sogar einhändig. In der anderen Hand hielt er eine dolchlange Waffe mit dreieckiger Klinge, deren Griff im rechten Winkel dazu liegen musste, denn die Klinge zeigte von der Reihe seiner Fingerknöchel weg. Immer wieder scheuchte er die gegen ihn winzigen Gestalten von Kunja und Malaiar mit Hammerhieben zurück. Erion sah jetzt, was Duvruk in Bezug auf Malaiars Kampfstil gemeint hatte. Sie schien sehr bedacht zu verharren, sich den Attacken in fließenden Bewegungen zu entziehen, doch dann schlug sie blitzschnell wie eine Viper zu.

Das brachte ihr jedoch bisher keinen Vorteil, denn wo nicht der Schwung von Hugar-Vhans Hammer war, da wehrte er Malaiar mit seinem Dreiecksdolch ab.

In dem Moment als Erion hinsah, versuchte Hugar-Vhan einen Vorstoß. Er schwang den Hammer, dass Kunja so überstürzt zurückweichen musste, dass sie rücklings stolperte und zu Boden ging. Hugar-Vhan drang weiter gegen Malaiar vor, die sich ebenfalls zurückziehen musste.

Das und Kunjas Sturz gaben den Ausschlag. Grolk sprang von seiner Schulter. Erion stürzte auf dieses Gefecht zu, in Kunjas Richtung, packte sie, die sich gerade aufrichten wollte, am Unterarm, half ihr hoch. Ein kurzer Blickwechsel, zu mehr blieb keine Zeit. Dann stürmten sie gemeinsam hinter Hugar-Vhan her.

Der nahm sie irgendwie wahr, richtete seinen Hammerschwung gegen sie. Erion sprang über den sausenden Hammerkopf hinweg, stach zu, irgendwo nach seiner Schulter. Hugar-Vhan grunzte.

Malaiar schlug zu, stieß mit ihrem Vollschwert vor, traf Hugar-Vhan augenscheinlich, denn der brüllte, schoss herum. Kunja stürmte herbei, rammte ihm mit der Rechten den Dolch in die ungeschützte Seite. Der blieb stecken, als Hugar-Vhan herumschwang, damit auch den Hammer. Der Hammerkopf krachte auf den Boden. Erion hatte Kunja zurückgerissen. Doch der schwere Hammerkopf blieb dort auch liegen. Hugar-Vhan knickte ein. Augenblicklich riss sich Kunja von Erion los, stürzte vor, rammte dem hingekauerten Duerga ihr Kurzschwert in den Nacken. Es knirschte, und Kunja ließ schlagartig den Schwertgriff los, als hätte sie sich daran verbrannt, und fuhr zurück. Starrte den Duerga bestürzt an, der jetzt endgültig zusammenbrach, sich nur noch mit einem Arm abstützte, den Kopf zur Seite wandte, wodurch sich der Schwertgriff im Nacken mitdrehte, Kunja einen Wimpernschlag lang anstierte und dann ganz mit der Seite des Kopfes und dem Bauch zu

Boden klatschte. Wo er liegen blieb, ein letztes Zucken seinen Leib durchlief, bis er gänzlich schlaff wurde.

Alles stand für einen Herzschlag still. Alle standen sie am Platz wie angefroren.

Malaiars Ruf riss Erion aus seiner Betäubung. „Duvruk, wir müssen ihm helfen!"

Irgendwo hörte er Grolk fauchen. Sofort erwachte auch Kunja wieder zum Leben, und sie wandten sich dem letzten in der Höhlenkammer tobenden Gefecht zu.

Wahrscheinlich keinen Augenblick zu früh. Duvruk war rücklings zu Boden gegangen, Jagha-Bho rückte mit erhobenem schwerem Breitschwert vor, um ihm den Garaus zu machen. Jetzt aber hielt er in der Bewegung inne, sah sie kommen.

Erstarrte, spähte mit einer Drehung des Kopfes weiter ringsum.

Ein Wort kam von seinen Lippen. „Morlugh?" Dann ein zweiter Name. „Hugar-Vhan?"

Ein Ruck ging durch den ungeschlachten Klotz. Er sackte ein, dann richtete er sich auf, reckte seine gewaltigen Glieder.

„Jagha-Bho, ergib dich!" Das war Malaiars Stimme. Sie blieb jedoch unbeachtet.

Ein wilder Schrei erfüllte die Höhlenkammer, der rund und rund zu laufen schien und sich dabei immer mehr verstärkte und verwischte. Inmitten dieses Lärmgetöses griff Jagha-Bho an.

Er stürmte auf sie zu, das mächtige Breitschwert wie einen Hammer zum Schlag erhoben, mit dem er sie alle wie Fliegen wegwischen konnte.

Erion nahm Maß, während sein Herz wie verrückt schlug, sah aus dem Augenwinkel, wie Kunja ihr verbliebenes Kurzschwert mit der Linken führte.

Wie eine heiße Welle kam Jagha-Bho über sie. Sein Geifer flog, er war bereit niederzutrampeln, was sein

Schwertschwung übrig ließ. Ein Schatten schoss in seine Flanke. Mitten in seiner Angriffswucht zuckte Jagha-Bho, seine Ausrichtung kam ins Kippen.

Ebenso blitzschnell wie ihr Vorstoß war Malaiar auch wieder zurückgewichen, zog ihr Schwert nach hinten zurück. Erion und Kunja gingen ebenfalls auf Distanz, setzten ihre Schritte rückwärts.

Ein zweites Brüllen mischte sich ins Gewölk des ersten. Von der Seite her stürzte ein weiterer enormer Schatten herbei, warf sich gegen Jagha-Bhos Schulter, wuchtete ihn zur Seite. Jagha-Bho stolperte, wankte seitwärts. Duvruk drängte sich vor ihn.

An seiner Gestalt vorbei sah Erion, wie Jagha-Bho sich fasste, Duvruk anstarrte, sein schon herabgesunkenes mächtiges Breitschwert zum Angriff gegen Duvruk hob. Der machte einen Ausfallschritt, seine Waffe beschrieb einen Schwung und hieb Jagha-Bhos Klinge beiseite. Aus dem Kreiseln der beiden Waffen umeinander kam Duvruks frei. Mit machtvollem Schwung stieß sie zu. Und bohrte sich durch die Hornplatte in Jagha-Bhos Brust.

Der erstarrte, mit der Klinge in seinem Leib. Wankte, schaute an sich herunter, sah dann Duvruk an.

Sein Gesicht verzog sich hämisch. „Du bist ein Schwächling!" Mit den Worten sprudelte Blut hervor, Blut in einem ganzen Schwall.

Jagha-Bho schwankte, dann kippte er um.

Duvruk trat zur Seite. Schnell sprangen auch Erion und Kunja zurück, um Jagha-Bhos Fall auszuweichen.

Dann standen sie da, nichts regte sich mehr in der Höhlenkammer. Nur letzte Reste des Schalls liefen noch um und um, bis sie sich nach und nach erschöpften. Ein Kratzen von Pfoten aus dem Dunkel, dann kam Grolk angespurtet, sprang an Erions Arm herauf und ließ sich auf seiner Schulter nieder. An ihm vorbei sah Erion zu Kunja hinüber.

Kunja schnaufte schwer, ihre Schulter hoben und

senkten sich, und sie sah ihn mit gesenktem Kopf von unten her an. Ihr Blick war zornig, ihre Augen schienen zu glühen.

So hatte er sie noch nie gesehen.

Doch dann wurde sie sich offenbar ihrer Verfassung bewusst. Ein Ruck ging durch sie, und sie ließ die Schultern hängen.

Genau wie bei ihm schien es ihren Blick zu dem gefallenen Jagha-Bho hinzuziehen. Dem getöteten Jagha-Bho.

Er schaute sich in der Höhle um. Ein Stück entfernt lag der Körper Hugar-Vhans. Den sie ebenfalls getötet hatten.

Es herrschte Stille.

Dann sahen sie einander zögernd an. Als wollten ihre Blicke die anderen zunächst abtasten, sie fragen, bevor sie sich direkt anschauten.

Dann kam die laut ausgesprochene Frage.

„Wo ist Morlugh?"

Erion antwortete Kunja. „Eine Drazghul-Brutmutter hat ihn sich geholt. Sie hat unten im Stollen hinter dem Loch dort drüben gewohnt."

Er sah Malaiar-Jhin hochblicken. „Dann sollten wir schleunigst hier verschwinden. Bevor sie zurückkommt."

Sie hockten wieder im Gang hinter der Höhlenkammer. Malaiar hatte eine Glimmkugel aufgehoben und mitgenommen. Aus deren Position hatte Erion geschlossen, dass es nicht die seine war, sondern dass Malaiar zusätzlich eine der ihren eingesetzt haben musste.

Das Glimmkugellicht wurde ohnehin gerade schwächer.

„Noch eine letzte", sagte Malaiar. „Eine habe ich in der Kammer eingesetzt, um den Kampfort zu erhellen."

„Ich hab noch meine", sagte Kunja.

Alle waren sie offensichtlich froh, dass sie hier wieder lebend zusammenhocken konnten. Er war seinen Freunden dankbar für ihre Hilfe und dass sie zu ihm gestanden hatten. Dennoch musste er die Frage stellen.

„Was ist hier in diesem Gang geschehen?"

Er sah sich um, blickte in die Gesichter. „Ich meine, was war es, das hier passiert ist, bevor ihr mir zu Hilfe gekommen seid? Musstet ihr euren Mut zusammenraffen?" Das war möglich, das hatte er sich auch schon gesagt. „Das kann ich verstehen." Es war aber ziemlich viel Zeit vergangen.

Er schaute erneut im Glimmkugellicht in die Gesichter. Sie wichen einem direkten Blick aus, schauten kurz und verstohlen zueinander hin.

Na gut, vielleicht hatten sie wirklich lange gebraucht, um sich im Angesicht der Todesgefahr zu überwinden, in die Höhlenkammer zurückzugehen und ihm beizustehen. Wer konnte ihnen das verdenken.

Er blickte noch einmal umher, sah stumme Gesichter, an einer Stelle gerunzelte Brauen. Er würde es wohl nie erfahren, wenn da etwas anderes gewesen war. Zumindest aber jetzt nicht.

„Ich danke euch jedenfalls, dass ihr mir beigestanden habt. Dass ihr das Feuer gefunden habt …"

„Das Feuer gefunden …", wiederholte Malaiar in merkwürdigem Ton und ihr Blick streifte dabei kurz zu Kunja hinüber.

Ja, sicher. Er konnte sich vorstellen, dass es maßgeblich Kunja gewesen war, die sie angetrieben hatte.

„Es war lange genug unter der Erde begraben." Das war Kunjas Stimme. Er sah sie an, die mit der gerunzelten Stirn.

„Was machen wir jetzt?", fragte Malaiar. „Wie kommen wir hier wieder raus?"

„Aus diesem Gang? Aus Duarka-Vanur?"

„Aus dieser Stadt und nach Süden", erwiderte Malaiar. „Morlugh hatte seine beiden Leibschergen dabei. Das heißt,

die anderen vier sind wahrscheinlich noch im Durchgangstunnel."

„Sehr wahrscheinlich", gab Kunja hinzu.

Schweigen, während sie alle überlegten. Erion kaute auf
seiner Unterlippe herum und spielte mit der Rechten an
seinem Nasenring. Irgendwas, irgendwo dämmerte da was.

„Ich hätte da eine Idee", sagte Malaiar schließlich.

Erion blickte auf. „Hat es etwas mit den Hugar-Jaghas
zu tun?"

Malaiar nickte.

Ein Lächeln stahl sich in Erions Mundwinkel, als er und
Malaiar einander ansahen. „Dann müssen wir wohl doch
noch einmal zurück in die Höhlenkammer."

Sie hatten den Weg zweimal gehen müssen, einmal für
jeden der Brecher. Duvruk hatte dabei den Großteil der
Schlepperei bewältigt.

Malaiar hatte ihnen die Stelle gewiesen. Sie hatte bei
ihrer Erkundung das Stollengewirr Duarka-Vanurs gründlich
erforscht. Ohne die genaue Stelle, die passte, hatte die Idee
keinen Sinn. Genau genommen hatte er selbst nur eine vage
Idee gehabt, nicht mal etwas, was man auch nur irgendwie
als Plan bezeichnen konnte. Malaiar-Jhin hatte alles beige-
steuert.

Es war ein Stollen mit einem steilen Gefälle. Am Ende
eine kantige Felsbarriere und dahinter eine abschüssige
Neigung. Eine perfekte Rutsche mit einem Loch dahinter.

Nur musste man hier auch alles perfekt arrangieren,
damit es gelang.

„Meinst du, es ist so richtig?" Erion betrachtete die
Leichen, die auf dem Grat des letzten Hindernisses ausba-
lanciert lagen.

„Hm." Malaiar betrachtete sie. „Letztlich ist es ein

Glücksspiel. Bei dem wir aber alle Umstände möglichst zu unseren Gunsten bestimmen können."

Erion hatte Malaiar dabei geholfen, die Leichen der beiden Trümmer auszurichten. Als Stollenspürerin verstand Malaiar viel vom Gleichgewicht und dem Zusammenspiel von Felsmassen untereinander. Oder auch anderer Massen. Und Erion besaß ein offensichtliches Feingefühl für Balance, das wohl in seinem Erbe lag, ein unterbewusstes Gespür, das es ihm ermöglichte, über Felsklippen zu tanzen.

„Ein Glücksspiel ist ziemlich wenig. Klappt es denn jetzt oder nicht?" Kunja zog ein besorgtes Gesicht.

„Wir müssen wohl alle zu Urnak beten", sagte Malaiar. „Oder zu Inaim. Jeder ganz nah seiner Neigung."

„Kann man denn …" Duvruk streckte seine Hand vor.

„Nicht dran rühren!", fuhr Malaiar ihn an. Sie wechselte einen Blick mit Erion. „Es wird schon gut gehen."

Er zuckte die Schultern. „Wir haben das Glück gepachtet, oder?"

Er grinste. Keiner grinste zurück.

„Wir sollten uns beeilen", sagte Malaiar. „Sonst taugen alle unsere Ausrichtungen nichts. Wenn sie vorher …" Sie sah zu den beiden Leichen hinüber.

„Jaja, schon gut", sagte Kunja. „Ich hab's ja kapiert." Sie sah sich um. „Also los! Worauf wartet ihr?"

Sie rannten durch die Tunnel, wo es ging, stürzten sie die abschüssigen Passagen hinunter. Erion humpelte, denn jetzt, da die unmittelbare Todesgefahr durch Morlugh vorbei war, tat sein Knöchel wieder höllisch weh.

„Schnell, schnell, schnell!", trieb Malaiar sie an, die vor ihnen mit der Glimmkugel lief. „Der Zug der Erde an allem, was Schwere hat, wartet nicht auf uns."

Grolk sprang zwischen ihnen durch und hetzte dann voran.

Erion war ganz schwirrig in der Brust. Wenn sie nur irgendetwas falsch kalkuliert hatten … Wenn es so arrangiert war, dass es vorher geschah, konnte alles umsonst sein. Oder wenn die Leichen überhaupt nicht in Bewegung gerieten. Dann wusste er auch nicht mehr weiter. Aber es ließ sich eben nicht genau berechnen. Es gab keine Sicherheit.

„Gleich da, gleich da!", zischte Malaiar vor ihnen. „Und jetzt auch still. Der Schall …"

Der Spalt, durch den sie jetzt auf dem Hosenboden rutschten, war reichlich abschüssig, und Erion musste sich ständig mit den Füßen abstützen, damit er nicht in Malaiar vor ihm hineinkrachte. Schneller ging es wahrhaftig nicht. Doch hinter Malaiar, hinter dem Schein ihrer Glimmkugel sah er, wie sich dort ein scharf umgrenzter heller Umriss abzeichnete. Und Malaiar löschte jetzt auch ihre Glimmkugel. Das Licht, der Riss vor ihr wurde deutlich sichtbar. Es war noch ein Stück bis dort.

Neben dem Geräusch ihres Vorrückens und ihres Atems, drangen jetzt auch gedämpfte, dumpfe Laute an sein Ohr, die von vor und unter ihnen kamen. Wie vom Klangraum eines großen Tunnels gebrochen. Stimmen.

Er musste aufpassen, sich mit Füßen und Händen an der rauen Felswand abstützen, denn Malaiar vor ihm bremste jetzt ab. Der Felsspalt, durch den Helligkeit hereindrang, war jetzt klar erkennbar.

Dann ein lautes Klatschen. Kurz hintereinander gedoppelt. Daraufhin Aufschreie.

Sie hockten still im Spalt.

Malaiar hob den Zeigefinger.

Das war es.

Puh, gerade rechtzeitig.

Die Leichen von Hugar-Vhan und Jagha-Bho hatten auf der Kante das Übergewicht bekommen, wahrscheinlich einer zuerst, war gegen den anderen gestoßen, hatte den mitgerissen, und zusammen waren die Körper die steile Schräge hinabgerutscht, bis zu deren Ende, wo sie sich in einem ähnlichen Spalt wie diesem hier in den Durchgangstunnel öffnete.

Und waren dann durch diesen Spalt hinab auf den Boden des Durchgangstunnels geklatscht.

Schreie unterhalb des Spaltausgangs, dann das hallende Geräusch von Schritten. Noch mehr Schreie, diesmal gedämpfter, entfernter. Kaum noch hörbar.

Erion sah, wie Malaiar vor ihm langsam vorwärtskroch, dann den Kopf durch den Ausgang des Spalts streckte. Sich umsah.

Sich schnell zurückzog, dann ihnen dringlich zuwinkte. *Los! Unsere Gelegenheit!*

Malaiar vor ihm ließ sich durch den Ausgangsspalt hinab, verschwand, als sie absprang. Dann war er dran.

Er baumelte, von seinen Händen an der Felskante festgehalten, in der kühlen Leere eines großen, weiten Tunnels. Ein leichter Windzug wehte ihm um die Ohren. Malaiar stand unten auf dem Boden, schaute in die Gegenrichtung, winkte ihm.

Er ließ los und sprang hinab. Ein scharfer Schmerz schoss durch sein verletztes Bein, und er knickte weg. Ein eiskalter Schreck. Geistesgegenwärtig rollte er sich ab. Zum Glück ohne großen Lärm. Sofort kam er hoch, hob die Hände zu Grolk, der in der für ihn geformten Schale aufkam. Erion setzte ihn auf seiner Schulter ab, schaute in die Richtung, in die Malaiar spähte.

Weit entfernt entdeckte er Umrisse, die er für Duerga halten musste, um etwas Schweres, Massives, auf dem Boden Hingestrecktes. Er schätzte sie ab, zählte sie durch. Vier.

Neben ihm kam Kunja aus dem Schacht herabgesprungen. Kam auf und drängte ihn sofort weg. Klar, Platz für

Duvruk schaffen. Malaiar beobachtete das Ganze offensichtlich angespannt.

Waren die weit genug weg, konnte man das hören?

Duvruk kam als großer Umriss herabgesprungen, sein Gewicht ließ den Staub auf dem Boden hochwirbeln.

Erion spähte in die Richtung der um ihre toten Kumpane versammelten Duerga. Aufgeregte Bewegung dort, doch keine Regung in ihre Richtung.

Breit grinste er Malaiar zu. Ihr gepachtetes Glück! Die schwenkte mit den Armen, trieb sie an, ihr in die andere Richtung den Gang hinab zu folgen.

Und dann rannten oder humpelten sie, so schnell sie konnten. Den Schmerz verbiss er sich.

Hinter ihnen war nichts zu hören, was darauf hindeutete, dass sie entdeckt worden wären. Nur schnell! Ewig konnte ihr Glück auch nicht anhalten.

Der Durchgang war abschüssig. Er verlief stark abwärts. In schnurgerader Richtung. Das war wieder der Hauptdurchgang, der durch den Bergkamm nach Süden führte. Eine lange Mauseröhre hinaus in die Freiheit.

Das Licht sah er schon am Ende funkeln.

7

DRAUSSEN

Sie kamen heraus in überraschende Helligkeit, die sie blinzeln ließ. Der ebene Tunnelboden führte noch ein Stück weiter. Wie eine Straße.

Erion sah, wie Kunja nach dem Sonnenstand schaute.

„Wie lange waren wir da drin?"

Sie zuckte die Achseln. „Fast einen Tag." Dann glitt ihr Blick vom Himmel und der Umgebung hinab zu ihm. Dann weiter zu Duvruk und Malaiar.

Erion sah sie lächeln.

„Wir haben's geschafft." Sie hielt inne. „Dank Malaiar, dank dir, dank Duvruk, dank uns allen."

„Wir haben's geschafft", antwortete er.

Einen Herzschlag später lagen sie beide sich in den Armen. Grolk war das zu eng und er nahm Reißaus. Dafür kam Malaiar hinzu, und Duvruk kauerte sich hin und umschloss sie mit seinen Pranken.

„Wir haben's geschafft. Wir sind draußen."

Malaiar sah ihn an. „Und deine Mutter ist gerächt."

„Du hast König Morlugh besiegt." Kunja strahlte ihn an.

„Genau genommen war das nicht ich, sondern –"

„Egal. Du hast mit dem, was du in dir hast, über seine bloße entfesselte Brutalität gesiegt. Was zeigt …"

„… dass wir mit unserem ganzen Witz die Beine in die Hand nehmen und ganz schnell von hier verschwinden sollten." Erion spürte, wie Duvruk ihm sanft auf die Schulter schlug, dann aufstand.

„Duvruk hat recht", stimmte Malaiar zu. „Wir müssen hier weg. Solange Morlughs Duerga sich noch nicht allzu genau umschauen und wahrscheinlich denken, dass wir durch den Nebengang entkommen sind."

Er merkte, wie Kunja ihm noch einmal ganz kurz in die Augen schaute, sich dann aus seinem Griff löste und sich umsah. „Am besten folgen wir erst mal der Straße. Sie wird nach Süden führen, und auf ihr kommen wir zunächst mal am schnellsten voran."

Das taten sie. Sie rannten schon wieder und Kunja stützte ihn.

Wie weit die Straße fortlief, war nicht zu erkennen. Sie führte zunächst zwischen zwei felsgesäumten, dunkel bewaldeten Höhen hindurch. Erion schaute sich um. Der für unüberwindlich gehaltene Felskamm, die Barriere zwischen Norden und Süden, lag in ihrem Rücken.

Sie hatten ihn überwunden. Sie waren unter dem Berg durchgelaufen. Sie waren seiner Last entkommen.

Hinter den beiden Höhen wurde das Land zur Seite hin flacher. Nur in der Ferne sah man die Ketten hoher, schroffer Berge sich über Nadelwald erheben.

„Wir sollten uns in die Umgebung schlagen", sagte Kunja, die inzwischen wieder die Führung übernommen hatte und jetzt anhielt. „Für den Fall, dass jemand uns auf der Straße verfolgt."

Was nicht unwahrscheinlich war, wenn die restlichen Duerga erst mal draufgekommen waren, dass es egal war, auf welchem Weg sie ihnen entwischt waren, dass man sie aber hinter dem Wall von Duarka-Vanur, dem Tor des Südens, in … nun ja, südlicher Richtung verfolgen sollte.

„Wir gehen da lang", sagte Kunja und zeigte auf den Hang eines Hügels, der sich neben der Straße erhob. „Und von dort aus sehen wir weiter."

Kunja schritt ihnen voran bergauf. Duvruk stapfte leise brummend neben ihm her. Es hätte ein Lied sein können, das er da vor sich hinsummte, vielleicht sogar der *Gesang vom Bergsturz*. Erion lächelte an ihm vorbei zu Malaiar hinüber und die lächelte zurück, griff im Weitermarschieren hinter ihre Schulter und löste das blaue Tuch, mit dem sie für die Durchquerung von Duarka-Vanur ihre Zopfstränge zusammengebunden hatte, ließ es dann einen Moment lang hinter sich in der Brise wehen.

Jetzt, da sie nicht mehr rennen mussten, fiel ihm auch das Vorwärtskommen leichter. Vielleicht war es auch das Gefühl, es geschafft zu haben. Seinen Knöchel konnten sie später mit irgendwas bandagieren.

Erion blickte Grolk hinterher, der ihnen voranhopste, kurz davorstand, Kunja zu überholen, streckte lang die Arme aus und ließ seine Finger über die höchsten Grashalme streichen. Die Wiese rings um sie war gesprenkelt von Frühlingsblumen, hingetupft in Weiß und hellem Blau.

Er spürte, wie sich ein Lächeln auf seinen Zügen ausbreitete. Beinahe wäre er bereit gewesen, auch ein Lied anzustimmen.

Grolks scharfes Fauchen jedoch ließ seine Züge erstarren. Erion schaute voraus. Auch Kunja hatte jetzt abgestoppt.

Grolk hockte da wie auf der Stelle festgefroren.

Er und Kunja schauten offenbar zum Grat der Steigung hinauf, die sie gerade emporwanderten, kaum noch ein Dutzend Schritt von ihnen entfernt.

Etwas kam hinter diesem Grat hervor.

Grolk drehte um, kam zu ihm hingerannt, sprang an ihm hoch und kletterte zu seiner Schulter hinauf.

Über den Hügelkamm hinweg kam eine graue Gestalt. Dort auf der Kuppe, gerade ein, zwei Schritte hangabwärts, blieb sie stehen und blickte zu ihnen hinab. Sie war in einen grauen Mantel gehüllt, sogar damit vermummt, denn sie hatte die Kapuze des Umhangs über den Kopf gezogen, wodurch das Gesicht im Schatten lag. Sie war groß und breitschultrig, der Griff eines Schwertes ragte hinter dem Rücken auf.

Leicht hob diese Gestalt ihre Hand.

„Halt!", sagte sie. „Keinen Schritt weiter!"

8

EIN UNERWARTETES
ZUSAMMENTREFFEN

Alle waren erstarrt stehen geblieben, blickten hoch zu der Gestalt, die dort knapp unter der Hügelkuppe in einem grauen Kapuzenumhang stand und ihnen den Durchgang verwehrte.

Erion trat humpelnd vorwärts, drängte sich an Kunjas Seite.

„Wer bist du? Was willst du von uns?", fragte er mit harter Stimme. Das da oben war nur ein Einzelner. Sie aber waren vier.

Der Fremde hob die Hände, ergriff die Säume seiner Kapuze und zog sie sich vom Kopf. Zum Vorschein kam ein schwarzer Schopf glatt zu den Schultern herabfallenden Haares. Das Gesicht war hart und von Narben durchzogen.

„Das kommt ganz darauf an", antwortete der Fremde mit dunkler, harter Stimme, die so etwas wie ein Grollen tief in der Kehle anklingen ließ. „Und mein Name? Man nennt mich Auric Ninragon."

Ein Schlag wie eine Welle blauen Lichts durchfuhr Erion. Dieser Name! Was hatte er gesagt? „Auric Ninragon? Bist du der, den man den Schwarzen General nennt?"

„So nennt man mich zuweilen."

Das konnte nicht wahr sein. Er war in einem Traum. Was für ein Zusammentreffen. Er konnte doch jetzt unmöglich Kunja bitten, ihn zu kneifen.

„Bist du der Anführer der Sechzehnten?"

Der Mann – Auric, wenn es stimmte – nickte. „Zusammen mit meinen Gefährten."

Dennoch musste Erion kurz den Blick zu Kunja schweifen lassen. Doch die sah ihn nicht an. *Siehst du! Siehst du*, wollte er zu ihr sagen. *Es war doch keine verquere Spinnerei!* Er hatte sie gefunden. Er hatte die Sechzehnte tatsächlich gefunden.

Bevor er jedoch etwas tun, sich vielleicht hier vor dem Anführer der Grauen Schar der Sechzehnten vollkommen zum Narren machen konnte, kamen weitere Gestalten hinter dem Hügelkamm hervor und standen dort auf diesem Grat. Vermummt, sie alle. Genau wie ihr Anführer. Es waren etwa zehn, er zählte nach, nein, elf vermummte Gestalten, die dort standen und sie aus den Schatten ihrer Kapuzen heraus stumm mustern mussten.

Eine davon trat hervor, schritt beinahe an Aurics Seite. Im Gegensatz zu Auric war sie schlank, ihr Kopf mit der umhüllenden Kapuze darauf schien schmal und hoch.

„Was ist das nur für eine abgerissene Bande von Galgenstricken?", fragte sie mit einer hohen, leicht scharf klingenden Stimme. „Ein Duerga, eine Firimduerga ... und was ist das?" Der Art nach, wie sie den Kopf wandte, musste sie Kunja anschauen. „Und der Kerl, der für sie den Mund aufreißt, ist der Heruntergekommenste, Zerlumpteste und Dreckigste von ihnen allen. Und trägt dazu noch ein hässliches, schwarzes, zerrupftes Vieh auf der Schulter."

Die Gestalt wandte sich an Auric. „Wahrscheinlich Späher oder Spione. Ich finde, wir sollten ihnen allen die Kehle durchschneiden und dann weiterziehen."

Auric musterte sie mit hartem, gnadenlosem Gesichtsausdruck und verzog dazu keine Miene.

Fortsetzung folgt in Band 2 „Elfenfreund"...

NACHWORT

Diese Serie heißt „Der Ring der Elfen", und es kommen darin tatsächlich verschiedene Ringe vor. Es haben sogar alle davon etwas mit Elfen zu tun.

Was jedoch der titelgebende Ring ist, wird sich erst im Laufe der Serie zeigen. Es ist sicher keine Überraschung, wenn ich hier sage, dass es nicht der Treuering ist, den Erions Mutter trug.

Die tiefere Bedeutung des Titels wird sich allerdings dem Leser auch erst viel später erschließen, eine Weile, nachdem dieses Artefakt tatsächlich aufgetaucht ist.

Das Wort *Serie* ist gefallen.

Den „Pfad des Magiers" habe ich immer als *Reihe* bezeichnet. Und obwohl auch dort schon die einzelnen Bände einen Fortsetzungscharakter hatten, einen roten Faden aufwiesen, der sich durch die ganze Reihe zog und zur unausweichlichen Auflösung im Finale führte, so sind im „Ring der Elfen" die einzelnen Bände noch folgerichtiger und fortschreitender aufeinander aufgebaut.

Lasst euch überraschen!

Im „Ring des Elfen" werden Erzählstränge aufgegriffen, die ich schon vor längerer Zeit angelegt habe und deren Fortführung mir schon lange im Hinterkopf herumgespukt ist. Lesern, die mit meinen bisherigen Büchern vertraut sind, wird es nicht schwerfallen, sie zu entdecken.

Unter anderem wird es eine Begrüßung zwischen zwei Charakteren geben, die sparsam und schlicht an Worten ist, auf die ich mich aber seit beinahe zehn Jahren freue, dass sich mir beim Gedanken daran immer ein breites Grinsen ins Gesicht zaubert.

Bei allem aber ist „Der Ring der Elfen" ganz bewusst so aufgebaut und erzählt, dass jeder, der noch nie etwas von meinen Büchern gehört hat, hier einsteigen und die Serie lesen kann. Ob er danach mit anderen Büchern aus meinem Repertoire weitermacht, bleibt demjenigen selbst überlassen. Zwingend ist es keineswegs. Die Geschichte wird einen Anfang (den ihr wahrscheinlich gerade gelesen habt) und ein Ende haben.

Aber bis dahin liegt noch eine lange Reise vor Erion Leichtfuß.

Euer Horus

Hat dir dieses Buch gefallen?

Dann trage dich doch für meinen monatlichen Newsletter ein!

Dort erwarten dich Updates über Neuerscheinungen und Pläne, dazu Geschichten aus meinem Autorenleben.

Trage dich dafür hier ein und du kannst gleich loslesen: http://eepurl.com/dEtt_5

Außerdem freue ich mich sehr über jede Bewertung und Rezension bei Amazon!

Dies hilft mir als Autor ungeheuer, neue Leser zu finden, weiterhin Geschichten zu erzählen, die euch fesseln, dabei immer besser zu werden und meine Bücher auch öfter und schneller nacheinander zu veröffentlichen. Gut für euch, gut für mich! Klare Win-win-Situation.

Eine Bewertung allein freut mich schon sehr. Eine Rezension noch mehr, denn so erfahre ich, was genau euch an meinen Geschichten besonders gefallen hat. Es ist absolut egal, ob kurz oder lang; eine Rezension kann ganz einfach sein – ein, zwei Sätze reichen schon.

Wir als Autoren und unsere Bücher leben von eurer Stimme als Leser!

Auf den nächsten Seiten gibt es eine Übersicht meiner weiteren Bücher.

Mehr Informationen über mich und meine Geschichten findest du auf meiner Homepage horus-w-odenthal.de, die du auch über ninragon.de erreichst.

Oder besuche meine Autorenseite auf Facebook: www.facebook.com/Horus.W.Odenthal. Dort gibt es wöchentlich Nachrichten über den Stand meiner Arbeit und aktuelle Meldungen zu Neuveröffentlichungen oder Aktionen. Außerdem stehe ich dort für alle Fragen zur Verfügung.

Auf Instagram bin ich unter https://www.instagram.com/horusw.odenthal regelmäßig mit Bildern, Neuigkeiten und Geschichten aus meinem Autorenalltag zu finden. X (Twitter) habe ich geXt und bin fort zu Threads. Dort poste ich derzeit ziemlich oft was, weil ich mehr mit Worten als mit Bildern zu sagen habe.

Ich freue mich immer, von meinen Lesern zu hören,

über jedes Feedback und jede Anregung. Schreibe mir einfach, wenn du Lust hast, eine eMail unter horus@funky kraut.com.

DANKSAGUNG

Ich möchte hier am Anfang eines neuen Projekts etwas nachholen, was ich leider in all der Aufregung um den Abschluss des letzten, den „Pfad des Magiers", versäumt habe.

Ich möchte mich bei denen bedanken, ohne die das letzte Projekt nicht das gewesen wäre, was es am Ende war: bei meinem „Team", wenn ich euch so nennen darf.

Da wäre zunächst als eine wertvolle Säule, die ich niemals missen möchte und für die ich unendlich dankbar bin, mein Lektor Django zu nennen.

Du bist so viel mehr als nur ein Lektor für mich. Du bist ein Freund, ein Berater, ein offenes Ohr zu jeder Zeit und mit weisem Rat, ein genialer Geist in deinen eigenen Belangen und auf vielen Gebieten. Oft warst du mir mit deinem Rat zu Text und Geschichte tatsächlich so wertvoll, dass ich tatsächlich überlegt habe, ob dein Name nicht mit aufs Cover gehört. Du sagst, du bist nur für mich ein so guter Lektor, aber das Einfühlungsvermögen in Intention, Stil und Zielgruppe, der Fokus darauf, was allein der Geschichte dient, sind etwas so Wertvolles auf diesem Gebiet, das du selbst gar nicht wirklich einschätzen kannst.

Wenn wir zu den Korrektoren kommen, so hat „Der Pfad des Magiers" mit der scharfäugigen und warmherzigen Katrin Gönnewigs begonnen, die mir die eigentlich leidige Arbeit des Abarbeitens der Fehler im Text durch ihre lustigen und in der Story aufgehenden Kommentare enorm versüßt und mir oft gezeigt hat, dass eine Szene oder ein Satz genau so angekommen sind, wie ich mir das beim Schreiben gewünscht habe. Sie hat mich im Projekt in bestem Einvernehmen verlassen, weil sie andere Wege einschlagen und sich mehr aufs Lektorat konzentrieren wollte. Ich wünsche ihr auf ihren weiteren Wegen viel Glück!

Einen tollen Ersatz habe ich in der sympathischen Myra Frost gefunden, die sich großartig in meine Eigenwilligkeiten und meinen Stilwillen eingearbeitet hat, die über ein scharfes, beinah überscharfes Auge für jede Art von Fehlern oder Schwächen verfügt. Und die auch meine Entscheidung, lieber mal eine Wortwiederholung des schlichteren, aber treffenden Wortes wegen stehenzulassen, als ausgefallenere, aufgesetzt wirkende Synonyme zu benutzen, verstanden hat und mitträgt. Genau wie meine anderen Eigenarten. Ich hoffe, dass sie mir noch lange in meinem „Team" erhalten bleibt.

Und zuletzt, aber keineswegs von ihrer Bedeutung an diesem Platz, möchte ich Rossitza „Rossi" Atanassova von ElementiStudio für die tollen Cover danken, die meine Geschichten auch nach außen hin strahlen lassen. Es war immer eine Freude mit ihr zu arbeiten, sie hat meine Visionen – nach meinen schnell hingekritzelten Minutenskizzen und Beschreibungen – immer großartig umgesetzt und auch diesmal wieder meine Vorstellung perfekt getroffen. Und sie war immer geduldig, wenn ich eine etwas andere Richtung angestrebt habe, als ihr erster Entwurf. Wenn man das Sprichwort betrachtet, dass man ein Buch nicht nach seinem Cover beurteilen sollte, so möchte ich – zu meinen eigenen Gunsten bitten – die von Rossi zumindest stark in die Wertung einfließen zu lassen.

Ich hoffe, dass ich mit diesen tollen Menschen und diesem großartigen Team noch lange zusammenarbeiten kann. Sie tragen mich und meine Arbeit und lassen mich am

Ende besser dastehen, als dieser oft ziemlich ungeschliffene Diamant – das hoffe ich zumindest – als der ich manchmal erscheine.

Vielen Dank für eure Zuverlässigkeit und wunderbare Arbeit!

Weitere Bücher aus der Welt
von NINRAGON

Die Saga von Auric dem Schwarzen
– Die standhafte Feste
– Der Keil des Himmels
– Der Fall der Feste

Elfenränke – Die Novelle „Drachenblut" und der Roman
„Homunkulus" in einem Band

Niemandsland-Saga
– Der Pfad der Wolfsklingen
– Der Pfad der Vergeltung
– Der Pfad des Vollstreckers

Der Pfad des Magiers
– Das Kind der Vorsehung
– Der Gefangene der Nebelfeste
– Der schwarze Meister
– Das Feuer der Magie
– Die Eiserne Krone
– Die Saat der Schattenhexe
– Die Stadt der Elfen
– Das Rabentor
– Der Ort der Vorsehung – Teil 1
– Der Ort der Vorsehung – Teil 2

Der Ring der Elfen

- Zwergengroll
- Elfenfreund (erscheint bald)

Verlorene Hierarchien
Das Rad der Welten
- Stadt des Zwielichts
- Ruf der Anderswelt
- Die Feuer Ragnaröks
Schwerter der Anderswelt
- Der Thron der Anderswelt
- Rauch über Skandhur
Das Rad der Schatten
- Das Wrack der Ikaro
- Die Festung der Genienschmiede
- Die Flamme im Stahl

Der Prophet und die Söldnerin – Ein abgeschlossener
Roman aus der Welt der Verlorenen Hierarchien

PERSONENVERZEICHNIS

DIE WICHTIGSTEN PERSONEN AUS „ZWERGENGROLL"

Agranor: Ein Mensch aus Kharnuk-Bragha. Wie Erion ist auch er ein Gehilfe bei der Runenschmiedin Dunjak-Dhar.

Bovlug: Dwerc aus Ishuk-Bragha, jetzt Minenarbeiter in Kharnuk-Bragha.

Dunjak-Dhar: Runenschmiedin und Meisterin von Erion und Agranor.

Duvruk (Duvruk-Haik): Ein Duerga aus Kharnuk-Bragha und einer von Erions besten Freunden. Beinah unzertrennlich mit Turam.

Egso: Mensch, Minenarbeiter in Kharnuk-Bragha, ein echter Ätzer.

Erion Leichtfuß: Halb Ninraé, halb Mensch. Ursprünglich aus Ishuk-Bragha stammend, wurde er mit den anderen überlebenden Bewohnern nach Kharnuk-Bragha verschleppt.

Evanaiya: Erions Mutter. Eine Ninraé, die einen menschlichen Mann geheiratet hat und nach dessen Tod ihre Rasse verließ.

Gobrur-Vhan: Duerga. Minenaufseher in Kharnuk-Bragha und Freund von Turam und Duvruk.

Grolk: Ein Grolk, eines der Tiere, die in den Höhlen von Kharnuk-Bragha leben.

Hugar-Vhan und Jagha-Bho: Die beiden obersten Duergaschergen von König Morlugh.

Hurga-Jhin: Duerga aus Ishuk-Bragha und Minenarbeiterin in Kharnuk-Bragha.

König Morlugh: Der despotische Duergaherrscher von Kharnuk-Bragha.

Kunja: Erions Freundin von Kindesbeinen an. Wie er stammt sie ursprünglich aus Ishuk-Bragha, wurde aber nach Kharnuk-Bragha verschleppt. Eine Dwerc, Abkömmling eines Zweiges, der sich aus der Vermischung von Firimduerga und Menschen entwickelt hat.

Malaiar (Malaiar-Jhin): Eine Firimduerga aus Kharnuk-Bragha, begnadete Stollenspürerin.

Meister Hisiciar: Firimduerga und Oberster der Gilde der Alchymiker in Kharnuk-Bragha.

Sicco: Mensch und Minenarbeiter in Kharnuk-Bragha. Finster erscheinender Kerl.

Skalde: Verfasser vieler bekannter Lieder und Balladen, Minenarbeiter in Kharnuk-Bragha.

Turam (Turam-Jhir): Ein Duerga aus Kharnuk-Bragha und einer von Erions besten Freunden. Beinah unzertrennlich mit Duvruk.

Viedgor Quislung: Der Ehemann von Erions Mutter Evanaiya und als Konsul der Vertreter der Dwerc- und Menschengemeinde in Kharnuk-Bragha.

GLOSSAR

Alchymiker: Gilde, deren Kunst im Verfertigen von allerlei Tinkturen und Stoffen besteht.

Anaudragor: Der letzte Drache, der Alte Drache, Heerführer, der sich in der Doppelgestalt von Kinphaure und Drache verkörperte und in den Späten Feuerkriegen die Welt mit einem furchtbaren Eroberungskrieg überzog.

Drakhanur: Ein mächtiger, markanter Gipfel in den nördlichen Drachenrücken. Die Städte Kharnuk-Bragha (Rechts-vom-Berg) und Ishuk-Bragha (Links-vom-Berg) benannten sich relativ zu ihrer Lage zu ihm.

Drazghul: Räuberisches Untier, das in den Stollen des Berges von Kharnuk-Bragha lebt. Zu ihnen gehören die Unterarten der Jäger-Drazghul und der Brutmütter.

Duarka-Vanur: Heute verlassene Duergastadt, von der aus die Kolonien Kharnuk-Bragha und Ishuk-Bragha gegründet wurden. Genannt „das Tor des Südens".

Duerga: Eine nichtmenschliche Rasse, kolosshaft groß, deren Körper mit Hornplatten bedeckt ist; ihr Hauptzweig wird landläufig *Trolle* genannt.

Dwerc: Eine Rasse, die aus der Vermischung von Firimduerga und Menschen entstand.

Elfen: Bezeichnung für bestimmte menschenähnliche, aber nichtmenschliche Rassen. In der „Niemandsland-Saga" und dem „Pfad des Magiers" sind damit meist die Kinphauren gemeint. Das Wort wird allerdings auch auf eine Rasse angewendet, die von den Menschen „die Ninre" genannt wird.

Erzverheerer: In den Feuerkriegen die ersten Diener und Heerführer des Alten Drachen Anaudragor.

Firimduerga: Unterzweig der Duerga, der von stämmigem Körperbau und kleiner als Menschen ist; landläufig auch *Zwerge* genannt.

Glimmkugel: Von Runenschmieden gefertigtes Artefakt, das kurzfristig Licht spendet.

Grolk: Eine Tierart, die in den Höhlen Kharnuk-Braghas lebt.

Homunkulus: Ein künstlich für Krieg und Kampf erzeugtes Geschöpf. Es gibt verschiedene Klassen von Homunkuli, unter anderem den Moloch-Homunkulus und den Brannaik-Homunkulus.

Inaimismus: Sammelbegriff für die zahlreichen Glaubensrichtungen, die Inaim als den einen oder obersten Gott verehren.

Ishuk-Bragha: Links-vom-Berg, eine Duergastadt, die von den Bewohnern von Duarka-Vanur errichtet wurde.

Kharnuk-Bragha: Rechts-vom-Berg, eine Duergastadt, die von den Bewohnern von Duarka-Vanur errichtet wurde.

Kinphauren: Elfenrasse, die schon seit uralten Zeiten die Feinde der Menschen sind. Zur Zeit der Späten Feuerkriege erlebten sie mit ihren Verbündeten ihre größten Triumphe. Sie leben im Land hinter den Gebirgsketten des Saikranon, in der sich auch das Kalte Meer befindet.

Die Kinphauren gelten als zwieträchtig und ränkesüchtig und sind in ihre zahlreichen, sich bekriegenden Klans aufgespalten.

In neueren Zeiten haben sich mehrfach Invasionen über den Saikranon hinaus versucht, die aber nicht zuletzt auch immer wieder an ihrer Zwietracht untereinander scheiterten.

Erst die Anführerin Kinphaudranauk (was übersetzt „Zorn der Kinphauren" heißt) konnte die Klans so weit einen, dass es zu einer großen Invasion aller Kinphaurenklans und ihrer Verbündeten kam.

Ninraé: Eine Rasse, welche of landläufig Elfen genannt wird – nicht zu verwechseln mit den Kinphauren – und die vom Rest der Welt zurückgezogen lebt. Manche halten sie für ausgestorben. Die Menschen nennen sie auch Ninre.

Runenschmiede: Meister einer alten, halb vergessenen Kunst.

Sechzehnte, die Graue Schar: Geheimnisvolle in graue Mäntel gekleidete Truppe, die immer wieder den Kinphauren Niederlagen beibringt und dort, wo sie zuschlägt, den Schriftzug „Die Sechzehnte lebt!" hinterlässt, bezugnehmend auf die ehemalige Sechzehnte Brigade – die soge-

nannten „Barbarenbataillone" –, die unter dem General
Auric Morante im Kampf gegen die Kinphauren unterging.

Steigwurzel: Eine Pflanze, die in den Höhlen Kharnuk-
Braghas wächst.

Valgaren: Kriegerisches Volk im Norden Naugariens, das
in verschiedene sich bekriegende Stämme zersplittert ist,
einstmals als Vebündete der Kinphauren kämpfte und sich
jetzt wieder unter dem Banner Kinphaidranauks sammelt.

Vanarand: Größtes Land im Norden Niedernaugariens, vor
der Invasion der Kinphauren die idirische Provinz Vana-
reum mit der Hauptstadt Rhun.

INHALT

ÜBER DEN AUTOR

 Horus W. Odenthal schreibt phantastische Romane, meist Fantasy. Schon immer war es das Erzählen, das Horus im Blut lag. Schon immer war er davon besessen und konnte nicht dagegen an.

Sein erster Berufswunsch war es, Schriftsteller zu werden. Einmal als Kind „Der Schatz im Silbersee" gelesen, und alles war zu spät. Später kamen Conan und „Der Herr der Ringe" dazu.

Doch dann entdeckte er das Zeichnen und wurde mit seinen Comics unter dem Namen „Horus" in Deutschland und den USA bekannt. Trotz des Erfolges, trotz der Preise und Nominierungen für seine Werke, war er doch zunehmend unzufrieden mit den Geschichten, die er in diesem Medium erzählen und realisieren konnte. Comics schreiben und zeichnen war zwar schön, aber irgendetwas fehlte ihm dabei. Er hatte mehr und anderes zu erzählen, als für ihn in diesem Medium möglich war.

Als seine Frau ihn aufforderte „Dann schreib doch mal ein Buch.", war das für ihn ein Erweckungserlebnis. Von Stunde an war er süchtig nach dem Schreiben phantastischer Geschichten. Er hatte seine Berufung gefunden.

Gleich seine erste Fantasy-Trilogie wurde zweifach für den Deutschen Phantastik Preis nominiert, in den Kategorien „Bestes deutschsprachiges Romandebüt" und „Beste Serie".

Wenn er gerade nicht schreibt, liest er oder verbringt Zeit mit seiner Frau und seinen wundervollen Zwillingstöchtern.

Mehr über Horus und seine Bücher findest du auf:
horus-w-odenthal.de (oder über: ninragon.de)

facebook.com/Horus.W.Odenthal

instagram.com/horusw.odenthal

threads.net/@horusw.odenthal